ELIZABETH BEVARLY

Le secret d'une naissance

Traduction française de
F. JEAN

HARLEQUIN

Titre original :
DR. MOMMY

Ce roman a déjà été publié en 2016

HARPERCOLLINS FRANCE
83-85, boulevard Vincent-Auriol, 75646 PARIS CEDEX 13
Service Lectrices — Tél. : 01 45 82 47 47 - www.harlequin.fr
ISBN 978-2-2804-5892-4

Composé et édité par HarperCollins France. Achevé d'imprimer en avril 2021.
par CPI Black Print - Barcelone - Espagne
Dépôt légal : mai 2021.

FSC
www.fsc.org
MIXTE
Papier issu de sources responsables
FSC® C159065

Pour limiter l'empreinte environnementale de ses livres, HarperCollins France s'engage à n'utiliser que du papier fabriqué à partir de bois provenant de forêts gérées durablement et de manière responsable.

1

L'animateur vedette Dick Clark venait juste d'annoncer qu'il restait moins de cinq minutes avant New Year's Rockin'Eve, sa célèbre émission du 31 décembre, quand le carillon de la porte d'entrée tinta vigoureusement au rez-de-chaussée. Ignorant ce bruit intempestif — il ne pouvait s'agir que d'un fêtard farceur, car elle n'attendait vraiment personne —, le Dr Claire Wainwright remarqua que Dick Clark, comme toujours, avait l'air suave, chaleureux et éternellement jeune. Et elle réprima l'idée qu'elle-même ne se sentait… rien de tout cela. Ni suave. Ni chaleureuse. Ni éternellement jeune.

Bien au contraire…

Quand le carillon résonna de nouveau, elle laissa échapper un soupir, espérant avec ferveur qu'elle avait imaginé ce lugubre *ding, ding, dong* : confortablement installée sous sa couette depuis quelques minutes, avec une flûte de champagne auquel elle n'avait pas touché, elle venait d'ouvrir le dernier numéro de *JAMA* pour lire un article sur les césariennes.

Seule à la maison, le soir du nouvel an. Une fois de plus…

Qu'est-ce qui lui avait pris de décliner l'invitation d'Evan Duran ? Celui-ci lui avait proposé de passer la soirée avec lui dans son cottage de Cape May. A la réflexion, cela aurait été *très* agréable. Clair de lune sur l'océan, feu pétillant joyeusement dans l'âtre, homard, foie gras et champagne aussi bons que ceux qu'elle avait achetés pour sa célébration solitaire…

Bien sûr, la soirée se serait inévitablement prolongée dans la nuit. Avec Evan — et c'est sans doute ce qui l'avait poussée à décliner l'invitation.

Pourtant, c'était un homme beau et intelligent, un homme bien, débordant d'ambition et de dynamisme. Exactement le genre d'homme qui aurait dû l'intéresser, et avec lequel elle aurait dû envisager de passer le reste de sa vie. Mais voilà : il n'y avait entre eux aucune étincelle, aucun frisson, aucune magie.

Quand le carillon résonna pour la troisième fois, Claire ne put l'ignorer plus longtemps. Qui pouvait bien lui rendre visite à une heure pareille, et un soir pareil ? Repoussant son édredon bleu pâle, elle se leva, passa la main dans ses cheveux bruns, puis glissa ses pieds dans ses chaussons. Elle ne travaillait pas ce soir-là, mais n'était pas pour autant libre de faire ce qu'elle voulait de son temps. Le travail d'une gynécologue-obstétricienne n'était jamais terminé, Claire le savait, et les naissances ne se programmaient pas.

Tout de même, les patientes, d'ordinaire, ne venaient pas sonner à sa porte à Haddonfield ! Quand une femme enceinte se trouvait sur le point d'accoucher, elle se rendait au Seton General Hospital, dans la localité toute proche de Cherry Hill. Si Claire n'était pas de garde, comme c'était le cas ce soir-là, un des quatre autres médecins avec lesquels elle était associée mettait le bébé au monde. Toutes ses patientes le savaient. Et le système fonctionnait bien.

Incapable de réprimer une légère inquiétude, elle enfila le beau peignoir assorti à son pyjama, puis emprunta le long couloir et l'escalier de la belle et grande maison qu'elle avait achetée presque un an plus tôt. A la lumière des veilleuses placées stratégiquement dans la maison, les beaux meubles si chic et élégants le jour semblaient lugubres et un peu menaçants dans la pénombre. D'un geste nerveux, elle resserra la ceinture de son peignoir.

Quand le carillon tinta de nouveau, elle venait de fouler

l'épais tapis persan au pied de l'escalier, dans le luxueux vestibule. A travers les panneaux de vitrail de la porte d'entrée, Claire distingua la silhouette de quelqu'un qui semblait posséder à peu près la même taille et la même stature qu'elle-même — un mètre soixante-cinq avec des talons plats.

Elle remarqua que dans le séjour, à gauche du hall, derrière les portes-fenêtres qui donnaient sur les pelouses, la neige qui s'était mise à tomber un moment plus tôt comme une poudre légère, s'abattait à présent en tempête de gros flocons portés par des bourrasques. Malgré la douce chaleur qui régnait à l'intérieur, Claire eut un frisson, et se demanda de nouveau ce qui pouvait amener quelqu'un chez elle une nuit pareille.

Elle se tourna vers la porte, et marqua un temps d'hésitation : la silhouette avait disparu. Peut-être des gens un peu trop gais avaient-ils réalisé qu'ils s'étaient trompés de maison, et s'étaient-ils sauvés, gênés, avant d'être découverts ?

Et s'ils n'étaient pas partis ? Il fallait en avoir le cœur net. Claire s'approcha de la porte et regarda par un des panneaux en vitrail. Mais à travers le verre à l'ancienne, elle ne distingua qu'un tourbillon de neige qui dansait sous le halo jaune de la lumière du porche, et elle s'apprêtait à tourner les talons quand son regard repéra une silhouette au pied du porche.

Il y avait bien quelqu'un dehors, quelqu'un dont l'attention était visiblement concentrée sur Claire en train d'épier par la vitre. Quelqu'un qui — Claire le vit plus tard —, avait laissé des empreintes dans les quinze centimètres de neige qui s'était accumulée entre l'allée et la porte d'entrée.

Un frisson d'appréhension courut dans son dos, et elle tendit aussitôt la main en direction des interrupteurs dans le mur à sa droite. Aussitôt, la lumière inonda la façade de la maison, grâce aux lampes disposées au bord de l'allée, et au-dessus.

Durant ce court instant, Claire vit que la personne dehors était une jeune femme vêtue d'une veste noire et d'un béret, porté sur de longs cheveux blonds. Mais dès que les lumières extérieures s'allumèrent, l'inconnue tourna les talons et traversa la rue en hâte, trébuchant quand elle foula la neige. Là, elle ralentit, apparemment rassurée par l'obscurité, revint lentement sur ses pas et continua de regarder la maison, comme si elle hésitait à s'en aller.

Très étrange..., pensa Claire, déconcertée.

Elle se demandait si l'épisode méritait ou non qu'elle appelle la police — probablement pas, d'ailleurs — quand elle s'aperçut qu'il y avait quelque chose d'autre dehors. Un grand couffin ovale était posé sur la neige au pied de l'escalier menant à la porte d'entrée !

Soudain, elle ouvrit des yeux surpris et horrifiés. Dans le panier, le paquet d'étoffe avait remué, et un minuscule poing ganté se dégagea de la couverture qui l'entourait.

Ce n'était pas du *linge* que contenait le panier, mais un *bébé*.

Oh non... Ce n'était pas possible !

Deux gestes rapides suffirent à Claire pour détacher la chaîne et le verrou de la porte, puis elle ouvrit et sortit, scrutant désespérément le côté opposé de la rue dans l'espoir de voir la jeune femme qui se trouvait dans son allée quelques instants plus tôt. De fait, la silhouette en noir était toujours là, mais plus loin dans la rue, et elle regardait toujours la maison. Mais quand elle vit Claire descendre l'escalier en direction du panier, elle tourna le dos et s'enfuit à toutes jambes comme si le diable était lancé à ses trousses.

Non, non et non ! C'était impossible !

Elle rêvait, sûrement, pensa Claire. Ou bien il s'agissait d'une farce. Une farce de très mauvais goût, mais une farce. Ses collègues de travail de l'hôpital — ceux qui connaissaient ses sentiments à l'égard des enfants — allaient surgir des buissons d'une minute à l'autre, et ils riraient tous à ses dépens…

C'était sûrement ce qui allait se produire, espéra Claire avec ferveur.

C'est alors qu'elle entendit un petit bruit, comme un roucoulement, et elle reporta son attention sur le panier. Cette fois, quand le tissu remua, elle vit deux yeux bleu pâle sous le revers d'un bonnet en laine rose, et l'instant d'après, un flocon particulièrement gros et humide lui tomba dans l'œil. Elle réalisa alors que ses orteils gelaient dans les mules de satin, et que son pyjama de soie, maintenant glacé, lui collait à la peau.

Non, ce n'était pas une farce. Elle se pencha, passa le bras dans les deux anses du couffin et le souleva doucement. Ensuite, enjambant avec précaution la neige sur les marches du porche, elle porta le bébé dans la maison, et verrouilla la porte derrière elle.

« Ne panique pas », pensa-t-elle. Le cœur battant, les jambes flageolantes, elle appuya son dos contre la porte d'entrée et se demanda que faire — à part paniquer.

« Réfléchis, Claire. Respire, détends-toi, et réfléchis », pensa-t-elle.

La confusion qui régnait dans sa tête se dissipa en un instant quand le bébé, dans le couffin, émit un nouveau petit bruit. Rien d'alarmant, un simple petit murmure, qui lui donna l'impression que pour le moment, le bébé était content. Pourtant, cela pouvait changer d'un instant à l'autre ! Par conséquent, il valait mieux réfléchir à ce qu'elle allait faire.

La police, pensa-t-elle. Oui, c'était ça. Elle devrait appeler la police, qui saurait sûrement mieux qu'elle comment appréhender ce genre de situation. Malgré son métier de gynécologue-obstétricienne, elle n'avait pas vraiment l'habitude des bébés, une fois qu'ils étaient venus au monde. Ça, c'était l'affaire des pédiatres. Dieu merci. Claire était fascinée par la conception et le développement de la vie dans l'utérus. Mais une fois que ces petits êtres en sortaient, eh bien… elle était soulagée de s'en laver les mains, au propre comme au figuré.

Ce n'était pas qu'elle n'aimait pas les enfants. Simplement, ils lui étaient complètement étrangers. Fille unique de parents eux-mêmes enfants uniques, elle n'avait jamais cotoyé de bébés ni de jeunes enfants. Et à cause de nombreux déménagements, elle n'avait jamais noué de relations durables avec des camarades de son âge. Timide et inquiète quand elle arrivait dans une nouvelle ville, elle était toujours restée très solitaire. Simplement, elle n'avait jamais supporté les enfants, même quand elle était enfant elle-même.

Et voilà qu'elle se retrouvait face à face avec un *bébé* ! Que faire ? Elle n'en avait aucune idée. Evidemment, elle connaissait les bases : les bébés avaient besoin d'être nourris, changés et tenus au chaud. Ce qui pourrait constituer une bonne raison de paniquer, car elle ne disposait ni de nourriture pour bébé ni de couches…

Elle s'aperçut alors que le couffin semblait un peu plus grand et lourd que nécessaire pour un seul bébé. Peut-être l'inconnue qui avait abandonné le petit enfant avait-elle au moins fourni ce qu'il fallait ?

« Pour parer au plus pressé en tout cas », pensa Claire, afin de chasser son angoisse.

Elle se dirigea vers le confortable canapé placé de l'autre côté du séjour, puis alluma la lampe Tiffany et posa doucement le couffin entre les deux gros coussins en tapisserie. Poussant de côté les couvertures dans lesquelles le bébé avait été chaudement enveloppé, Claire trouva, en plus du bébé potelé, trois douzaines environ de couches, une boîte de lait en poudre, quatre petits biberons, un assortiment de petits pots pour bébé et cinq tenues, toutes roses.

« Félicitations, Claire. C'est une fille ! »

Jusqu'alors, elle avait fait tout son possible pour ne pas regarder le bébé, mais quand celui-ci se mit à babiller de nouveau, elle dut reporter son attention sur lui. Elle n'avait aucune idée de son âge, mais il était souriant, attentif et bavard. Donc il devait avoir plusieurs mois.

La bouche de la petite fille forma un O presque parfait, et laissa échapper une vigoureuse roucoulade, puis elle rit, comme si elle venait de faire une excellente plaisanterie. Durant un bref instant, Claire ressentit une sorte de chaleur à l'intérieur d'elle-même, et elle sourit au bébé.

Puis elle se souvint qu'elle ignorait comment prendre soin de l'enfant, et la panique revint.

— La police…, dit-elle tout haut.

La police pourrait envoyer quelqu'un tout de suite, quelqu'un qui saurait que faire avec les enfants abandonnés, et pourrait répondre aux besoins de ce bébé beaucoup mieux qu'elle-même, car il y avait une chose dont elle était sûre : elle n'était pas faite pour la maternité.

Et comme pour le confirmer, quand elle sortit le bébé du couffin, il se mit aussitôt à pleurer. Fort.

La nuit allait être longue…

John Campisano sortait du drugstore en portant un pack de six bouteilles de sa bière préférée quand son téléphone portable vibra.

Super, pensa-t-il. Comment avait-il pu croire un seul instant qu'il profiterait de ce qui restait de la nuit du réveillon ? Il n'avait pas profité de la nuit de Noël, pas plus que du jour, d'ailleurs. Ni même d'Halloween. En fait, il ne se souvenait pas de la dernière fois où il avait pu savourer un jour férié, alors pourquoi les choses seraient-elles différentes ce soir ?

Parce qu'il avait besoin d'une pause — voilà pourquoi ! Il éprouvait le besoin d'avoir un peu de temps pour prendre du recul, évaluer la situation et tenter de se rappeler pour quelle raison il était devenu flic. La principale — mais c'était un souvenir bien vague — était l'envie de changer les choses, le désir d'être un modèle pour les gamins qui n'en avaient pas dans leurs vies.

En tant que spécialiste des stupéfiants, tout ce qu'il avait réussi à faire depuis quelque temps, c'était de regarder le problème s'aggraver. Trop d'adolescents — de bons gamins —, consommaient de la drogue, en vendaient, en mouraient. Vraiment, on pouvait dire que pour eux, il n'avait pas changé grand-chose, pensa John.

Quelques instants plus tard, assis dans sa vieille jeep Wagoneer, il composait le numéro indiqué, celui de son lieu de travail, et une voix féminine l'accueillit au bout du fil.

— Campisano. Que puis-je faire pour vous ? demanda-t-il sans aucun enthousiasme.

— Dites donc, ce ne sont pas exactement les mots qu'une femme rêve d'entendre en pleine nuit, surtout venant d'un type grand et costaud comme vous ! dit à l'autre bout du fil une voix sensuelle, avant de ponctuer l'observation d'un petit rire désabusé.

— Mes excuses, lieutenant, répondit John d'un ton totalement détaché.

Suzanne Skolnik était sa patronne, mais ils étaient assez proches pour qu'il se permette d'exprimer son irritation d'être appelé pendant ses heures libres.

— Qu'est-ce qui se passe ? reprit-il.

— Où êtes-vous ?

— A mi-chemin de chez moi. Et bientôt, je serai chez moi. Pourquoi ?

— A mi-chemin de chez vous. Précisez…

John eut une moue. Ce genre de demande ne laissait rien présager de bon.

— Cavanaugh's, le drugstore sur la Route 30. Pourquoi ?

— Donc, vous ne passerez pas loin d'Haddonfield ?

— Pas loin, non… Pourquoi ?

— Et votre espèce de gros tacot, possède bien quatre roues motrices ?

— Oui. *Pourquoi ?*

Mais John n'obtint toujours pas la seule réponse qui l'intéressait vraiment.

— Vous vous y connaissez en jeunes enfants, je crois, John ?

— Assez bien. Pourquoi ?

— Vous avez beaucoup de nièces et de neveux, c'est ça ?

— Dix-huit, aux dernières nouvelles…

— Bon, fit, pensivement, le lieutenant Skolnik. Votre sœur Angie a accouché de jumeaux le mois dernier, non ?

John commençait à perdre patience. Pas seulement parce qu'il se livrait rarement à ce genre de bavardage avec sa patronne, mais surtout parce qu'il avait froid, et qu'il était fatigué. La neige tombait de plus en plus dru et il lui tardait d'ouvrir au moins deux des six bouteilles de Sam Adams posées sur le siège près de lui.

— Sans vouloir vous offenser, lieutenant, disons que… j'apprécierais que vous me disiez où vous voulez en venir.

— Il faudrait que vous vous rendiez à Haddonfield. On a reçu un appel.

— Ah non ! supplia John, conscient qu'il était inutile de protester. Je viens de faire une double journée, et ça fait deux semaines que je n'ai pas eu un seul jour de congé. Je suis censé prendre trois jours consécutifs maintenant. Vous me les avez promis, et je les ai bien mérités.

— Je le sais, et je regrette vraiment, répondit Suzanne avec dans la voix une évidente sincérité. Mais vous êtes le seul qui puisse s'occuper de ça.

John grommela à voix basse quelque chose d'inintelligible.

— « Ça » ? Qu'est-ce que c'est, au juste ?

— Un bébé abandonné à Haddonfield. Nous n'avons personne dans le secteur qui puisse intervenir tout de suite. Comme vous êtes parti depuis vingt minutes et que je connais votre goût pour Cavanaugh's, je pensais que je vous trouverais dans le secteur.

Sans laisser à John le temps d'émettre la moindre objection, Suzanne indiqua l'adresse entière, et John émit un discret sifflement.

— C'est un quartier chic. Qui abandonnerait un bébé dans un coin pareil ?

— Simple supposition : peut-être quelqu'un qui ne peut pas s'en occuper et qui souhaite lui offrir une vie meilleure ?

— Pourquoi me charger d'un truc pareil ? J'avais d'autres projets.

Rien d'extraordinaire, concéda-t-il mentalement. Un peu de sommeil, un petit repas et un film — pas forcément dans cet ordre-là. Mais tout cela, son supérieur n'avait pas à le savoir.

— Comme je vous l'ai dit, entre le réveillon et la neige, nous ne pouvons envoyer personne d'autre ce soir. Et les Services sociaux ne répondent pas. D'après le standard, la femme qui a appelé avait l'air dans tous ses états. Elle dit qu'elle ne sait pas s'occuper du bébé, et donc il faut que quelqu'un le prenne. Vous vous trouvez à moins de quatre kilomètres de chez elle, avec un véhicule ad hoc. Vous pouvez passer là-bas, vous occuper de ça, et même avec le rapport à rédiger, être chez vous demain matin. Et ensuite, je vous promets que vous pourrez prendre *quatre* jours de congés.

Il restait encore sept heures à attendre avant le matin, et à en juger par la manière dont la neige tombait, sous peu, même un 4x4 serait complètement inefficace. Mais quand même, ce serait agréable d'avoir un jour de congé en plus. Et il ne se trouvait qu'à moins de quatre kilomètres de l'adresse. Et en effet, il avait un faible pour les enfants…

— D'accord, d'accord, dit-il à regret. Je vais m'occuper de ça tout de suite. Mais à propos de ces quatre jours de congé — j'y compte. Quatre jours sans être dérangé une seule fois ?

— Vous avez ma parole, John. Parole de scout !

Sans s'attarder sur le fait que Suzanne Skolnik n'avait rien d'un scout, il nota rapidement ce qu'on savait sur l'abandon, puis remit en marche sa jeep Wagoneer. Et quelques minutes plus tard seulement, il l'arrêtait de nouveau, devant la maison indiquée.

Bel endroit, pensa-t-il. La maison avait dû coûter à ses propriétaires un joli magot, mais évidemment, les gens qui vivaient dans ce genre de quartier n'avaient pas trop de soucis pour payer leurs factures. L'extérieur était illuminé comme un arbre de Noël, et quand il ne neigeait pas, le jardin dessiné par un paysagiste devait être soigneusement entretenu. La maison elle-même comportait deux étages et évoquait l'aristocratie anglaise, avec des portes-fenêtres équipées de vitres en forme de diamant, et un vitrail autour de la porte d'entrée. C'était le genre de demeure parfaitement adaptée aux grandes garden-parties ou aux réunions plus intimes à l'heure du thé.

En d'autres termes, l'endroit était aussi éloigné de la réalité de John qu'il pouvait l'être.

D'origine modeste, il était né et avait grandi dans le New Jersey. Son père avait embrassé la carrière de policier, comme son grand-père et son arrière-grand-père avant lui. Tous les Campisano étaient flics, comme les Gianelli, du côté de sa mère, travaillaient à la boulangerie du même nom. Quand il était petit, c'est là que sa mère passait la plupart de son temps — lorsqu'elle avait fini de s'occuper de ses six enfants…

John ne put s'empêcher de sourire en regardant la grande maison devant lui. Sa propre famille, à l'étroit dans un petit bungalow de briques pourvu d'une unique salle de bains, aurait bien volontiers habité là quand il était petit — et il aurait parié que les occupants de la maison n'avaient pas d'enfants !

Pourtant, John n'aurait rien changé à sa jeunesse. Même si sa famille n'avait pas un sou d'économies, et même si ses frères et ses sœurs avaient tous travaillé dès l'âge de seize ans, les Campisano formaient une famille unie, probablement parce qu'ils avaient appris dès leur plus jeune âge à partager et à faire des compromis.

Il le savait : il n'y avait rien de plus important au monde que la famille. Rien.

John relut les renseignements qu'il avait griffonnés sur une feuille de papier. La femme s'appelait Carrie Wayne, et elle était médecin. A en juger par la maison, Carrie Wayne devait être plutôt calée dans sa spécialité !

Il ouvrit brusquement sa portière, luttant contre une bourrasque particulièrement forte, puis il affronta la tempête. Ses grosses chaussures de randonnée disparaissaient dans la couche de neige, qui à présent devait dépasser les trente centimètres. Il remonta le zip de sa parka bleu marine garnie de duvet, enfila ses gros gants de cuir et mit son capuchon. Inutile d'ajouter une pneumonie au surmenage professionnel, pensa-t-il. Il avait bien l'intention d'apprécier ces *quatre* jours de congé.

Quand il atteignit la porte d'entrée, il avait le souffle court après les efforts qu'il avait dû faire pour couvrir la distance dans le vent et la neige. Mieux valait régler l'affaire rapidement s'il voulait avoir fini le lendemain matin. Il frappa à la porte, puis estima plus efficace de sonner deux fois. Ensuite, il se recula d'un pas pour attendre. Les pleurs d'un bébé lui parvinrent — c'était la bonne maison —, puis quelqu'un déverrouilla la porte à l'intérieur.

John ouvrit la bouche pour dire bonsoir.

Mais aucun mot n'en sortit.

Parce qu'une fois qu'il vit qui se trouvait dans le hall, il ne put plus parler. Ni respirer. Ni même penser. Les yeux écarquillés, il fixait la femme brune aux yeux bleus debout devant lui, se souvenant de la douceur parfumée de son corps tout en courbes et en creux voluptueux, caché sous le pyjama brillant qu'elle portait.

Dr Carrie Wayne ? Non... Dr Claire Wainwright. Comme s'il avait besoin de ça !

2

Le bébé n'avait pas arrêté de pleurer depuis que Claire l'avait recueilli, mais au premier son du carillon, elle avait bondi.

Et maintenant, même avec un bébé qui lui hurlait dans les oreilles, elle n'entendait plus que les battements de son propre cœur.

John… Mon Dieu ! De tous les gens qui auraient pu venir en réponse à son appel, pourquoi avait-il fallu que ce soit *lui* ?

Bien sûr, elle savait qu'il était policier, et qu'il travaillait et vivait à vingt minutes environ de chez elle. Mais comment aurait-elle pu imaginer qu'après son appel pour signaler un abandon de bébé, ce serait John qui se déplacerait ?

Qu'est-ce qui leur avait pris d'envoyer un policier des Stupéfiants ? Et pourquoi celui-là même qui avait pris sa virginité, plus de quinze ans plus tôt ?

« Voyons, Claire, rectifia-t-elle mentalement. Il n'a pas vraiment pris ta virginité. Tu la lui as offerte comme un cadeau… »

Chassant ce souvenir de son esprit, elle s'effaça pour le laisser entrer. Sans autre invitation, John avança d'un pas décidé dans le hall, et elle se hâta de refermer la porte.

Il rejeta en arrière le capuchon de sa parka et ôta ses gants sans la quitter du regard. Elle nota que durant les trois ans qui s'étaient écoulés sans qu'elle le revoie, les cheveux noir charbon de John s'étaient légèrement teintés aux tempes de quelques fils d'argent.

C'était le seul changement. Il était toujours aussi beau — une beauté un peu rude et incroyablement séduisante —, et semblait toujours aussi sûr de lui. Et quelle stature ! Comment avait-elle pu oublier qu'il la dominait à ce point ? Lors de leur dernière rencontre, elle portait des escarpins à hauts talons, mais sa taille l'avait intimidée.

Pourtant — fait étrange, à la réflexion — il ne l'intimidait pas à l'époque où ils sortaient ensemble. Ce n'est qu'après leur rupture, une fois leurs études terminées, que John était devenu si… impressionnant.

De nouveau, elle se rappela leur embarrassante dernière rencontre. Par le plus grand des hasards, il avait fallu qu'ils se retrouvent à un mariage ! Cela avait rappelé désagréablement à Claire la manière dont, bien des années plus tôt, elle avait décliné sa demande en mariage.

De toute évidence, lui aussi se remémorait cette époque, car il avait le regard circonspect et le dos un peu trop droit, et ses belles lèvres viriles incroyablement sexy esquissaient une moue désapprobatrice. Ce qui dans le fond, valait mieux, parce qu'elle se rappelait trop bien son sourire ravageur…

— Claire, dit-il, sans émotion apparente.

Malgré ce détachement, elle sentit qu'elle fondait aussi vite que la neige autour des bottines de John. Il suffisait qu'il prononce son prénom de sa voix de velours pour qu'elle sente un frisson brûlant lui parcourir la nuque. Quelques mots encore, et tout le reste de son corps s'enflammerait aussi vite, pensa-t-elle.

— John, répondit-elle prudemment.

Et elle éprouva une incroyable fierté d'avoir prononcé ce mot sans révéler le chaos de sentiments contradictoires qui s'affrontaient en elle.

Après ces brèves salutations, ils demeurèrent à court d'inspiration.

Dans son couffin posé près de la porte du séjour, le bébé, lui, eut une très bonne idée. Il avait cessé de pleurer quand John était entré, mais il se manifesta de nouveau, brisant le silence gêné et tendu qui s'était installé.

Automatiquement, mais sans aucune aisance, Claire se précipita pour le prendre dans ses bras, mais ce geste ne calma en rien l'inquiétude du pauvre enfant — bien au contraire.

John défit le zip de sa veste.

— Pas comme ça, dit-il, tendant les bras avec le plus grand naturel.

Claire ne se fit pas prier pour lui confier l'enfant, qu'il installa adroitement contre sa poitrine recouverte d'un chandail en coton. Appliquant sa large paume sur le dos du bébé, il le frotta doucement en un geste circulaire, tout en berçant l'enfant, dont, presque aussitôt, les pleurs diminuèrent avant de se transformer en soupirs.

— Chut, murmura John. Ça va aller, mon lapin. Personne ne te fera de mal. Tout va bien. Chut…

— Merci, dit Claire.

Remerciait-elle John d'avoir calmé les peurs du bébé ou les siennes ? Elle n'aurait su le dire exactement.

Tout en continuant de susurrer des mots apaisants, John, cependant, ne la quittait pas du regard, et mille accusations semblaient bouillonner dans les profondeurs brun sombre de ses yeux.

Claire chercha en vain ce qu'elle pourrait dire pour rendre la situation moins pénible… Debout, les bras croisés pour se donner une contenance, elle regardait John et le bébé.

Le grand corps de John offrait un abri à la vie minuscule qu'il tenait contre lui, et son visage semblait s'adoucir tandis qu'il berçait le bébé, un geste qu'il effectuait sans effort, de la manière la plus naturelle qui soit.

Ne supportant plus cette vue, Claire lui tourna le dos et gagna le salon.

Si les choses avaient évolué autrement, elle aurait peut-être été la femme de John à présent. Et le bébé qu'il tenait dans ses bras aurait très bien pu être le leur.

« Arrête, Claire », pensa-t-elle aussitôt. Les choses *n'avaient pas* tourné autrement. Ils *ne s'étaient pas* mariés, et ce *n'était pas* leur enfant que John berçait. Elle avait fait des choix des années auparavant, alors maintenant, il fallait les assumer. Simplement parce que les choses, alors, ne s'étaient pas passées exactement comme elle l'aurait cru. Enfin… pourquoi ruminer des regrets et des « si »…

Même si elle avait effectivement épousé John, seraient-ils encore mariés à l'heure qu'il est ? Elle ne se serait pas épanouie dans le genre de vie qu'il envisageait pour eux, et il en aurait probablement subi les répercussions. Cela les aurait rendus malheureux, et ils se seraient sans doute séparés.

John interrompit ces pensées moroses en entrant à son tour dans le salon avec le bébé endormi. Marchant avec précaution, il retourna le déposer dans son couffin, qu'il vint mettre devant le canapé. Pendant quelques instants, il regarda le bébé dormir et téter un biberon imaginaire. Cette vue fit sourire Claire, mais quand John se leva et se tourna vers elle, son sourire disparut instantanément.

De la tête, il désigna l'autre extrémité du salon, où ils pourraient parler sans réveiller l'enfant. Claire le précéda dans cette direction, et s'arrêta près de la cheminée où quelques braises rougeoyaient encore.

En ouvrant sa grosse veste, John avait dévoilé dessous un sweat-shirt brun tabac trop grand et un jean usé. D'un geste machinal, il sortit un petit calepin et un stylo à bille de la poche intérieure. Il fixait Claire sans hostilité à présent, comme si elle était devenue pour lui une étrangère.

— Alors, peux-tu me dire comment c'est arrivé ? demanda-t-il en faisant sortir la bille du stylo.

Claire eut l'impression qu'il parlait de tout autre chose que du bébé abandonné devant sa porte.

« Comment c'est arrivé ? Ton projet de vie était trop différent du mien, répondit-elle en pensée, et tu n'as jamais pris la peine de m'interroger sur mes rêves et mes désirs. Tu ne pensais qu'aux tiens, et tu as supposé que je les adopterais. Voilà comment c'est arrivé. »

Elle réprima cette pensée de peur que les mots jaillissent de ses lèvres et déclenchent une scène sordide. Elle n'eut qu'un rapide haussement d'épaules, et se passa nerveusement la main dans ses cheveux.

— J'étais au lit, peu avant minuit, et on a sonné à ma porte.

— Seule ?

Claire ne put retenir un gloussement incrédule.

— Tu vois quelqu'un d'autre ici ?

— Non, c'est vrai, mais ça ne veut pas dire que tu étais seule.

— Je le suis, marmonna-t-elle… Ce soir, en tout cas.

La flèche dut frapper la cible en plein cœur, car de nouveau, le regard de John s'assombrit.

— Bien, fit-il sèchement. Tu étais seule au lit et tu as entendu sonner peu avant minuit. Tu es sûre de l'heure ?

— Oui. Dick Clark venait juste de m'informer de la situation à Times Square.

— Alors qu'est-ce qui s'est passé ?

— La première fois, je n'ai pas réagi, pensant que c'était sûrement une farce de soir de réveillon. Mais on a sonné encore deux fois, alors finalement, je me suis levée pour aller voir.

— Tu as l'habitude d'ouvrir ta porte en pleine nuit alors que tu es seule ? demanda John, narquois.

— Il se trouve que d'ordinaire, je n'ai même pas à me poser la question, figure-toi.

Si elle n'avait jamais de visiteurs la nuit, ou si d'habitude, elle avait un homme près d'elle pour, le cas échéant, ouvrir la porte, Claire omit délibérément de le préciser.

— J'ai pensé que c'était peut-être une patiente, ajouta-t-elle. Et je ne me suis pas précipitée au rez-de-chaussée pour ouvrir la porte toute grande. J'ai d'abord regardé par la vitre. Et c'est là que j'ai vu une femme debout au bout de mon allée.

— Donc, tu as vu une femme laisser le bébé ?

— Non… Je ne l'ai pas vue déposer le couffin devant ma porte, mais je serais prête à parier que c'est elle qui a laissé le bébé là.

— Est-ce que tu l'as vue nettement ?

— Non. Il faisait sombre et il neigeait très fort, et la vitre à travers laquelle je regardais n'est pas complètement claire. Je ne l'ai vue qu'un instant, mais il m'a semblé qu'elle était jeune. Les seuls éléments sûrs dont je dispose sont qu'il s'agissait d'une femme blanche avec de longs cheveux blonds, et vêtue d'une veste noire et d'un béret.

— Est-ce que tu lui as parlé ?

— Non. Dès que je l'ai aperçue là-bas dehors, j'ai allumé tout l'éclairage extérieur, mais elle s'est enfuie en courant avant que j'aie pu la voir clairement, ou lui parler… Elle semblait quand même hésiter, car quand je suis sortie, elle n'est pas partie tout de suite. Elle s'est arrêtée au bout de la rue pour m'observer, et elle a attendu d'être sûre que j'avais bien vu le couffin pour s'en aller. Elle voulait probablement s'assurer avant de partir qu'on emmenait sa fille à l'intérieur.

John considéra Claire d'un air pensif.

— On dirait que tu prends sa défense.

Elle faillit protester, puis se ravisa.

— Peut-être, en un sens. La jeune femme répugnait à partir. Je ne pense pas qu'elle aurait abandonné l'enfant sans être sûre que quelqu'un serait là pour l'emmener au chaud.

— Ça n'excuse pas l'abandon pour autant.

— Non, évidemment…

— Mais je comprends pourquoi tu jugerais son attitude acceptable, ajouta John, sarcastique.

Cette fois, Claire sentit la colère l'envahir.

— Je n'ai jamais dit que son attitude était acceptable ! Ne me fais pas dire ce que je ne dis pas !

— Je veux bien, mais je crois savoir que tu ne raffoles pas des enfants ?

— Je les aime, dans la mesure où ce sont les enfants de quelqu'un d'autre, et qu'ils gardent leurs distances.

— Dans ce cas, tu as sûrement de la sympathie pour la femme qui a laissé ce petit trésor sur ton seuil... Tu ferais sûrement la même chose si tu te trouvais toi-même avec un bébé dont tu ne veux pas.

— Je n'abandonnerais *jamais* un enfant. Pas plus que je n'en mettrais un au monde sans pouvoir m'en occuper. Alors non, je n'éprouve aucune sympathie pour elle. Mais je pense vraiment qu'il est injuste de la juger et de la condamner sans connaître sa situation. Même si je vois très bien comment un homme comme toi verrait sa situation : entre deux maux elle a sûrement choisi le moindre. Mais tu n'as jamais été très fort en matière de nuances, n'est-ce pas ? Avec toi, ça a toujours été tout blanc ou tout noir.

De toute évidence, John aurait eu beaucoup à dire sur ce point, mais au lieu de cela, il leva résolument le menton.

— Aurais-tu d'autres détails utiles à ajouter sur ce qui s'est passé ?

Pendant les minutes qui suivirent, John posa sur l'abandon beaucoup de questions auxquelles Claire répondit de son mieux, mais souvent, elle ne fournit aucun renseignement exploitable. Tout s'était passé si vite, et elle avait été tellement surprise par tout cela...

Quand enfin, John sembla à court de questions, il referma son stylo, puis son calepin et remit les deux objets dans la poche de sa parka. Ensuite, il jeta un regard en direction du bébé endormi, puis se retourna pour scruter Claire. Elle se dit qu'il allait poser une autre question sur le bébé…

— Comment vas-tu, depuis tout ce temps ?

Le changement de sujet rapide et inattendu, joint à la douceur de sa voix et à la lueur affectueuse dans son regard, prit Claire au dépourvu. Envolés, l'antagonisme et les accusations qui avaient fait vibrer l'air entre eux. John semblait soucieux de son bien-être, sans plus. Et pendant un instant, Claire ne sut que répondre. Parce que pendant un instant, elle se demanda vraiment comment elle allait « depuis tout ce temps ».

Elle réprima l'impression étrange qu'en fait, *rien* n'allait dans sa vie.

— Bien… Je vais bien, répondit-elle en détournant le regard.

— Vraiment ?

Claire émit un soupir entrecoupé. Si seulement elle pouvait revenir vingt ans en arrière, la première fois où elle avait posé les yeux sur John Campisano à la High School Overdale de Gloucester City… Elle était alors une élève de première année, timide et maigre, qui se cachait sous de grandes lunettes et des vêtements trop grands. John Campisano, avec son physique de beau brun sociable et sûr de lui dans sa veste de football rouge et or, lui était apparu comme un dieu romain. Déjà, alors qu'il n'était qu'en deuxième année, il avait fait sensation sur les équipes universitaires. Claire, elle, humble étudiante de première année, n'était pas du tout entrée dans sa sphère.

Cela ne s'était produit que plus tard. Elle se trouvait en troisième année, et John, lui, en quatrième et dernière année. A présent, elle portait des verres de contact et possédait des formes agréables. En salle d'étude, le destin — et Mme Ballantine — les avaient placés à la même table. Il n'avait pas fallu plus de cinq minutes à John pour convaincre Claire de sortir avec lui. Après cela, il n'y avait plus eu de retour en arrière.

Du moins, jusqu'au jour où Claire était revenue de Princeton avec un diplôme de biologie et une lettre d'admission à la faculté de médecine de Yale. Après cela, tout avait commencé à se défaire.

Claire s'aperçut que John attendait toujours sa réponse.

— Oui, bien. Je vais bien, répéta-t-elle comme pour s'en convaincre.

— Apparemment, c'est le cas. Tu es superbe.

A l'énoncé de ce compliment prononcé d'un ton détaché, Claire éprouva au creux de l'estomac un pincement brûlant qu'elle ignora. Pourquoi s'enflammer pour une chose qui n'arriverait jamais ?

— Tu es très bien toi aussi, répondit-elle pourtant.

Il balaya le compliment d'un geste de la main.

— Jolie maison, dit-il d'un ton neutre. Tu as réussi, on dirait.

— Ça va, confirma-t-elle.

John émit un bref rire presque moqueur.

— « Ça va » ? Pour acheter cette maison, tu as déboursé plus de dix ans de mon salaire !

C'était exact, pensa Claire.

— Tu as tout ce que tu veux, maintenant, conclut John.

« Pas tout à fait, non. »

— Comment pourrais-tu savoir ce que je veux ? Tu n'as jamais pris la peine de me le demander.

— A une certaine époque, nous voulions la même chose, toi et moi, alors je n'avais pas besoin de demander, répliqua John, cassant de nouveau.

— Nous étions des enfants. Nous ne pouvions pas savoir ce que nous voulions.

— Parle pour toi ! Moi, je savais exactement ce que je voulais.

— Dans ce cas, tu aurais peut-être dû en prendre soin davantage.

John scruta Claire dans la douce lumière dorée que dispensait une lampe luxueuse à l'autre extrémité de la pièce. Et il tenta de calmer les battements trop forts de son cœur. A cette époque-là, rien ne le rendait plus heureux que de prendre soin de Claire Wainwright. Rien. Et il n'imaginait rien qui pourrait lui apporter plus de joie maintenant.

Mais pour elle, certaines choses avaient compté bien plus que John Campisano. Et il ne pouvait pas le lui pardonner. Il lui avait offert de construire toute sa vie autour d'elle et de la famille qu'ils auraient fondée ensemble. Et pour cette raison précisément, elle s'était débarrassée de lui. Parce que pour elle, cela ne suffisait pas.

Mais bon sang, comme elle était belle ! Plus encore qu'il n'aurait pu l'imaginer. Plus qu'avant. La dernière fois qu'il l'avait vue, il s'était senti trop bouleversé pour lui parler. Tout ce qu'il avait réussi à faire, c'était la regarder de loin sur la piste de danse du Knights of Columbus. Il mourait d'envie de l'inviter à danser, et se maudissait d'éprouver cette envie.

A l'heure qu'il est, ils auraient dû célébrer au moins leur dixième anniversaire de mariage. Ils auraient dû former une grande et heureuse famille du New Jersey, prendre rendez-vous chez l'orthodontiste, et décider à quel âge John Junior pourrait avoir un labrador.

Au lieu de cela, ils étaient seuls tous les deux, et aucun d'eux n'avait jamais vraiment pu trouver le bonheur.

— Je t'ai simplement écoutée, Claire, dit-il avec douceur. Simplement, je n'ai pas cru que tu pensais ce que tu disais. Que tu estimes qu'il y avait des choses plus importantes que nous deux, je n'arrivais pas à le croire.

Claire haussa un sourcil étonné, mais elle ne dit rien, ni pour nier ni pour confirmer les allégations de John. Elle se contenta de croiser ses bras un peu plus étroitement sur sa taille, comme pour se réconforter.

— Donc… pour le bébé, qu'est-ce que tu comptes faire ? demanda-t-elle.

John se sentit soulagé par cette question. Elle ne souhaitait pas plus que lui revenir sur le passé — tant mieux. Pourtant, le changement de sujet ne le satisfaisait pas, car depuis toutes ces années, les choses entre eux ne semblaient pas réglées.

— Pour être franc, dit-il, je ne sais pas trop. Je devrais appeler les Services sociaux, mais ils ne répondaient pas tout à l'heure, alors je n'ai guère l'espoir qu'il y ait quelqu'un maintenant. Et même si il y a quelqu'un, avec le temps qu'il fait, ça m'étonnerait que quelqu'un vienne jusqu'ici ce soir.

Claire pâlit.

— Mais… mais… il faut que quelqu'un vienne tout de suite, dit-elle, visiblement inquiète.

John eut un geste évasif.

— Ecoute, je vais faire de mon mieux, mais n'y compte pas trop.

— Il faut qu'on vienne, répéta Claire, au bord de la panique.

Sa réaction étonna John. Il savait bien qu'elle ne raffolait pas des enfants — il l'avait compris le jour où elle l'avait quitté sans ménagement —, mais sa réaction présente le surprenait quand même. Ce n'était qu'un bébé ! Il n'y avait pas de quoi paniquer !

— Je vais appeler, assura-t-il. Mais avec ce temps, et un soir de réveillon, il faudrait un miracle pour que quelqu'un s'aventure jusqu'ici.

— Dans ce cas, fais un miracle. Tout de suite.

— Pourquoi ? Il n'y a pas de quoi en faire une histoire !

Claire eut un gloussement incrédule.

— Je ne *peux pas* m'occuper de ce bébé. C'est im-pos-sible.

Etrangement attendri, John eut un sourire.

— Ne t'inquiète pas comme ça, voyons. Même si personne ne vient, tu ne seras pas toute seule.

— Comment cela ?

— Je vais rester pour t'aider du mieux que je pourrai. Jusqu'à demain matin.

3

Comme John s'y attendait, aucun des Services sociaux ne décrocha, pas plus qu'à la demi-douzaine d'autres numéros qu'il composa pour trouver quelqu'un qui vienne chercher le bébé. De toute manière, le jour férié et la neige avaient probablement dirigé toutes les personnes libres vers des cas infiniment plus urgents qu'un bébé abandonné — qui pour le moment se trouvait en sécurité et au chaud, avec un policier et un médecin pour s'occuper de lui.

Un policier désenchanté et un médecin très inquiet, mais tout de même…

John reposa le téléphone mobile sur le comptoir de la cuisine et se tourna vers Claire.

— Je regrette, dit-il.

Ce n'était pas vrai. Il y avait quelque chose dans cette situation qui l'empêchait de se sentir trop accablé.

— Je ne vois pas qui d'autre je pourrais appeler. Il faudra attendre au plus tôt demain après-midi pour que quelqu'un vienne te décharger de cet enfant.

Ils avaient emmené le bébé et son couffin avec eux dans la cuisine, et dans la douce lumière rose d'une lampe posée sur l'énorme réfrigérateur, l'enfant dormait paisiblement au milieu de la table de la cuisine — une table nettement trop grande pour une personne seule, remarqua John. Claire avait préparé du café, et pendant qu'il téléphonait, elle avait rempli deux tasses. Maintenant, elle serrait sa tasse avec une vigueur presque brutale, comme pour ne pas perdre prise sur la réalité.

— Ce n'est pas possible, murmura-t-elle. Je rêve, sûrement. Je n'arrive pas à croire que je vais rester bloquée ici avec toi et un bébé jusqu'à demain après-midi !

John préféra ne pas prendre cette déclaration trop à cœur, car elle n'était probablement inspirée que par la panique et la peur. Mais c'était quand même déplaisant de penser que Claire considérait le fait de passer du temps avec lui et le bébé comme un cauchemar. Ce n'était pas *étonnant*, mais c'était vraiment déplaisant.

Il réprima l'amertume qui l'avait envahi.

— Bien vu. Il se pourrait bien que personne ne vienne avant demain après-midi, effectivement... Mais vu le tour que prennent les choses, ça pourrait bien être après-demain seulement.

Claire fronça les sourcils.

— Ce n'est pas drôle.

— J'en sais quelque chose. Si tu crois que moi, je suis content d'être enfermé ici avec toi, tu te trompes ! Au cas où tu l'aurais oublié, c'est moi qui ai été quitté.

« Moi, celui qui n'a jamais cessé de t'aimer », ajouta-t-il mentalement — et cette pensée ne lui fit aucun plaisir.

Pourtant, comment le nier ? Plus de dix ans auparavant, il avait demandé à Claire de l'épouser. Il avait mis plus de dix ans à décider que ses sentiments pour elle appartenaient au passé et qu'il devait reprendre le cours de sa vie. Mais cette décision n'avait servi à rien. Il l'aimait encore, et cet amour l'avait empêché de se marier. En conscience, il ne pouvait pas s'unir à une autre femme pour la vie, en n'éprouvant pour elle qu'une pâle réplique de l'amour qu'il éprouvait encore pour Claire !

En un mot, il n'aimerait jamais une autre femme. Pas vraiment. Pas de la manière dont il avait aimé Claire. En tout cas, tant que Claire vivrait.

Evidemment, il avait souvent regretté de se retrouver célibataire et sans enfants. Mais c'était son choix. Ses relations avec d'autres femmes ne dépasseraient jamais le stade du désir physique. Son avenir, c'était une existence solitaire. Il ne blâmait sûrement pas Claire pour cette situation. Mais il ne lui pardonnait pas, non plus.

Un soupir de Claire le ramena à l'instant présent.

— Ne recommençons pas avec ça ! Ça ne mène à rien. Ça ne fera que rendre la situation encore plus difficile. Nous n'avons plus rien à apprendre l'un sur l'autre.

— « Ça ne mène à rien ». Mmh, bien résumé. En fait, c'est toute notre histoire qui n'a mené à rien.

— John ! fit Claire, désapprobatrice.

Il leva les mains en signe de reddition.

— D'accord, d'accord. Je promets d'être sage. Promis juré.

Claire leva les yeux au ciel, mais elle n'émit aucun commentaire et reporta son attention sur le bébé.

— Il dort beaucoup. Est-ce que c'est normal, ça ? Je croyais que les bébés dormaient mal.

John eut un haussement d'épaules.

— Ça dépend. Beaucoup ont un sommeil agité, mais certains dorment comme des souches. En plus, celui-ci doit avoir au moins six ou sept mois. C'est un âge où il doit bien faire ses nuits.

Claire braqua sur lui un regard soupçonneux.

— Tu as l'air de t'y connaître en matière de bébés. Est-ce que tu… as des enfants ?

John nota le coup d'œil rapide qu'elle jeta sur son annulaire gauche — dépourvu d'anneau. « Tiens, tiens, pensa-t-il. Elle est un peu sensible sur le sujet. Est-ce que ce serait de la jalousie, par hasard ? »

— Non, non. Je n'ai ni femme ni enfants, mais beaucoup de nièces et de neveux. Angie a mis au monde des jumeaux il y a un mois de cela, ce qui lui fait quatre enfants, et…

— Pas possible ! s'exclama Claire. Angie ? La petite Angie a quatre enfants ?

Devant son sourire éblouissant, John ne put s'empêcher de sourire aussi.

— La « petite Angie », comme tu dis, a vingt-huit ans maintenant. Et elle est mariée depuis six ans.

— Incroyable. Je la revois, toujours derrière nous quand elle était toute petite.

— Elle t'aimait beaucoup. Pendant plusieurs mois, après notre rupture, elle n'a plus voulu me parler. Elle était sûre que tu t'étais enfuie dans le Connecticut à cause de quelque chose que j'avais fait ou que j'avais dit.

— John, fit de nouveau Claire d'un ton désapprobateur.

— Je n'essaie pas de ressasser de vieilles histoires, dit-il avec sincérité. J'expose simplement un fait. Nous pourrions difficilement passer un moment ensemble sans évoquer le passé, tu ne crois pas ? Nous comptions beaucoup l'un pour l'autre, que tu le veuilles ou non.

Devant cette mise au point, les yeux bleu cobalt de Claire exprimèrent la surprise, puis une émotion que John préféra ne pas définir. Les yeux de Claire avaient toujours causé sa perte, il s'en souvint — trop tard. Ils étaient d'un bleu si profond, si extraordinaire... Et tellement expressifs, aussi. Elle n'avait jamais pu cacher ses sentiments, car chaque fois ses yeux la trahissaient. Ils avaient toujours causé sa perte.

Et maintenant, ces yeux disaient à John qu'elle n'avait rien oublié. De tout son être, il éprouva le besoin de la prendre dans ses bras pour la serrer contre lui. Même après plus de dix ans de séparation, même après la souffrance qu'elle lui avait causée en partant, il la désirait encore. De tout son cœur, de toute son âme.

« Génial, John. Vraiment génial », lui chuchota une petite voix narquoise.

— Je ne refuse pas de reconnaître combien nous comptions

l'un pour l'autre, dit-elle. Au contraire. Je m'en souviens peut-être même mieux que toi.

John fit de son mieux pour cacher le trouble qu'éveillait en lui cette affirmation.

— Qu'est-ce qui ne va pas, alors ? demanda-t-il.

Pour toute réponse, Claire secoua la tête et lui tourna le dos, mais John avait eu le temps d'entrevoir des larmes dans ses yeux, et cela le bouleversa.

Ah, ces yeux ! songea-t-il de nouveau. Ils avaient toujours créé des problèmes. Apparemment, cela, au moins, n'avait pas changé !

Qu'est-ce qui lui avait pris d'agir ainsi ? se demandait Claire. Comme si cela ne suffisait pas qu'elle se retrouve responsable — du moins en partie — d'un bébé abandonné pour encore un, ou peut-être deux jours. Comme si cela ne suffisait pas que la personne avec laquelle elle partageait cette responsabilité soit l'homme qu'elle avait autrefois exclu de sa vie et qu'elle ne pensait pas revoir autrement qu'en passant… Pour couronner le tout, elle commençait à penser que peut-être, bien au fond d'elle-même, dans un recoin lointain et obscur de son esprit qu'elle avait cru définitivement verrouillé, elle aimait toujours John Campisano ! Même après toutes ces années… Et même après le bouleversement de la séparation qu'elle avait réussi à surmonter.

Une grande part d'elle-même désirait encore avoir John dans sa vie. Pour toujours…

Elle passa la main sur ses yeux, feignant un geste de fatigue. Pourvu que John n'ait pas vu ses larmes… Pourquoi pleurait-elle, d'ailleurs ? C'était l'épuisement, se dit-elle pour se rassurer. Il était presque 3 heures du matin et elle était debout depuis près de vingt-quatre heures. Même avant cela, elle était déjà fatiguée. Elle n'avait jamais bien dormi, et le stress des dernières heures n'avait rien arrangé !

La fatigue — c'était cela aussi qui provoquait en elle cet étrange accès de mélancolie. Ce n'était rien de plus que cela, car elle ne pouvait pas être toujours amoureuse de John après tout ce temps ! Ça n'avait pas de sens.

« Vraiment ? chuchota une petite voix intérieure. Alors dans ce cas, pourquoi n'as-tu jamais pu t'engager avec un autre homme ? Pourquoi n'as-tu jamais trouvé quelqu'un pour qui tu aurais éprouvé les sentiments que tu avais pour John ? Pourquoi reste-t-il ta référence absolue ? »

Passant une dernière fois la main sur son visage, Claire se retourna vers John. Il semblait aussi épuisé et abattu qu'elle-même. De toute évidence, ils manquaient gravement de sommeil tous les deux. Le bébé, lui, dormait profondément : ils devraient profiter de ce bref sursis. Même une heure ou deux de repos leur feraient le plus grand bien.

— Nous devrions aller nous coucher, dit-elle.

Devant l'air vaguement incrédule de John, elle leva les yeux au ciel.

— Ce n'est pas ce que j'ai voulu dire, tu le sais très bien.

— Non, je ne sais rien du tout. As-tu entendu ce que tu as dit ? Toi et ton esprit mal tourné…

— Tu ne demandes que ça, répliqua Claire, souriant malgré elle.

John sourit aussi.

— Je me souviens de quelques occasions où nous avions tous les deux l'esprit mal tourné. C'était amusant — et le mot est faible.

Le sourire de Claire s'évanouit devant la volonté de John de continuer sur un sujet qu'elle considérait comme très dangereux. Mais elle ne put réprimer le frisson brûlant qui la parcourut en réaction aux souvenirs qui se bousculaient dans sa tête. Des souvenirs tellement forts les unissaient — mais en fait, cela avait toujours été ainsi entre eux. Un lien d'une force incroyable. Comme s'ils craignaient de n'être jamais rassasiés l'un de l'autre, sentant que leur temps ensemble serait limité, et qu'ils devaient profiter au maximum de chaque seconde. Comme s'ils ne pouvaient pas supporter la moindre séparation.

« Nous n'étions que des enfants, pensa Claire. Ce n'était qu'une histoire d'hormones. »

C'était cela qui les avait fait réagir l'un à l'autre avec cette intensité instantanée et totale. Les hormones. Une histoire de biologie et de chimie. Et d'anatomie aussi, bien sûr. Rien que de très scientifique, et de très naturel. Une réaction chimique très violente, peut-être, mais une réaction chimique quand même. Maintenant, ils étaient devenus deux adultes capables de garder sous contrôle ce genre de réaction. Il n'était pas question qu'ils se consument comme ils l'avaient déjà fait une fois.

L'instant d'après, Claire regarda de nouveau John, et sentit sa maturité chuter aussi vite que sa température interne grimpait…

— C'est terminé, mentit-elle. C'est du passé, tout ça. Il n'y a plus rien entre nous, maintenant.

— O.K., répondit John, sarcastique. Bien sûr. Si ça peut t'aider à te sentir mieux, vas-y, continue, persiste dans ta douce illusion…

— Ce n'est pas une illusion. C'est la vérité.

John avança d'un pas dans sa direction.

— Donc, pour toi, le passé est complètement révolu. C'est ce que tu prétends ?

— Oui, murmura Claire.

D'un air dégagé, il avança encore.

— Depuis que tu m'as ouvert la porte, il y a deux heures de ça, tu n'as rien éprouvé qui ressemble aux émotions d'autrefois ?

Claire secoua négativement la tête.

— Non.

Nouveau pas en avant.

— Pas le moindre frisson ?

Craignant que sa voix la trahisse, Claire préféra secouer la tête en silence, regardant la petite lueur qui dansait dans le regard sombre de John.

— Alors je suis le seul à sentir ces ondes qui vibrent entre nous ? murmura-t-il d'une voix grave.

— Eh bien… je pense que tu dois imaginer des choses, John.

Il s'arrêta devant elle, tout près. Claire se dit qu'elle devrait être indignée qu'il envahisse son espace de cette manière, sans lui demander son accord, et sans se soucier de ce que cela pourrait lui faire à elle : c'était précisément une des raisons de leur premier échec.

Malgré tout l'amour qu'elle avait eu pour lui, il l'avait toujours submergée. Il avait toujours été ainsi. Excessif. Trop grand, trop heureux, trop expansif, trop sociable, trop aimant, trop…

Trop tout !

Claire s'était toujours senti éclipsée, écrasée. Pas seulement par John, mais par tout le clan Campisano. Ils étaient tous exactement comme lui. Trop affectueux, trop gentils. Tous complètement en phase l'un avec l'autre, comme les différentes pièces d'une seule et unique grande machine bien huilée. Quand l'un d'eux manquait, l'autre le remplaçait. Quand l'un d'eux souffrait, l'autre le soignait. Quand l'un était triste, l'autre l'encourageait…

Et Claire, qui n'avait jamais vu ce genre de rapports dans sa propre famille — une famille réduite où on s'appliquait à ne jamais montrer aucune émotion —, s'était sentie complètement à part chez les Campisano. Malgré tout son amour pour John, elle avait toujours su qu'elle ne se sentirait jamais bien dans cette famille.

Mais voilà : dans la conception que John avait de la famille, cette proximité et cette intimité étaient indispensables. Il l'avait bien fait comprendre. Il souhaitait qu'ils aient une demi-douzaine d'enfants, comme ses parents ; qu'ils s'installent dans le quartier où vivaient ses parents, et que Claire reste à la maison avec leurs enfants pendant que lui-même s'épuiserait au travail pour pourvoir aux besoins financiers de la famille. Il voulait être le genre de père qu'avait été son propre père, et désirait que leur famille soit à l'image de tout le clan. Mais Claire ne pouvait pas envisager les choses ainsi. Elle ne voulait pas donner naissance à six enfants et les élever — elle ne voulait *aucun* enfant. Elle ne voulait pas être mère au foyer mais médecin, comme ses parents. Simplement, elle n'avait pas du tout envisagé sa vie avec John comme lui-même l'avait prévue.

L'idée de fonder une famille ne l'attirait absolument pas. Elle n'était pas faite pour ça, même si elle le regrettait. Et cela, John ne l'avait jamais compris.

Et maintenant, pendant que debout devant elle, il la regardait comme autrefois, elle éprouvait ce même désir d'indépendance, mêlé à l'envie de correspondre aux attentes de John.

Celui-ci parut deviner le combat qui se livrait en elle, car il ne fit rien pour pousser son avantage. Rien, ou pas grand-chose. Il tendit simplement la main en direction des cheveux de Claire, et enroula une longue mèche autour de son index, lentement, jusqu'à ce qu'il sente sous sa paume la chaleur de sa joue. A ce moment-là, il marqua une brève hésitation, puis il lui souleva doucement le menton pour qu'elle le regarde dans les yeux.

— Tu ne peux pas me mentir, dit-il doucement. Tu n'as jamais pu, tu le sais. Même quand tu m'as dit que tu ne voulais pas m'épouser, je savais que tu mentais. Mais tu as quand même dit non, et je n'ai jamais compris pourquoi.

Claire voulut répondre, mais elle se rendit compte qu'elle ne savait que dire. Ce simple contact d'une main sur sa joue avait brouillé ses pensées, éveillé ses émotions, et stimulé tout son corps. Une vague de chaleur grandit et l'envahit tout entière. Instinctivement, elle inclina la tête sur le côté, appuyant la joue contre la paume de John, comme un pétale qui s'ouvrirait au soleil. Et elle ferma les yeux, juste un instant, pour s'offrir un aperçu de ce qui aurait pu être…

Trop tard, elle réalisa qu'un aperçu d'un instant ne suffirait jamais, et réveillerait trop d'émotions longtemps enfouies.

John parut partager cette impression, car il se recula imperceptiblement, comme si la réaction de Claire l'avait mis en alerte. Toutefois, il n'ôta pas sa main, comme s'il craignait encore davantage de la laisser s'en aller.

Sans savoir pourquoi, elle saisit le poignet de Chris, et tournant la tête, elle déposa un chaste baiser dans sa paume.

— Pourquoi as-tu fait ça ? balbutia-t-il.

— En souvenir d'autrefois, répondit Claire sans réfléchir.

John en demeura bouche bée, et si l'instant n'avait pas été aussi douloureux, Claire aurait peut-être ri devant une telle stupéfaction. Après toutes ces années, elle avait enfin réussi à le laisser sans voix : c'était inédit !

C'est ce moment que le bébé choisit pour se réveiller. Les petits bruits qu'il produisit en reprenant conscience suscitèrent en Claire des sentiments qu'elle n'avait jamais éprouvés. Pourquoi diable ce bébé ne se réveillait-il pas en hurlant rageusement ? Pourquoi fallait-il qu'il produise des bruits si… mignons ?

Comme on pouvait s'y attendre, ce fut John qui répondit à l'appel. Après un dernier regard en direction de Claire, il se dirigea vers la table et sortit le bébé du couffin pour le prendre dans ses bras. Aussitôt, les petits bruits d'éveil cessèrent, et Claire se prépara mentalement à entendre les inévitables cris qu'elle avait déjà subis un moment plus tôt. Mais rien de tel ne se produisit. Quand elle se retourna, elle vit John qui souriait car la petite fille lui avait saisi le nez dans son petit poing potelé.

— J'adore quand ils font ça, dit-il, hilare. On dirait qu'ils n'ont jamais vu un nez et qu'ils se demandent à quoi ça peut bien servir.

Le bébé serra plus fort, puis il lâcha le nez de John et se mit à pleurnicher.

— Aïe, murmura John.

Claire sentit l'angoisse l'envahir en un instant.

— Quoi donc ? Qu'est-ce qu'elle a ?

— Prépare-toi, répondit John avec le plus grand sérieux.

— A quoi ? Qu'est-ce qui se passe ?

— Ça s'annonce critique.

Claire se précipita vers la table. Le visage du bébé était presque violet, ses yeux fermés, et ses petites lèvres crispées comme si elle souffrait.

— Mon Dieu ! s'exclama Claire. Mais qu'est-ce qu'elle a ?

— Attends une minute, répondit John.

Le bébé émit un gargouillis et Claire crut qu'il s'étouffait.

— Bon sang, fais-lui la manœuvre de Heimlich ! dit-elle.

Comme John ne réagissait pas, elle lui donna un coup de poing sur le biceps.

— John ! Fais quelque chose !

Il s'esclaffa.

— Je n'ai rien à faire. Apparemment, la petite se débrouille toute seule.

Claire allait protester de nouveau, mais au même instant, une odeur horrible agressa ses narines.

— Mon Dieu…

Elle venait de comprendre pourquoi John ne s'était pas inquiété davantage, et elle se pinça le nez entre le pouce et l'index.

— Je me demande ce que sa mère lui a donné à manger !

John rit plus fort encore, et la tension qui avait régné un moment plus tôt se dissipa.

— Il n'est pas question que je change sa couche, dit Claire.

— Pourquoi ? demanda John, affectant un air innocent.

— Parce qu'il est évident que cette couche est radioactive, affirma Claire avec une moue douloureuse.

John rit de nouveau.

— Je veux bien la changer pour cette fois. Mais nous sommes concernés tous les deux par cette affaire, Claire. La prochaine fois, c'est toi qui effectueras la corvée !

— Je meurs d'impatience, marmonna Claire.

Une autre bonne raison d'éviter la maternité, pensa-t-elle — mais sans conviction, malgré l'odeur âcre qui lui agressait les narines. Ce n'était pas grave, pensa-t-elle. Il leur restait une nuit et un jour — et donc un bon nombre d'occasions de vérifier son manque d'instinct maternel.

4

Quinze minutes plus tard, John installa le bébé pourvu d'une couche propre sur ses genoux, afin de lui donner son biberon. Dès qu'elle sentit la tétine sur ses lèvres, la petite fille se mit à téter avec appétit, posant ses petits doigts potelés sur le large poignet. Et ce simple geste suffit pour faire fondre littéralement John.

Il adorait les bébés, et plus encore les jeunes enfants. Il était complètement fou de ses neveux et de ses nièces, et tous ces petits filous le savaient bien. Besoin d'un nouveau vélo ? « Eh bien, demande à oncle John ! » Besoin de quelqu'un pour t'emmener voir un match de base-ball le week-end prochain ? « Tu n'as qu'à demander à oncle John ! » Besoin de quelqu'un pour faire ton devoir de maths à ta place ? « Demande à oncle John. Sauf si ce sont des logarithmes — il n'y comprend rien. »

Oui, « oncle John » était fou des enfants. Et tout le clan Campisano le savait. Et malgré cela, il était le seul membre du clan à ne pas en avoir.

Et le seul membre de la famille à être tombé amoureux de quelqu'un qui ne voulait pas avoir d'enfants — ce qu'il n'avait jamais pu comprendre. Dès qu'il avait rencontré Claire, il s'était dit qu'elle ferait une maman formidable. Elle était aimante, gentille et douce. Elle avait peut-être du mal à montrer son affection quelquefois, mais… personne n'était parfait ! Cela s'améliorerait au fil du temps.

Les parents de Claire étaient affectueux, mais pas démonstratifs. De toute évidence, ils aimaient leur fille, mais ils n'avaient jamais vraiment exprimé leur amour. Et à cause de cela, Claire, elle aussi, avait toujours eu du mal à montrer ses émotions.

John ne comprenait pas ce genre d'attitude. Chez les Campisano, si on aimait quelqu'un, on le lui disait. Et on le lui montrait. De toutes les manières possibles, et à chaque occasion. La vie était trop courte pour tourner autour du pot. Pourquoi faire semblant ? Etait-ce si grave de faire savoir à quelqu'un ce qu'on éprouvait pour lui ? A quoi servait-il de cacher ses sentiments ?

Fait étonnant, une fois habituée à lui, Claire ne s'était jamais détournée de lui. Ils faisaient l'amour d'une manière intense et libérée. Et parfois, il s'était dit que peut-être, c'était pour cette raison qu'elle l'aimait tant : il était la première personne dans sa vie qui n'avait jamais fait mystère de ses sentiments pour elle.

Pourtant, quelque chose s'était dégradé dans leur relation, et Claire avait choisi l'indépendance à ses dépens. John ne comprenait pas pourquoi. Il la croyait heureuse d'être avec lui. Elle semblait aimer sa famille… Il s'était dit qu'elle resterait toujours avec lui…

Mais aujourd'hui, elle ne manifestait aucune envie d'explorer ses propres sentiments, et semblait aussi réticente que dix ans plus tôt à envisager un avenir possible avec lui. Pourtant, John avait l'impression que même si elle vivait exactement sa vie comme elle avait choisi de la vivre, Claire n'était pas vraiment comblée ou heureuse. Apparemment, il lui manquait quelque chose. Quelque chose de très important, qu'elle n'arriverait même pas à définir…

Mais voilà : ils disposaient de plusieurs heures, enfermés ensemble dans la maison de Claire, pour explorer cette mystérieuse chose.

Parfois, la vie évoluait dans le bon sens. Toujours optimiste, John Campisano n'allait sûrement pas rater une chance comme celle-là. Il ne croyait pas à la destinée, mais c'était incroyable, la façon dont leurs chemins s'étaient croisés de nouveau une nuit du nouvel an, et à cause… d'un bébé abandonné. Et ils se retrouvaient bloqués ensemble pour des heures, confrontés aux souvenirs d'un passé non réglé et à la responsabilité d'un enfant à l'avenir incertain.

— Nous devrions peut-être lui faire manger un petit pot ? suggéra Claire, le regard fixé sur le bébé.

John eut un haussement d'épaules.

— Ce ne sera sûrement pas nécessaire avant le matin.

Elle consulta l'horloge.

— Excuse-moi de te le dire, John : *c'est* le matin.

— Je veux dire le vrai matin, le matin normal. Si sa mère est aussi consciencieuse qu'elle semble l'être selon toi — mis à part le fait qu'elle a abandonné sa fille dans une tempête de neige ! —, ce lait maternisé devrait permettre à Bébé d'affronter les heures qui viennent. Elle va sûrement dormir encore, si on la berce après son repas.

— Il y a un fauteuil à bascule dans ma chambre. Je te proposerais bien de monter le chercher, mais il est trop lourd.

Le bébé but tout le lait, et après avoir posé le biberon vide sur la table, John installa la petite fille contre son épaule pour qu'elle fasse son rot.

— Pas de problème, dit-il. Je peux l'emmener en haut pour la bercer. Si tu montes le couffin, elle pourra dormir dans ta chambre.

Le visage de Claire exprima un sentiment proche de la panique.

— Dans… ma chambre ?

— Oui, pourquoi pas ? Ça te permettrait de dormir un peu, toi aussi.

— Et toi ?

John frottait doucement le dos du bébé.

— Tu as sûrement une chambre d'amis quelque part là-haut ?

— Oui — deux. Si tu mettais le couffin dans une des deux pour qu'elle dorme avec *toi* ?

— Mais le fauteuil à bascule se trouve dans *ta* chambre. Ce serait la meilleure façon pour toi d'apprendre comment ça se passe, non ? ajouta John en souriant.

Il savait que la remarque exaspérerait Claire, mais il préférerait la voir agacée que paniquée.

— Je ne veux pas apprendre ça, répliqua sèchement Claire. C'est bien le problème, justement. Tu as toujours voulu l'ignorer, tu te rappelles ?

— Tu n'as jamais abordé le sujet, jusqu'à ce que je le mentionne ! Tu t'en souviens ? C'est le jour où je t'ai demandé de m'épouser, et tu m'as renvoyé ma proposition en plein visage.

Claire posa ses mains fermées sur ses hanches. Cela eut pour effet d'ouvrir légèrement son peignoir, et de dévoiler le haut du sillon entre ses seins. Juste assez pour accélérer brusquement le rythme cardiaque de John, quand il se souvint de cet endroit qu'il adorait.

— Nous y voilà, fit Claire. De toute évidence, nous n'éviterons pas de parler de ça, alors mettons tout de suite les choses au point.

Bien ! Elle était furieuse. Gagné. Un à zéro pour Campisano, pensa John.

— Chut… Je crois qu'elle s'endort, murmura-t-il, mentant pour empêcher Claire de se ruer sur lui les poings en avant.

Elle lui décocha quand même un regard noir.

— Où as-tu dit que ce fauteuil à bascule se trouvait ? demanda-t-il encore plus doucement.

Cette fois, le regard noir de Claire exprima la perplexité.

— Dans ma chambre.

— Qui est… ?

— En haut.

Claire émit un profond soupir.

— Suis-moi.

« Où tu voudras », répondit, mentalement, John.

Il attendit que Claire prenne le couffin sur la table, puis derrière elle, il traversa le couloir et le séjour pour gagner le grand escalier du hall. Il était toujours aussi étonné devant les dimensions de la maison, et le luxe de sa décoration. Claire devait gagner de l'argent à la pelle, à présent !

Depuis leur rencontre, il savait qu'elle voulait devenir médecin, comme ses parents. Mais il n'avait jamais vraiment cru que cela pourrait se réaliser. En fait, il n'avait jamais pensé qu'elle terminerait ses études universitaires. Il était tellement sûr qu'elle serait beaucoup plus heureuse en tant qu'épouse et mère — *son* épouse à *lui*, et la mère de *ses* enfants à *lui*. Mais de toute évidence, elle réussissait magnifiquement dans son travail, et elle y consacrait toute sa vie.

C'est du moins ce qu'il espérait. Malgré lui, il ne pouvait ni écarter ni supporter l'idée qu'elle partageait peut-être tout cela avec un autre homme.

Peut-être, concéda-t-il avec réticence, aurait-il dû prendre plus au sérieux son insistance à faire une carrière. Au lieu de cela, il s'était contenté de croire qu'au fond, les besoins et les désirs de Claire étaient pareils aux siens. Donc, à cette époque, il s'était… trompé.

Y avait-il un moyen de faire amende honorable ?

Un moyen… d'arranger les choses ?

En entrant dans la chambre de Claire, il chercha le mot adéquat pour la décrire. Elle était décorée comme un harem. Oui, un harem. Tout y était somptueux, chic et féminin.

Un tapis recouvrait le parquet — une superbe pièce à décor floral compliqué, confectionnée dans des tons pastel, bleu, pêche et ivoire. De longs rideaux de mêmes couleurs, reliés à chaque montant par un ruban assorti, surmontaient le lit à baldaquin. La courtepointe était faite dans un tissu bleu que John identifia comme de la soie. De gros coussins pastel de différentes formes, tailles et couleurs, décoraient le lit, le parquet, un fauteuil club, et… comment appelait-on cela ? Une méridienne, ou quelque chose comme ça.

Tout cela ne l'étonnait pas. Claire avait toujours été sensuelle. Elle avait toujours aimé toucher les choses, sinon les gens. Il était donc logique qu'elle s'entoure de beauté et de belles matières, et qu'elle dorme sous une couverture douce, soyeuse et séduisante. Et il imagina…

Voilà que de nouveau, ses pensées vagabondaient ! Obligeant son esprit — et sa libido — à revenir au présent, il regarda les meubles jusqu'à ce qu'il repère dans un coin un fauteuil à bascule. Il se dirigea dans cette direction pendant que Claire posait le couffin sur le tapis à côté du lit. Et feignant de ne pas remarquer le fin tissu féminin qui recouvrait le fauteuil, il s'y installa.

Claire détourna les yeux quand, après avoir posé la main sur le dos du bébé, John commença à chantonner doucement à son oreille afin de l'aider à s'endormir. Comme pour ses nièces et neveux, la chanson — *No Surrender* de Bruce Springsteen, dans une version plus douce et moins rauque — produisit parfaitement l'effet attendu. Quelques minutes plus tard, la petite fille dormait de nouveau.

John se leva et la coucha doucement dans son couffin, puis il reporta immédiatement son attention sur Claire. Elle regardait l'enfant avec curiosité, comme un peu embarrassée par l'enfant endormie, mais attirée quand même. Et en voyant cette expression-là, il sentit un espoir naître en lui. Peut-être, oui, peut-être…

— Intéressant, ton choix de berceuse, dit-elle posément.

— C'est juste que j'aime bien cette chanson.

— C'est drôle que tu aies choisi un air qui était populaire quand nous étions enfants. Et que ce soit une chanson sur le thème de l'oubli du passé quand on avance en âge.

— Mmh…

John ne savait pas trop que dire. Il se contenta donc de la

regarder en silence, remarquant quelques fils d'argent dans sa chevelure de jais, et les fines lignes au coin de ses yeux bleus. Et il ne put s'empêcher de penser qu'elle était plus belle maintenant qu'en ce temps-là, et ils se trouvaient là dans la chambre de Claire, en pleine nuit. Mon Dieu… Il mourait d'envie de la prendre entre ses bras et de la garder toujours.

Comme il ne disait rien, elle désigna d'un signe de tête la porte, indiquant qu'il devrait la suivre pour qu'ils puissent parler sans réveiller le bébé. De la main, il l'invita à la précéder, et elle traversa le couloir pour passer dans une chambre en face de la sienne.

Là, elle alluma une lampe posée sur une commode, et il vit qu'ils étaient entrés dans une chambre d'amis meublée aussi luxueusement et sensuellement que celle de Claire. Mais celle-ci était masculine — murs vert sombre, tapis oriental et armoire en acajou —, et il ne put s'empêcher de se demander si elle avait un hôte régulier qui occupait cette chambre. De nouveau, John pensa au succès considérable de Claire dans sa carrière. Et il décida que cela ne l'intimidait pas du tout.

Simplement, ça le… faisait réfléchir.

Ce fut Claire qui parla la première, à voix basse, même si le bébé, dans une autre pièce de l'autre côté du couloir, ne pouvait pas les entendre. Mais en regardant le visage de Claire, John comprit la raison de son ton de voix : simplement, elle voulait contrôler son émotion.

De toute évidence, elle était toujours en colère après la discussion qu'ils avaient entamée dans la cuisine, un moment plus tôt.

— Je pense que nous aurions dû régler ça il y a douze ans, parce que nous n'avons jamais eu le sentiment que les choses étaient vraiment finies ! Nous n'avons jamais mis fin à notre relation d'une manière ferme et définitive, comme nous aurions dû le faire. De toute évidence, tu as encore beaucoup de choses à me dire. Et j'ai peut-être encore beaucoup de choses à te dire, moi aussi.

John ne trouva rien à répliquer. Comme Claire, il n'était pas convaincu que leur histoire avait pris fin douze ans plus tôt. Quand il leur était arrivé de se revoir par hasard durant les années suivantes, un lien invisible s'était recréé entre eux — le sentiment qu'ils pourraient très bien reprendre, à l'endroit exact où il s'était rompu, le fil de leur histoire.

John se demanda si ce n'était pas la raison pour laquelle il était demeuré célibataire pendant tout ce temps : il n'avait jamais vraiment pu renoncer à l'espoir que la relation se renoue un jour entre lui et Claire.

Pas sûr, songea-t-il, ironique, en voyant la lueur belliqueuse qui brillait dans le regard de Claire. Quelle femme regarderait un homme de cette manière si elle envisageait la reprise d'une relation datant de plus de dix ans ? Mais quand même, le fait qu'il lui inspire un sentiment fort — même s'il ne s'agissait pas vraiment d'amour ! —, constituait peut-être un bon signe…

— Est-ce que nous aurions dû — et surtout, est-ce que nous aurions *pu* — mettre une fin définitive à notre relation ? Réfléchis, Claire. Etait-il seulement *possible* de tout arrêter, il y a douze ans de ça ? Penses-tu qu'un jour viendra où il n'y aura plus aucune vibration entre nous ?

Devant cette véhémence, Claire ne cacha pas son étonnement.

Et soudain, John comprit, enfin, pourquoi elle avait refusé sa demande en mariage si longtemps auparavant. Ce n'était pas parce qu'elle ne l'aimait pas à cette époque. Simplement, elle avait refusé l'idée de passer le reste de sa vie avec lui. Intelligente et ambitieuse, elle savait qu'un jour elle pourrait s'offrir une vie comme celle-là. Une vie de luxe, avec une superbe maison. Une vie de respect et de reconnaissance. Une vie dont elle pourrait être fière.

Le genre de vie que John Campisano ne pourrait jamais lui offrir.

— C'est ça, n'est-ce pas ? dit-il doucement, exprimant tout haut sa surprise après cette découverte.

Le visage de Claire exprima la perplexité.

— Quoi donc ? Mais de quoi est-ce que tu parles ?

— Je comprends, maintenant.

— Qu'est-ce que tu comprends ?

Après un temps d'hésitation, John reprit :

— Je comprends enfin ce que tu essayais de me dire il y a douze ans, en refusant de m'épouser.

— Tu comprends ? demanda Claire, toujours aussi perplexe.

— En fait, c'était là, devant mes yeux, pendant douze ans, mais je commence juste à le voir maintenant. Tu ne supportais pas l'idée d'une vie simple, c'est ça ? Tu voulais plus : l'argent et la reconnaissance. Etre le Dr Claire Wainwright, médecin des gens riches et célèbres, et non Mme Campisano, mère de six enfants à Gloucester City, New Jersey. C'est pour ça que tu m'as quitté, n'est-ce pas ? Parce que tu voulais grimper l'échelle sociale ?

Claire ouvrait des yeux incrédules. Comment John pouvait-il penser une chose pareille ? C'était *cela*, la conclusion qu'il avait tirée de leur relation ? Il pensait que c'était *cela* qui l'avait motivée ? C'était *ainsi* qu'il la voyait ? Comme une femme si superficielle qu'elle avait choisi une vie de luxe et de richesse — bien au-dessus du style de vie qu'il avait prévu pour elle ?

Il imaginait qu'elle menait une vie facile ! Elle avait peut-être une belle maison et beaucoup d'argent, mais comment pouvait-il être assez stupide pour penser que c'étaient à ces choses-là qu'elle attachait le plus d'importance ?

— Ne sois pas idiot.

— *Moi*, je suis idiot ?

— Oui. Comment peux-tu penser que j'ai choisi l'argent plutôt que toi ?

— Parce que c'est exactement ce que tu as fait. Regarde où tu vis !

— J'ai peut-être profité de ma situation financière, c'est vrai, mais je n'ai pas pris ma décision sur nous deux, il y a douze ans, seulement parce que j'avais décidé de devenir riche !

— Ah bon ?

— Bien sûr que non. Et deuxièmement, comment as-tu pu penser que je deviendrais Mme Campisano quand nous serions mariés — *si* toutefois nous nous mariions ?

Sur le visage de John, la surprise remplaça la colère.

— Mais… comment diable aurais-tu voulu t'appeler ?

— Enfin, John… Claire Wainwright !

La surprise de John monta d'un cran.

— Tu aurais gardé ton nom de jeune fille après ton mariage ?

Cela illustrait bien le peu d'attention qu'il lui avait accordé durant toutes ces années ! pensa Claire. Un long soupir lui permit d'évacuer un peu de la tension accumulée.

— Ça va peut-être te surprendre, mais je n'ai rien contre mon nom. Celui que mes parents m'ont transmis. Pourquoi en changerais-je, simplement parce que je me marie ?

Pauvre John ! De toute évidence, il était troublé, et ce doute réconforta Claire d'une manière incroyable. Pauvre John, pensa-t-elle de nouveau. Il était né vingt ans trop tard. Elle devrait avoir un peu de pitié pour lui. Se montrer indulgente. Mais quand même, beaucoup de gens avaient connu le mouvement féministe, *eux*, et ces gens-là considéraient les femmes comme de véritables partenaires, égales aux hommes.

Mais pas John Campisano. Surtout pas lui. A propos des femmes, il était toujours resté quelques pas — ou plutôt, quelques années-lumière — en retard. Bien sûr, pour être honnête, elle devait avouer qu'à l'époque, c'était sûrement une des choses qui lui avaient plu : qu'il soit si vieux jeu dans ce domaine. Et vraiment, cela avait été touchant chez un adolescent. Alors qu'à la réflexion, un homme adulte…

En bien… C'était toujours aussi touchant, pensa Claire, oubliant instantanément sa colère.

Malheureusement, la certitude qu'elle avait pris la bonne décision douze ans plus tôt et qu'eux deux, ça ne marcherait jamais, reflua avec force. Si elle avait décidé de rompre, ce n'était pas, comme John semblait le penser, parce qu'il était policier. Et ce n'était pas pour amasser de l'argent, acheter une grande maison et des meubles luxueux. Ces choses-là n'étaient que la *conséquence* de la carrière qu'elle avait choisie. Si elle avait été intéressée par un autre métier, elle se serait contentée de ce que cet autre métier lui aurait permis d'acquérir.

Donc, John avait en partie raison. Sans être vraiment intéressée par les biens matériels, elle avait énormément besoin de respect et de reconnaissance.

Mais ce respect et cette reconnaissance, elle ne les attendait pas des autres. Elle les attendait de John…

— Laisse tomber, s'entendit-elle murmurer. Ce qui a existé entre nous, nous ne pouvons peut-être pas y mettre fin complètement. Mais nous ne pouvons pas davantage reprendre là où nous en étions restés. Les douze dernières années ont creusé entre nous un abîme infranchissable. Et peut-être la première fissure existait-elle depuis le début, que nous le voulions ou pas.

John la considéra longuement et en silence, les yeux brillant d'une lueur indéfinissable.

— Tu ne penses pas qu'il serait possible de jeter un pont sur cet « abîme » ? demanda-t-il enfin.

Lentement, Claire secoua la tête.

— Ou que nous pourrions au moins essayer ? reprit John.

De nouveau, Claire secoua négativement la tête.

— Tu ne crois pas que cela vaudrait la peine d'essayer ? insista John.

— Ne me dis pas que tu le penses, toi.

— Et pourquoi pas ?

La question prit Claire au dépourvu. Et soudain, une tentation lointaine et dangereuse l'effleura. Pendant une seconde aussi brève qu'intense, le monde tout entier s'effaça. Il ne resta que Claire et John, et les sentiments qui vibraient entre eux. Des sentiments anciens, auxquels se mêlaient des sentiments tout neufs. Et durant cet instant bref et étrange, il sembla à Claire qu'elle avait de nouveau vingt-deux ans, et elle se dit que peut-être…

— Tu le penses vraiment ? insista-t-elle, mue cette fois par une impulsion irrésistible, et d'une voix douce et pleine d'espoir qui l'étonna elle-même.

John n'eut aucune réaction. Le seul mouvement que Claire détecta fut celui, trop rapide, de sa large poitrine, comme s'il luttait pour contrôler sa respiration. Cependant, le regard de ses yeux sombres demeurait froid, et le pli de ses lèvres incroyablement sexy n'avait rien d'encourageant. Il semblait à des années-lumière d'elle.

Soudain, il parut sortir de sa rêverie et traversa rapidement la pièce. Il ne regarda même pas Claire en passant devant elle sans dire un mot pour gagner le couloir.

Avant qu'elle réalise ce qui se passait, il avait disparu, et seule dans la luxueuse chambre d'amis, elle entendit décroître le bruit de ses pas rapides dans l'escalier.

5

Quand Claire ouvrit les yeux le lendemain matin, elle se demanda ce qui l'avait réveillée et pourquoi elle se sentait si fatiguée et désorientée. Pendant un moment, elle demeura immobile, regardant la faible lumière qui fitrait à travers les rideaux ivoire. Quelle heure était-il ? Tard, probablement. Peu à peu, elle se souvint qu'elle avait fait un rêve très étrange, rempli de neige, de vacances et d'objets confus, et ensuite... il y avait eu John Campisano. Bizarre. Cela faisait des mois qu'elle n'avait plus rêvé de lui.

Puis un bruit insolite lui parvint, la réveillant un peu plus. Non... Ce bruit, elle l'avait déjà entendu. Et très récemment, si sa mémoire ne lui jouait pas de tours. C'était un bruit doux. Et calme. Un... bruit de bébé.

Oh non !

En un instant, elle fut complètement réveillée. Et la panique qui l'avait assaillie la veille revint la tourmenter. A regret, elle roula sur le côté afin de passer de l'autre côté du lit, pour regarder dans le couffin qu'elle se rappelait avoir placé là, sur le tapis, quelques heures plus tôt.

Aussitôt, elle s'aperçut qu'elle n'était pas seule dans sa chambre. Pas seulement parce qu'il y avait un bébé, mais parce que John était assis dans le fauteuil à bascule, comme la nuit précédente, berçant dans ses bras la fillette.

La petite fille, toute de rose vêtue, serrait dans sa petite main potelée le poignet solide de John qui, pour sa part, tenait le biberon qu'elle tétait avec appétit. De l'autre main, elle essayait d'atteindre le visage de John, qui lui souriait. Avec ses fins cheveux noirs dressés sur la tête, elle aurait bien pu être une Campisano. Et ses grands yeux bleus auraient bien pu être hérités des Wainwright.

— Bonjour, dit John sans lever les yeux.

Il était là, dans sa chambre ! pensa Claire, affolée. Et depuis un certain temps, apparemment. L'avait-il regardée dormir ? Avait-elle parlé dans son sommeil pendant qu'elle rêvait de lui ? Un rêve plutôt torride, comme souvent, ces derniers temps. Avait-elle dit quelque chose de déraisonnable, ou même, de compromettant ?

Claire se hâta de jeter un coup d'œil en direction de son pyjama, et elle s'aperçut non sans soulagement que sa tenue n'était pas trop froissée. Mais… son visage ? N'était-il pas trop marqué par la nuit et l'épuisement ?

Et puis, à quoi bon se raconter des histoires ? pensa-t-elle avec morosité. Elle avait probablement une tête encore *pire* qu'elle l'imaginait. Quand s'était-elle réveillée reposée, détendue et paisible pour la dernière fois ? Et après tout, qu'avait-elle à faire de son apparence ? Elle n'avait pas besoin d'être jolie pour John, ni d'avoir l'air détendue pour lui !

« Exact, susurra de nouveau son agaçante petite voix intérieure. John t'a vue au réveil des quantités de fois, et tu n'étais pas toujours en beauté ! Et malgré ça, il t'aimait quand même. »

Du moins avait-il *dit* qu'il l'aimait, répliqua mentalement Claire. Mais un garçon de son âge qui faisait régulièrement l'amour avec une fille aurait dit n'importe quoi pour faire plaisir à la fille en question…

Aussitôt, Claire se sentit coupable d'avoir eu cette pensée peu charitable. John n'avait jamais été comme cela. Il l'avait sincèrement aimée. Simplement, elle se sentait agacée et maussade parce que ces quelques heures de sommeil ne lui avaient pas suffi, alors que John était assis là, baigné de soleil, superbe, reposé — délicieux.

Il avait changé de vêtements, et elle se demanda d'où sortait le chandail vert pâle élimé qu'il portait avec son jean.

— J'avais des affaires de sport propres dans la jeep, dit-il, comme s'il devinait ses pensées. J'ai toujours une tenue de rechange avec moi, parce que j'ai l'habitude de m'arrêter au club de gym plusieurs fois par semaine en rentrant chez moi. Hier soir, avec la neige, j'ai oublié…

Claire hocha la tête pour acquiescer, passa la main sur ses cheveux, et réprima une moue : ils étaient terriblement emmêlés.

— Eh bien… bonjour, dit-elle.

— Bien dormi ? demanda John, regardant toujours le bébé.

— Pas vraiment.

— As-tu fait de beaux rêves, au moins ?

Claire braqua sur lui un œil soupçonneux. Avait-il lu dans ses pensées — il avait toujours eu ce don-là —, ou avait-elle parlé dans son sommeil ?

— Non, mentit-elle. Je n'ai pas rêvé.

— Moi, si.

Claire préféra ne pas creuser la question.

— Comment va notre petite déduction d'impôts ce matin ?

— Bien, répondit John, amusé… Et toi aussi, on dirait.

Claire émit un petit rire sceptique.

— Oh, arrête ! Je sais quelle tête j'ai au réveil. Personne ne me fera croire que je suis charmante.

— Moi aussi, je t'ai vue, au réveil. De nombreuses fois, pour mémoire.

— Il y a plus de dix ans de ça.

— Oui, et tu es encore mieux qu'à l'époque.

— Stop, fit Claire, troublée malgré elle par les paroles et le regard de John.

Bon sang, se réveiller tous les matins avec un homme

pareil qui vous regarde de cette façon-là — n'importe quelle femme s'y habituerait, pensa-t-elle.

Mais *elle* ne s'y habituerait pas, parce qu'elle ne le pouvait et ne le *voulait* pas. John n'avait pas changé, et elle non plus. Il ne la prenait toujours pas au sérieux en tant que femme indépendante, or elle tenait à être prise au sérieux. Malheureusement, il ne comprenait toujours pas sa personnalité profonde.

De plus, il voulait toujours des choses qu'elle-même ne désirait pas — beaucoup d'enfants, une femme au foyer, la vie que ses parents à lui avaient eue. Et sans très bien savoir ce qu'elle voulait exactement, Claire était sûre que ce n'était pas cela.

— Cela fait-il longtemps que tu es réveillé ? demanda-t-elle.

John haussa les épaules et reporta son attention sur le bébé qui terminait son biberon.

— Non. Un quart d'heure ou vingt minutes. J'ai entendu la petite se réveiller, alors je me suis levé, habillé, et je suis venu la faire déjeuner.

Il s'était habillé, pensa Claire. Ce qui signifiait qu'il avait dormi… nu. Dans sa chambre d'amis. Entre des draps qu'elle utilisait parfois pour son propre lit. Oh, mon Dieu !

— Merci, dit-elle, luttant pour garder un ton dégagé… Pour t'être occupé du bébé au réveil, je veux dire. C'est incroyable que je ne l'aie pas entendu se réveiller.

Cela confirmait son manque de fibre maternelle, pensa-t-elle. Elle ne se réveillait même pas quand un enfant manifestait son besoin d'être nourri !

John installa la petite fille contre son épaule.

— Ce n'est pas étonnant que tu ne te sois pas réveillée. Elle ne faisait aucun bruit. C'est curieux : elle n'a pas l'air de pleurer beaucoup. N'importe quel bébé abandonné à des inconnus devrait avoir des accès de colère. Mais celui-ci n'a pas l'air d'être perturbé par notre présence.

— Elle est peut-être très sociable, cette enfant ! Avant

ton arrivée, elle n'était pas du tout détendue. Quand elle n'avait que moi sur qui compter, elle piquait effectivement des crises.

C'était d'ailleurs une chance que John soit arrivé...

— Elle a dû ressentir ta panique hier soir.

— C'est un gentil bébé. Parce que c'est vrai, j'étais très stressée, hier soir.

— Quoi de plus naturel, dans ces circonstances ? Maintenant que tu es plus détendue, Bébé l'est aussi.

— Qui dit que je suis détendue ? Voyons, John ! En douze ans, je ne l'ai pas été une seule fois.

— Quelle coïncidence..., fit John, pensif.

— Je voulais dire : depuis que j'ai commencé mes études de médecine.

John adopta un air innocent.

— Ah bon. Si tu le dis...

Claire n'eut pas à répondre, car à cet instant, la petite fille émit un rot sonore qui les fit rire, puis elle repoussa l'épaule de John et arbora un large sourire qui fit fondre Claire intérieurement.

— Elle est vraiment adorable, tu ne trouves pas ? dit-elle, incapable de réprimer un sourire.

Le bébé pinça de nouveau le nez de John, puis émit un petit rire.

— Oui, c'est un sacré numéro.

— Je me demande comment elle s'appelle ? C'est curieux qu'on n'ait rien mis dans ses affaires pour nous renseigner sur son...

John interrompit Claire.

— Haley.

Claire fronça les sourcils.

— Comment connais-tu son nom ? Est-ce qu'elle te l'a dit ? demanda-t-elle, ironique.

Avant que John ait pu répondre, l'enfant se mit à rebondir sur ses genoux comme un pantin jaillissant d'une boîte. John la maintint solidement, tout en la laissant libre de sauter à sa guise. La petite fille avait l'air ravie ; visiblement, elle venait de découvrir cette activité. John riait de bon cœur, et quand elle effectua un bond particulièrement spectaculaire, il la retourna en direction de Claire. Et à cet instant, celle-ci lut le nom *Haley* brodé sur la poche gauche.

— C'est bien ça, murmura-t-elle.

— Et au fait, en plus d'avoir changé ses vêtements, c'est la deuxième fois de suite que je change sa couche. Tu m'en dois deux, maintenant.

— Entendu, concéda Claire.

Elle se dit qu'elle avait tout le temps pour imaginer une nouvelle excuse afin d'échapper à cette corvée. Enfin, elle supposait qu'elle avait le temps. Combien de fois par jour les bébés…

— Deux autres grenouillères portent aussi ce genre de broderie faite à la main, ajouta John, interrompant ses pensées. Apparemment, sa mère ou quelqu'un d'autre dans son entourage est doué pour les travaux d'aiguille.

— Cette personne a mis beaucoup de soin à faire ça, ajouta Claire. Beaucoup d'amour aussi.

— C'est peut-être sa grand-mère qui l'a fait.

— Tu ne penses pas que c'était sa mère ? Pourquoi donc ?

John soupira.

— C'est contradictoire, non, de consacrer du temps et de l'affection à broder les affaires de son bébé, puis de l'abandonner dans la pire tempête de neige que cette ville ait jamais connue.

— Je t'ai dit, je crois, que la mère n'était pas partie avant d'être sûre que le bébé serait mis à l'abri…

— Oui, mais elle est partie quand même !

— C'est vrai, répondit Claire. Mais nous ne savons rien de sa situation. Nous ne devons pas la condamner avant d'avoir toutes les données en main. Il existe peut-être des circonstances atténuantes qui l'ont conduite à cela. Je doute beaucoup qu'elle ait fait une chose pareille sur un coup de tête.

— Je me moque bien des problèmes de la mère. Qui pourrait regarder un petit trésor comme celui-là et le laisser tomber ? Peux-tu me le dire ?

— Je n'en sais rien, répondit Claire à contrecœur. Une femme qui a peur. Quelqu'un qui estime sincèrement qu'abandonner le bébé serait la meilleure solution pour lui. Une femme malade, ou sans abri. C'est peut-être le père de la petite qui a provoqué ça. Il les maltraitait peut-être toutes les deux. La mère a peut-être pensé que c'était un geste d'amour de protéger son enfant en lui procurant le genre de vie qu'elle-même ne pouvait pas lui offrir... J'ai le sentiment que ce n'était pas un acte malveillant, mais une tentative désespérée de la part de la mère pour aider son enfant. Si l'acte avait été malveillant, on aurait trouvé ce bébé ailleurs, et probablement pas en très bon état.

John réinstalla Haley sur ses genoux de façon à la placer face à Claire.

— Enfin... Nous réglerons tout ça quand nous retrouverons la mère.

— Tu penses que vous la trouverez ?

— Franchement, j'en doute. C'est difficile d'élucider ce genre de chose. Haley n'est pas un nouveau-né, donc ça ne servirait pas à grand-chose d'enquêter auprès des hôpitaux sur les naissances récentes. Nous pouvons seulement espérer qu'une personne connaissant la mère va trouver étrange que tout à coup, elle n'ait plus son bébé avec elle, et que cette personne alerte les autorités.

— Y a-t-il des chances que cela se produise ?

— Je l'ignore... Si la mère est une fugueuse, les chances sont minces. La meilleure chose qui pourrait arriver, ce serait que la mère réapparaisse.

— Et qu'est-ce qui se passe ensuite dans ce genre de cas ?

— Ça dépend.

— De quoi ?

— De la situation. Si la mère a l'air de regretter d'avoir abandonné le bébé, et si elle possède le potentiel pour s'occuper correctement de son enfant, un juge pourra décider de lui faire suivre un programme spécial. Dans le cas contraire, elle peut être déclarée inapte et se voir retirer le bébé qui est placé en famille d'accueil.

— Tu as l'air moins convaincu à présent qu'il s'agit d'une mère indigne.

Le bébé se pencha en avant, saisit les lacets des grosses chaussures de randonnée de John, et essaya de les glisser dans sa bouche. Doucement, John le remit en position bien assise.

— Tu n'as peut-être pas tort sur d'éventuelles circonstances atténuantes. Je n'avais pas pensé au père. Il était peut-être dangereux… La mère est peut-être sans logis, ou malade. Pour l'instant, je réserve mon jugement.

Inouï, pensa Claire : John avait failli dire qu'il s'était peut-être *trompé* ! Jamais elle ne l'avait vu faire une chose pareille. Quand ils étaient adolescents, il n'admettait pas d'autre manière de voir que la sienne. Il n'avait jamais tort ! Quelle évolution s'il pouvait admettre qu'il avait peut-être tiré des conclusions trop hâtives ! Ce fait en lui-même constituait pour lui une étape majeure.

Claire regarda Haley. Quel bébé adorable… Elle avait l'air heureuse, satisfaite, extravertie — après tout, sa mère n'était probablement pas la créature égoïste et sans âme que John avait voulu faire d'elle ?

— Quand même, c'est bizarre que sa maman l'ait laissée ici sans un mot d'explication, lettre ou autre, dit Claire, exprimant tout haut ses pensées. J'ai examiné toutes ses affaires, sans résultat.

— Il n'y aurait pas quelque chose dehors ? demanda John.

— Je t'avoue que je n'ai pas pensé à regarder. Avec cette neige, je n'ai pensé qu'à rentrer le couffin et le bébé.

— Je n'ai rien vu en sortant pour aller à ma jeep ce matin, ajouta John. Mais évidemment, je ne cherchais pas. Maintenant qu'il fait jour, ce serait peut-être une bonne idée d'aller jeter un coup d'œil.

Claire se tourna vers la fenêtre.

— Il neige toujours.

— Oui, à gros flocons.

— Super.

— Je pourrais quand même jeter un coup d'œil. On ne sait jamais. Tu pourrais donner à la petite quelque chose d'un peu plus substantiel pendant que je cherche des indices.

Claire sentit aussitôt l'inquiétude refluer en elle.

— Moi ? Faire manger ce bébé ?

— Tu ne connais vraiment rien aux bébés ? demanda John, hilare.

Elle eut un haussement d'épaules impatient.

— Je te l'ai dit au moins vingt fois ! Décidément, tu n'écoutes pas plus qu'avant.

Le rire de John cessa brusquement.

— J'écoute très bien, merci. C'est plutôt que tu dis n'importe quoi.

— Ne commence pas, John.

Il leva une main en signe d'acquiescement.

— Tu peux le faire. Tu peux la nourrir.

— Je ne sais pas, répondit Claire.

Son air probablement terrifié — car elle se *sentait* terrifiée — fit rire John de nouveau.

— Allons, allons. Quel est le problème ?

— Je ne sais pas faire manger un bébé. Je ne sais même pas lui donner un biberon. Alors je ne vois pas comment je pourrais lui donner du solide.

— On ouvre le pot, on verse un peu du contenu dans un bol, on plonge une cuillère dedans et on met la cuillère — avec son contenu — dans la bouche du bébé. C'est facile.

Claire fixa John avec intensité.

— Je ne te crois pas.

— Pourquoi ? demanda John, l'air faussement innocent.

— Parce que tu dis toujours que les choses sont faciles quand elles ne le sont pas. Voilà pourquoi !

— Voyons, Claire. Ce n'est qu'un bébé, un tout petit bébé de rien du tout.

Claire émit un soupir pensif sans quitter John des yeux. Il cachait quelque chose, elle en était sûre. Mais il avait raison, Haley n'était qu'un petit bébé. Il n'y avait aucune raison d'avoir peur. A la réflexion, glisser quelques cuillerées de céréales — et peut-être un peu de compote de pommes ou autre — entre les lèvres de cette adorable petite fille n'avait pas l'air trop difficile. Comment pourrait-elle échouer ?

Ces mots revinrent hanter Claire avec force deux heures plus tard, quand elle essaya — sans beaucoup de succès — d'ôter les céréales accrochées un peu partout dans sa cuisine...

Et tandis qu'elle effectuait cette corvée harassante, John, assis, tout beau et tout propre, une Haley souriante sur les genoux, offrait l'image vivante de la félicité domestique.

Claire entreprit de frotter une tache particulièrement résistante de cette nourriture pour bébé allégée qui avait explosé sous l'action du micro-ondes.

— Quand même, tu aurais pu m'avertir. Si le Pentagone savait quelle arme redoutable ce machin peut être...

John pouffa.

— Allons, Claire. Ce n'est que de la nourriture pour bébé. Des céréales au riz. C'est nourrissant. C'est écrit sur la boîte.

— Sans doute, grommela Claire. Je pourrais isoler mon garage avec ce machin.

— En tout cas, elle a eu l'air d'apprécier la compote de pommes.

— Oui, du moins ce qui n'a pas atterri sur mes genoux, rétorqua Claire.

Elle désigna du regard les deux larges taches rondes qui marquaient son pyjama, puis passa la main dans ses cheveux poisseux avant de poursuivre.

— Et dans mes cheveux. J'ai besoin d'une douche.

— Bonne idée. Celle que j'ai prise m'a fait un bien fou.

Claire retint les remarques désagréables qui lui venaient à l'esprit. John était revenu l'air vif et alerte, des flocons de neige accrochés dans ses cheveux bruns, les joues rougies par le froid, et la respiration accélérée par l'exercice physique. Il était entré, il avait jeté un vague coup d'œil sur la scène qui se déroulait dans la cuisine, et il avait lancé : « Eh bien ! On dirait que tu as la situation bien en main, alors je vais aller prendre une petite douche » ! Puis il s'était éclipsé.

Doué pour la paternité, c'était évident !

— Je crois que je vais y aller aussi — prendre une douche, je veux dire. Me laver les cheveux. Me savonner. Me frotter pour enlever cette bouillie.

John rit de nouveau, et cela suffit pour dissiper l'agacement de Claire. Il possédait un rire merveilleux, grave et facile. Il n'avait jamais été du genre à cacher ses sentiments, et elle avait toujours envié cela, elle qui ne s'était jamais sentie à l'aise avec les émotions, même les plus agréables, comme l'amour ou le bonheur. Cela l'effrayait. Elle n'aimait pas perdre le contrôle. Avec personne.

Malgré cela, elle avait perdu le contrôle plusieurs fois avec John. Pas seulement au plan sexuel, bien que cela se soit produit assez souvent, mais aussi sentimentalement. Il l'avait amenée à ressentir les choses plus profondément et sans inhibition. Et cela l'avait terrifiée, car elle ne comprenait pas du tout ces sentiments.

Elle aimait ses parents, et elle savait qu'ils l'aimaient, mais cela n'avait jamais été le genre des Wainwright de montrer leurs sentiments. Les Campisano, eux, n'en faisaient pas mystère.

Aucune des deux attitudes n'était bonne ou mauvaise, elle le savait, mais elles étaient radicalement différentes. Et ce n'était pas facile de modifier son comportement.

Elle avait donc cru qu'aucun des deux n'aurait à changer pour être heureux. Elle et John allaient normalement s'entendre tels qu'ils étaient. Et de fait, ce n'étaient pas leurs manières différentes de s'exprimer qui les avaient séparés, mais leurs conceptions divergentes de l'avenir.

Claire sentit naître une migraine, ce qui n'était pas vraiment nouveau pour elle. Son travail stressant et sa vie solitaire favorisaient ce genre de troubles : maux de tête, douleurs dorsales ou thoraciques. La routine. Ces maux, elle les connaissait à la fois en tant que médecin et en tant que patiente. Vivre comme elle le faisait, ce n'était pas vraiment vivre. Evidemment, son travail était utile et gratifiant. De plus, elle possédait une belle maison, et un compte en banque bien garni…

Mais au fond, à quoi servait tout cela si elle n'avait personne avec qui le partager ? Et comment pouvait-elle affronter la douleur physique — sans parler de la souffrance affective, aussi pénible —, en n'ayant aucun moyen de relâcher la tension et l'inquiétude accumulées ?

— Ça va ?

La question de John, si décevante par sa simplicité, donna à Claire une envie de pouffer. Ou, à la réflexion, de pleurer, plutôt. Parce que non, ça n'allait pas. Et elle n'avait aucune idée de ce qu'elle pourrait faire pour que cela aille mieux.

— Tu as l'air épuisée. Tu veux retourner te coucher ? Essayer de dormir encore un peu ? Je peux gérer la situation.

— Non, je vais bien, assura Claire. Mais je crois que je vais prendre une douche et enfiler une autre tenue.

L'horloge indiquait à peine plus de 11 heures. Cela faisait maintenant plus de vingt-quatre heures qu'il neigeait à gros flocons, sans interruption. Et rien ne laissait présager une accalmie.

— A ton avis, y a-t-il des chances que quelqu'un vienne chercher le bébé aujourd'hui ? demanda-t-elle avec appréhension.

— Bien peu, je le crains. Mais je vais essayer de téléphoner encore pendant que tu prendras ta douche.

Claire hocha la tête. Elle espérait le meilleur, tout en se préparant au pire. Mais bizarrement, elle avait du mal à distinguer le meilleur du pire.

La fatigue, pensa-t-elle. Quand on atteignait ce degré d'épuisement, les idées se brouillaient. Mieux valait ne plus trop réfléchir, sous peine d'accroître encore la confusion qui régnait en elle.

Elle se dirigea lentement vers la porte de la cuisine.

— Je vais prendre une douche. Fais… de ton mieux pendant ce temps.

6

Si Claire savait ce qu'il rêvait de faire pendant qu'elle était sous la douche…, pensa John en la regardant sortir de la cuisine. Il avait envie de coucher le bébé dans son couffin pour qu'il fasse un *long* somme. Pendant ce temps, il suivrait Claire jusqu'à la salle de bains, la rejoindrait sous le jet d'eau chaude, et prendrait le temps de savonner chaque centimètre carré de sa peau si douce…

Ce n'étaient pas des pensées à avoir en présence d'une jeune enfant !

John regarda la petite Haley et sourit.

— Qu'allons-nous faire de toi ? murmura-t-il.

— Oooooooh, répondit l'enfant.

John hocha la tête.

— Mmh, c'est ce que je pense aussi. Si nous faisions le tour du château pendant que la reine Claire prend sa douche ? Je pense qu'elle n'y verra pas d'inconvénient, et cela t'occupera un moment, et ensuite, je passerai mes coups de fil.

Il inclina la tête et appuya doucement son front contre celui d'Haley. A son tour, celle-ci saisit une poignée de ses cheveux et les tira par jeu.

— A six ou sept mois, un rien t'amuse, murmura-t-il, frottant doucement son nez contre celui de la petite fille.

Il l'installa contre son épaule et se leva, mais Haley se tortilla de façon à se tourner.

— Si je comprends bien, tu veux voir où tu vas au lieu de regarder d'où tu viens, c'est ça ? demanda-t-il, amusé. C'est bon signe.

En réponse, Haley émit quelques syllabes incohérentes, et John rit de bon cœur devant une enfant aussi agréable. Tout autre bébé, abandonné et pris en charge par des étrangers, pleurerait et se montrerait craintif. Mais pas Haley. C'était une fille du New Jersey. Elle était forte, et très mignonne aussi. Il se demanda s'il y aurait un moyen de discipliner cette touffe de cheveux bruns dressés sur sa tête, puis il décida qu'il n'essaierait pas. Ce style ajoutait à sa personnalité. Comme ses grands yeux bleus et son large sourire sans dents.

Dommage que l'avenir de cette enfant soit si incertain, pensa-t-il, se rembrunissant. Un bébé comme elle méritait mieux.

John décida d'écarter pour l'instant cette pensée pour se concentrer sur l'instant présent. Il avait promis une promenade à Haley. Tant pis s'il n'avait aucune idée du but exact, et s'il n'était pas chez lui. Lui et Claire se connaissaient depuis très longtemps, et elle ne verrait sans doute aucun inconvénient qu'il explore un peu son intérieur.

— Donc, ici, c'est la cuisine, dit-il avec un large geste du bras. Tu ne peux pas le savoir, étant donné ton expérience de la vie limitée, mais je peux t'assurer que cette cuisine-ci est plus grande que la plupart des séjours des maisons de banlieue.

— Ooooh, répondit Haley.

John approuva de la tête.

— Je pense exactement comme toi.

Claire n'avait pas regardé à la dépense. C'était vraiment une maison de rêve, créée et dessinée avec un soin infini. Le genre de maison bâtie pour y passer toute sa vie, le genre d'endroit où se forger des souvenirs heureux en élevant des enfants, et où goûter ces souvenirs quand ces enfants ont grandi. Le genre de maison qui serait parfaite pour accueillir des petits-enfants...

Mieux valait ne pas penser à tout ça, décida John, mélancolique. Claire avait nettement fait comprendre qu'elle ne voulait pas d'une grande famille, alors il ne fallait pas rêver de choses qui n'existeraient jamais. Claire avait conçu sa maison de cette façon parce qu'*elle* la voulait ainsi. Point.

John sortit de la cuisine avec le bébé.

— O.K. Alors ici, nous avons ce qu'on appelle un couloir.

— Ooooohh, commenta Haley.

— Oui. En matière de couloirs, on peut dire que celui-ci est joli, renchérit John, notant pour la première fois le parquet au dessin compliqué et le bel assortiment de photos disposées sur les deux murs bleu ardoise.

Il n'avait pas prévu d'étudier longuement la galerie de portraits, mais son regard s'arrêta sur un cliché qui le fit stopper net. On y voyait Claire avec lui-même et ses deux frères, assis sur la galerie de la maison Campisano à Deptford. Un sourire malicieux aux lèvres, il levait deux doigts en forme de V derrière la tête de Claire, qui riait en tentant de l'en empêcher. Les frères de John riaient aussi de bon cœur. Leur mère avait pris cette photo l'été après que Claire eut quitté le lycée avec un diplôme, et ils étaient tous très heureux.

Et très inconscients, pensa, tristement, John. Pourtant, c'était une photo magnifique, qui exprimait à la perfection l'insouciance de la jeunesse. C'était dommage qu'il faille grandir — et que les choses doivent changer.

Un rapide coup d'œil sur les autres photos montra de nombreux amis et relations de Claire que John ne reconnut pas, quelques personnes qu'il reconnut, et deux clichés encore lui firent battre le cœur follement. Le premier, qui le représentait avec Claire, avait été pris à Ocean City peu après le début de leur relation. Et l'autre le représentait seul, assis sous un arbre. Le soleil de la fin d'après-midi baignait son visage de tons roses, orange et jaunes, et allumait des incendies sur les mèches saillantes de ses cheveux.

C'était une photo intime, qui révélait combien il aimait Claire : c'était elle qui avait pris la photo ce jour-là, et John n'avait pas pris la peine de cacher ses sentiments.

Elle ne l'avait pas complètement effacé de sa vie, elle avait encadré cette image, et l'avait placée dans un lieu où elle passait tous les jours en se rendant dans la cuisine — même si ce n'était qu'un des nombreux clichés de sa vie ! A cette idée, John se sentit mieux. Il restait peut-être une chance de combler le fossé entre eux. Une chance que les choses s'arrangent.

Une chance que Claire l'aime autant qu'il l'aimait.

Car cette réalité frappa John à cet instant précis — et ce n'était pas si surprenant, en fait. Il aimait toujours Claire. Ses sentiments d'adolescents n'avaient pas changé. Au contraire, lui-même avait grandi et mûri au fil des ans, et son amour aussi. C'était la raison pour laquelle il ne s'était jamais marié, et pour laquelle l'idée ne l'avait même jamais effleuré. Jamais il n'avait éprouvé pour une autre femme les sentiments que Claire lui avait inspirés bien des années plus tôt, et qui demeuraient si vifs.

Peut-être avait-il une chance d'arranger les choses entre eux — pourvu, évidemment, que Claire le veuille aussi.

Le bébé lui tira les cheveux, comme pour lui rappeler que pour l'instant, une autre créature féminine requérait son attention, et il adressa un sourire à la petite Haley.

— Tu pourrais peut-être m'aider à convaincre Claire de m'accorder une deuxième chance. Qu'en penses-tu ?

En réponse, la petite fille lui adressa un sourire qui accentua ses fossettes, comme si elle adhérait totalement à son projet. Mû par une impulsion subite, il déposa un baiser rapide sur ses cheveux, puis ils poursuivirent leur exploration. Ils visitèrent rapidement le séjour, étant donné qu'Haley avait déjà vu cette partie de la maison, puis traversèrent le hall pour entrer dans une petite bibliothèque dont les étagères étaient remplies de livres, que John passa rapidement en revue.

— Malheureusement, ma puce, je ne vois guère d'histoires pour les enfants dans tout ça, alors on continue la visite.

Ils traversèrent un salon de musique où trônait un piano, et John se rappela que Claire avait toujours rêvé d'apprendre à en jouer. De toute évidence, elle réalisait ce rêve à présent.

La salle à manger possédait pratiquement la superficie de son appartement tout entier ! pensa John. Ils traversèrent rapidement cette pièce et se retrouvèrent dans un bureau que Claire semblait utiliser pour travailler. Un ordinateur en veille y trônait, et les étagères étaient remplies de textes médicaux et de modèles réduits de parties du corps que John ne jugea pas utile d'examiner de près.

Ainsi se termina la visite du rez-de-chaussée.

A l'étage, il passa devant la chambre de Claire. L'eau de la douche ne coulait plus, mais on entendait maintenant le sèche-cheveux.

Depuis le seuil de la chambre où il avait passé la nuit, John décrivit brièvement la pièce pour Haley. Plus loin, il découvrit deux autres chambres, aussi somptueusement décorées que tout le reste de la maison. Aucune des deux pièces ne semblait avoir été occupée récemment.

John se persuada que c'était le désœuvrement qui le poussait à inspecter les placards, et non l'envie d'être sûr qu'aucun ne contenait des choses comme… des vêtements d'homme, par exemple. L'un des placards était rempli des vêtements d'été de Claire, et l'autre contenait ce qui semblait être des boîtes de documents personnels. Aucune trace de vêtements masculins.

Pourquoi Claire avait-elle choisi de vivre toute seule dans une maison aussi grande ? Bien sûr, elle avait le droit de recueillir le fruit de ses longues études et de son dur labeur, et de s'entourer de belles choses, si elle pouvait se les offrir. Mais le fait qu'elle ait mené à bien ce projet domestique sur une échelle aussi démesurée était pour le moins déconcertant. En tant que célibataire ne désirant pas procréer, cela aurait été plus cohérent pour elle d'acheter une maison plus petite, plus facile à entretenir. John aurait détesté vivre seul dans une maison de cette dimension. Mais apparemment, Claire aimait disposer de cet immense espace pour elle toute seule.

Pourquoi ?

John n'en avait aucune idée, ce qui l'agaçait profondément. Pourtant, il devait bien y avoir une raison pour que Claire ait fait ce choix. Une raison logique. Si seulement il pouvait comprendre tout cela, alors peut-être…

— Tu as perdu quelque chose ?

John était si profondément plongé dans ses pensées qu'il regarda Haley comme si elle avait pu poser la question. Devant le regard interrogateur de la petite fille, il revint à la réalité.

— Claire ! dit-il tout haut, en se retournant.

Elle le regardait depuis le seuil.

Et il réalisa, un peu tard, que la porte du placard était restée ouverte.

— Qu'est-ce que tu fais là ? demanda Claire.

Elle avait parlé sur un ton de simple curiosité, mais sa posture était un peu plus agressive : elle se tenait bien campée sur ses pieds légèrement écartés, les mains sur les hanches, et ses sourcils bruns étaient arqués d'une manière imperceptiblement menaçante.

Mais ce ne fut pas cela qui frappa John.

Ce qu'il remarqua le plus, c'était que Claire était incroyablement belle, vêtue d'une grande chemise en velours bleu pâle, et d'un caleçon de la même étoffe. De grandes chaussettes lui réchauffaient les chevilles, et elle avait tiré ses cheveux en arrière en une queue-de-cheval haut placée, attachée avec une longue écharpe.

Tout cela lui donnait la même allure qu'au temps du lycée. Et un instant, John éprouva une envie presque irrépressible de la prendre entre ses bras pour la serrer longuement contre son cœur.

— Je… Haley et moi, nous voulions juste… tu sais…, balbutia-t-il.

— Fouiller dans mes affaires ? suggéra sèchement Claire. Mais un petit sourire dansait aux commissures de ses lèvres, prouvant qu'elle n'était pas si fâchée que cela. Du moins l'espérait-il.

— Non. Nous ne ferions jamais une chose pareille, n'est-ce pas, Haley ?

— Noooo, dit la petite fille.

John braqua sur elle un regard soupçonneux.

— Tu sais, tu n'es pas censée parler encore. Pas avant plusieurs mois.

Comme si cela constituait pour elle une information nouvelle, Haley ouvrit de grands yeux et fourra trois doigts dans sa bouche en une sorte de bâillon.

— Je suis sérieux, ma petite, insista John. Ne sois pas trop précoce.

— Un conseil que tu ferais bien d'appliquer à toi-même, rétorqua Claire.

— Qui, moi ? Tu me trouves précoce ?

— C'est le mot qui convient.

John eut un sourire grivois.

— Vraiment ?

— Vraiment.

— Par exemple ? N'hésite pas à faire mon portrait, dans la mesure où il est flatteur, bien sûr.

— Ce n'est pas forcément le mot « précoce » qui convient, mais je pense que parfois, tu ne manques pas d'audace.

— Peux-tu me donner un exemple ?

Claire omit délibérément de répondre à cette question.

— Que t'ont dit les autorités pendant que j'étais sous la douche ?

John eut une moue contrariée. Il avait complètement oublié.

— C'est stupide. Je n'ai pas appelé. Haley et moi, nous avons commencé à bavarder, et d'une chose à l'autre…

— D'une chose à l'autre, tu t'es mis à fouiller dans mes affaires.

— Non ! Je ne fouillais pas dans tes affaires !

— O.K. Disons que tu contrôlais quelques… comment appelle-t-on ça, déjà ?…

— Placards ?

— Oui, c'est ça — des placards. Mais c'était seulement par curiosité, sans réfléchir… c'est bien ça ?

— Mmh.

— Que signifie ce « Mmh » ?

— Rien.

— J'ai eu l'impression que ça voulait dire plus que ça.

Les mains de Claire s'affermirent sur ses hanches et la pointe de son pied effectua une petite danse agacée.

— John. Tu as fouillé dans mes…

— Je n'ai pas fouillé. Tu es vraiment…

En réaction évidente à l'atmosphère tendue qui s'était soudain installée, Haley se mit à s'agiter. Elle remua nerveusement ses petites mains, son petit visage se crispa, et elle émit de faibles plaintes.

— Regarde ce que tu as fait, Claire !

John fit sauter doucement la petite fille en l'air pour la réconforter, mais cela ne fit que la bouleverser davantage, et elle se mit à pleurer.

— Ce que *j'ai* fait ? protesta Claire. Je n'ai rien fait du tout ! C'est toi qui cries !

— Je ne crie pas !

— Si, tu cries !

— Mais pas du tout !

— Si !

Haley se mit à hurler d'angoisse, et toutes les tentatives que fit John pour la calmer échouèrent. Dans un dernier effort, il rejoignit Claire et lui tendit le bébé.

Celle-ci ne saisit pas tout de suite l'intention de John, puis ses yeux s'arrondirent. Il voulait qu'elle — *elle !* — le débarrasse de la fillette !

Sans réfléchir, elle se recula d'un pas.

— Ah non, tu ne me la donnes pas. Je ne sais pas la calmer. Ça, c'est *ton* travail, « Papa ».

— Eh bien apparemment, ça ne marche pas, « Maman ».

Il était inutile de le préciser, car les hurlements de Haley montèrent d'au moins dix décibels.

— Tu feras peut-être mieux que moi avec elle.

— N'y compte pas.

— Allons. Tu prends la petite et tu la calmes, et moi je vais passer mes coups de fil.

C'était un doux chantage, Claire le savait, mais un chantage efficace, et malgré ses réticences, elle accepta. Néanmoins, dès qu'elle prit Haley dans ses bras — avec quelques tâtonnements pour trouver la bonne position des bras —, le bébé commença à se calmer un peu.

C'était probablement parce que le changement de porteur lui offrait un peu de distraction, supposa Claire, et non parce qu'elle-même était capable de calmer un enfant qui pleure !

— O.K., murmura Claire, pour elle-même autant que pour l'enfant. Nous pouvons réussir. Oui, nous le pouvons.

Dès qu'il constata qu'elle maîtrisait la situation, John disparut. Claire lui aurait volontiers décoché une remarque acide devant cette manière de battre en retraite, mais elle ne prit pas le risque de déstabiliser de nouveau le bébé.

Baissant les yeux, elle plongea le regard dans de grands yeux rendus encore plus émouvants par la présence de larmes. C'était incroyable de voir comment ces petites créatures pouvaient prendre le pouvoir sur votre vie tout entière à la seconde où elles y entraient — même celles qui n'étaient pas à vous. Soudain, l'univers entier semblait tourner autour d'un petit paquet de langes et de couches.

Depuis l'arrivée du bébé, Claire n'avait pas pu faire une seule chose, prendre une seule décision, ou prononcer un seul mot qui n'inclue pas cette enfant. Quoi qu'elle dise ou fasse, elle avait dû penser d'abord à Haley. Elle n'avait pas encore pu avoir avec John une seule conversation qui ne tourne pas autour de cette enfant !

En allait-il vraiment ainsi pour les nouveaux parents ? Les bébés accaparaient-ils une aussi grande partie de leur temps ? De leurs pensées ? De leurs vies ?

Elle et John appelaient rarement la fillette par son prénom, pensa-t-elle avec étonnement. Ils parlaient de Haley comme du « bébé », comme si elle était sainte d'une certaine façon. Dire son prénom tout haut serait comme commettre un sacrilège qui déchaînerait immanquablement le courroux des dieux.

Claire ouvrit la bouche pour mettre sa théorie à l'épreuve en disant tout haut le prénom « Haley ». Puis elle hésita, regarda vers le plafond comme si un éclair risquait de fendre la maison en deux, puis, calmement mais très vite, elle dit « Haley ».

La seule conséquence fut que celle-ci émit un petit son satisfait, puis saisit un bouton en faux diamant sur la chemise de Claire. Elle le fit tourner vers la droite, puis vers la gauche, et sourit en voyant l'étincelle qui jouait dans la fausse pierre. Ravie que l'enfant ait retrouvé son calme, Claire la serra un peu plus étroitement contre elle. Finalement, les bébés n'étaient peut-être pas si terribles ! Tant qu'ils appartenaient à quelqu'un d'autre. Qu'ils se trouvaient sous la responsabilité de quelqu'un d'autre. Que ce n'était pas à elle de fournir en permanence réconfort et soutien. Cet arrangement temporaire était si stressant qu'elle n'imaginait pas l'assumer en permanence !

Dieu merci, John était là. Comment aurait-elle fait, durant tout ce week-end, sans lui ?

Toutes ces pensées s'éloignèrent peu à peu quand Claire regarda Haley. Elle était vraiment adorable. Claire n'avait jamais été aussi proche d'un bébé, et il lui fallait avouer qu'elle comprenait, maintenant, l'attrait exercé par ces petits êtres. C'était incroyable, la manière qu'avait Haley de fixer son visage, avec une incroyable intensité, comme si elle essayait d'enregistrer chaque trait, de comprendre qui était cette personne qui la tenait, et quel rôle elle jouait dans sa jeune vie.

Claire se dit que si Haley était devenue le centre de son univers, elle-même aussi était devenue très importante pour l'enfant. Et au fond, pensa Claire, il y avait quelque chose de... presque agréable dans la conscience qu'elle comptât à ce point dans la vie d'un autre être.

La responsabilité de s'occuper d'un enfant, elle le voyait maintenant, n'était pas sans récompense. Pour ses tracas, Claire recevait en retour une affection inconditionnelle. Ce qui n'était pas une mince récompense.

— Qu'allons-nous faire de toi ?

Haley leva les yeux pour lui adresser un sourire, et Claire sentit se dénouer en elle quelque chose qui était resté verrouillé pendant très longtemps.

— Je te trouve très mignonne, murmura-t-elle, passant doucement la main sur l'amusante houppette de la petite fille. Mais tu le sais déjà, je pense ?

Haley émit un gloussement de lutin malicieux, puis afficha un sourire qui creusa une délicieuse fossette dans sa joue potelée. Claire avait essayé de prendre la défense de la mère du bébé, mais quand même, elle n'arrivait pas à imaginer comment quelqu'un pouvait avoir l'idée de confier un trésor pareil à une étrangère.

Mais peut-être Claire n'était-elle pas une étrangère pour elle...

Claire ignorait d'où lui venait cette idée, mais elle ne parvint plus à la chasser. Peut-être avait-elle une relation ou un rapport avec la mère de Haley ? Obstétricienne-gynécologue — son métier avait un rapport direct avec les femmes enceintes…

Et si la mère de Haley avait été une de ses patientes ? Elle n'avait pas bien vu la jeune femme qui avait abandonné le bébé, et des dizaines de femmes fréquentaient son cabinet médical. Cinq femmes médecins y exerçaient. Et les patientes enceintes devaient consulter chacune au moins une fois au cours de leur grossesse, parce que cela pouvait être n'importe laquelle des cinq praticiennes — celle qui serait de garde —, qui effectuerait l'accouchement le moment venu.

Claire pouvait donc très bien avoir rencontré la mère de Haley, même si elle était suivie par une autre des gynécologues-obstétriciennes du cabinet médical. Et si elle faisait partie de ses patientes régulières ? Elle tenta désespérément de se souvenir d'une jeune femme aux longs cheveux blonds — en vain.

Une recherche dans les dossiers permettrait peut-être de découvrir quelque chose… Selon John, Haley avait six mois environ. Une secrétaire pourrait essayer de voir si parmi les patientes ayant accouché environ six mois plus tôt, l'une d'elles correspondrait à la description de la jeune femme que Claire avait vue la veille devant sa maison. Malheureusement, il n'y aurait personne au bureau ce week-end pour effectuer une telle recherche. Le médecin de garde — Marian Hudson, si Claire se rappelait bien — devait travailler depuis son domicile ou effectuer des visites à l'hôpital. Et avec la neige, le déplacement jusqu'au bureau serait difficile.

Mais demain, pensa-t-elle, cela vaudrait la peine d'essayer.

Elle décida de rejoindre John pour lui faire part de ses déductions, et installa le bébé contre son épaule en quittant la pièce. Immédiatement, Haley saisit sa queue-de-cheval et en porta une longue mèche à ses lèvres roses.

Claire pouffa et libéra doucement ses cheveux.

— Non, tu ne fais pas ça. Je viens de me laver les cheveux. Et je n'ai pas l'intention de prendre une deuxième douche aujourd'hui.

Elle déplaça la petite fille de façon à mettre sa chevelure hors d'atteinte, et aussitôt, Haley se concentra sur les boutons du chemisier. C'était étonnant, la vision du monde à travers de si jeunes yeux, pensa Claire. Des choses qu'elle-même ne remarquait même plus devenaient intéressantes et fascinantes pour un petit enfant.

Elle trouva John au rez-de-chaussée dans *son* bureau, avec un téléphone contre l'oreille. Il était installé dans *son* fauteuil avec les pieds posés sur *son* bureau et il faisait un solitaire sur l'ordinateur tout en bavardant avec un interlocuteur invisible. Elle secoua la tête d'un air désapprobateur. Il n'avait pas mis longtemps à prendre ses aises chez elle !

Cependant, quelque chose dans cette familiarité lui plut. Pourquoi ne se sentirait-il pas à l'aise dans cette maison ? Si les choses avaient tourné différemment, cette maison aurait pu être la sienne…

Mais les choses *n'avaient pas* tourné différemment. C'était curieux, cette tendance qu'elle avait à l'oublier. Même si, par un complet miracle, ils reprenaient une relation après tout ce temps, John voudrait toujours fonder une famille sans attendre. Et il voudrait que Claire reste au foyer pour s'occuper de cette famille. Par conséquent, il faudrait qu'elle abandonne son travail, qu'elle renonce purement et simplement à toutes ces années d'études et d'internat, qu'elle sacrifie toute la vie qu'elle s'était construite durant les années précédentes…

Et comme ils ne pourraient jamais entretenir cette maison avec le salaire de policier de John, ils devraient y renoncer. Ils finiraient par faire ce que John avait toujours voulu — ils achèteraient une petite maison pour élever leur grande famille, puis ils économiseraient sur tout pour que leurs enfants aient le nécessaire.

Pourtant, à la réflexion, ce ne seraient pas les économies rigoureuses et la petite maison qui la dérangeraient le plus, pensa Claire. Elle n'était pas très attachée aux biens matériels, malgré le luxe dont elle s'était entourée au fil des ans. Ce qui la gênait le plus dans le projet d'avenir de John, c'était la perte de son emploi. Elle ne pourrait jamais se sentir complètement heureuse sans ce travail. Etre médecin faisait partie d'elle, et elle ne voyait pas pourquoi elle sacrifierait sa carrière pour devenir maman.

Mais à la réflexion, pourquoi devrait-elle faire ce sacrifice ? Quantité de femmes réussissaient à conjuguer les deux rôles : elles exerçaient des métiers qu'elles adoraient *et* élevaient des enfants épanouis. Mais tout de même, pourquoi était-ce toujours la mère qui était censée faire tout cela ? Pourquoi personne n'incluait-il le père dans l'équation ?

De toute façon, elle ne voulait pas être mère, alors à quoi bon ce débat intérieur ?

Ces pensées se dissipèrent totalement quand John raccrocha et se tourna vers elle. Il émit un profond soupir et se frotta les yeux avant de passer ses paumes sur ses joues. Il avait pris une douche et s'était changé, mais il ne s'était pas rasé, et à présent, une barbe d'un jour ombrait ses joues. De légers cernes marquaient ses yeux, et il avait les cheveux en désordre, comme s'il avait passé la plus grande partie de son temps de communication à masser nerveusement son épaisse chevelure.

Claire trouva ce désordre charmant. Il avait l'air délicieusement épuisé. Et le négligé de sa tenue — celui d'un homme chez lui — était très sexy. Une fois encore, elle fut assaillie par les souvenirs de leur ancienne vie à deux. Et elle se sentit presque submergée par la puissante attirance physique qu'il lui inspirait. Sans le bébé qui tirait sur les boutons de son chemisier, elle aurait pu, dans ce moment précis, faire quelque chose qu'elle aurait sans aucun doute regretté toute sa vie.

Par exemple, se jeter dans ses bras et se blottir contre lui. Presser ses lèvres sur les siennes et l'embrasser de toute son âme. Le faire tomber sur le parquet et faire l'amour avec lui. Plusieurs fois…

Elle n'avait pas connu beaucoup d'hommes depuis John, et les quelques-uns avec lesquels elle avait osé faire l'amour n'avaient pas du tout été à la hauteur. Elle n'avait pas senti le feu, l'intensité, le désir pur toujours présents avec John.

Le sentiment aussi avait manqué. L'amour. Pour ce motif, ses quelques relations avaient été de courte durée. Et pour cette raison, cela faisait un certain temps qu'elle n'avait pas eu de relation intime. Quelques mois ? Quelques années, même…

Oh non, cela ne pouvait pas faire aussi longtemps ! En tout cas, cela expliquerait pourquoi son désir avait resurgi si vite et si fort, par la simple présence de John chez elle. A moins que cela se soit produit parce qu'elle n'avait jamais cessé de l'aimer.

Avait-elle jamais cessé de l'aimer ?

Mais pourquoi avait-il fallu que ce soit lui qu'on envoie pour répondre à son appel ? se demanda-t-elle pour la centième fois depuis son arrivée. Quelle malchance…

— Pas de chance, soupira John. J'ai essayé d'appeler tous les gens que je n'ai pas pu joindre hier soir, plus quelques autres personnes auxquelles j'ai pensé entre-temps. Mais ou bien personne ne répond au téléphone, ou bien les gens sont bloqués chez eux par la neige, ou ils ont plus important à faire que de s'occuper d'un bébé abandonné.

— Qu'est-ce qui peut être plus important qu'un bébé abandonné ? demanda Claire, sincèrement choquée.

Qu'est-ce qu'il pouvait y avoir de plus important que *Haley* ?

John eut un haussement d'épaules.

— Je n'en sais rien. Les meurtres. Les incendies criminels. La drogue.

— C'est une honte ! protesta Claire.

Elle précisa mentalement que si elle défendait le cas de Haley, c'était parce que cette enfant n'avait personne d'autre pour le faire, et non parce qu'elle développait un quelconque sentiment personnel pour le petit trésor. Elle ne développait *aucun* sentiment personnel. A part l'idée que cette petite fille était tout simplement adorable. Et si gentille. Et vraiment merveilleuse…

— Il doit bien y avoir quelqu'un qui sait ce qu'il faut faire ! ajouta-t-elle, resserrant instinctivement ses bras autour de Haley.

— D'habitude, ce sont les Services sociaux qui gèrent ce genre de chose, répondit John. Mais c'est difficile de joindre quelqu'un le week-end. Ajoute le temps à ça, et il faudra bien que tu l'acceptes : les choses ne vont pas suivre leur cours habituel. Nous devrions avoir plus de chance demain. Nous en reviendrons à une semaine de travail ordinaire, et en plus, une partie de cette neige aura été enlevée ou aura fondu.

Claire émit un soupir résigné et se tourna vers la fenêtre.

— Il ne neige plus, enfin ! C'est déjà ça.

— Et selon la chaîne météo, cela va se réchauffer un peu cet après-midi. En attendant, je pense que nous avons assez de couches-culottes et de nourriture pour bébés, donc Haley devrait rester en forme.

Claire regarda le visage du bébé, et s'aperçut que la petite fille la regardait d'un air ensommeillé.

— Tu penses que c'est trop tôt pour qu'elle fasse un somme ? Elle a l'air fatiguée.

John eut une moue évasive. Lui aussi aurait eu bien besoin d'un petit somme, pensa Claire.

— Difficile à dire quand on ne connaît pas sa routine habituelle, dit-il.

Routine. La veille encore, elle-même suivait une routine dans sa propre vie ! Une routine un peu ennuyeuse. Mais au moins, cette vie-là était familière, prévisible, et rassurante. C'était *sa* routine ennuyeuse à elle. Et elle avait travaillé dur pour la mériter. La bouleverser aussi complètement, cela la perturbait d'une manière qu'elle refusait d'analyser — peut-être parce qu'elle savait que John faisait partie intégrante de ce bouleversement.

Haley bâilla, et Claire ne put s'empêcher de rire. Elle était si mignonne. Comment avait-elle pu ignorer si longtemps que les bébés étaient si adorables ?

— Je pense qu'elle a besoin de dormir, dit-elle, attendrie.

— Bien. Si tu l'emmenais en haut ? Tu la bercerais un moment.

Claire attendit l'accès de panique qui aurait dû accompagner la suggestion de John, mais bizarrement, cette fois, elle ne ressentit qu'un infime pincement.

— O.K., dit-elle, se tournant vers la porte du bureau. Si tu es sûr que tu vas te débrouiller ici…

— J'en suis sûr.

Quelque chose dans la voix de John alerta Claire, qui s'arrêta et se retourna. Il avait le regard d'un homme qui manigance quelque chose. De quoi pouvait-il bien s'agir ? Elle n'en avait aucune idée. Avec un homme comme lui, si effectivement il manigançait quelque chose… cela ne pouvait rien amener de bon.

Chassant provisoirement cette idée, Claire se dirigea d'un pas décidé vers l'escalier.

7

John préférait peut-être Bruce Springsteen pour ses berceuses, mais Claire était beaucoup plus traditionnelle. Et en fin de compte, Haley sombra aussi vite sur les notes de *Frère Jacques* que sur un air du « Boss ». Cela montrait bien qu'en réalité, John ne connaissait pas *tout* sur les bébés. Claire pouvait lui en remontrer sur un ou deux points !

Pendant que cette pensée étonnante se formait dans sa tête, elle regarda l'enfant paisiblement endormie sur ses genoux. Elle, apprendre quelque chose à John sur les enfants ! C'était un développement pour le moins inattendu. Si quelqu'un lui avait dit douze ans plus tôt — ou même douze heures plus tôt — qu'un jour elle bercerait un bébé, Claire lui aurait ri au nez. Pour être sincère, elle n'avait jamais vraiment eu l'occasion — ni le goût — d'apprendre, mais maintenant qu'elle se retrouvait dans le rôle de nounou, elle devait l'admettre, peut-être… oui, peut-être s'était-elle trompée à leur sujet.

Ça, c'était vraiment une chose à méditer. Entendu, elle avait peut-être autant de mal à admettre ses erreurs que John Campisano. Peut-être, dans le passé, avait-elle été aussi têtue que lui. Elle avait voulu construire une carrière, et refusé tout compromis, mais c'était parce qu'honnêtement, elle n'avait pas pensé qu'il pourrait y avoir un autre avenir. S'épanouir en tant qu'épouse et mère — c'était inconcevable.

Et John ne voudrait pas d'elle dans un autre rôle que celui d'épouse et de mère de ses enfants.

Mais maintenant qu'elle n'avait plus que sa carrière et elle-même, elle sentait le doute l'envahir. Avait-elle eu raison, pendant toutes ces années, d'être sûre de son avenir ? Mais tout de même, elle n'allait pas abandonner son travail pour des enfants ! Ou pour John ! Ce serait impossible de faire de si gros sacrifices et d'être tout de même heureuse et comblée.

Mais en réalité, elle n'était pas heureuse et comblée, malgré tous ses succès professionnels.

Entre elle et John, les choses n'étaient pas plus réglées maintenant que douze ans auparavant. Et il n'existait probablement guère plus d'espoir de compromis, désormais. Ils demeuraient tous deux têtus, hésitants, et inflexibles.

Malheureux et insatisfaits, aussi. Et selon toute probabilité, ils le resteraient tant qu'ils n'auraient pas trouvé une forme de compromis. Mais il n'existait pas de compromis possible : le métier de Claire exigeait trop, et John souhaitait ardemment avoir des enfants.

L'adorable Haley semblait si paisible que pendant un long moment, Claire continua de la bercer doucement en chantonnant à voix basse. Les minuscules doigts d'une de ses mains entouraient doucement le pouce de Claire, et l'autre main, fermée, reposait sur ses petits genoux. Sa houppette soyeuse de cheveux noirs se dressait, et on voyait de fines veines bleues sous sa peau fine. Sous sa main, Claire sentait le pouls rapide du bébé.

Haley était un minuscule miracle, un petit être qui allait grandir, se développer et apprendre à vivre. Et Claire s'aperçut avec horreur qu'elle n'avait aucune envie de la laisser partir.

— Oh mon Dieu ! murmura-t-elle avec un soupir entrecoupé.

Quand était-ce arrivé ? Et qu'allait-elle faire pour arranger cela ?

Ecartant la question pour le moment, elle coucha Haley dans le couffin posé sur le parquet près de son lit. Elle s'apprêtait à sortir de la chambre quand elle vit John qui la regardait, debout sur le seuil. Appuyé contre le montant de la porte, les mains dans les poches de son jean, il semblait être là depuis un certain temps. Et à en juger par son regard, ses pensées n'étaient pas très éloignées de celles de Claire : il savait ce qu'elle s'était dit pendant qu'elle regardait Haley dormir, et ce qu'elle avait espéré.

Elle attendit qu'il murmure « Je te l'avais dit ». Mais il n'en fit rien, et se contenta de la laisser sortir dans le couloir. Elle referma très doucement la porte derrière elle, la laissant légèrement entrouverte. Alors, sans y penser ou réfléchir aux conséquences de ce geste, elle appuya son front contre la poitrine de John et se blottit contre lui.

Il marqua un temps d'hésitation, comme s'il était déconcerté. Puis il referma ses bras sur elle d'un geste ferme, possessif et aimant. Sous son oreille, Claire entendit les battements rassurants de son cœur, dont le rythme s'accéléra quand elle se blottit plus étroitement contre lui. Sa chaleur et sa force l'enveloppèrent, comme cela s'était produit si souvent, tant d'années plus tôt, et Claire oublia tout ce qui s'était passé pendant le temps où ils avaient vécu séparés.

Elle se laissa envahir par ses souvenirs de John, ses rêves de lui, son désir de lui, son amour pour lui. Et quand il posa l'index sous son menton et le souleva pour qu'elle le regarde, elle n'essaya même plus de cacher ses sentiments. Un instant, ils se regardèrent, remplis de désir. Puis, lentement… si lentement… John posa ses lèvres sur celles de Claire.

C'était exactement comme dans son souvenir, pensa-t-elle. John possédait tout ce qu'elle avait toujours voulu trouver chez un homme. Il était — comme il l'avait toujours été — son parfait complément, au plan physique, sentimental et spirituel. Leurs corps s'épousaient comme s'ils n'en formaient qu'un seul, et John la comblait intérieurement comme personne. Quand il approfondit son baiser, elle eut l'impression de rentrer chez elle après être partie trop longtemps pour un voyage épuisant.

Elle s'abandonna à son baiser, enfonçant les doigts dans ses épaules musclées. John n'attendait que cet encouragement pour dévorer ses lèvres avec ardeur. Et Claire négligea les signaux d'alerte qui résonnaient dans un coin de sa tête… faiblement, comme des carillons de cristal dans le vent.

Et bientôt, même cette pensée s'évapora, remplacée par une foule de sensations qu'elle n'avait plus éprouvées depuis longtemps. Douze années exactement. Depuis la dernière fois qu'elle s'était retrouvée dans les bras de John Campisano.

En fait, rien n'avait changé ! Rien. Il était toujours grand, fort, vigoureux… Elle respirait toujours son parfum viril épicé et musqué. Et le goût de ses baisers… merveilleux. C'était comme si elle avait toujours vingt-deux ans, pensa-t-elle. Parce que c'était exactement l'impression qu'il lui donnait.

Elle passa les bras autour de son cou et glissa les doigts dans les épais cheveux soyeux de John. Il s'inclina un peu et posa les mains sur son dos pour la presser plus étroitement encore contre lui, puis il se tourna de sorte qu'elle se retrouve piégée contre le mur froid, derrière elle. Son attitude possessive fit naître en elle un frisson brûlant, et elle posa la main sur l'étoffe douce de la chemise qui moulait le torse de John. Sous sa paume, elle sentit ses muscles et le battement trop rapide de son cœur.

Doucement, John remonta sa main, centimètre par centimètre, jusqu'à son sein, dont il saisit le globe. Au soupir entrecoupé qu'émit Claire, il hésita et commença à s'écarter. Mais, comme elle lui prenait doucement la main, il murmura : « Non. Fais-le avec moi. »

Elle hésita un instant, étonnée par sa suggestion, puis elle reposa la main sur celle de John. Il déplaça ses doigts de façon qu'ils se mêlent à ceux de Claire, et qu'elle se caresse aussi. Bientôt, ils furent tous deux au bord du vertige.

Comme enivrée, elle ne se rendit pas compte tout de suite qu'il défaisait le bouton supérieur de son chemisier, puis le suivant et le suivant encore, avant de faire glisser le vêtement sur son épaule pour dévoiler la dentelle champagne de son soutien-gorge dont il défit l'agrafe.

Il posa leurs mains aux doigts toujours mêlés sur le sein dénudé, et Claire ressentit n'avoir jamais rien connu d'aussi délicieux que leurs caresses jointes. Leurs souffles devinrent irréguliers et brûlants. Claire renversa la tête en arrière, exposant son cou aux baisers passionnés de John.

Il déposa une pluie de baisers sur sa tendre gorge, puis ses lèvres entamèrent une descente vers sa poitrine, pour caresser et taquiner les tétons durcis.

Claire sentit ses genoux flageoler, et ses doigts s'enfoncèrent plus fort dans les cheveux bruns de John. Il repoussa le chemisier à présent complètement ouvert, prit ses seins dans ses mains, les goûtant l'un, puis l'autre. Il joua ainsi des mains et des lèvres, allumant en elle un feu de plus en plus difficile à contrôler.

— Oh John…, murmura-t-elle.

Quelque chose avait peut-être changé finalement, pensa-t-elle, l'esprit embrumé. John était un peu plus… insistant… et… compétent. Autrefois, il n'avait rien d'un amant maladroit, mais de toute évidence, au fil des années, il avait mûri. Quand ils étaient adolescents, ils faisaient l'amour d'une manière ardente et passionnée, mais aussi rapide et conventionnelle. Au fil des années, assurément, John avait eu l'occasion d'apprendre l'art d'aimer…

Et elle écarta délibérément l'idée que d'autres femmes lui avaient appris tout cela. Tout ce qui comptait, c'était ici et maintenant. Eux deux, et les sensations qu'ils éprouvaient.

— Maintenant, dit-elle tout haut, le souffle court.

Mais John ne parut pas l'entendre, tant il était concentré sur d'autres choses. Il roulait doucement la pointe d'un sein entre le pouce et l'index, tout en dévorant toujours l'autre de baisers. Instinctivement, les mains de Claire descendirent jusqu'à la taille de John. Elle releva le bas de son chandail, dévoila son ventre musclé et la légère toison sombre sur son ventre et sa poitrine. John marqua une pause pour qu'elle lui ôte son chandail, puis de nouveau, il se concentra sur ses seins.

Quand il se pencha, Claire posa les lèvres sur son épaule nue et solide, et promena la langue sur le satin musqué de sa peau dont le goût viril la remplit de désir… Incapable de résister, elle le mordit légèrement.

Il émit un petit cri et se redressa brusquement. John n'était pas le seul à avoir appris certaines choses au fil des ans ! pensa-t-elle avec satisfaction. Un instant, il demeura muet, visiblement interloqué, puis un sourire ravi naquit sur ses lèvres.

Son sourire disparut quand son regard descendit le long du corps à demi nu de Claire.

— J'ai envie de toi, dit-il simplement.

Claire avala sa salive avec difficulté.

— Moi aussi…

— Oh non ! Pas comme j'ai envie de toi tout entière. De chaque parcelle de toi. Je veux te faire l'amour, et je veux faire durer le plaisir. *Très*, très longtemps.

Claire inspira d'une manière entrecoupée.

— L'idée me paraît bonne, répondit-elle.

8

Ils demeurèrent enlacés en silence pendant une pause, refusant de voir se terminer ce qui ne pouvait être que temporaire, pensa John — mais cela faisait si longtemps qu'il n'avait pas tenu Claire entre ses bras de cette façon, si longtemps qu'il n'avait pas eu le sentiment qu'il faisait partie d'elle, et qu'elle faisait partie de lui. Il avait rêvé tant de fois de cela, de cette proximité, de cette intimité, qu'il n'avait aucune envie de la laisser partir.

Haley continuait de dormir, et ne s'était pas réveillée pendant qu'ils faisaient l'amour, même si leurs efforts pour rester silencieux n'avaient pas été tout à fait couronnés de succès. Ces efforts, cependant, s'étaient révélés très excitants, ainsi que leur résistance volontaire à céder à leur désir. Seul résultat : John mourait d'envie de faire de nouveau l'amour à Claire, et sans attendre, mais il hésitait aussi à interrompre ce moment si calme.

La sensation du corps nu, doux et chaud, étendu contre le sien, était une chose qu'il avait craint de ne plus jamais connaître, et c'était trop merveilleux pour prendre fin. Leurs jambes se mêlaient, il sentait les seins de Claire contre lui, et le rythme rapide de son cœur battant à l'unisson du sien.

Ils semblaient ne former qu'un seul être. Pourtant, cela, il le savait, ne serait jamais possible. Chacun d'eux désirait avec force un avenir trop différent de celui qu'envisageait l'autre. Et ils n'étaient pas prêts à la moindre concession.

En réalité, John souhaitait un compromis. Mais comment trouver un compromis s'agissant de la carrière de Claire, à laquelle elle avait consacré des années d'études, d'internat et de travail acharné ? Et comment trouver un compromis sur son désir à lui d'avoir beaucoup d'enfants ?

Il avait pensé que faire l'amour avec Claire ressouderait tous ces morceaux qu'étaient devenues leurs vies au fil des années. Il s'était dit que s'ils pouvaient retrouver ce qui avait existé entre eux, ils réaliseraient à quel point ils s'étaient manqué l'un à l'autre. Et qu'en reconnaissant ce besoin réciproque, ils ne pourraient plus nier ce qui les liait.

Il avait imaginé que faire l'amour avec Claire arrangerait tout.

Mais au lieu de simplifier les choses, cela n'avait fait que compliquer davantage leur relation. Et maintenant, le silence entre eux s'éternisait, vibrant de tension… John comprit qu'il fallait que l'un d'eux parle pour dénouer ce malaise. Aussi, prit-il l'initiative et exprima ce qui occupait ses pensées.

— Je t'aime, dit-il simplement.

Il ignorait quand il avait décidé de dire ces mots-là tout haut, mais quand il les eut prononcés, il n'en éprouva aucun regret. Cependant, il évita de regarder Claire, ignorant si ses sentiments refléteraient les siens. Il se contenta donc de fixer le plafond, étudiant les jeux de la lumière à travers la dentelle de glace sur les carreaux.

— Ça fait si longtemps que je t'aime, ajouta-t-il avec circonspection. Je n'ai jamais cessé de t'aimer, tu sais.

Claire ne répondit pas tout de suite, mais ses doigts, qui caressaient légèrement son torse, marquèrent une pause à l'endroit du cœur.

— John, dit-elle enfin sans le regarder, je ne suis pas sûre que nous devrions…

— Ne me dis pas que ce que je te dis est nouveau pour toi, répliqua John, l'interrompant.

Elle émit un profond soupir.

— Non… ce n'est pas nouveau pour moi.

John se reprocha mentalement son optimisme.

— Dans ce cas, pourquoi n'en parlerions-nous pas ?

De nouveau, le silence se fit.

— Parce que… parce que c'est tellement soudain et inattendu de me retrouver avec toi, et la situation est si étrange — et le mot est faible… Je ne vois pas comment nous pourrions être tout à fait sûrs de nos sentiments, et il y a…

— Moi, je sais *exactement* ce que je ressens.

Claire renversa la tête en arrière pour regarder John, et leurs regards se mêlèrent.

— Tu es plus fort que moi, parce que moi, je serais incapable de définir ce que je ressens.

— Tu n'es pas obligée de me dire ce que tu ressens, parce que je le sais déjà.

— Vraiment ?

John hocha la tête pour le confirmer, mais il ne put se décider à exprimer sa conviction : Claire l'aimait. De cela, il était absolument sûr. Elle n'aurait pas fait l'amour avec lui de cette façon si elle ne l'aimait pas autant qu'avant. Le problème, c'était qu'autrefois, elle ne l'avait pas *assez* aimé. Et elle ne l'aimait toujours pas assez.

Pourtant, cette pensée ne suffit pas à le décourager complètement. Il referma son bras plus fort sur Claire, passa les doigts dans ses cheveux, et déposa un baiser sur sa tête.

— Ça n'a pas d'importance, dit-il, mentant. Tout ce qui compte maintenant, c'est que nous soyons ici ensemble comme cela. Qui sait combien de temps cela va durer ? Profitons-en tant que nous le pouvons.

John suggérait qu'ils devraient faire l'amour de nouveau, mais de toute évidence, Claire fit une interprétation complètement différente de son commentaire. Apparemment, elle avait un tout autre projet pour les minutes suivantes.

— Est-ce que ça te plaît d'être policier ? demanda-t-elle.

— Oui, répondit John machinalement, comme il le faisait toujours quand on lui posait cette question.

Il n'y avait rien de pire que cela pour doucher les projets érotiques d'un homme !

— Ça me plaît beaucoup. J'ai toujours voulu exercer ce métier, tu le sais. Pourquoi me demandes-tu ça ?

Il sentit qu'elle haussait les épaules. Et ses doigts fins reprirent leur danse sur sa poitrine. Elle déplaça aussi sa jambe, la plaçant plus intimement entre celles de John, qui décida que décidément, les signes encourageants se succédaient. Du moins l'espérait-il…

— Je ne sais pas, répondit-elle. Je me demandais seulement. Les stupéfiants, ça doit être vraiment stressant. Et ce que tu penses des enfants… Je ne sais pas. Ça doit être décourageant, quelquefois, de voir sans cesse des enfants à problèmes.

— Oui, ça peut l'être quelquefois. Mais pas plus que ton métier, je pense.

De nouveau, Claire leva les yeux, visiblement inquiète.

— Oui, mais moi, je ne mets jamais ma vie en danger. Je ne me retrouve jamais face à face avec des gens lourdement armés et sans aucune morale ou, pire encore, dépendant de substances qui les rendent totalement imprévisibles et dangereux.

John eut un sourire contraint, espérant alléger un peu ses inquiétudes — mais les craintes de Claire reflétaient les siennes.

— Je fréquente bien mes sœurs et mes belles-sœurs quand elles sont enceintes ! En matière de conduite imprévisible et irrationnelle, voire dangereuse…

Par jeu, Claire le gratifia d'un petit coup dans les côtes, mais il vit bien qu'elle n'était pas rassurée pour autant.

— Je suis sérieuse. Ce que tu fais, c'est *vraiment* dangereux. Et ce que tu vois parfois doit obligatoirement heurter tes idéaux. Comment peux-tu supporter ça ?

Cette fois, c'est John qui haussa les épaules, même si ce que disait Claire était la pure vérité. Son métier heurtait ses idéaux. Gravement. Au point que parfois, John se disait qu'il ne lui restait plus aucun idéal. Comment pouvait-on garder un espoir quand chaque jour, on côtoyait le côté noir de l'être humain ? Qui pouvait continuer d'aider les autres en ayant l'impression que chaque main secourable tendue recevait un coup de griffe ou une morsure ?

Quand il repensait à ses débuts de policier, John trouvait cela risible. Ou plutôt, il aurait ri s'il y avait eu quelque chose de comique. Sept ans plus tôt, il avait nourri un sincère espoir, croyant franchement qu'il pouvait changer quelque chose dans la vie des jeunes.

Quelle blague ! En sept ans, il n'avait noté *aucune* amélioration.

Il détourna le regard pour ne plus voir les yeux inquiets de Claire.

— Je ne sais pas comment je supporte ça, dit-il doucement. J'essaie seulement de ne pas penser à cet aspect de mon métier.

— A quoi te raccroches-tu, alors ?

— Je pense aux jeunes qui ne consomment pas. Je me dis que c'est très important d'éviter que cette saleté se répande dans la rue, afin que les enfants ne soient pas blessés, malades ou tués. Je tente d'orienter les jeunes vers des activités qui les protègent de la drogue — sport, école, religion, peu importe. Je pense à tous les programmes que nous, les policiers, avons mis en place au fil des années pour aider les jeunes à traiter leurs problèmes, et à empêcher d'autres de tomber dans la toxicomanie. J'essaie de changer la vie de quelques-uns d'entre eux.

John marqua une pause, inspira profondément et émit un soupir pensif.

— Et souvent, un événement survient qui m'oblige à constater notre lamentable échec.

Pour chaque enfant qu'on aidait, trois de plus sombraient. Pour chaque nouveau programme d'aide ou de prévention, deux programmes antérieurs étaient abandonnés pour inefficacité ou par manque de moyens. Les « Stups » employaient plus de policiers que jamais, mais le problème augmentait trop vite. A ce rythme, bientôt, ils jetteraient tous l'éponge !

— Donc, si je comprends bien, il va falloir que tu travailles de plus en plus dur, c'est ça ? demanda Claire.

John voulut acquiescer, mais voilà : cela devenait de plus en plus difficile pour lui de se lever le matin pour aller travailler. Il avait de plus en plus de mal à s'habiller comme un dealer ou comme un client pour jouer un rôle qui le dégoûtait. Il avait de plus en plus de mal à ne pas mépriser les gens qu'il avait tellement essayé d'aider au fil des années. Et il voyait de moins en moins l'utilité de ses efforts.

— Mmh, marmonna-t-il. Oui, en effet.

De nouveau, il berça Claire contre lui, rêvant de se perdre en elle pendant quelques minutes encore.

Sentant le besoin qu'il avait d'elle, elle bascula pour s'allonger sur lui et posa les lèvres sur les siennes. Leur baiser les enflammait et il avait pris Claire par les hanches, prêt à lui faire de nouveau l'amour, quand il entendit Haley remuer dans la chambre, de l'autre côté du couloir. Malgré son agacement, il ne put s'empêcher de sourire en entendant ce bruit discret, qui calma instantanément son désir brûlant.

— On nous appelle, on dirait, dit-il.

Claire protesta.

— Elle est réglée comme une horloge !

— C'est très bien pour un bébé.

Après un dernier baiser rapide, Claire s'écarta de lui. John ne put s'empêcher de la regarder se lever, et un instant, ce fut comme s'ils n'avaient jamais été séparés, comme s'ils se retrouvaient dans un des endroits où ils se réfugiaient autrefois pour faire l'amour — les berges de la rivière

Greenmeadow, le siège arrière de la Chevrolet Nova de John, ou un hôtel où ils effectuaient un bref et délicieux passage. Parfois, c'était un après-midi clandestin dans la chambre de Claire, pendant que ses parents étaient au travail. Leur cœur battait, et la possibilité d'être découverts exacerbait leur passion…

A présent, ces risques n'existaient plus, et John se sentait pourtant aussi émoustillé qu'un adolescent. Comment pourrait-il reprendre le cours ordinaire de sa vie après ce week-end avec Claire ? Et continuer sans la revoir, sans la toucher, sans faire l'amour avec elle ? Dorénavant, il n'arriverait plus à vivre sans elle.

Mais quelles étaient ses chances, tant que les choses entre eux resteraient ce qu'elles étaient maintenant ?

Comme les pleurs de Haley se faisaient plus insistants, Claire se hâta de s'habiller. Elle finissait de boutonner son chemisier quand elle sortit de la chambre, et à cet instant seulement, John s'aperçut qu'il était toujours nu dans le lit : c'était Claire, et non lui, qui avait répondu aux besoins de Haley. Et cela constituait un fait des plus intéressants.

Elle n'avait plus peur du bébé… Incroyable !

Peut-être n'aurait-elle plus peur à l'idée d'en avoir un, ou deux, ou six, à elle ? Bien, bien. Un obstacle franchi.

« Pas si vite, Campisano », pensa-t-il. Ce n'était pas parce que Claire ne paniquait plus pour le bébé d'une autre, qu'elle avait envie de devenir mère. Il y avait une grande différence entre aimer les enfants et en vouloir. Pourtant, jusqu'à quelques heures plus tôt, Claire n'aimait même pas les bébés. Maintenant, elle prenait sur elle-même de subvenir aux besoins d'un nourrisson sans paniquer. John choisit d'ignorer ce que lui susurrait sa voix intérieure. C'était un bon signe, ça. Et il allait saisir sa chance.

Pas à pas. Doucement. Un jour à la fois. D'accord, l'avenir à long terme demeurait très confus. Mais l'avenir proche s'annonçait plus brillant.

Avec un sourire face à cette promesse de bonheur et d'espoir qui s'esquissait en lui, John repoussa les couvertures, se leva et entreprit de se rhabiller lui aussi.

Confirmant les prévisions de la chaîne météorologique, la neige cessa de tomber. Le soleil sortit, haut dans le ciel, et il fit fondre lentement une partie de la neige accrochée aux buissons, aux fenêtres et aux avant-toits. Le sol, lui, resta revêtu de blanc, et les rues, bien qu'un peu détrempées, demeurèrent impraticables pour la plupart. Et quand le crépuscule tomba, elles gelaient de nouveau.

Claire et John passèrent une grande partie de la journée d'une manière étonnamment paisible. Par une sorte d'accord mutuel, ils parvinrent à garder le contrôle sur ce qui s'était passé entre eux le matin. Pendant que Haley était éveillée, ils jouèrent avec elle, lui donnèrent ses repas et s'occupèrent d'elle, parlèrent de leur vie et évoquèrent, au sujet de leur passé, des thèmes généraux et ne prêtant pas à conséquence. Pendant la sieste du bébé, l'après-midi, John disparut pour se battre de nouveau avec le téléphone, afin de trouver quelqu'un qui saurait que faire pour Haley.

Quand la nuit tomba, Claire était assise dans son bureau la petite fille sur les genoux, et lui donnait un biberon de lait maternisé tout en regardant John qui, le téléphone calé entre l'épaule et l'oreille, manifestait de plus en plus d'agacement contre son interlocuteur invisible.

— Je sais que vous ne pouvez rien faire tout de suite pour hâter les choses, disait-il. Je sais qu'il fait nuit, et que c'est le week-end, en plus. Mais ça fait presque vingt-quatre heures que ce bébé est arrivé ici, et les choses n'avancent pas d'un pouce !

Une longue pause suivit, pendant laquelle Claire entendit le bourdonnement d'une voix féminine à l'autre bout du fil. Il devait s'agir d'une explication, et le dos de John se raidit visiblement.

— Ça, je le sais, dit-il enfin, à bout de patience. Mais…

Nouveau bourdonnement de la voix féminine.

— Oui, mais…

Nouvelle explication interminable.

— Mais ce que j'essaie de vous dire, c'est que…

Nouvelle tirade.

Claire émit un soupir résigné, même si de toute évidence, John, lui, ne s'avouait pas encore vaincu. Apparemment, ils allaient devoir s'occuper de Haley encore une nuit. En repensant à la manière dont ils s'étaient tournés l'un vers l'autre le matin, elle aurait été bien incapable de prévoir le déroulement de la soirée. Pour l'instant, la petite fille semblait bien réveillée, et bien que le monde de l'enfance fût encore pour Claire une planète inconnue, elle soupçonna qu'il existait une sorte de rituel du soir pour mettre un enfant au lit. Durant les quelques heures qui allaient suivre, au moins, elle et John allaient probablement être si occupés par Haley qu'ils n'auraient pas le temps d'aborder les nouveaux développements survenus entre eux.

Cependant, une fois le bébé endormi, une longue nuit sombre les attendait…

Elle décida qu'il valait mieux ne pas s'inquiéter de cela maintenant. Oui, elle et John devraient regarder en face ce qui était arrivé. Et ils devraient décider où cela allait les mener — sans aucun doute sur une route malaisée et imprévisible. Mais ce n'était pas le moment d'entreprendre ce voyage-là.

Un petit hoquet sec ramena son attention sur le bébé, même si la discussion de John avec l'inconnue du téléphone s'animait de plus en plus. Se souvenant de la manière dont Haley avait réagi à la tension qui était montée entre elle et John, Claire décida qu'il valait mieux l'emmener dans une autre pièce.

Tenant le bébé potelé contre son épaule, elle saisit le biberon vide et regagna la cuisine. Maintenant Haley d'une main, elle rinça le biberon et le plaça dans le lave-vaisselle avec les plats du dîner qu'elle avait partagé avec John. Et toujours d'une seule main, elle rangea les restes du repas dans le gros réfrigérateur.

D'ordinaire, elle prenait son repas en route en rentrant de son travail, ou bien elle achetait quelque chose en route et le grignotait dans son bureau en regardant le journal télévisé. Elle cuisinait rarement, simplement parce qu'elle n'aimait guère cela, qui plus est pour une seule personne.

En y repensant à présent, depuis qu'elle habitait dans cette maison, elle ne se souvenait pas d'avoir partagé une seule fois sa table avec quelqu'un. Et le fait que John ait été le premier à se joindre à elle semblait étrangement normal. Claire eut un sourire désabusé. Elle n'utilisait jamais le lave-vaisselle, parce qu'en général, elle salissait trop peu de vaisselle. La cuisinière ne lui servait pratiquement à rien. En fait, le four à micro-ondes était le meilleur ami des célibataires.

C'était curieux qu'elle ait vécu tout ce temps dans cette grande maison sans s'y amuser, pensa-t-elle. Et à la réflexion, c'était curieux qu'elle ait acheté cette demeure pour y vivre seule. Maintenant seulement, elle réalisait combien cet endroit avait toujours été calme. Du moins, avant l'arrivée de Haley sur le seuil de sa porte — et avant que John soit amené par la tempête. Mais maintenant, en moins de vingt-quatre heures, la maison tout entière avait changé. Elle semblait plus chaleureuse. Plus confortable. Un vrai foyer, avec de la vie, du bruit et du mouvement. De la passion. De l'amour. Tout ce qu'il fallait pour créer une vie familiale.

A présent, sa maison ressemblait à… une vraie maison.

Cela impliquait une chose : une fois que John saurait que faire de Haley, une fois qu'il l'aurait emmenée à l'endroit où les Services sociaux plaçaient les enfants abandonnés, le foyer tout neuf redeviendrait une simple maison, rien de plus. Et elle-même reprendrait le cours d'une vie ordinaire.

Claire afficha un sourire contraint en se retournant : John entrait dans la cuisine, l'air fatigué et agacé, mais à l'instant où il leva les yeux et où il la vit debout avec Haley, son visage se détendit.

— Merci pour la vaisselle, dit-il.

— De rien.

— Et merci aussi pour le dîner.

En fait, Claire avait prévu un dîner préparé au four à micro-ondes, mais ce n'était qu'un détail mineur.

— De rien, je t'assure.

Les épaules de John retombèrent.

— Je pense que nous allons être bloqués ici ensemble pendant encore une nuit. Si ça ne te dérange pas trop…

— Et si ça me dérange ? demanda, sans réfléchir, Claire.

Une lueur d'inquiétude passa dans le regard de John.

— La neige a fondu suffisamment pour que je rentre chez moi ce soir, je pense. Ce ne serait ni facile ni très prudent, mais si tu ne veux plus que je reste, je peux m'en aller.

— Je veux que tu restes, répondit Claire sans la moindre hésitation.

Le soulagement de John fut évident, et Claire se demanda comment il avait pu imaginer le contraire.

— John, je…

— Claire, je…

Ils avaient parlé en même temps, s'arrêtèrent en même temps, et furent pris d'un rire nerveux.

— Toi d'abord, dit Claire.

— Non, toi.

Claire ouvrit la bouche, et réalisa qu'elle ne savait plus ce qu'elle voulait dire. Par chance — ou peut-être, par malchance — Haley choisit ce moment pour saisir une mèche de ses cheveux, et tirer. Fort.

— Aïe ! cria Claire, saisissant les doigts du bébé pour se dégager.

Mais Haley, probablement enthousiasmée par ce jeu merveilleux, tira de nouveau.

En riant, John vint à la rescousse. Après avoir ouvert les doigts du bébé, il le souleva et le prit dans ses bras. Claire tenta de démêler quelques nœuds poisseux, puis elle marqua une pause quand elle sentit les doigts de John se glisser aussi dans ses cheveux.

— Ils sont superbes, commenta-t-il doucement. Ils l'ont toujours été. C'est dommage que tu les aies coupés.

Claire tenta d'ignorer le frisson d'euphorie qui la traversait, et répondit aussi calmement qu'elle le pouvait — mais sans succès.

— Cette coupe est plus facile à entretenir. Je n'ai pas beaucoup de temps pour me coiffer le matin. Une minute avec le sèche-cheveux et c'est fait. Mais mes cheveux ne sont pas si courts ! Ils touchent presque mes épaules.

John acquiesça de la tête, et passa de nouveau les doigts dans les mèches soyeuses. Il aurait probablement continué si par jeu, Haley ne lui avait pas de nouveau donné un petit coup sur le nez.

— Eh, toi ! dit John, hilare. Ça te contrarie de ne plus être au centre de l'attention générale ?

Le bébé émit un roucoulement long et doux, puis s'extasia sur le chandail de John.

— Oui. Tu as vu ? Je mérite bien ça, dit-il.

Concentrant de nouveau son attention sur le bébé, Claire se souvint de l'idée qu'elle avait eue le matin, au sujet de son lien potentiel avec la mère de Haley, et elle se frappa le front avec la paume.

— Comment ai-je pu oublier ? Je voulais t'en parler, mais avec tout ce qui s'est passé, je viens juste de m'en souvenir.

Ils avaient fait l'amour d'une manière passionnée et

décomplexée le matin, ce qui n'était sûrement pas un bon sujet à aborder en cet instant précis.

— De quoi s'agit-il ? demanda John d'un ton neutre.

Mais la lueur dans ses yeux bruns prouvait qu'il pensait exactement la même chose qu'elle, c'est-à-dire à *tout ce qui s'était passé.*

Inspirant profondément, Claire tenta d'ignorer la vague brûlante que ce regard soulevait en elle.

— Et si la mère de Haley était l'une de mes patientes ? Ou une des patientes d'un des médecins avec lesquels je travaille ? Nous sommes cinq, ce qui représente un grand nombre de patientes. Je n'ai pas assez bien vu la mère de Haley pour savoir si son physique me rappelait quelqu'un. Mais c'est peut-être la raison pour laquelle elle m'a choisie ?

John passa pensivement la main sur sa joue mal rasée.

— C'est une idée. Et une possibilité sérieuse. J'aurais dû y penser moi-même.

Il n'eut pas besoin de souligner qu'il y aurait sûrement pensé s'il n'avait pas été occupé par… *tout le reste.*

— Disposons-nous d'un moyen de vérifier l'hypothèse ?

— Pas maintenant, mais demain, je pourrai essayer, à condition qu'une partie du personnel aille travailler malgré la neige. Je suis censé travailler, alors si je peux me rendre sur place, je commencerai les recherches moi-même.

— Je t'emmènerai là-bas.

— Tu n'es pas obligé…

— Je veux le faire… puisque je serai encore là demain matin, répondit John d'une voix légèrement rauque.

Pourquoi fallait-il qu'il évoque le sujet ? se demanda Claire.

Par bonheur, avant que cette pensée la submerge complètement, une autre pensée naquit dans un coin de sa tête. Une autre possibilité encore plus probable la reliait peut-être à la mère de Haley. Comment n'y avait-elle pas pensé plus tôt ? Probablement à cause de *toutes les autres choses* qui s'étaient passées.

— Attends, dit-elle, un peu hésitante. Je crois… que j'ai trouvé. Je pense savoir quel est le lien.

Cela parut revenir à la réalité.

— Quoi donc ? Quel lien ?

— Deux fois par mois, je fais du bénévolat dans un dispensaire pour femmes. Tous les quinze jours, je donne un cours de deux heures après l'école, pour aider des adolescentes enceintes à mieux prendre soin d'elles-mêmes pendant leur grossesse. Nous parlons de nutrition correcte, on leur conseille d'éviter les drogues, ce qui est essentiel, ainsi que la cigarette et l'alcool. On leur dit qu'elles devraient inclure le père du bébé si c'est possible… Je ne comprends pas pourquoi je n'y ai pas pensé tout de suite. C'est sûrement ça.

John demeura silencieux : il réfléchissait à ces nouveaux développements.

— Combien de filles vois-tu à chaque réunion ?

— C'est une sorte de classe, mais pas très structurée. Les jeunes filles viennent parce qu'elles le veulent ; on ne les y oblige pas. Cela peut aller d'une demi-douzaine à plus de vingt à la fois. Et comme je l'ai dit, cela n'a lieu que deux fois par mois. Beaucoup de filles suivent les séances, puis ne viennent plus. Mais beaucoup continuent. Quelques-unes restent jusqu'à la naissance de leur bébé.

John hocha la tête.

— C'est une bonne piste. Tu as peut-être raison. Nous allons creuser dans cette direction.

Le seul problème, pensa Claire, était que la mère de Haley avait dû se trouver dans le groupe plusieurs mois plus tôt — si elle en avait jamais fait partie. Et si elle avait assisté aux réunions, elle n'y était peut-être venue que quelques fois. Le dispensaire ne gardait pas de registres précis de ces réunions. Claire avait organisé le cours elle-même, et elle avait vite compris que le meilleur moyen pour que les filles continuent de venir, c'était de poser aussi peu de questions que possible sur leur situation personnelle. Souvent, elle ne connaissait même pas leur nom de famille, et ignorait si les prénoms qu'elles donnaient étaient leurs vrais prénoms.

Pour Claire, la priorité était la santé des filles, parce que cela avait des conséquences directes sur celle des bébés. Peu importe ce qui les avait amenées au dispensaire la première fois ; l'essentiel était qu'elles reçoivent toutes les bonnes informations. Il fallait les encourager surtout à les mettre en pratique, car beaucoup d'entre elles ne recevaient aucun soutien dans leur vie personnelle. Cependant, en dernier lieu, c'étaient évidemment à elles de décider si elles appliqueraient les conseils donnés.

— J'enverrai quelqu'un à ton cabinet médical demain, décida John. Et par sécurité, tu pourrais demander à quelqu'un de ton bureau d'entreprendre aussi quelques recherches. Avec un peu de chance, une piste ou l'autre peut se révéler bonne.

— Et si ça ne marche pas ?

John eut un haussement d'épaules.

— Dans ce cas, nous reviendrons à la case départ.

C'était étrange, pensa Claire. Depuis qu'elle avait trouvé John Campisano debout sur le seuil de sa porte d'entrée, elle pensait exactement la même chose.

9

Debout sur le seuil de la salle de bains contiguë à la chambre de Claire, John la regardait donner le bain à Haley. Il ne voulait pas les interrompre car elles semblaient s'amuser beaucoup ensemble. Il n'avait pas été facile de s'occuper d'un bébé arrivé avec si peu d'accessoires, mais ils y étaient parvenus. Haley était assise dans une bassine en plastique, et Claire utilisait un bol pour la rincer. Comme jouets de bain, Haley disposait d'un entonnoir, d'une cuillère à jus, de deux cuillères à soupe et d'un presse-ail, et elle adorait visiblement ces objets. Elle éclaboussait et riait, ravie, pendant que l'eau tourbillonnait autour d'elle.

Devant un tel enthousiasme, John ne put réprimer un rire joyeux.

— A voir le plaisir que le bain lui procure, elle deviendra océanographe un jour, tu verras, dit-il.

Claire se retourna, surprise de le trouver là.

— Océanographe, ou nageuse synchronisée. Elle a vraiment quelque chose d'Esther Williams.

Comme pour appuyer cette affirmation, Haley remplit sa minuscule paume d'eau qu'elle lui jeta au visage. Ensuite, elle rit de bonheur en voyant les gouttes couler sur les joues de Claire.

— En version clown, oui, reprit Claire.

John rit plus fort encore. Il se sentait merveilleusement bien. Cette situation avait quelque chose d'étrangement confortable et normal, quelque chose qui éveillait en lui un fort sentiment de paix et de bien-être. Il serait si facile de se mentir, de se dire que les choses auraient dû être ainsi entre lui et Claire. En tout cas, les choses devaient être ainsi maintenant. Et pour toujours.

Malheureusement, ce serait toujours impossible pour eux sans quelques concessions.

— Je crois que c'est fini, dit Claire.

Un instant, John éprouva un accès de panique, car il avait cru qu'elle parlait de leurs relations. Ensuite, il comprit : Claire sortait le bébé du bain. Elle le tint longuement devant elle pendant que l'eau ruisselait sur le petit corps potelé. Haley, agacée, commença de s'agiter, mais Claire la maintint fermement.

— Euh… John ?

— Oui ?

— Dis-moi… qu'est-ce que je suis censée faire d'elle, maintenant ?

— Aussi curieux que cela puisse paraître, tu es censée la sécher.

— Ah, je vois. Seulement… il y a un problème.

— Lequel ?

— J'ai oublié de prendre une serviette-éponge.

— Grave problème, en effet, fit John, hilare.

— Si ça ne te dérange pas… il y a des draps de bain dans l'armoire, derrière toi.

Evidemment, une salle de bains de la taille du Taj Mahal contenait obligatoirement une armoire à linge, pensa John.

Il trouva un vaste assortiment de draps de bain, suffisamment pour sécher une petite armée. Apparement, Claire devait prendre beaucoup de bains, pensa John. Ou alors, elle les partageait avec quelqu'un d'autre…

Non. C'était seulement une maniaque de la propreté, décida-t-il, choisissant une serviette-éponge moelleuse en haut de la plus haute pile.

Il déplia la serviette et la tint ouverte en une invitation muette. Claire eut un sourire reconnaissant en lui donnant le bébé, que John enveloppa et porta dans sa chambre. Il l'installa sur son lit pour le sécher correctement, puis se tourna vers Claire, qui les regardait tous les deux avec un air rêveur qui remplissait John de contentement. Haley, elle, ne prêtait aucune attention aux deux adultes, occupée qu'elle était à introduire ses orteils dans sa bouche.

— Tu peux t'occuper des couches et du pyjama cette fois, dit John sans réfléchir.

Le sourire de Claire s'évanouit.

— Mais je…

— C'est moi qui l'ai changée la dernière fois !

— Je lui ai donné tous ses repas !

— Parce que tu te laisses entortiller, répondit John, malicieux.

En réponse, Claire lui tira la langue.

— Eh bien cette fois, je ne vais pas me laisser entortiller.

John adopta un air sérieux et sentencieux.

— Voyons. Je sais que tu es une femme très occupée, mais je ne vois pas pourquoi tu n'assumerais pas une partie des responsabilités. Haley est ta fille aussi. Il est temps que tu prennes en charge la moitié des devoirs parentaux.

— Ce n'est pas ma fille, répondit Claire, l'air choqué. Et je ne suis pas sa responsable légale !

Susceptible, pensa John. Incapable de décider si c'était bien ou mal, il préféra ne plus se poser la question — du moins, pour l'instant. Après tout, ils avaient beaucoup d'autres points à régler. Comme, par exemple, l'organisation du coucher.

— Je vais descendre pour préparer un biberon. Pendant ce temps, tu peux la changer.

— Mais…

— C'est ton tour pour la couche-culotte, et mon tour pour le biberon. Nous ferions bien de nous habituer aux deux rôles, parce qu'il faut voir les choses en face : nous pourrions bien avoir à garder Haley encore vingt-quatre heures. Ou davantage…

Laissant Claire méditer à sa guise ce commentaire, John la laissa avec Haley et se dirigea vers la cuisine. Chaque moment qu'elle passerait avec ce bébé la rendrait plus confiante et moins hésitante. Avec un peu de chance, une nuit et peut-être un matin supplémentaires, lui fourniraient assez de contacts avec le monde de l'enfance pour qu'au minimum, elle révise son opinion à ce sujet. Peut-être, un jour, consentirait-elle à avoir trois ou quatre enfants ? Peut-être. Ce n'était pas exclu.

— Compromis, murmura-t-il en entrant dans la cuisine pour préparer un biberon. C'est le mot du jour. Ce qu'il faut trouver, c'est un compromis.

Claire demeura invisible pendant que John donnait à Haley son dernier biberon et la berçait pour qu'elle s'endorme. Aussi, une fois le bébé couché pour la nuit, quitta-t-il lui aussi la chambre. Claire ne pouvait pas être allée bien loin, et peut-être avait-elle besoin d'espace pendant un moment, pour penser — comme lui-même espérait le faire — à ce qu'elle attendait de la nuit qui arrivait.

Il prit une douche et se rasa — car à la réflexion, il avait une idée de ce qu'il attendait de cette nuit. Et ensuite, il se retira dans la chambre où il avait passé la nuit précédente. Il passa un vieux jogging et un t-shirt, puis il s'allongea, les pieds nus, sur le lit, avec un magazine trouvé au rez-de-chaussée, dans le bureau.

Et il avait aussi ouvert une bouteille de ce qui promettait d'être un très bon pinot noir, et l'avait laissée sur la commode — avec deux verres — pour le laisser s'oxygéner un peu avant de le servir.

Tout bien considéré, la vie était belle. Pour le moment, du moins.

Quand il était remonté à l'étage avec la bouteille de vin, il avait entendu des bruits d'eau dans la salle de bains du couloir : Claire se préparait aussi à aller se coucher… Une fois allongé sur son lit, John essaya de deviner pour quelle chambre elle opterait une fois terminées ses ablutions du soir. Et si elle choisissait la chambre voisine, que pourrait-il y faire ?

La faire changer d'avis ! décida-t-il. C'était cela qu'il devrait faire. Et il utiliserait toutes les armes dont il disposait pour la convaincre.

Mais cela ne se révéla pas nécessaire, car juste au moment où John finissait de remplir les deux verres de vin, il entendit un léger bruissement à la porte de sa chambre, et tournant la tête, il vit Claire debout sur le seuil.

Elle portait une longue chemise de nuit de soie champagne, avec par-dessus un peignoir ouvert du même tissu. Sous ces longs vêtements, on percevait des mules de satin. C'était le genre de tenue qu'une femme pouvait choisir pour sa nuit de noces, pensa-t-il — puis il écarta cette idée, la jugeant dangereuse. La chemise de nuit, opaque, luisait doucement, et le haut, en dentelle, laissait voir le sillon sombre entre les seins. Quand elle ôterait le peignoir, pensa John, il pourrait voir aussi les deux pointes brunes de…

Mieux valait ne pas y penser encore, dit-il. Pas de hâte. Ils avaient tout le temps. Toute la nuit, en fait. Et il n'avait pas l'intention d'en gâcher un seul instant.

— Bonsoir, dit-il, aussi calmement que le lui permettaient son cœur battant et le désir qui montait en lui… Un peu de vin ?

Claire avait quitté le seuil pour s'avancer dans sa direction.

— Oui, merci. Je boirais volontiers un petit peu de vin.

— J'avais… un peu peur que tu ne viennes pas, répondit John en lui tendant un verre.

— C'est curieux. Moi, j'avais peur de ne pas pouvoir rester à l'écart. Mes craintes étaient fondées… Parce qu'apparemment, je n'arrive pas à m'éloigner de toi.

— Pourquoi resterais-tu loin de moi ? Et pourquoi est-ce que ça devrait t'inquiéter ?

Sans le quitter des yeux, Claire saisit le verre d'un geste imperceptiblement nerveux.

— Parce que je n'arrive pas très bien à comprendre ce qui se passe entre nous, dit-elle doucement. Et j'ignore ce que l'avenir nous réserve. Comment allons-nous faire ? Et si cela ne se résout pas, je me demande comment je vais faire, moi, pour te quitter une deuxième fois.

Le cœur de John battit joyeusement dans sa poitrine, même s'il n'était pas capable de proposer des réponses claires aux questions qui tracassaient Claire.

— Ne pense pas à cela maintenant, dit-il.

— Est-ce que tu plaisantes ? Comment veux-tu que je pense à autre chose ?

— Je pourrais t'y aider.

Les yeux de Claire s'agrandirent, et elle porta le verre à ses lèvres pour prendre une grande gorgée. John l'imita, dégustant la saveur du vin avant de l'avaler doucement.

— Je… ne me sens pas très habillé, dit-il d'un ton enjoué qui sonnait faux.

Claire émit un gloussement nerveux.

— Toi, tu ne te sens pas très habillé ? répondit-elle, refermant son peignoir. Moi, je n'ai jamais porté cette tenue, que j'ai depuis longtemps. Je ne pensais pas qu'elle était si… je veux dire… je ne sais même pas pourquoi je l'ai achetée. Elle est trop…

Elle s'interrompit, craignant de souligner ce qu'elle avait clairement fait comprendre. Elle prit une autre gorgée, et resserra le peignoir autour d'elle.

— Non.

D'un geste, John rouvrit le peignoir, ce qui dévoila un

de ses seins. D'instinct, Claire leva la main pour remettre le vêtement en place, mais John la prit de vitesse et posa doucement la main sur le globe recouvert de dentelle.

— Ne te cache pas — pas pour moi, dit-il.

Et il sourit en entendant le léger soupir de plaisir que Claire n'avait pu réprimer à ce contact.

— Tu es si belle. Tu ressembles à… une fiancée.

Renonçant à l'idée que le vin pourrait les calmer, il posa son verre sur la commode et reprit celui de Claire. Elle ne protesta pas, fixant toujours John, puis elle franchit la petite distance qui les séparait encore.

Le lendemain matin, la sonnerie du téléphone réveilla Claire en sursaut, la tirant d'un rêve dans lequel elle et John, assis ensemble à la table de la cuisine, partageaient le café en lisant le journal du matin. C'était un rêve des plus ennuyeux. Et des plus merveilleux…

Elle tâtonna pour trouver le téléphone, et sa main rencontra un corps chaud et musclé. John. Il bougea aussi — lentement, et Claire entendit qu'il décrochait.

Mal réveillé, il posa le téléphone de travers contre son oreille.

— Allô ! marmonna-t-il.

Claire ne put s'empêcher de sourire. Et elle espéra vaguement que l'interlocuteur invisible était une relation proche ! Cette personne allait la harceler pour en savoir plus sur la voix masculine grave et un peu bourrue qui avait répondu à sa place à… Dans la pénombre, elle déchiffra les chiffres bleus de son réveil. A 6 h 45. Une heure qui constituait une preuve presque indubitable.

Quelle nuit ! pensa-t-elle. Elle et John avaient dormi quelques heures après avoir fait l'amour pour la première fois. Les pleurs de Haley les avaient réveillés juste avant

2 heures. Claire avait enfilé son peignoir et avait préparé un biberon en bâillant, puis elle avait porté le bébé dans la chambre de John. Pendant qu'appuyée contre la tête de lit, elle donnait la tétée à Haley, John, assis, les regardait. Le drap avait glissé jusqu'à sa taille, dévoilant son torse nu qui semblait argenté dans la pénombre.

La tétée terminée, Claire avait ramené Haley dans sa chambre et l'avait bercée pour l'endormir. Ensuite, elle avait elle-même regagné le lit de John, où ils avaient refait l'amour — en prenant leur temps, cette fois.

A présent, c'était le matin, et avec l'aube arrivait une foule de questions. Le coup de fil qui les avait réveillés n'était pas la moindre de ces questions.

John, avec quelque difficulté, se présenta à son interlocuteur.

— Ici le… euh… Ici Campisano.

Claire, qui s'était blottie confortablement contre lui, le sentit se figer. Lentement, il se dressa sur son séant, entraînant Claire avec lui, puis d'un geste automatique, il passa le bras autour de ses épaules. Elle remonta le drap et la couverture jusqu'à son cou pour se protéger de la fraîcheur matinale, mais John, lui, ne fit rien pour se couvrir le torse.

— Ne me dites pas, répondit-il dans le téléphone.

Mais son interlocuteur dit quelque chose, que Claire ne put comprendre.

— Oui, tout à fait… Non, je ne pense pas que ça posera le moindre problème, dit-il finalement. Laissez-nous juste deux heures pour nous organiser ici. Je ne connais pas l'état des routes, mais…

Nouveau bourdonnement au bout du fil, dans lequel Claire crut distinguer le mot « chasse-neige ».

— Ah oui ? C'est super, répondit John — sans aucun enthousiasme. Dans ce cas, ça ne devrait pas poser de problème. Nous venons dès que possible. Et merci.

Il raccrocha, puis fixa pensivement l'air devant lui.

— Qu’est-ce qui se passe ? demanda Claire. Quelque chose ne va pas ?

Claire éprouva un pincement désagréable au creux de l’estomac quand, après un silence, John tourna enfin la tête.

— On a retrouvé la mère de Haley.

10

La première chose que Claire remarqua chez la mère de Haley fut qu'en plus de longs cheveux blonds, la jeune femme possédait de grands yeux noirs. La deuxième chose qu'elle remarqua, fut sa lèvre gonflée et fendue. Et la troisième, son âge : elle semblait encore plus jeune que Claire l'avait pensé au début. Et enfin, elle remarqua son air terrifié.

Elle devait avoir seize ans, estima Claire, guère plus. Et de toute évidence, elle avait passé un mauvais moment. En plus d'être battue, la fille était maigre, pâle, et d'aspect fragile. Soit elle n'avait pas assez pour se nourrir, soit elle consommait de la drogue ou souffrait d'un quelconque problème alimentaire. Ses vêtements auraient mieux convenu à un épouvantail — une veste de cuir noir qui semblait appartenir à un homme trois fois plus large d'épaules, et un jean noir qui flottait autour de ses hanches.

Une jeune maman aurait dû se trouver encore en surpoids, pensa Claire. Potelée et bien nourrie, elle n'aurait sûrement pas eu cet aspect de réfugiée à demi morte de faim.

— Mon bébé ? demanda la fille dès que Claire et John entrèrent dans la pièce.

Quand elle quitta vivement son siège pour s'avancer dans leur direction, John se plaça immédiatement entre elle et Claire, qui tenait Haley contre son épaule avec une des couvertures roses qui protégeaient la tête de la petite fille. Haley avait bavé un peu sur le chandail ivoire de Claire, dont le jean portait encore quelques taches de la compote de pommes du petit déjeuner, mais tout compte fait, elle et le bébé formaient un duo parfait. C'était en tout cas ce que pensait Claire — qui s'efforça d'oublier cette impression.

Devant l'intervention de John, la fille s'était arrêtée net, son instinct maternel luttant clairement contre sa prudence. John portait la même tenue que le soir où il était apparu sur le seuil de Claire. Mon Dieu, était-il vrai que deux jours seulement s'étaient écoulés depuis ? En tout cas, il était très intimidant dans son chandail trop grand, son jean, ses énormes bottes de neige et sa grosse parka. Mais malgré ses hésitations, la mère de Haley tenta de voir, derrière lui, Claire et le bébé.

— C'est ma fille ? demanda-t-elle d'un ton anxieux qui bouleversa Claire. C'est Haley ? Elle va bien ? Dites-moi qu'elle va bien.

— Oui, elle va bien, assura Claire.

John pivota sur ses talons pour la foudroyer du regard. De toute évidence, il ne voulait pas fournir sur Haley plus d'informations que nécessaire.

— Mais… elle va bien ! répéta Claire malgré l'opposition silencieuse de John.

L'ignorant délibérément, elle s'adressa de nouveau à la mère de Haley.

— Votre bébé est en excellente santé.

Mue par une impulsion subite, elle éloigna Haley de son épaule.

— Voyez par vous-même.

La jeune femme n'attendait pas d'autre invitation. A cet instant-là, même la présence imposante et tonitruante de John Campisano ne put la dissuader. Elle contourna John de loin tout en gardant sur lui un œil très circonspect, et rejoignit Claire. Aussitôt, Haley, visiblement ravie, se mit à gazouiller et à s'agiter, et tendit la main en direction de sa maman.

Elle ne semblait pas le moins du monde effrayée par l'état d'épuisement de sa mère ; peut-être l'avait-elle déjà vue dans cet état-là, supposa Claire. Attristée par cette pensée, elle préféra se concentrer sur les aspects plus réjouissants de ces retrouvailles.

— Oh mon ange, dit la jeune mère. Haley… Tu as tellement manqué à maman. Maman t'aime très fort.

Elle serra le bébé contre sa poitrine d'une manière très naturelle : assurément, elle effectuait souvent ce geste-là. Ensuite, elle se recroquevilla sur Haley comme pour la protéger, et elle se mit à se balancer d'avant en arrière, murmurant des mots d'amour incohérents qui provoquèrent chez le bébé un babil calme et enthousiaste. Et quand Haley saisit à pleines mains ses cheveux blonds et les tira d'un geste brusque — et douloureux, Claire s'en souvenait trop bien —, la seule réaction de la jeune inconnue fut un petit rire joyeux, et elle resserra ses bras sur sa fille.

— Haley, dit-elle, des sanglots dans la voix. Oh, mon bébé…

Et soudain, Claire, émue, réalisa qu'elle avait aussi les yeux pleins de larmes.

— Viviane, il nous reste beaucoup de travail à faire, fit une voix.

L'attention de Claire — avec celles de John, du bébé et de la jeune mère — se reporta sur une femme assise derrière le bureau. Elle semblait avoir entre cinquante-cinq et soixante ans, et possédait, sous une chevelure poivre et sel, de grands yeux sombres et une peau d'une belle couleur café.

— Je m'appelle Annette Graham et j'appartiens aux Services sociaux.

Elle se leva et s'avança en direction de John.

— Monsieur Campisano, je suppose ?

Ils échangèrent une poignée de main.

— Appelez-moi John. Merci de m'avoir appelé, madame Graham.

— Merci d'avoir géré la situation. Je suis Annette.

Elle désigna du regard Haley et sa mère, qui, toutes à l'émotion de leurs retrouvailles, ne semblaient plus voir personne.

— Viviane Dixon, reprit Annette Graham. Depuis hier soir, elle nous a raconté toute une histoire que nous avons pu vérifier, malheureusement.

D'une voix neutre, elle livra rapidement les détails, et en l'écoutant, Claire se sentit de plus en plus triste. Avant de tomber enceinte de Haley, Viviane Dixon avait passé plus de cinq mois dans les rues de Philadelphie. Avant cela, elle avait vécu dans une petite ville du Maryland où elle avait grandi.

Mais « vécu » était un terme trompeur, se dit Claire. A en croire Annette, la mère de Viviane était alcoolique, et son père les avait abandonnées toutes les deux quand Viviane était encore bébé. Quand elle était entrée au lycée, elle ne comptait déjà plus que sur elle-même pour survivre — et pour fuir les attentions indésirables du dernier compagnon en date de sa mère.

Le lendemain de son seizième anniversaire, elle avait fui la maison, et elle avait à présent dix-sept ans. Elle était tombée enceinte d'un barman de South Jersey dont le seul but dans la vie semblait être de contrôler ses moindres faits et gestes. Les premiers temps, elle avait pensé que cette emprise sur sa vie résultait de son amour passionné pour elle. Mais elle avait payé le prix fort pour comprendre que ce qu'il éprouvait pour elle n'avait rien à voir avec de l'amour.

— Quand même, il n'a jamais fait de mal à la petite, précisa-t-elle quand Annette Graham aborda cette partie de l'histoire. J'ai toujours écarté Haley chaque fois que Donnie était... de cette humeur-là. Et il n'a jamais levé la main sur elle.

A cet instant seulement, Claire se souvint qu'auparavant, Viviane avait vu son passé exposé en détail devant deux étrangers. A aucun moment elle n'avait essayé de commenter ou d'enjoliver le récit, ou d'exprimer son désaccord, ou encore d'apporter le moindre éclaircissement. Sa vie l'avait probablement rendue très détachée et terre à terre.

John et Annette avaient l'air surpris, comme si eux aussi avaient oublié jusqu'à sa présence dans la pièce.

— Il ne l'a pas touchée, insista-t-elle.

Puis elle dut comprendre qu'elle avait l'air de défendre un homme qui l'avait battue, car elle esquissa une moue.

— Je ne prends pas sa défense. Pas du tout. Plus maintenant. Parce que ce qu'il a fait... Eh bien, il n'aurait pas dû le faire, c'est tout. Et samedi, quand il a recommencé... j'ai pensé tout d'un coup que s'il me faisait ça, il pourrait le faire à Haley aussi. Et je ne voulais pas que ça arrive — que lui, ou n'importe qui, lui fasse du mal. Mais je ne pouvais pas la défendre, moi. Donnie ne plaisante pas, vous voyez ?

— Parfaitement, rétorqua John. C'est le genre de type qui tape sur des filles qui font le quart de leur stature.

Une colère mal contenue faisait vibrer sa voix, et Claire, qui le connaissait bien, se dit que si l'infâme Donnie s'était trouvé dans la pièce, il aurait passé un moment difficile.

En temps normal, elle ne supportait pas la violence : il n'y avait absolument aucune raison pour qu'une personne lève la main sur une autre. Et en temps normal, elle considérait toute intention hostile comme primitive, immature et dangereuse. Cela dit, cependant, il y avait dans le monde certaines personnes — comme ce Donnie, par exemple — que Claire aurait bien aimé voir recevoir une bonne correction.

Viviane acquiesça de la tête à la remarque de John.

— Je savais que je ferais mieux de le quitter, mais je n'avais pas d'endroit où aller et où emmener Haley. Donnie est tout pour moi depuis le jour où je l'ai rencontré. Mes amis actuels étaient déjà ses amis à lui avant que je les connaisse, et ils lui auraient dit tout de suite où j'étais. Je ne pouvais pas rentrer chez ma mère, alors j'ai...

L'adolescente renversa la tête en arrière dans une tentative vaine pour refouler ses larmes.

— Je n'avais… aucun endroit où l'emmener, dit-elle. Mais je ne pouvais plus rester avec Donnie, parce qu'il lui aurait peut-être fait du mal. Moi, je peux me débrouiller dans la rue. J'ai vécu longtemps comme ça avant de rencontrer Donnie. Mais je ne pouvais pas emmener Haley dans cette galère. Ça aurait été trop dangereux pour elle. Alors finalement, il n'y avait plus d'endroit sûr.

— Et un foyer ? demanda Claire. Il existe quelques très bons foyers pour les femmes dans votre situation. Pourquoi n'avez-vous pas essayé ?

Une ombre voila le regard de Viviane.

— J'avais peur qu'on m'enlève Haley. Qu'en me voyant, on se dise que je ne pouvais pas m'occuper d'elle, et qu'elle soit confiée à une famille d'accueil. J'ai vécu en famille d'accueil. Et je ne voulais pas ça pour Haley. Je voulais qu'elle ait une belle vie avec quelqu'un qui l'aimerait et qui la rendrait heureuse.

— Mais pourquoi *moi* ? Pour vous, je suis une étrangère. Qu'est-ce qui vous a fait penser que j'aimerais votre fille et que je serais capable de m'occuper d'elle ?

Au lieu de répondre, Viviane mordilla sa lèvre inférieure pendant que Haley jouait avec ses longs cheveux blonds.

— Vous n'étiez pas tout à fait une étrangère, dit-elle enfin.

— Vous étiez une des patientes de la consultation féminine ? interrogea Claire.

En silence, la jeune mère acquiesça de la tête.

— Et vous avez assisté à certains de mes cours de préparation à l'accouchement, c'est ça ?

Nouveau hochement de tête.

— Pour être franche, je ne me souviens pas de vous, dit Claire.

Les épaules de Viviane retombèrent.

— Je ne venais pas toutes les fois, et quand je venais, je

m'asseyais au fond. Je ne me sens pas à l'aise quand il y a du monde. Et… souvent, je ne voulais pas qu'on voie dans quel état je me trouvais.

— Mais vous êtes venue.

— Oui. Et je vous ai toujours trouvée super. Vous aviez l'air vraiment… je ne sais pas. Gentille. Concernée par ce que vous faisiez. Je me suis dit que c'était parce que… vous n'aviez peut-être pas d'enfants à vous, alors vous aviez décidé de devenir ce genre de médecin — parce que vous adoriez les bébés. Vous ne pouviez peut-être pas en avoir. Ou vous n'aviez pas trouvé le père idéal pour eux. Vous paraissiez vraiment… seule. Alors le dispensaire, c'était votre famille…

Quand elle entendit cette remarque toute simple, Claire eut le souffle coupé et sentit son cœur battre à tout rompre. Ce que Vivian venait de dire — non, ça ne pouvait pas être vrai !

Ce n'était qu'une fille naïve à bien des égards. Elle avait imaginé des choses. Avec sa vision adolescente du monde, elle avait tiré des conclusions hâtives, et non fondées sur la véritable situation de Claire, qu'elle ne connaissait pas. De toute façon, elle ne la connaissait pas du tout, alors qu'elle-même se connaissait mieux que personne. Ce qu'avait dit Viviane ne pouvait pas être vrai.

C'était impossible…

— Et je vous trouvais toujours un peu triste, poursuivit Viviane. Comme si votre vie était vide, et que vous aviez besoin d'avoir quelqu'un.

Sa vie n'était *pas* vide ! protesta Claire en son for intérieur. Son métier l'occupait beaucoup, ainsi que son travail bénévole. Elle avait des amis et elle sortait parfois, alors comment sa vie pourrait-elle être vide ? Toutefois, depuis deux jours, cette pensée lui avait souvent traversé l'esprit. Viviane ne pouvait pas avoir raison…

— Quand pour la première fois je me suis demandé qui

pourrait s'occuper de Haley, qui serait content de l'accueillir et capable de l'aimer, j'ai pensé à tous les gens que j'ai rencontrés l'année dernière. Et quand j'ai pensé à vous, je suis restée fixée sur vous. Je me suis dit que Haley vous tiendrait peut-être compagnie, qu'elle vous empêcherait de vous sentir seule et triste. Que peut-être vous aimeriez l'avoir dans votre vie, et que vous sauriez l'aimer, parce qu'apparemment, vous n'aviez personne d'autre. Mais je ne voulais pas l'abandonner ! Je ne supporterais pas l'idée de ne plus jamais la revoir. Samedi soir, quand je suis arrivée à l'arrêt d'autobus, je me suis sentie incapable de la laisser, même à vous. Mais la neige tombait beaucoup trop fort, et je ne pouvais plus retourner chez vous. Et ensuite j'ai pensé que ce serait peut-être mieux de venir ici, à la police, à la place. J'avais peur que vous ne me rendiez pas Haley.

Claire espéra que personne ne pourrait déceler le tumulte qui l'agitait.

Avait-elle vraiment été, pendant tout ce temps, motivée par le besoin inconscient d'une famille ? Etait-elle vraiment devenue obstétricienne parce que son intérêt pour les bébés dépassait l'intérêt médical et scientifique ? Avait-elle vraiment mis au point le programme du dispensaire parce qu'elle désirait s'occuper de quelqu'un, étant donné qu'il n'y avait personne d'autre dans sa vie dont elle pourrait prendre soin ?

Etait-il possible que pendant tout ce temps, elle ait désiré ce qu'elle avait soigneusement évité — un mari, des enfants et une vie de famille heureuse ? Avait-elle tout simplement gâché ces douze dernières années ?

Non, pas du tout. Ses études et son métier, qui l'avaient toujours passionnée, ne pouvaient pas être considérés comme un gâchis ! Elle n'aurait peut-être pas pu les combiner avec John pendant douze ans ! Auraient-ils pu survivre au mariage, aux enfants et à tout le reste ?

Quand elle sentit une large main se poser sur sa nuque, Claire réalisa que John avait deviné ses pensées. En se tournant vers lui, elle comprit qu'en fait, il pensait la même chose : il se demandait s'ils avaient raté tant de choses durant les douze dernières années parce qu'aucun d'eux n'avait jamais accepté le moindre compromis. Et comme Claire, il se rappelait qu'au bout du compte, ils avaient fini tous les deux malheureux et insatisfaits.

Et lui aussi se demandait s'il existait une chance, même infime, qu'ils rattrapent le temps perdu.

— John…, dit-elle doucement.

Mais elle était trop bouleversée pour poursuivre.

John passa un bras autour de ses épaules, l'attira contre lui et posa un doux baiser sur sa tempe.

— Qu'allons-nous faire ? demanda-t-il.

Viviane Dixon se méprit sur sa question, et une lueur de panique passa dans son regard.

— Vous n'allez pas me prendre mon bébé ! Vous ne pouvez pas ! Je sais que je n'aurais pas dû faire ce que j'ai fait, mais je ne voyais pas d'autre solution. Vous comprenez ? *Je ne voyais pas d'autre solution !*

Annette Graham posa une main maternelle sur son épaule.

— Comme je vous l'ai dit, nous avons beaucoup de travail devant nous, mais ne tirez aucune conclusion hâtive. Dans le meilleur des cas, avec des conseils et des efforts, vous vous en sortirez, vous et Haley.

La jeune femme la considéra d'un air méfiant.

— Et dans le pire des cas ?

— Haley sera confiée à une famille d'accueil.

Les yeux de Viviane se remplirent de larmes.

— Non. Ce n'est pas possible. Vous ne pouvez pas lui faire ça. Et vous ne pouvez pas me faire ça. Je n'ai qu'elle. J'ai essayé de choisir la meilleure solution. C'est seulement que… je ne savais pas que faire d'autre.

Annette affermit sa main sur l'épaule trop mince.

— Je sais. Et je vous promets que je ferai tout ce qui est en mon pouvoir pour que vous gardiez votre fille. Mais il faut que vous compreniez bien ceci : ce que vous avez fait en abandonnant Haley chez le Dr Wainwright est très, très grave. Et il va falloir changer des choses importantes dans votre vie si vous ne voulez pas la perdre.

— Je ferai tout mon possible, répondit Viviane avec véhémence. Tout ce que vous me direz, je le ferai !

Annette acquiesça de la tête.

— Pour l'instant, restez là pour vous retrouver, votre fille et vous. Pendant ce temps, j'aimerais avoir une petite conversation avec M. Campisano et le Dr Wainwright.

Elle passa devant John et Claire, et cette dernière s'apprêtait à lui emboîter le pas quand la voix douce de Viviane l'arrêta.

— Docteur ? Merci — je veux dire : pour vous être si bien occupée de Haley.

Claire eut un sourire imperceptiblement teinté de tristesse.

— C'est une enfant merveilleuse, répondit-elle. Vous vous êtes remarquablement bien débrouillée avec elle…

Surtout si on considérait la vie que Viviane avait menée depuis la naissance de Haley, pensa-t-elle.

— Est-ce que je pourrais la prendre une dernière fois ? s'entendit-elle demander — à sa grande surprise.

Viviane, elle, ne parut nullement étonnée par sa demande.

— Bien sûr.

Claire vit John et Annette perplexes, mais elle n'en tint aucun compte. Elle prit Haley et la berça, caressant la joue du bébé avec son index recourbé.

— Tu es une gentille petite fille, dit-elle doucement. Tu seras sage avec ta maman.

— Oooooh, dit Haley.

Ensuite, elle sourit et posa le bout de son index brillant de salive sur le nez de Claire. Amusée, celle-ci déposa un petit baiser sur le front du bébé.

— Elle vous aime bien, observa Viviane en reprenant le bébé. C'est dommage que vous n'ayez pas d'enfants. Vous feriez une bonne maman.

— On ne saurait mieux dire, commenta doucement John.

Claire décida de ne pas répondre aux deux commentaires. Pour l'instant, en tout cas. Et de ne même pas penser à la suggestion de Viviane. Pour l'instant. Après le week-end et la matinée qu'elle venait de passer, elle se sentait incapable de remettre de l'ordre dans le chaos d'émotions qui l'agitait.

Elle rejoignit John et l'assistante sociale.

— Madame Graham ! appela Viviane.

— Oui ?

La jeune femme semblait de nouveau terrifiée.

— Et si… je veux dire… Pour Donnie… ?

— Eh bien ?

— Si… il découvre où nous sommes, Haley et moi ? Et s'il vient nous chercher ? Je veux dire, je sais qu'il ne nous aime pas, mais il… veut nous garder. Vous voyez ce que je veux dire. Il ne va pas disparaître, comme ça, d'un coup !

Claire connaissait assez bien les hommes comme Donnie — à travers ses études et ses patientes, à défaut d'expérience personnelle — pour savoir que Viviane avait de bonnes raisons de craindre la réaction de Donnie. Et apparemment, Annette le comprit aussi.

— J'essaierai d'obtenir une protection, assura-t-elle.

— Je ne crois pas que ce sera nécessaire, intervint John.

— Pourquoi ? demanda Claire. Il est dangereux, c'est évident.

John redressa les épaules et inspira profondément.

— Vous me donnerez l'adresse de Donnie, Viviane, et j'irai lui rendre une petite visite. Je lui ferai comprendre que s'il essaie une seule fois de mal se conduire avec Haley ou avec vous, il aura affaire à moi.

Il fit craquer ses phalanges, et ce petit bruit résonna d'une manière menaçante.

— Il survivra, mais il regrettera ses actes. Et je vais bien le lui expliquer avant.

De l'autre côté du couloir, en face de la pièce où ils avaient laissé Viviane et Haley en compagnie d'une deuxième assistante sociale, John, Claire et Annette Graham étaient assis à la table, sur des chaises pliantes, pour parler de l'avenir de Viviane.

John devait l'avouer : au moment où il avait appris qu'on avait retrouvé la mère de Haley, il aurait voulu que cette femme ne puisse plus jamais s'approcher de son bébé. Il était sûr qu'une personne capable d'abandonner sa chair et son sang comme l'avait fait Viviane Dixon, avait de fait renoncé à tout droit sur son enfant.

Mais maintenant, il avait rencontré la jeune mère et il avait vu quel genre de personne elle était. Il avait entendu à quelle expérience elle avait survécu et il avait réalisé ce qui l'avait amenée à agir comme elle l'avait fait…

Viviane n'était encore qu'une enfant ! Une enfant qui avait été battue plus d'une fois par un homme infâme à qui John mourait d'impatience d'infliger une correction. Mais malgré tout ce que cette mère-enfant avait subi, il était évident qu'elle aimait vraiment sa fille. Elle voulait honnêtement ce qu'il y avait de mieux pour Haley. Quand elle l'avait abandonnée sur le seuil de Claire, elle n'avait eu à cœur que l'intérêt du bébé. De plus, elle était trop effrayée et paniquée pour penser rationnellement.

Mais elle *avait* abandonné Haley ! Et cela restait une charge très grave, indépendamment des raisons qui l'animaient au moment des faits. Il n'avait pas l'intention de la laisser s'en tirer à si bon compte.

Annette Graham, comme tant d'assistantes sociales que John connaissait, semblait vraiment souhaiter la meilleure issue possible. Elle paraissait avoir pris complètement le parti de Viviane, mais de toute évidence, elle était assez réaliste et méfiante pour ne pas céder à l'angélisme.

— Quel est le scenario prévu maintenant ? demanda John.

— Le scénario…, répéta Annette. Viviane se trouve

dans une situation très problématique. Les tribunaux n'ont pas une opinion très favorable des mères adolescentes en général, et une jeune mère qui a abandonné son bébé — qui plus est, en pleine tempête de neige — n'offre pas la meilleure image de l'amour maternel.

Elle entendit le soupir de découragement qu'émit John.

— Cependant, reprit-elle, il y a de l'espoir. Le comté de Camden a récemment initié pour les très jeunes mères un programme qui donne des résultats remarquables. J'aimerais effectuer les démarches pour que Viviane le suive. C'est une bonne candidate. Jusqu'à présent, elle n'a jamais eu maille à partir avec la justice. Elle ne prend aucune drogue et elle est plutôt en bonne santé, elle est intelligente et très désireuse d'effectuer les changements nécessaires pour elle-même et son bébé. Je pense que nous pourrions obtenir sa participation.

— De quel genre de programme s'agit-il ? demanda Claire.

— Elle devra retourner à l'école pour obtenir son diplôme de fin d'études secondaires, et on lui demandera de travailler à temps partiel, dix heures par semaine. Elle assistera à des cours du soir sur les soins aux enfants et la parentalité, et recevra aussi une formation professionnelle. L'Etat prendra en charge la garde de Haley pendant ces heures d'étude ou de travail.

— Sinon, je pourrais m'en charger, intervint Claire.

John et Annette braquèrent sur elle des regards surpris et elle se hâta d'apporter quelques précisions.

— Je veux dire que… je serais contente de garder Haley deux fois par semaine. Ce serait… amusant.

La proposition fit naître un sourire sur les lèvres de John. Claire évoluait plutôt bien sur la question des enfants. Peut-être…

La voix d'Annette chassa ces pensées.

— L'Etat allouera aussi à Viviane une allocation, à condition qu'elle suive le programme et qu'elle ne crée plus de problème. Une assistante sociale lui rendra visite régulièrement pour s'assurer qu'elle pourvoit bien aux besoins de son bébé. Tout ça paraît plus facile que ça ne l'est en réalité, mais je pense que Viviane peut réussir. Il y a juste un petit souci.

— Lequel ? demandèrent en même temps John et Claire.

— Elle devra avoir une personne référente pour la soutenir pendant toute la durée du programme. Et à l'entendre, elle n'a personne dans sa vie qui veuille faire cela.

— Qu'est-ce que cette personne devra faire exactement ? demanda Claire.

— Elle devra écrire une lettre expliquant pourquoi elle pense que Viviane serait une bonne candidate pour le programme. Elle devra aussi assister à un cours avec Viviane une fois par semaine, et s'assurer qu'elle comprend bien ce qu'on attend d'elle. Elle devra passer aussi trois heures par semaine avec Viviane et Haley en même temps, pour les aider à mener tout simplement une vie normale — pour les emmener au supermarché, au terrain de jeux, ou autre. Je ne dirais pas qu'il s'agit d'une tâche de baby-sitter, parce que c'est plus que cela. Il s'agit de jouer un rôle actif dans leur vie. Pour cette raison, il doit s'agir d'une personne qui souhaite investir du temps et des sentiments. C'est ce qui fait que beaucoup de gens hésitent à se lancer dans cette mission.

— Je serai le référent de Viviane, proposa John, se surprenant lui-même.

— Vous ? fit l'assistante sociale, dubitative. Mais…

— Je conviendrais parfaitement. Je suis policier — agent du service public. J'ai une expérience en matière de programmes d'aide à la jeunesse. J'ai déjà noué un lien avec Haley. Je peux intégrer sans problème ces heures dans mon emploi du temps. En résumé, je peux aider Viviane et apporter un changement positif dans sa vie et celle de sa fille.

C'était une belle occasion de faire quelque chose qui

apporterait des bienfaits visibles. Il avait toujours voulu accomplir ce genre d'action, que précisément, en tant que policier, il ne parvenait pas à mener à bien. Ce serait stupide de ne pas saisir l'occasion qui se présentait.

— C'est une proposition tout à fait sérieuse, insista-t-il. Personne n'a jamais offert de pause à Viviane. Elle le mérite, pourtant.

« Et moi aussi », ajouta-t-il mentalement.

Cette pensée lui donna un choc, mais il n'y avait pas lieu d'être surpris, pensa-t-il. Viviane avait vu juste en disant que Claire avait fondé sa vie sur le besoin qu'elle avait d'aider les autres. Et John commençait à s'apercevoir qu'il avait fait exactement la même chose.

Dès son entrée à l'école de police, il avait poursuivi le but de lutter contre les stupéfiants, et cela, parce qu'il voulait travailler avec les enfants. Il souhaitait les aider à rester à l'écart des drogues, et à affronter la réalité sans recourir à des poisons. Tout le travail qu'il avait effectué en tant que volontaire dans le cadre de la police, était entièrement concentré sur des actions pour la jeunesse.

Il avait tout fait pour travailler avec des enfants, parce qu'il voulait des enfants à lui et qu'il savait qu'il n'en aurait jamais. Peut-être cela avait-il été inconscient, mais à présent, tout devenait clair. Il avait toujours su au fond de lui qu'il aimerait toujours Claire. S'il ne pouvait pas l'avoir, il ne voulait personne d'autre. Et s'il ne voulait personne d'autre, il ne fonderait jamais une famille. Donc, il s'était créé une famille à travers son travail.

Tout était si évident à présent, et il se sentait presque stupide de ne pas l'avoir réalisé bien plus tôt. Il était évident aussi, maintenant, que Claire avait fait la même chose. Elle s'était inventé une famille, parce qu'elle avait eu trop peur d'en fonder une à elle.

Dans ces conditions, qu'allaient-ils faire ensemble ?

John avait bien une ou deux réponses à cette question, mais pour l'instant, mieux valait les laisser de côté.

— Demandez à Claire, Annette. Elle vous dira que je me débrouille bien avec les enfants.

Claire sourit aussi.

— C'est le meilleur ! renchérit-elle. Sans lui, je ne m'en serais pas sortie avec Haley. Il fera un merveilleux père un jour.

— Un jour ? Bientôt, j'espère, répondit John sans la quitter du regard.

Il était conscient qu'il insistait lourdement, mais Claire n'émit aucun commentaire, et continua de lui sourire d'une manière qui le remplit d'espoir.

Ils allaient réussir. Ils triompheraient de cette épreuve. D'une manière ou d'une autre, ils trouveraient un moyen de faire en sorte que tout marche. Ils voulaient les mêmes choses. Simplement, ils ne le savaient pas avant. Il avait fallu la présence d'un bébé et d'une adolescente trop perspicace pour que tout devienne clair, mais à présent, tout était *très* clair. Restait à savoir ce que cela exigerait, ou quels efforts ils devraient consentir tous les deux, ou combien de temps il faudrait…

— Inscrivez-moi, Annette. Je serai le référent de Viviane, et je veillerai personnellement à ce qu'elle et Haley effectuent brillamment tout ce programme.

Son enthousiasme amusa Annette.

— J'en suis sûre… J'ai besoin de remplir un formulaire, et je peux le faire tout de suite, si ça ne vous dérange pas d'attendre un moment. Ne vous vexez pas, mais nous devrons mener une enquête sur vous…

Elle pouffa devant la moue indignée de John, et se leva.

— Ne vous inquiétez pas : c'est une simple formalité. J'ai une entière confiance en vous. Laissez-moi dix minutes pour mettre tout ça en route. Je reviens.

Sur ces mots, elle quitta la pièce, laissant seuls John et Claire.

Leurs regards se croisèrent.

Ça allait marcher ! pensa de nouveau John. Il ferait le maximum pour cela. Tout ce qui comptait, maintenant, c'était Claire. Tant qu'il l'aurait, tout le reste irait bien. Tout.

— Epouse-moi, dit-il, mû par une impulsion soudaine.

Et il sourit devant le regard complètement paniqué de Claire.

— *Quoi ?* articula-t-elle.

— Epouse-moi, répéta-t-il. Allez… Tu sais très bien que tu en meurs d'envie.

Les joues de Claire rosirent violemment.

— Tu m'aimes, non ?

— Eh bien, je… Oui. Je t'aime, John, mais il nous reste tellement de choses à…

Il l'interrompit.

— Et moi, je t'aime. Tu le sais, n'est-ce pas ?

— Je… je le pense.

— Tu ne le *penses* pas — tu le *sais*. Je te connais trop bien.

Elle eut un sourire tendre que John considéra comme un signe encourageant.

— Oui, dit-elle doucement. Je sais que tu m'aimes.

— Dans ce cas, épouse-moi.

Claire demeura silencieuse. Le cœur de John battait à coups redoublés pendant qu'il attendait sa réponse. En proie à un léger vertige, il se demanda ce qu'il ferait si elle répondait négativement… Mais cela n'arriverait pas, décida-t-il. C'était impossible. Après tout ce qu'ils avaient traversé depuis douze ans, elle n'allait pas leur refuser un avenir commun !

— Mais John… nous avons une foule de choses à régler avant d'envisager un engagement pareil. Nous n'avons même pas passé deux jours complets ensemble. Il y a tant de choses dont nous devons parler avant d'aborder un sujet comme… comme… le mariage.

Il n'arrivait pas à croire qu'elle s'inquiète toujours pour toutes ces histoires.

— La seule chose que nous devons savoir, Claire, *la seule*, c'est que nous nous aimons. Point. Et parce que nous nous aimons, tout le reste marchera. Je te le promets.

Visiblement hésitante, elle se mordilla pensivement la lèvre.

— Tu as l'air si sûr de toi… A t'entendre, tout paraît si simple !

— *C'est* simple.

— Je ne sais pas… Pour moi, c'est très compliqué. Je ne sais pas comment nous allons pouvoir trouver un compromis…

— Nous trouverons, fais-moi confiance, une fois dans ta vie.

Par-dessus la table, John prit la main de Claire.

— Epouse-moi, dit-il de nouveau — avec insistance cette fois.

Pendant de longues secondes, elle regarda leurs mains unies. Puis, très lentement, et avec beaucoup d'hésitation, elle leva les yeux, et leurs regards se mêlèrent.

— Je crois que tu es fou — moi aussi, apparemment. Oui, je t'épouserai.

Le soulagement se répandit comme une vague brûlante dans tout le corps de John, et incapable de réprimer sa joie, il rit de bon cœur.

— Aucun problème. Nous y arriverons. Je te le promets. Toi et moi, nous aurons tout ce que nous avons toujours souhaité. Fais-moi confiance.

Épilogue

Claire sortit ruisselante d'eau de la douche et consulta d'un coup d'œil la montre en or posée sur la table de toilette. Super ! Elle allait arriver en retard au cabinet médical. Une fois de plus. Elle ne se rappelait pas la dernière fois qu'elle était arrivée à son travail à l'heure, ou, à plus forte raison, en avance.

Voyons… Si ! Elle s'en souvenait. La dernière fois remontait à l'époque où John n'était pas encore revenu dans sa vie. En ce temps-là, elle n'avait aucune raison de rester au lit le matin après la sonnerie du réveil. A présent, même la sonnerie n'arrivait pas à les tirer du lit — avant qu'ils aient terminé…

Mmh… Claire sourit, envahie par une chaleur suggestive. C'était dommage qu'elle soit en retard, sinon elle et John auraient pu… Mais précisément, si elle était en retard, c'était parce qu'elle et John avaient passé trop de temps…

Oh, tant pis !

En hâte elle se sécha le corps et les cheveux, puis elle entreprit l'habituelle recherche de ses produits de maquillage dans l'armoire à linge. Elle poussa de côté un canard en caoutchouc — qui exprima par un petit cri son indignation d'être manipulé si brutalement —, poussa de côté une pile de gants de toilette représentant la Petite Sirène, Barbie, Spiderman et G.I. Joe, et découvrit enfin sa trousse à maquillage derrière une grosse construction en Lego éclaboussée de mousse de savon.

Tout de même ! Elle avait dit et répété à Johny de ne pas emporter ses Lego dans la baignoire ! Est-ce qu'il l'écoutait ? Oui, sans doute. Avec tout l'enthousiasme d'un enfant de cinq ans. Et John n'était d'aucune aide, car c'était lui qui avait affirmé à Johny que l'eau de la baignoire n'abîmerait pas les Lego !

En hâte, Claire termina sa toilette, puis elle quitta la salle de bains et emprunta le couloir, évitant au passage une paire de patins à roulettes en plastique rose.

— Delaney ! appela-t-elle. Ces patins ne sont pas du tout à leur place dans le couloir. Molly ! J'emmène Snip, Dot et Bruno avec moi si tu ne les gardes pas à leur place, dans ta chambre !

Heureuse d'avoir réglé le problème avec ses filles âgées respectivement de huit et trois ans, Claire gagna la chambre qu'elle partageait avec John, enfila rapidement un ensemble prune, et sortit de la chambre tout en ornant ses oreilles de petites boucles d'oreilles en perles. Elle et ses associés allaient recevoir une nouvelle gynécologue-obstétricienne pour un entretien d'embauche, étant donné le développement important du cabinet médical durant les années précédentes, et elle voulait offrir une image respectable.

Avant même d'entrer dans la cuisine, elle entendit le vacarme habituel, et donc, la vue qui s'offrit une fois le seuil franchi ne l'étonna pas le moins du monde. Le vacarme dû aux enfants faisait partie de la routine quotidienne chez les Wainwright-Campisano. Et de plus, John contrôlait parfaitement la situation. Comme toujours.

Il était né pour être père, pensa Claire. Père à temps complet. Même avec quatre petits Campisano à surveiller, il parvenait toujours à ce que l'emploi du temps de la maisonnée soit réglé comme une horloge. Ce matin ne faisait pas exception à la règle. Pendant que John ramassait des céréales renversées, Molly, assise à la table, le regardait tout en buvant son lait chocolaté. Debout devant le comptoir à côté de lui, Delaney essuyait la vaisselle, et John tenait contre son épaule le petit Joey — sept mois — pour que celui-ci fasse son rot.

A part le bébé, les enfants étaient habillés et prêts pour l'école ou le jardin d'enfants, et chacun d'eux avait son petit sac à dos tout prêt et suspendu à son portemanteau personnel à côté de la porte de service. Claire n'avait pas besoin de contrôler : elle savait que ces sacs étaient remplis des goûters et des cahiers nécessaires et de tout ce qu'ils devaient contenir. John s'en était assuré, comme tous les matins.

— Ton casse-croûte est prêt, Claire, dit-il quand elle entra.

Il avait deviné ses pensées, comme d'habitude.

Il n'avait pas encore pris sa douche et il était là, le bébé dans les bras, les pieds nus, et vêtu d'un pyjama-short en flanelle rayée et d'un T-shirt blanc à col en V. Comme le mercredi n'était pas son jour de transport des enfants en voiture, il pourrait prendre son temps pour s'habiller ce matin. Bien sûr, une fois les enfants partis pour l'école, il aurait une journée remplie par d'autres obligations : courses, linge, jardinage — la routine. Claire et John essayaient de se partager les activités extrascolaires — éveil musical, leçons de piano, football, danse — mais John assumait toujours la plus grande partie de ces obligations-là aussi.

Comme il était beau, son mari ! Encore ébouriffé et pas encore rasé, et entouré par leurs merveilleux enfants ! pensa Claire. Un homme grand, solide et beau pourvu de la tendresse, de la douceur et des dons d'éducateur d'un père. Et irrésistiblement sexy. Claire mourait d'envie de se blottir contre lui pour le tenir entre ses bras pendant une petite heure. Elle espéra qu'il savait à quel point elle l'aimait. A en juger par son sourire, il le savait, cela ne faisait aucun doute !

— Tu es, sans conteste, l'homme le plus…

Elle jeta un coup d'œil en direction des enfants avant de poursuivre.

— S-e-x-y, épela-t-elle, dans le monde entier.

— Hein ? protesta Delaney. Tu trouves que papa est sexy ? Mais maman, il est encore en pyjama ! Et il ne s'est même pas encore rasé ! Beurk !

— Tu es privée de télé, jeune fille.

— Mais maman ! balbutia Delaney, l'air offensé.

John se contenta de sourire, et il ramena la conversation sur un terrain moins glissant.

— J'ai mis un reste de roast-beef dans ton sandwich, Claire ; j'espère que ça te conviendra.

Claire s'approcha de la cafetière électrique, tout en évitant adroitement une balle et une fraise qui volaient.

— Tu plaisantes ?… Arrête, Johny. Et Molly, la nourriture doit rester sur l'assiette ou aller dans ta bouche… John, j'adore ton roast-beef, tu le sais.

Il eut un haussement d'épaules.

— Oui, mais j'ai préparé la même chose pour ton déjeuner d'hier.

Elle pouffa.

— Tu t'excuses alors que tu me prépares mon déjeuner ? C'est ridicule ! Sais-tu combien de femmes vendraient leur âme pour se trouver dans ma position ?

John eut un sourire lascif.

— Eh bien, oui, d'ailleurs, il y a une ou deux positions que j'aimerais bien…

— Pas devant les enfants, John.

Cette fois, il rit de bon cœur.

— Bon, bon. Je vais préparer du poulet au citron pour le dîner ce soir, alors si tu peux acheter une bouteille de vin blanc en rentrant…

— Entendu, répondit Claire, sirotant avec précaution son café brûlant.

— Et n'oublie pas la « soirée portes ouvertes » de l'école demain soir.

— Oh, j'avais complètement oublié. Merci de me l'avoir rappelé.

John eut une moue comique.

— Ça devrait être amusant. Jeannie Distefano m'en veut à mort.

C'était nouveau, cela, pensa Claire. Les tactiques de Jeannie Distefano au conseil d'école étaient légendaires, mais jusqu'alors, elle ne s'en était jamais prise aux Wainwright-Campisano.

— Pourquoi donc ? demanda-t-elle.

— Parce que cette année, Louise Phillips m'a chargé de vendre les gâteaux. Jeannie pense que je ne dois pas m'occuper de ça parce que je suis un homme. Elle est terriblement sexiste. C'est idiot.

Claire ne put s'empêcher de rire.

— Ça fait longtemps maintenant que tu es actif dans le conseil d'école. Tu savais que cette fonction était dangereuse quand tu l'as prise en charge.

— Oui. Simplement, certaines de ces mamans d'élèves sont un peu avides de pouvoir.

— Mmh…, fit Claire, laconique.

— Oh, et tu penses que je suis comme elles, c'est ça ?

— Je n'ai jamais dit une chose pareille.

— Simplement parce que l'année dernière, j'ai demandé qu'on recompte les bulletins d'élection pour la présidence du conseil ?

— Je n'ai jamais dit ça.

— Je n'ai perdu que de quinze voix ! Je voulais seulement m'assurer que tout était clair, c'est tout. Jeannie est bien capable de bourrer les urnes, et tu le sais.

— Mm.

— En tout cas, n'oublie pas les « portes ouvertes ». Viviane a dit qu'elle viendrait volontiers garder les enfants.

Et elle amènera Haley avec elle, ce qui devrait ravir Delaney et Molly. Comme elle a grandi, cette petite ! J'ai du mal à croire qu'elle va rentrer en sixième l'année prochaine.

— Quand Viviane sortira de la fac de droit, ajouta pensivement Claire.

Elle n'en revenait pas que leur jeune amie ait pu aller si loin. Evidemment, le parrainage de John — et leur amitié — l'avaient beaucoup aidée.

— Et elle se marie ! Ce qui me fait penser que j'ai besoin de l'appeler pour parler des fleurs avec elle.

— Oui. C'est une chance qu'elle ait rencontré Stephen. C'est un garçon bien. Et ça fait plaisir de voir enfin que tout s'arrange. C'est une fille courageuse, et elle a travaillé dur. Elle mérite d'être heureuse.

— Comme nous, observa Claire avec un sourire.

— Oui. Comme nous.

Inquiète, Claire fronça les sourcils.

— Tu es sûr que tu n'as pas de regrets d'avoir quitté ton travail pour devenir père à plein temps ?

John eut un petit rire joyeux.

— Pas une seconde. Le travail que j'effectue maintenant est tellement plus important que celui que je faisais avant ! Tu le sais bien, ça.

Rassurée, Claire hocha la tête.

— Oui. Je veux juste m'assurer que tu le sais, toi aussi.

John taquina du bout des lèvres la tête du bébé qu'il tenait dans ses bras, puis il regarda la cuisine, et chacun de leurs turbulents enfants.

— Oui. Crois-moi, je le sais.

Leur compromis avait fonctionné à merveille, pensa Claire — principalement parce qu'ils n'avaient pas eu à faire le moindre compromis ! Chacun d'eux avait obtenu exactement ce qu'il avait toujours souhaité. Claire avait sa carrière de médecin et une jolie famille. John avait son métier de père, et une jolie famille. Il fournissait un parfait modèle, et rendait meilleure la vie des enfants — les siens en l'occurrence.

La maison que Claire avait achetée des années auparavant, avec — elle s'en rendait compte à présent — l'espoir de la remplir un jour de rires d'enfants, cette maison débordait désormais d'amour et de pur bonheur.

Il n'existait pas de meilleure vie.

Et elle ne l'échangerait pour rien au monde.

PATRICIA THAYER

Pour le bonheur de Gracie

Traduction française de
ALEXIS VINCENT

HARLEQUIN

Titre original :
LITTLE COWGIRL NEEDS A MOM

Ce roman a déjà été publié en 2017

1

Campée devant la boutique The Blind Stitch, Jenny Collins relut l'annonce affichée dans la devanture.

« A partir de la semaine prochaine,
classe de patchwork pour débutantes
les mercredis et samedis à 14 heures.
Venez nombreuses ! »

C'était officiel, elle était maintenant la gérante de la nouvelle boutique de patchwork de son amie Allison Casali, et elle comptait bien en faire profiter le plus grand nombre. Le ravissant appartement installé au premier étage du bâtiment faisait office de logement de fonction, et elle pourrait y rester aussi longtemps que la vie dans cette charmante petite ville du Texas lui conviendrait. Tout cela était bien loin de son travail de professeur de lettres, mais elle avait besoin de ce break !

La porte de la boutique s'ouvrit et Millie Roberts passa la tête dehors. Agée d'une soixantaine d'années, petite et mince, Millie avait de l'énergie à revendre et, plus précieux encore, une passion dévorante pour le patchwork.

— On vient de nous livrer les nouveaux tissus qu'Allison a commandés.

— Ah, tant mieux, répondit Jenny en la rejoignant. Nos stocks commençaient à baisser.

— Evidemment, vous avez vendu pratiquement toute la boutique !

Les murs du magasin étaient décorés de couvre-lits cousus main, dans des motifs différents, tous dessinés par Allison. Les rayonnages croulaient sous les coupons, dans toutes les qualités de tissus et toutes les nuances dont une couturière pouvait rêver. Une longue table de découpe séparait l'espace de vente de l'arrière-boutique, dans laquelle plusieurs gros cartons étaient entassés.

— Eh bien, Allison a dû dévaliser le grossiste, dit Jenny en les découvrant.

— J'imagine qu'il lui a fait un bon prix, répondit Millie. Il est très content de pouvoir associer son nom à celui d'Allison Cole Casali. Cela leur fait beaucoup de publicité.

Elles ouvrirent le premier carton et commençaient à en sortir les coupons lorsqu'une petite voix s'éleva dans leur dos.

Une fillette aux cheveux bruns, vêtue d'un jean, d'une chemisette rose et de chaussures blanches, se tenait devant le comptoir. Elle les contemplait de ses immenses yeux d'un bleu de porcelaine et leur adressa un sourire timide.

Jenny s'approcha et répondit à son sourire.

— Bonjour, je m'appelle Jenny Collins.

— Et moi Grace Anne Rafferty. Mais tout le monde m'appelle Gracie.

— Je suis très heureuse de faire ta connaissance, Gracie Rafferty. Voici Millie.

— Bonjour, Gracie, dit Millie en continuant de vider les cartons.

— Et que puis-je faire pour toi ? demanda Jenny.

— J'ai lu votre pancarte et je voudrais que vous m'aidiez à réaliser un patchwork.

— Eh bien, Gracie… En réalité, je ne suis pas sûre que cette classe soit prévue pour les enfants.

— J'ai huit ans et je sais coudre, dit-elle, véhémente. J'ai même commencé un patchwork. Enfin… C'est ma mère qui l'a commencé, mais elle ne peut plus m'aider.

— Je suis désolée, répondit Jenny, mais c'est vraiment un cours pour adultes.

— Mais je dois le terminer, insista Gracie. Je le lui ai promis.

— Dans ce cas, pourquoi ne lui demandes-tu pas de venir assister à notre classe ? Vous pourriez y travailler ensemble.

La petite fille baissa la tête. Des larmes remplirent ses beaux yeux bleus.

— C'est impossible. Elle est au paradis à présent.

Evan Rafferty avait passé en revue tous les rayons du magasin de bricolage sans voir sa fille. Il courut à sa voiture. Lasse de l'attendre, elle y était peut-être retournée ? Mais elle ne s'y trouvait pas non plus. La grand-rue était déserte. Où Gracie pouvait-elle donc se cacher ?

Quelqu'un avait-il pu l'enlever ? L'idée fit courir un frisson glacé le long de sa colonne vertébrale. Non, pas à Kerry Springs ! Il n'en murmura pas moins une prière à voix basse en se précipitant vers la supérette voisine, dans l'éventualité où sa fille serait allée y acheter des bonbons.

Il n'y avait pas la moindre trace de Gracie, et il commença à céder à la panique.

Il n'arrivait même pas à s'occuper correctement de sa fille ! Megan avait raison : peut-être n'avait-il effectivement pas l'étoffe d'un père…

Il passa en courant devant deux autres magasins et s'arrêta brusquement en voyant la boutique de patchwork, de l'autre côté de la rue. Gracie avait dit quelque chose à propos d'un couvre-lit à terminer…

Il poussa la porte vitrée. Quand il entendit la voix douce de sa fille, un poids énorme se souleva de ses épaules.

Elle était en grande discussion avec une ravissante jeune femme blonde.

— Grace Rafferty !

Elle sursauta et se retourna pour lui faire face. Un masque de culpabilité remplaça instantanément son expression de bonheur.

— Oh ! papa, c'est toi ?

— Qui voulais-tu que ce soit ? répondit-il sèchement. Combien de fois t'ai-je dit de ne pas partir sans me prévenir ? Je ne te retrouvais plus.

— Je suis désolée, répondit-elle, ses yeux se remplissant de larmes. Tu étais très occupé et j'ai eu envie de venir regarder les patchworks.

— Ce n'est pas une excuse pour t'éclipser sans me dire où tu vas.

— Monsieur Rafferty, je m'appelle Jenny Collins, dit la jeune femme. Je suis la gérante de la boutique.

Il la regarda plus attentivement. Elle avait de longues jambes moulées dans un jean, une taille de guêpe qui faisait ressortir le galbe parfait de sa poitrine, le teint éclatant et un sourire communicatif. Quand il croisa ses grands yeux noisette, quelque chose se noua dans sa poitrine.

— Je suis désolée que vous vous soyez inquiété pour Gracie, dit-elle. J'ignorais qu'elle ne vous avait pas demandé l'autorisation de venir ici.

— Cela ne vous étonne pas de voir une enfant de son âge entrer toute seule dans votre magasin ? demanda-t-il sans aménité.

— J'imaginais que ses parents allaient la suivre, répondit-elle, imperturbable. Gracie, la prochaine fois que tu viens, demande l'accord de ton papa.

— Oui, madame.

— Très bien. Maintenant, pourquoi ne vas-tu pas te passer un peu d'eau sur le visage pour chasser ces vilaines larmes ?

Jenny jeta un regard hostile à Evan, comme pour le mettre au défi d'intervenir. Il allait répondre quand une femme plus âgée sortit de derrière le long comptoir. Il reconnut tout de suite Millie Roberts, une institutrice à la retraite qu'il avait eue à l'école primaire.

— Bonjour, Evan. Voulez-vous que je la conduise à votre salle de bains, Jenny ?

— Oui, merci. M. Rafferty et moi allons bavarder un peu.

Quand Millie et Gracie furent sorties, Jenny reprit la parole :

— Gracie m'a expliqué que sa mère faisait des patchworks et qu'elle souhaitait en terminer un depuis… un moment.

— Gracie est beaucoup trop jeune pour cela.

— Peut-être que si vous preniez le temps de parler avec votre fille…

— Ecoutez, dit-il sans même la laisser finir sa phrase, je ne sais pas pourquoi vous vous en mêlez, mais j'aimerais que vous me laissiez m'occuper de ma fille tout seul.

— C'est votre fille qui m'a mêlée à tout cela en entrant ici et en me demandant mon aide, répondit-elle en cédant à l'agacement. Peut-être pourrions-nous trouver ensemble une manière de l'aider à réaliser son projet ?

— Non merci. Tout ce que je souhaite, c'est qu'on nous fiche la paix. Allez, viens, Gracie, nous rentrons au ranch.

Elle venait de revenir dans la boutique, accompagnée de Millie, et il la prit par la main. Pourquoi se montrait-il aussi grossier, à la fois envers sa fille et cette inconnue ? Peut-être simplement parce qu'elle était une femme, et ravissante de surcroît ?

En tout cas il comprenait pourquoi Gracie lui avait aussi vite accordé sa confiance. Lui-même éprouvait une indéniable attirance envers elle. Et cela ne lui plaisait pas du tout !

Sans un mot, il souleva son chapeau en signe de salutation et sortit de la boutique.

— Quel goujat, dit Jenny tout bas. Vous l'avez entendu, Millie ?

Elle alla jusqu'à la porte vitrée et le regarda s'éloigner dans la rue. Il aida sa fille à grimper dans un pick-up, puis il en fit le tour pour grimper derrière le volant, lui offrant au passage un aperçu de son dos. Il avait beau être un véritable butor, il était quand même à tomber à la renverse ! De haute taille, les épaules larges, il semblait idéalement musclé de partout, et marchait avec ce déhanchement si sexy des cow-boys habitués depuis leur plus jeune âge à monter à cheval.

Elle ressentait encore la chaleur du regard perçant avec lequel il l'avait scrutée des pieds à la tête. Quel manque de chance ! Cela faisait une éternité qu'aucun homme ne l'avait autant troublée, et celui qui arrivait enfin à la faire vibrer était un grossier personnage !

Elle avait déjà rencontré des individus arrogants et brutaux dans son genre, à commencer par son beau-père et ses fils. Elle savait à quoi s'en tenir à leur sujet. Aussi beau soit-il, Evan Rafferty n'était en aucun cas fréquentable !

— Ne soyez pas trop sévère avec ce garçon, dit Millie qui l'avait rejointe devant la vitrine. La vie n'a pas été facile pour lui. Son épouse, Megan, est morte il y a un peu plus d'un an.

— Que s'est-il passé ?

— Un cancer. Elle a beaucoup souffert. Evan est veuf, et il doit élever seul sa fille et diriger son ranch. Je le connais depuis toujours, c'est un gentil garçon. Je ne peux pas lui en vouloir d'avoir été terriblement inquiet en découvrant que Gracie avait disparu.

Jenny acquiesça. Bien que n'ayant pas d'enfants, elle savait ce qu'avait enduré Allison, sa meilleure amie, quand sa fille Cherry avait eu cet horrible accident de voiture qui avait failli la laisser invalide à vie. A la place d'Evan Rafferty, elle aurait sans doute réagi de la même manière.

— Oui, sans doute, dit-elle à contrecœur. Bon, retournons travailler.

Elles traversèrent la boutique jusqu'à l'ouverture que les ouvriers venaient de percer dans le mur latéral pour donner accès à la maison voisine, qu'Allison avait achetée. Les charpentiers venaient juste de terminer les travaux d'agrandissement.

Jenny se planta dans la large baie et observa l'espace vide qui s'ouvrait de l'autre côté. Les peintures n'étaient pas terminées, mais les rayonnages couvraient déjà les murs. Il y avait largement la place d'exposer de nouvelles fournitures et d'installer les machines à coudre qui attendaient dans la réserve.

Elle approcha de la large fenêtre donnant sur la rue.

— Millie, que diriez-vous d'installer une grande table ronde ici, avec des sièges confortables ?

— Quelle bonne idée ! Les clientes pourraient venir faire de la couture et bavarder entre elles.

— Oui, c'est ce que je pensais. Beaucoup d'entre elles se connaissent déjà, et je suis certaine qu'elles aimeraient avoir un endroit agréable où se retrouver, échanger les derniers potins ou leurs astuces de couture tout en travaillant. Nous l'appellerions le Club des couturières. Qu'en dites-vous ?

— Que vous n'aurez aucun mal à trouver preneuse pour ces sièges, répondit Millie. L'avantage pour vous, c'est qu'elles pourront acheter sur place tout le matériel qui leur manquerait.

Elles commencèrent à prendre des mesures et à imaginer l'agencement le plus pratique pour la pièce. En dépit de ce travail, Jenny n'arrivait pas à oublier Evan Rafferty, ce qui l'agaça prodigieusement. Comme si elle avait besoin de laisser un homme perturber l'équilibre fragile qu'elle retrouvait enfin ! Pourtant, elle souhaitait vraiment aider sa fille, dont la détresse l'avait profondément touchée.

Une idée lui traversa l'esprit.

— Millie, au lieu de faire notre classe le samedi après-midi, nous pourrions la faire le samedi dans la matinée…

— C'est possible, oui, mais pourquoi ?

— Cela libérerait l'après-midi et nous permettrait de monter un cours pour enfants.

Millie l'examina pensivement quelques secondes.

— C'est beaucoup de tracas pour aider une petite fille à finir son patchwork, dit-elle doucement.

Finir l'ouvrage de sa mère, était-ce uniquement ce que Gracie souhaitait ? Jenny se rappela sa propre enfance. Son beau-père, qui ne s'intéressait qu'à ses fils, l'ignorait totalement. Sa mère ne jurait également que par les garçons de son nouveau mari et négligeait sa propre fille. Jenny avait grandi avec l'impression pénible de ne compter pour personne, de n'intéresser personne, de n'être qu'un poids mort dans une famille qui n'était plus la sienne. Etait-ce le cas de Gracie ?

Son bon sens revint bien vite : cela ne la regardait pas ! La seule question pertinente, c'était de savoir si une fillette de huit ans était capable d'apprendre à coudre un patchwork. Et la réponse était oui !

— Pensez-vous qu'une de nos clientes régulières accepterait de diriger en bénévole un groupe de petites filles ?

— Oh ! je suis sûre que nous trouverons, répondit Millie. Mais si vous voulez aider Gracie à terminer son couvre-lit, cela risque d'être un peu plus compliqué que vous ne l'imaginez. Megan Rafferty était une couturière quasiment professionnelle, il lui arrivait de vendre ses patchworks. D'un autre côté, Gracie aimera certainement sortir de l'univers uniquement masculin de sa famille.

Puis elle ajouta avec un petit sourire :

— Même si les hommes Rafferty ne sont pas vraiment désagréables à regarder.

L'après-midi suivant, Jenny se rendit à l'école élémentaire de Kerry Springs avec une poignée de dépliants.

Pourvu que la directrice de l'école, Lillian Perry, l'autorise à les distribuer.

En arrivant dans son bureau, elle fut surprise de découvrir une femme de son âge qui lui adressa un sourire engageant en lui ouvrant sa porte.

— Bonjour, madame Collins. Entrez, je vous en prie.

— Appelez-moi Jenny, je vous en prie.

— Si vous m'appelez Lily !

Elle lui fit signe de s'asseoir et prit place derrière son bureau.

— J'ai appris que vous étiez la nouvelle gérante de la boutique The Blind Stitch ?

— Les nouvelles vont vite, répondit Jenny en riant.

— Ici ? Plus encore que vous ne le croyez ! dit Lily en riant à son tour. Il faut dire que ma mère, Beth Staley, est votre voisine.

— Vous êtes la fille de Beth ? Je la vois souvent, c'est une amie de Millie.

Lily acquiesça.

— Alors, dites-moi ce que je peux faire pour vous.

— J'espérais que vous pourriez m'aider à faire de la publicité pour une classe d'initiation au patchwork destinée aux enfants, répondit Jenny en lui tendant ses prospectus. Ce sera le samedi après-midi et c'est gratuit.

— Cela me semble une excellente idée, répondit Lily en lisant le document. Et c'est très généreux de votre part.

— Je veux simplement que cette tradition perdure, mais je ne suis pas sûre de trouver assez de bénévoles pour diriger cette classe. D'ailleurs, j'ai demandé à votre mère d'y participer.

— Maman adorera s'occuper de ces enfants ; elle a vainement essayé d'apprendre le patchwork à ma fille Kasey.

Peut-être que si vous réunissez d'autres filles de son âge, la mienne aura envie de participer à votre club.

Les deux femmes passèrent les vingt minutes suivantes à bavarder de l'organisation de cette classe. Elles en arrivèrent à la conclusion que, outre le travail manuel intéressant en soi, ce cours pouvait aider les enfants à nouer des relations enrichissantes avec des femmes d'autres générations.

— Votre enthousiasme m'a conquise, dit Lily en se levant. Je distribuerai avec plaisir vos dépliants. Je vais malheureusement devoir vous laisser. Il est presque 16 heures et je tiens à être présente à la porte de l'école lorsque les élèves s'en vont.

— Je vous comprends, j'étais comme vous, dit Jenny en se levant.

— Vous êtes institutrice ?

— Professeur de collège, mais j'ai pris une année sabbatique. Je dois reprendre en septembre prochain.

Sans cesser de bavarder, elles marchèrent jusqu'à la porte du bâtiment où quelques parents attendaient déjà leurs enfants. Quand la cloche sonna, une joyeuse clameur enfla alors que tous les élèves sortaient des classes. Soudain, une petite voix attira l'attention de Jenny.

— Jenny ? Pourquoi êtes-vous dans mon école ?

— Bonjour Gracie, répondit Lily. Jenny est venue m'expliquer qu'elle ouvrait une classe d'initiation au patchwork pour les enfants.

— Vraiment ? s'écria la fillette en ouvrant tout grand ses beaux yeux bleus.

— Tout à fait, répondit Jenny. Peut-être pourrais-tu y assister pour apprendre à finir le tien ?

La petite fille semblait très excitée mais, avant qu'elle ne réponde, une voix d'homme l'appela. C'était Evan Rafferty qui se tenait de l'autre côté de la rue, au volant de son pick-up. Le visage de Gracie se rembrunit aussitôt.

— Non, je ne peux pas y aller. Cela fâcherait mon père.

Elle jeta à Jenny un regard qui lui fendit le cœur, et rejoignit son père.

— Pardonnez-moi, Lily, je dois parler à quelqu'un.

Jenny traversa la rue à son tour et se dirigea vers le véhicule.

— Monsieur Rafferty ? Puis-je vous dire un mot ?

Evan referma la portière du passager, sans doute afin que sa fille ne puisse entendre leur conversation.

— Je n'ai pas le temps, dit-il d'entrée de jeu. De toute façon, je ne vois pas ce qu'on pourrait se dire de plus que l'autre jour.

Sans lui laisser ajouter un mot, il ouvrit sa portière et grimpa au volant. Jenny n'avait pas repris son souffle qu'il démarrait déjà.

Sa colère se mit à bouillir en voyant son pick-up s'éloigner. Comment osait-il la traiter ainsi ? Puisqu'il voulait se montrer têtu, il ne lui laissait pas le choix. Ce ne serait pas la première fois qu'elle se battrait pour le bien d'un enfant. Elle ne s'avouait jamais battue lorsque l'un d'eux avait besoin d'aide !

2

L'après-midi suivant, au volant de sa voiture, Jenny quitta la route pour s'engager sur un petit chemin poussiéreux qui démarrait sous un grand portique annonçant le ranch Triple R, domaine des Rafferty.

Ce n'était sans doute pas une très bonne idée, mais elle ne pouvait se résoudre à rester les bras croisés quand un enfant avait besoin d'aide. Elle savait par expérience ce que signifiait se sentir terriblement seule, abandonnée de tous, même de ses propres parents. Sa mère n'avait-elle pas refusé de l'écouter ? De prendre sa défense contre les enfants de son compagnon qui, plus forts et plus âgés, la brutalisaient sans vergogne ? Ces adolescents n'auraient jamais dû porter la main sur une petite de huit ans, et pourtant, c'était en toute impunité qu'ils l'avaient fait. Et sa mère s'était fâchée en l'entendant se plaindre. Elle l'avait accusée de semer la zizanie dans la famille.

La famille ? Quelle famille ? Ils n'avaient jamais été une famille !

Ces souvenirs la mirent rétrospectivement très en colère. C'était sans doute à cause de son expérience malheureuse qu'elle avait entrepris cette croisade et choisi de devenir professeur. Pour que les plus jeunes, les plus fragiles sachent que quelqu'un était de leur côté, envers et contre tous. Et aussi parce qu'elle aimait voir un enfant réaliser ses rêves, déployer ses ailes et s'épanouir.

Ses convictions avaient été profondément ébranlées quelque temps auparavant lorsqu'elle avait perdu une bataille pour un de ses élèves. Luis Garcia était très doué, et elle avait tout fait pour qu'il obtienne une bourse. Un jour, il s'était battu pour défendre un autre élève, et, suite à la bagarre, on avait retrouvé un couteau. Il n'était pas à lui, mais le principal avait préféré écouter son adversaire et ses camarades. Luis avait été exclu sur-le-champ.

Elle avait supplié le principal de le laisser au moins terminer son année, mais il avait été inflexible. Elle savait que Luis ne retournerait jamais au collège et que c'était la fin de sa scolarité. Totalement découragée, elle avait décidé de s'accorder un congé pour se donner le temps de réfléchir à son avenir et à son engagement d'enseignante.

Dans ces conditions, pourquoi remonter sur son cheval de bataille ? La situation de Gracie ne la regardait en rien. Evidemment, cela ne l'avait jamais arrêtée jusque-là. Elle sourit, amusée malgré tout. Quand un enfant pleurait, elle ne pouvait tout simplement pas rester les bras croisés.

Elle ralentit en approchant du ranch. D'un côté de la route, des vaches paissaient tranquillement. De l'autre, des rangées de vignes s'alignaient jusqu'au sommet de la colline. Finalement, au détour du chemin, apparurent une grange et des enclos à bétail, puis la maison proprement dite. Elle était peinte de gris clair, avec les volets et les ornements de bois en blanc, et flanquée d'une véranda accueillante. Des massifs fleuris allaient jusqu'à la barrière de bois qui séparait le jardin de la cour de gravier. En face, le bâtiment des communs, plus simple mais tout aussi bien tenu, jouxtait l'écurie. L'ensemble, admirablement soigné, paraissait tout droit sorti d'un livre d'images.

Jenny se gara sous l'immense chêne qui ombrageait la cour et avança vers le portillon du jardin. Un homme d'un certain âge sortit de la maison au moment où elle gravissait les marches de la véranda. Grand et fort, il était couronné d'une épaisse chevelure d'un blanc de neige. Un grand sourire barrait son beau visage tanné par le soleil.

— Salut ma belle !

Son ton malicieux la fit sourire.

— Bonjour, répondit-elle. Je m'appelle Jenny Collins et je souhaiterais voir monsieur Rafferty.

— Lequel d'entre nous a la chance d'avoir votre visite ? demanda-t-il en lui serrant la main. Je m'appelle Sean, et je suis le père de Matthew et d'Evan.

Elle comprit de qui ce dernier tenait sa beauté virile. Par malheur, il n'avait hérité ni de la cordialité ni de la gentillesse de son père.

— J'aimerais parler à Evan, si c'est possible.

— Il n'est pas là pour l'instant, mais entrez donc, nous allons prendre le thé.

Elle commença par refuser, de peur de déranger, mais Sean insista et elle finit par le suivre. L'intérieur de la maison était aussi impeccable que l'extérieur. A gauche du hall d'entrée se trouvait un salon assez élégant qui ne semblait pas servir très souvent, et à droite une salle à manger où douze convives pouvaient tenir sans difficulté.

— Nous autres Rafferty préférons la cuisine, dit son hôte avec un clin d'œil. Suivez-moi.

Ils dépassèrent l'escalier de bois ouvragé et entrèrent dans une belle pièce claire et spacieuse. Des placards de bois vernis couvraient les murs et de nombreux appareils électroménagers étaient alignés sur un plan de travail en granit propre comme un sou neuf. Au milieu se trouvait une grande table de chêne. De l'autre côté, un canapé et deux fauteuils faisaient face à une grande télévision. C'était manifestement la pièce à vivre de la maison…

— Asseyez-vous, dit Sean. Que préférez-vous, un thé chaud ou glacé ?

— Comme vous, répondit-elle. Vous avez une maison très agréable, monsieur Rafferty.

— Tout d'abord, appelez-moi Sean !

— A la condition que vous m'appeliez Jenny.

Il acquiesça et leur servit deux verres de thé glacé délicieusement parfumé à la verveine.

— Ensuite, dit-il, cette maison appartient à mon fils Evan et à sa fille. Matt et moi sommes venus y habiter il y a un an, pour l'aider après la mort de son épouse.

Le regard enjoué de Sean se voila, trahissant la tristesse qui avait dû les accabler après ce deuil.

— Je suis désolée pour vous tous, dit-elle.

— Merci. L'épreuve a été dure pour mon fils et la petite… Enfin, reprit-il en retrouvant sa vivacité, nous avons réussi à former une vraie équipe. Je n'ai jamais été un fermier, mais c'est la vocation d'Evan et Matt s'y est mis lui aussi.

— La vigne vous appartient ?

— C'est à Evan également. Je suis juste le cuisinier de la maison.

Cet homme lui était infiniment sympathique. Comment pouvait-il avoir un fils aussi désagréable qu'Evan ? Ce dernier était-il comme son père avant la mort de son épouse ?

— Ne vous sous-estimez pas, Sean, dit-elle. A en juger par l'odeur alléchante de ce qui est en train de mijoter sur votre gaz, vous devez être un fameux cordon-bleu !

— Je vous aime bien, Jenny Collins, répondit-il avec un grand sourire. Depuis combien de temps vivez-vous à Kerry Springs ?

— J'y ai travaillé pendant un été il y a deux ans, et je suis revenue il y a quelques mois pour gérer la boutique de patchwork d'Allison Casali.

— J'ai vu votre vitrine, c'est en face du Rory's Bar & Grill où je travaille le week-end.

— Vraiment ? Je vous avoue que je n'y suis jamais entrée.

— C'est un bistro familial assez gentil. On y joue aux cartes, il y a un billard et des tournois de fléchettes, et on y danse le week-end. Venez y faire un tour à l'occasion.

Mais vous m'intriguez. Qu'est-ce que mon fils a à voir avec une boutique de patchwork ?

— C'est plutôt Gracie, en réalité. Votre petite-fille semble intéressée par la classe d'initiation pour enfants qui va débuter le samedi après-midi.

— Cela ne m'étonne pas, dit-il. Elle parle souvent du couvre-lit de sa mère.

— En effet, elle m'en a parlé à moi aussi. Je suis donc venue pour essayer de convaincre son père de la laisser participer à notre classe.

— Eh bien, je vous souhaite bonne chance, répondit Sean, fronçant les sourcils pour la première fois.

— Papa, est-ce que je pourrais aller chez Carrie ?

Alors qu'il quittait la départementale, Evan jeta un œil à sa fille dans son rétroviseur.

— Pas un soir de semaine, ma chérie.

— Ce n'est pas ce soir, c'est une soirée pyjama. On va dormir chez elle. Toutes mes copines y seront et je voudrais y aller moi aussi.

— Si tu veux, tes amies peuvent venir jouer à la maison…

En réalité, il la trouvait trop petite pour passer la nuit dehors. Il jeta un œil à son frère, assis à côté de lui. Autrefois, Matt n'hésitait jamais à donner son avis, mais depuis qu'il était rentré en Amérique pour prendre en charge l'élevage bovin du ranch, il se montrait plus réservé. D'ailleurs il avait refusé de s'installer dans la maison et avait préféré les communs.

— Papa, dit Gracie, c'est une soirée entre copines. On va se maquiller et mettre du vernis à ongles, et on mangera de la glace en regardant la télévision.

Imaginer sa fille en train de se peinturlurer le visage et les ongles le fit frémir. Elle était bien trop jeune pour cela !

— Je vais y réfléchir.

— Ça ne peut pas lui faire de mal d'y aller, dit Matt en sortant de son mutisme. Laisse-la donc faire des trucs de filles.

— Je ne pense pas qu'elle rate grand-chose en ne se vernissant pas les ongles, répondit Evan.

— Qu'en sais-tu ? Tu n'es pas une petite fille ! Rappelle-toi, on faisait des trucs de garçons quand on avait son âge.

Evan ne pouvait pas dire le contraire. Ils avaient eu une enfance mouvementée, surtout après le départ de leur mère, qui avait abandonné mari et enfants pour suivre son amant. En dépit de tout l'amour qu'il leur portait, leur père avait été un peu dépassé par les événements et il ne les avait pas autant surveillés qu'il l'aurait dû.

— Oui, et rappelle-toi aussi les problèmes qu'on a eus, répondit Evan en baissant la voix.

— Nous avons survécu, répondit Matt en riant. Les enfants ont besoin d'apprendre à vivre par eux-mêmes.

— Gracie a eu assez à apprendre jusqu'à présent. Parlons d'autre chose.

— Pourquoi ? Gracie n'a aucun problème, mon vieux, c'est toi qui n'arrives pas à tourner la page.

Evan serra le volant plus fort. Soudain, il remarqua une petite voiture de ville garée sous le chêne centenaire de la cour. Une visite ? Comme à son habitude, il contourna la maison et s'arrêta à l'arrière, puis ils entrèrent tous les trois par la porte de la cuisine. Des rires résonnaient à l'intérieur, et il retint son souffle en découvrant Jenny Collins attablée avec son père devant des verres de thé glacé.

Elle portait un jean noir, des bottes de cuir et un chemisier rouge sous une courte veste noire. Ces couleurs accentuaient son teint éclatant et la blondeur de ses magnifiques cheveux qui retombaient en mèches souples et épaisses sur ses épaules.

La voir ainsi ranima des sentiments qu'il croyait avoir oubliés depuis longtemps. Cela le mit de mauvaise humeur.

— Mon Dieu, fit Matt en suspendant son chapeau au

portemanteau. Je crois que je suis mort et que j'ai été transporté au paradis.

Leur père les remarqua enfin et tourna la tête dans leur direction.

— Ah, vous voilà enfin ?

— Jenny, dit Gracie en courant vers leur visiteuse. Vous êtes venue chez moi !

— Oui ma belle, répondit la jeune femme. J'espère que je ne vous dérange pas, ajouta-t-elle en soutenant le regard d'Evan.

Pas spécialement content, celui-ci ôta son chapeau et sa veste et les rejoignit.

— Gracie, dit-il, veux-tu aller ranger ton cartable et mettre tes chaussons ?

— Oui papa. Jenny, ne partez pas, je reviens tout de suite. Je voudrais vous montrer quelque chose.

Elle sortit en courant de la pièce, et Sean reprit la parole alors qu'Evan ouvrait déjà la bouche pour parler.

— Jenny, je vous présente mon second fils, Matt.

— Bonjour Jenny, dit celui-ci avec un sourire charmeur. Vous devez être arrivée depuis peu en ville, ou alors j'ai vraiment besoin de lunettes !

Il lui prit la main et la garda un long moment dans les siennes sans la quitter des yeux.

— Bonjour, Matt, dit-elle en riant de bon cœur. En effet, je ne suis pas ici depuis longtemps. Je viens de prendre la gérance de la boutique de patchwork, et c'est la raison de ma visite chez vous. Je voudrais demander à votre frère de laisser Gracie participer à la classe d'initiation pour enfants que nous ouvrons la semaine prochaine.

— Cela me semble une très bonne idée, répondit Matt.

— Non, pas du tout, dit Evan. Je n'aurai pas le temps de l'accompagner en ville.

— Nous pourrons sûrement trouver une solution, monsieur

Rafferty, dit-elle. Votre fille m'a dit qu'elle tenait beaucoup à finir son couvre-lit.

— Je n'ai jamais vu aucun couvre-lit, répondit-il en fronçant les sourcils.

— Peut-être devriez-vous lui demander de vous le montrer ?

— Je le ferai.

Elle ne savait plus trop quoi faire. Evan avait l'air terriblement hostile, mais elle ne pouvait partir sans attendre le retour de la fillette.

— Je sais que Gracie veut vous le montrer, dit Sean. Pourquoi ne restez-vous pas dîner avec nous ? Ce soir, j'ai fait mon fameux ragoût de bœuf. Vous m'en direz des nouvelles !

Indécise, elle jeta un regard vers Evan. Son expression fermée trahissait sa furieuse envie de la voir déguerpir au plus vite !

— Comment pourrais-je refuser une telle offre, dit-elle. Merci mille fois, Sean, j'accepte avec plaisir. Puis-je faire quelque chose pour vous aider ?

— Rien du tout, vous êtes l'invitée, répondit Sean.

Il y eut une cavalcade dans l'escalier, et Gracie les rejoignit tout essoufflée.

— Super, vous êtes encore là !

— Et elle reste pour le dîner, dit son grand-père. Va donc lui montrer où se laver les mains.

— Vous voulez voir ma chambre ? demanda Gracie, les yeux brillants de joie.

— Bien sûr, ça me ferait très plaisir.

La main dans la main, elles quittèrent le séjour. Evan, furieux d'avoir été court-circuité par son père, lui jeta un regard noir.

— A quoi joues-tu, papa ?

— Ça s'appelle se montrer sociable, mon fils, répondit Sean soudain sévère. Tu sembles avoir oublié ce que cela signifie. Je n'aurais jamais cru voir un de mes fils se montrer discourtois avec une invitée dans sa propre maison. Il est temps que tu sortes de ta grotte. Tu t'es quasiment enterré vivant. Il faut que tu réapprennes à vivre normalement. Tu n'en as peut-être pas envie, mais ta fille en a besoin.

— Oui, vieux, papa a raison, dit Matt. Et bon sang, tu as vu comme elle est belle ? Papa, si tu ne l'avais pas invitée, c'est moi qui l'aurais fait.

— Du calme, mon petit, dit Sean en levant un sourcil. Jenny s'intéresse à Gracie, alors bas les pattes. Cela ne pourra pas faire de mal à ma petite-fille d'avoir une amie. Aussi, Evan, cesse de voir ce cadeau du ciel comme une malédiction.

Jenny examina la chambre peinte en jaune et en bleu lavande pendant que Gracie lui montrait ses poupées préférées. Un magnifique patchwork couvrait le lit.

— Ma maman l'a fait pour mes six ans, dit Gracie.

Jenny examina avec attention le motif compliqué et dut se rendre à l'évidence : le travail était parfait. Le choix des tissus révélait un goût à la fois original et très sûr.

— Il est magnifique. Ta maman était très douée.

— Elle en a fait beaucoup d'autres. Vous voulez les voir ?

— Avec plaisir !

Gracie la conduisit dans une autre chambre. A la seconde où Jenny y entra, elle sut que sa place n'était pas là. Il s'agissait de toute évidence de la chambre d'Evan. Grande et lumineuse, la pièce abritait un magnifique lit à colonnes en acajou ancien. Gracie marcha jusqu'à une grande commode de cèdre et ouvrit un tiroir.

— Papa les as tous rangés là après que maman…

Jenny avait de plus en plus l'impression d'être une intruse.

— Peut-être devrions-nous revenir une autre fois, dit-elle.

Sur la commode se trouvait une photo dans un cadre d'argent. On y voyait Evan, un peu plus jeune, accompagné d'une très jolie brune qui tenait un bébé dans ses bras. Megan et Gracie, sans doute. Evan souriait. Cela ne devait plus lui arriver souvent depuis un an.

— Je ne veux pas qu'on ait des ennuis.

— Mais mon couvre-lit est là, dit Gracie. C'est le mien !

Dans le tiroir se trouvait une collection étonnante de patchworks soigneusement pliés, aux motifs savants. Megan Rafferty n'était assurément pas une amatrice !

Gracie en sortit un à moitié terminé, dans les plis duquel se trouvait un sac rempli des morceaux de tissus pas encore cousus.

— Maman et moi avons choisi les couleurs ensemble, et ensuite elle est tombée trop malade pour pouvoir coudre. Elle devait rester au lit tout le temps…

Incapable de résister à la détresse qui se peignait sur son visage, Jenny s'agenouilla et la serra dans ses bras. Perdre sa maman était une épreuve bien trop terrible pour n'importe quel enfant de cet âge…

Gracie cacha son visage dans le cou de Jenny. Ses petits bras l'enlacèrent.

— A la fin, je ne la voyais plus beaucoup. Elle dormait tout le temps et il ne fallait pas la déranger.

— Ma chérie, ce n'est pas parce qu'elle ne voulait pas te voir ; elle essayait de se reposer pour guérir et rester avec toi. Regarde comme elle a travaillé dur pour te réaliser ton patchwork…

Gracie releva la tête. Son charmant visage était baigné de larmes.

— C'est ce qu'elle m'a dit quand je lui ai dit adieu. Elle m'a demandé de le terminer. Je le lui ai promis. Je dois le faire, Jenny.

Evan resta immobile devant la porte de sa chambre. Cette pièce avait été le domaine de Megan ; c'était elle qui en avait choisi les couleurs et la décoration, elle l'avait voulue parfaite. Et pour un étranger, la pièce l'était assurément. Pourtant, cela n'avait jamais été son sanctuaire. Il y éprouvait avec plus d'intensité qu'ailleurs la culpabilité qui le tourmentait depuis la mort de son épouse. La culpabilité de ne pas avoir su la protéger. Et à présent, il avait l'impression de ne pas réussir à protéger sa fille non plus.

Son regard croisa celui de Jenny. Elle le regardait avec une vague inquiétude, comme dans la crainte qu'il n'intervienne. Mais c'était la première fois qu'il voyait sa fille ouvrir son cœur et confier son chagrin à quelqu'un, et son instinct lui disait de ne pas l'interrompre.

Jenny essuya les larmes de Gracie et lui caressa les cheveux.

— Qu'est-ce que ta maman t'a dit d'autre, ma chérie ?

— Elle m'a demandé d'être gentille.

— Et tu l'es, ma belle. Et quoi d'autre ?

— Elle m'a aussi dit d'aider papa, parce qu'il allait se retrouver tout seul. Mais je ne sais pas comment l'aider.

— Cela prendra du temps, mais je suis sûre que tu y arriveras. Peut-être en partageant de bons moments avec lui ? Ou en lui racontant les souvenirs que tu gardes de ta maman ?

— Et si je lui dis combien on s'amusait quand on cousait mon patchwork, crois-tu qu'il m'autoriserait à assister à ta classe ?

— Peut-être, répondit Jenny, et s'il n'accepte pas tout de suite, il le fera sans doute plus tard. Tu as le temps. Ta maman comprendrait.

— Je suis contente que tu sois venue me voir, Jenny, dit Gracie avec un sourire adorable. Veux-tu devenir mon amie ?

— Evidemment, ma chérie !

Jenny l'embrassa, la serrant contre son cœur, et ses yeux tombèrent sur Evan qui n'avait pas bougé. Il semblait aussi ému qu'elle. Mais ce qui la toucha le plus, ce fut l'incroyable présence virile qu'il dégageait, teintée d'une tristesse, d'une solitude qui la bouleversaient.

Le père comme la fille la touchaient. De manière différente, mais tout aussi intense…

3

Une heure plus tard, Evan buvait un verre de vin, assis à la table de la salle à manger. La bonne humeur générale finissait par déteindre sur lui, et pourtant il avait du mal à rire avec les autres. En regardant Gracie et Jenny, il n'arrivait pas à oublier la scène dont il avait été témoin plus tôt dans la chambre.

La tristesse de sa fille était poignante et profonde. Sa mère lui manquait. Il l'entendait parfois pleurer la nuit et il ne savait comment la consoler. Pourtant, cette jeune femme quasiment inconnue avait réussi à nouer un lien profond avec elle, et il le lui enviait.

Cette Mlle Collins était vraiment belle, avec ses yeux de biche et sa silhouette de pin-up. Elle l'attirait, et il se répétait que c'était à cause de sa trop longue solitude. Megan et lui n'avaient pas partagé la moindre intimité depuis le début de sa maladie. Si l'on pouvait dire qu'ils en avaient eu une auparavant…

Il avala une gorgée de vin blanc. Le bouquet riche et fruité évoquait l'herbe verte et la prune. Savoir que le raisin venait de ses vignes le remplit de fierté.

— Tout semble si naturel entre elles, fit son père en se penchant vers lui, cela me réchauffe le cœur de les voir ensemble.

— Oui, mais il est tard, répondit-il en reposant son verre.

Gracie, ma chérie, il est l'heure d'aller prendre ton bain et d'enfiler ton pyjama.

La fillette allait protester puis se ravisa.

— Jenny, tu viendras me souhaiter bonne nuit ?

Jenny échangea un regard avec Evan, qui acquiesça.

— Avec plaisir. Va te préparer, je vais aider à débarrasser la table et je monte.

Gracie se leva sans se faire prier et grimpa l'escalier pour aller prendre son bain.

— Le repas était succulent, Sean, dit Jenny. Merci mille fois.

— Alors prenez un autre verre de vin et profitez encore un peu de la soirée, répondit-il.

— Ce serait avec plaisir, mais je dois rentrer en voiture ! Je vais plutôt vous aider à desservir.

Sans tenir compte de ses protestations, elle prit une pile d'assiettes et disparut dans la cuisine.

— Viens dans la cuisine toi aussi, dit Sean à Evan. Que tu sois d'accord ou pas, tu dois parler avec Jenny. Et écoute-la, mon fils.

Il avait pris son ton autoritaire et Evan ne discuta pas. Il détestait l'admettre mais son père avait raison. Il était incapable de rendre Gracie heureuse alors que Jenny semblait connaître la recette miraculeuse…

Dans la cuisine, Matt tournicotait déjà autour de leur invitée, mais Sean y mit bon ordre.

— Ma belle, laissez ces casseroles, c'est le tour de Matt de nettoyer. De toute façon, presque tout va au lave-vaisselle. Evan, pourquoi ne l'emmènes-tu pas marcher un peu dehors, pour lui montrer les vignes ?

— Oh ! c'est inutile, Sean, dit Jenny. Je vais monter embrasser votre petite-fille et je rentrerai chez moi.

— Gracie n'a pas fini de prendre son bain. Profitez plutôt du coucher de soleil. Vous vouliez parler avec Evan, c'est le moment idéal pour ça.

Il les poussa pratiquement dehors et referma la porte derrière eux.

Jenny voyait bien qu'Evan n'avait pas plus envie qu'elle de discuter, et cela la contraria.

— Vous n'êtes pas obligé de me parler, monsieur Rafferty, dit-elle.

— Appelez-moi Evan… Jenny.

Il ouvrit la portière de son pick-up et lui fit signe de monter. Un moment plus tard, ils roulaient vers le sommet de la colline. La soirée était agréable, la température printanière très douce, le ciel calme et beau.

— J'y vais à pied d'habitude, dit-il, mais ça va plus vite en voiture.

— Et ainsi vous pourrez vous débarrasser de moi plus vite ?

Il secoua négativement la tête sans dire un mot. Ils continuèrent de rouler au milieu des vignes, puis il arrêta la voiture et ils se mirent à marcher dans le sentier qui traversait le vignoble.

— Cette promenade est vraiment inutile, Evan, dit-elle. Je suis juste venue pour vous parler, je n'avais pas du tout l'intention de m'immiscer dans votre vie de famille.

Il s'arrêta si brusquement qu'elle le bouscula. Il la retint par le bras et le contact de cette main chaude et solide sur son bras la pétrifia. Leurs regards se croisèrent. Le parfum discret de son après-rasage et celui, plus secret et plus troublant encore, de sa peau, lui firent tourner la tête.

Il marmonna un juron et détourna les yeux. Elle reprit son souffle comme une baigneuse après un plongeon en apnée. Il ôta son Stetson et passa la main dans ses cheveux d'un blond cendré.

— Ecoutez, je ne suis pas aussi sociable que le reste de ma famille. Mais cela n'excuse en rien mon attitude de l'autre jour dans votre boutique. J'ai juste eu peur en découvrant que Gracie avait disparu.

— C'est très compréhensible. Elle n'aurait pas dû partir sans vous prévenir.

— J'ai l'impression qu'elle cherche à s'éloigner de moi.

— Votre petite fille grandit, répondit-elle. Mais son amour pour vous est indiscutable.

— Je n'en suis pas sûr, dit-il pensivement. Nos rapports deviennent de plus en plus difficiles et malaisés. Gracie était très proche de sa mère.

— Cette disparition a dû être une épreuve terrible pour vous deux.

Il baissa la tête comme s'il ravalait une remarque, et se remit à marcher. Ils avancèrent un moment en silence au milieu des vignes. Arrivés au sommet de la colline, ils restèrent immobiles à regarder le versant opposé. Au milieu du vignoble, un espace avait été dégagé. Une structure de bois inachevée s'y dressait, comme le fantôme de ses projets d'avenir avortés deux ans plus tôt.

— Qu'est-ce que c'est ? demanda-t-elle.

— Le chantier du chai.

— Vous avez l'intention de vous agrandir ?

— Plus maintenant.

Il se détourna sans rien ajouter.

— Depuis combien de temps avez-vous ces vignes ? demanda-t-elle.

— La terre appartenait à la famille de mon épouse, les Kercher. Mes beaux-parents ont planté cette vigne il y a six ans. Megan a hérité du ranch à leur mort.

— Et vous êtes donc devenu vigneron du jour au lendemain…

— En réalité, Meg travaillait déjà ici quand nous nous sommes connus. Elle avait passé un diplôme d'ingénieur viticole en Californie. Moi, je suis un cow-boy très ordinaire.

— Il n'y a rien d'ordinaire en vous, Evan Rafferty, dit-elle. Et je suis prête à parier que vous connaissez chacun de vos pieds de vigne.

Il tenta d'ignorer l'impression étrange et assez agréable que lui procurait ce compliment et se remit à marcher.

— Je croyais que vous vouliez me parler de Gracie ?

— Oui, bien sûr. Je voudrais que votre fille assiste à ma classe de patchwork. Je sais qu'il vous est difficile de l'accompagner chaque semaine.

Anticipant ses objections, elle leva la paume pour l'empêcher de parler, et poursuivit :

— Que diriez-vous si nous trouvions une solution à ce petit problème ? Elle tient beaucoup à terminer ce couvre-lit que sa mère a commencé.

— Je ne crois pas que ce soit une bonne idée, dit-il.

— Pour elle ou pour vous ?

— Quelle différence cela fait-il ? répondit-il.

— Une grande différence pour Gracie. Elle traverse une période difficile et son désir de terminer ce patchwork est sa manière d'affronter la perte de sa mère.

— Et comment votre classe pourrait-elle l'aider ?

— Votre fille grandit dans une maison remplie d'hommes. C'est important pour une petite fille d'avoir d'autres femmes à qui parler.

— Qu'est-ce qui fait de vous une telle experte ?

— Le fait que Gracie m'ait choisie ? demanda-t-elle en le regardant droit dans les yeux. Et le fait que j'aie grandi avec une mère qui ne s'est jamais occupée de moi, et les trois fils de mon beau-père qui ont fait de mon enfance un enfer ?

Elle regretta aussitôt de lui avoir fait ces confidences si intimes, mais il était trop tard, et il l'avait vraiment agacée avec son obstination macho. Il ouvrait la bouche pour reprendre la parole mais elle ne lui en laissa pas le temps.

— Ecoutez, je ne vous connais pas, mais je sais que votre fille a besoin d'aide et qu'elle me tend la main. Ne le négligez pas.

— Vous avez raison, vous ne me connaissez pas, et vous ne connaissiez pas Megan non plus.

Son ton brusque lui fit comprendre qu'elle avait dépassé les bornes. Sans doute à cause de la colère que les souvenirs de sa propre enfance éveillaient en elle. Ils revenaient la hanter chaque fois qu'elle voyait un enfant malheureux. Le souvenir de Todd, le plus jeune des fils de son beau-père, et le plus pervers des trois, avait en particulier le don de la faire sortir de ses gonds… Et elle détestait cette réaction.

— Pardonnez-moi, dit-elle en se détournant. Nous devrions rentrer à présent. Gracie se demande sans doute où je suis.

Elle remontait la pente vers la voiture lorsque Evan la retint par le bras.

— Bon sang, Jenny, je ne suis pas la brute que vous imaginez !

— Je ne vous ai jamais traité de brute. Je n'aurais pas dû venir ici.

— C'est un peu tard pour y penser…

Ils grimpèrent dans le véhicule et Evan reprit le chemin du ranch sans ajouter un mot. Elle ne voulait pas se mêler des affaires de cette famille, ni s'attacher à lui. Il lui était déjà arrivé de tomber amoureuse d'un homme encore obnubilé par son premier amour, et elle n'avait aucune envie de recommencer !

Ils retrouvèrent Sean et Matt dans la cuisine.

— Eh bien, vous avez fait vite, dit Sean.

— Je dois rentrer, répondit-elle avec un sourire. Merci mille fois pour ce dîner, c'était vraiment excellent.

— Revenez quand vous voulez, répondit-il avec un grand sourire. Vous serez toujours la bienvenue.

Il la prit dans ses bras et l'embrassa chaleureusement sur les deux joues.

— J'ai été très heureuse de vous rencontrer, Matt, dit-elle quand Sean la relâcha.

— Tout le plaisir était pour moi, répondit Matt en l'embrassant à son tour.

Puis il désigna son frère du menton.

— J'espère que vous ne laisserez pas ce grognon vous éloigner d'ici. N'ayez pas peur, je vous protégerai contre lui.

— Je crois que je suis assez grande pour me protéger toute seule, dit-elle en riant. Bien, maintenant je vais monter embrasser Gracie.

Elle sortit de la pièce, laissant les trois hommes ensemble.

— Ne la repousse pas, mon garçon, dit Sean, pensif. Cette petite est une fille bien. Et à défaut d'autre chose, elle souhaite t'aider avec Gracie.

— Peut-être que je n'ai pas besoin de son aide, répondit Evan.

— Moi, je l'accepterais sans hésiter une seconde, dit Matt.

— Toi, garde tes distances, fit aussitôt Evan. Ce n'est pas ton type de femme de toute façon.

— Elle est ravissante, donc elle est mon type !

— Gracie l'a choisie comme amie, et cela passe avant tout le reste. Cherche ailleurs ta conquête du mois.

Matt regarda son frère avec une certaine surprise, et il lui donna une tape affectueuse sur l'épaule.

— Est-ce un accent de jalousie que j'entends dans ta voix ? Je suis bien content de te voir revenir dans le monde des vivants, mon vieux !

Jenny grattouilla à la porte de Gracie, déjà couchée, et entra dans sa chambre.

— Coucou, c'est moi !

— Jenny, viens t'asseoir près de moi, dit-elle avec enthousiasme.

— D'accord, mais juste une minute, répondit Jenny en la rejoignant. Il est déjà tard.

— Papa s'est-il mis en colère quand tu lui as dit que tu voulais m'aider à finir le patchwork de maman ?

— Non, nous avons discuté un moment. Comment te sens-tu quand tu regardes les affaires de ta maman ?

— Un peu triste et heureuse en même temps, répondit Gracie, troublée. J'aimerais… j'aimerais pouvoir lui parler.

— Je sais, chérie. Peut-être que tu ne peux pas la voir mais qu'elle t'écoute. Si cela te fait du bien de lui parler, alors n'hésite pas.

— Tu crois… ?

La fillette hésita un instant et leva les yeux vers le plafond.

— Maman, papy dit que tu es au paradis et que tu peux m'entendre et me voir. Je voudrais finir ton couvre-lit, mais papa dit que je suis trop petite. Je crois qu'il est triste que tu sois partie.

— C'est bien, ma chérie, dit Jenny. Maintenant, pourquoi ne lui dis-tu pas quelque chose qui te rend heureuse ?

— J'ai eu un A en calcul. Et Carrie m'a demandé de venir chez elle pour une soirée pyjama, mais papa ne veut pas. Il pense que je suis encore un bébé. Jenny, tu peux lui en parler ?

— Oh ! ma belle, c'est entre toi et lui, répondit-elle. J'en suis encore à essayer de le convaincre de te laisser venir à ma classe de patchwork !

— Mais je dois aller à cette soirée pyjama, dit Gracie les larmes aux yeux. Sinon, tout le monde va me traiter de bébé, et je n'aurai aucune copine.

— Bien sûr que non, voyons, dit Jenny avec douceur. Les vraies copines ne se séparent pas pour si peu !

Comment pouvait-elle convaincre une petite fille que la vie lui avait déjà envoyé la pire des épreuves ? Du coin de l'œil, elle vit Evan entrer dans la chambre.

— Que se passe-t-il ? demanda-t-il. Pourquoi pleures-tu ?

— Pour rien, répondit-elle en enfouissant son visage dans le chemisier de Jenny.

— Tu n'as pas l'habitude de pleurer pour rien, dit-il. Dis-moi ce qui ne va pas, et je pourrai peut-être t'aider.

Gracie se redressa dans son lit et essuya ses joues.

— Je voudrais aller à la fête de Carrie, dit-elle.

— Tu es trop jeune, ma puce, répondit-il.

— Toutes les autres filles invitées sont dans ma classe, et Carrie est ma meilleure amie !

— Les meilleures amies sont importantes, dit Jenny, consciente du risque qu'elle prenait. N'aviez-vous pas un meilleur ami vous aussi ?

— Tu pourrais inviter tes amies ici, répondit-il, ignorant cette remarque.

— Vraiment ? Tu es sérieux ?

— Oui, bien sûr.

— Une soirée pyjama, dit Gracie folle de joie. Je vais avoir ma propre soirée pyjama !

Jenny remarqua avec amusement l'embarras d'Evan. Le pauvre avait accepté que sa fille invite ses copines et il se retrouvait avec une soirée pyjama sur les bras !

— En réalité, dit-il, ce n'est peut-être pas une très bonne idée, aucune femme n'habite ici. Peut-être que les parents de tes amies ne seront pas d'accord.

— Et Jenny ? Elle pourrait venir, répondit Gracie.

— Je ne suis pas certaine que ton père en ait très envie, dit-elle.

— En fait, c'est une bonne idée, répondit-il. Vous pourriez organiser ça avec les fillettes de votre classe de couture et travailler sur le patchwork de Gracie…

— Oh ! papa, non ! On ne fait pas de la couture dans une soirée pyjama ! On se maquille, on se coiffe, on se met du vernis à ongles, et on regarde des films toute la nuit.

L'air totalement perdu, Evan jeta à Jenny un regard empreint de panique qui l'amusa beaucoup.

— Eh bien… Jenny, qu'en dites-vous ?

— J'en dis que nous devons en discuter tous les deux. Ma grande, tu dois dormir à présent, il est tard.

— Entendu. Merci, Jenny. Et merci, papa.

Après l'avoir embrassée, ils sortirent de la chambre. Jenny

descendit sans attendre et attrapa son sac à main posé sur la table du vestibule.

— Jenny, attendez, s'exclama Evan en la voyant franchir la porte.

— Que voulez-vous encore, Rafferty ? demanda-t-elle en se retournant.

— Pourquoi êtes-vous fâchée contre moi ? Ce n'est pas moi qui vous ai demandé de venir vous mêler de la vie de ma famille, alors ne sortez pas de vos gonds parce que ma fille commence à tenir à vous !

— Peut-être tout cela devrait-il vous mettre la puce à l'oreille, répondit-elle en croisant les bras sur la poitrine.

— A quel sujet ?

— Au sujet de votre sexisme ! Si Gracie était un garçon, je suis certaine que vous le laisseriez passer la nuit chez un copain.

Il ouvrit la bouche pour nier, et la referma en comprenant qu'elle avait raison.

— C'est différent avec un garçon.

— J'ai entendu cette remarque si souvent que je pourrais hurler ! Alors laissez-moi vous dire ceci : si vous aviez un garçon, ne l'accompagneriez-vous pas chaque semaine pour son entraînement de base-ball ? La classe de patchwork de votre fille, c'est la même chose. Accordez-lui ce temps de loisir, et vous ne le regretterez pas.

Une nouvelle fois, il ouvrit et referma la bouche sans rien dire. Elle réprima son envie de rire.

— Bon, vous avez raison, dit-il enfin. Gracie assistera à votre classe samedi prochain.

— Ne vous inquiétez pas, Rafferty. Je m'arrangerai pour que ce soit aussi peu douloureux que possible.

Elle lui adressa un sourire et reprit la direction de sa voiture.

Elle avait remporté sa bataille !

4

L'après-midi du samedi suivant, Jenny se surprit à regretter d'avoir eu cette idée lumineuse. Un groupe de fillettes, entre sept et douze ans, courait en tous sens, remplissant la boutique d'un brouhaha de volière, entrecoupé toutes les deux minutes d'un strident cri d'excitation. Sa suggestion d'aller s'installer à la table de l'annexe fut totalement ignorée. Heureusement que les mères et deux bénévoles venaient lui prêter main-forte !

Son amie Allison, la propriétaire de la boutique, entra à son tour, et elles se rendirent ensemble jusqu'à la nouvelle salle.

— Oh ! Jenny, c'est magnifique, dit la petite rousse en admirant les rayonnages. Tu as merveilleusement réussi à aménager cet espace.

— Millie m'a beaucoup aidée.

Elles avancèrent jusqu'au coin réservé aux classes. Chaque participante avait un casier à son nom pour ranger son travail.

— J'ai pensé qu'en gardant leur ouvrage ici, elles courraient moins de risque de le salir ou de le perdre, dit Jenny. Et voici le coin des couturières.

Elle désigna la grande table ronde devant la baie vitrée.

— A-t-il déjà été revendiqué par des clientes ? demanda Allison.

— Quelques amies de Millie sont venues hier. On leur

a offert un café et elles ont feuilleté des livres de modèles. Nous verrons ce que cela donnera.

— Cela pourrait prendre du temps, mais c'est un bon début. Et maintenant, non contentes d'encourager nos clientes, nous formons la relève !

— Je crois que je devrais justement m'occuper de cette future génération avant que le magasin soit mis à sac, dit Jenny en riant.

Elles rebroussèrent chemin dans la pièce principale et Jenny claqua les mains pour faire le silence.

— Bonjour les enfants. Et bonjour mesdames, dit-elle d'une voix ferme.

— Bonjour, mademoiselle Jenny, répondit le groupe à l'unisson.

— Etes-vous prêtes à commencer ?

— Oui !

Voir tous ces jeunes visages tournés dans sa direction lui gonfla le cœur de regrets. Son métier d'enseignante lui manquait vraiment !

— Très bien. Je vois que la plupart d'entre vous ont apporté leur tissu. Pour celles d'entre vous qui n'en ont pas assez, vous trouverez dans ces rayonnages tout ce qu'il vous faudra, ainsi que le matériel nécessaire. Alors maintenant, commençons à travailler. Nous ne ferons peut-être pas beaucoup de couture aujourd'hui, mais nous pouvons déjà couper nos morceaux de tissus.

Alors que le groupe commençait à travailler, elle passa bavarder avec chaque fillette et sa mère. Elle fut contente de voir que Kasey Perry, la fille de la directrice de l'école, était bien là, accompagnée de sa grand-mère Beth Staley, une habituée du magasin. Cherry, la fille d'Allison, était présente également. En revanche, Gracie n'était pas là. Evan avait-il changé d'avis ?

Cette absence ne passa pas inaperçue.

— La petite Rafferty n'est pas là ? demanda Allison.

— J'ai pourtant tout fait pour la faire venir, répondit Jenny. J'ai même proposé d'aller la chercher.

— C'est un trait de caractère touchant chez toi, Jenny Collins, dit son amie avec un sourire ému. Tu es prête à accorder ton aide à tout le monde, même à ceux qui n'en veulent pas.

Elle n'avait pas fini sa phrase que la clochette de la porte d'entrée retentit et Gracie Rafferty entra en courant dans la boutique.

— Je suis très en retard ? demanda-t-elle, tout essoufflée.

— Non, on vient juste de commencer, répondit Jenny, ravie. Tiens, assieds-toi ici, près de Cherry.

L'enfant avait l'air radieuse en prenant place derrière la machine à coudre. Jenny l'avait placée là à dessein, sachant qu'elle aurait besoin de l'aide d'Allison pour réaliser le motif très complexe de son patchwork.

Quand Evan apparut à son tour, Jenny fut très agacée de sentir son cœur s'emballer dans sa poitrine. Il était si sexy dans ce jean et ce T-shirt qui moulait des abdominaux irréprochables et des pectoraux impressionnants ! Il incarnait tous ses fantasmes de cow-boys ! Ceux des autres femmes présentes également, à en juger par la fébrilité qui parcourut le groupe devant cette apparition.

Il approcha de la table et y déposa un grand sac en papier d'où il sortit le patchwork inachevé que Jenny avait déjà aperçu dans la commode en cèdre. Il salua le groupe d'un signe de tête et elle le raccompagna vers la porte.

— Merci, Evan, d'avoir laissé Gracie se joindre à notre groupe, dit-elle en baissant la voix.

— Je ne reviens jamais sur ma parole, Jenny. J'espère que vous non plus.

Il la contempla. Elle lui évoquait une bouffée d'air frais par une journée de grand soleil. Elle avait noué ses cheveux blonds en queue-de-cheval et portait un pull jaune et une jupe imprimée qui semblait danser le long de ses formes voluptueuses.

Il n'avait cessé de penser à elle durant toute la semaine. Et cela commençait à l'inquiéter.

— Ma fille n'a pas arrêté de parler de vous et de sa soirée pyjama, dit-il. Si vous n'avez pas le temps, prévenez-moi un peu à l'avance.

— La vraie question, c'est de savoir si vous êtes prêt à voir votre maison envahie par une demi-douzaine de gamines surexcitées… et par moi.

— Je ne suis pas sûr, mais je ferai mon possible, répondit-il. A quelle heure se termine votre classe ?

— Dans deux heures.

— Très bien. Je repasse tout à l'heure.

Il fit un signe d'adieu à sa fille et sortit de la boutique.

Elle le suivit du regard, comme toutes les adultes de la pièce. Cet homme ne se rendait même pas compte de son incroyable sex-appeal ! Allison se matérialisa brusquement à côté d'elle.

— Bon, alors, que se passe-t-il exactement ?

— Rien du tout, répondit Jenny en rougissant.

— Tu espères que je vais te croire, après avoir vu les étincelles de sensualité qui crépitent autour de vous ?

— Tu plaisantes ? répondit Jenny en rougissant de plus belle. Je le connais à peine ! Et il est hors de question que je m'amourache d'un autre cow-boy.

— Brian n'était pas fait pour toi, dit Allison, mais je t'imagine bien avec quelqu'un comme Evan Rafferty.

— Il ne se passera rien entre nous. Il vient de perdre son épouse, et, de toute façon, je retourne prochainement à San Antonio.

— J'espérais que tu voudrais t'installer ici définitivement. Et quel meilleur moyen pour cela que de rencontrer un homme bien ?

A trente-deux ans, Jenny aurait bien voulu que cela lui

arrive. Allison avait eu cette chance. Divorcée et mère d'une fillette gravement blessée dans un accident, elle avait eu la chance de rencontrer le bel Alex Casali. Désormais, ils étaient mariés et avaient des jumeaux d'un an et demi. Cherry avait surmonté ses blessures et marchait de nouveau. Un vrai conte de fées devenu réalité. La chance lui sourirait-elle un jour de la même manière ? En tout cas, décidée à ne pas suivre l'exemple de sa mère, elle s'était juré de rester célibataire si le destin ne lui faisait pas rencontrer l'homme de ses rêves !

Plus le temps passait, plus elle se demandait si son prince charmant existait réellement…

— Qu'est-ce qui te fait dire qu'Evan Rafferty est un homme bien ? demanda-t-elle.

— Il a été admirable avec sa femme durant toute sa maladie. C'est un homme intègre, loyal et travailleur.

L'image du ranch Triple R lui revint à la mémoire. Il n'y avait aucun doute qu'Evan et son épouse y avaient beaucoup travaillé. Elle se rappela le chantier interrompu du chai, et cela lui fit penser au patchwork inachevé de Gracie. La petite fille se cramponnait à son rêve, mais son père semblait avoir renoncé à tous les siens…

Les deux heures s'écoulèrent rapidement, et, bien que fatiguée, Jenny se sentait revigorée par l'énergie des enfants. Pourtant, elle était perplexe devant la complexité du couvre-lit de Gracie. Jamais la petite fille n'arriverait à terminer un motif aussi compliqué, qui requérait une longue expérience.

Alors que les fillettes rangeaient leur matériel, Cherry, qui avait sympathisé avec Gracie, se tourna vers sa mère.

— Maman, est-ce que Gracie peut venir faire du cheval avec nous demain ?

— Bien sûr, répondit Allison, si son père est d'accord.

— Il ne voudra sûrement pas, dit tristement Gracie. Il ne me laisse aller nulle part toute seule.

— Pourquoi ne pas lui poser la question ? dit Jenny.

— Me poser quelle question ?

Elles se retournèrent d'un bloc et découvrirent Evan.

— Papa, dit Gracie en lui prenant la main. Voici Cherry, ma nouvelle amie.

Il salua la petite fille et se tourna vers Jenny.

— Et je vous présente Allison Casali, dit Jenny. Allison, voici Evan Rafferty.

— Très heureux de faire votre connaissance, madame Casali, dit-il en lui serrant la main. J'ai discuté avec votre mari il y a un instant.

— Appelez-moi Allison, je vous en prie.

— Papa, dit Gracie, Cherry m'a proposé de venir chez elle pour faire du cheval.

— Je crains que ce ne soit pas possible maintenant, répondit-il. Nous devons rentrer au ranch.

Allison vit la déception des deux enfants et reprit la parole :

— Allez, les filles, rangez votre ouvrage dans un casier et faites attention que votre nom soit bien écrit dessus.

Elle attendit qu'elles se soient éloignées et se retourna vers lui.

— Nous avons l'habitude de faire de l'équitation le dimanche après-midi, c'est une récompense pour les difficultés que ma fille a affrontées durant sa rééducation, après l'accident de voiture qui l'a laissée paralysée. Cela lui ferait très plaisir que Gracie vienne. Bien sûr, vous êtes invité vous aussi. Mon mari sera là, et Jenny aussi. Elle travaille dur dans cette boutique, elle a besoin de se détendre. Vous ne pouvez pas savoir combien votre présence rendrait Cherry heureuse.

— Je vais réfléchir, dit-il, hésitant.

Allison gribouilla son numéro de téléphone sur un bout de papier et le lui tendit.

— Nous avons l'intention d'aller jusqu'à la rivière Lucky pour pique-niquer. Si vous décidez de venir, nous partirons vers 11 heures.

Il avait été pris de court par cette invitation. Il jeta un œil à Jenny. Il ne devait pas passer davantage de temps en sa compagnie. Elle avait déjà pris, et rapidement, une place bien trop importante dans sa vie…

Quand les fillettes revinrent les rejoindre, il vit une étincelle de joie dans les prunelles de sa fille qu'il n'avait plus vue depuis très longtemps. En fallait-il si peu pour la rendre heureuse ? En tout cas, cela donna un méchant coup à son intention de décliner l'invitation !

— A la réflexion, je pense que nous devrions pouvoir venir, dit-il.

— Oh ! merci papa ! dit Gracie en lui tendant les bras.

Il se pencha pour l'embrasser, et la force de ces petits bras autour de son cou lui serra violemment le cœur.

— Ce n'est rien, ma chérie.

Il prit congé d'Allison, et Jenny le raccompagna jusqu'à la porte de la boutique.

— On dirait que la vie sociale de ma fille est devenue trépidante depuis que vous êtes entrée dans notre vie, fit-il. N'espérez pas qu'il en sera de même pour la mienne…

— Ecoutez, Rafferty, vous venez d'accepter l'invitation d'Allison, alors contentez-vous de passer un bon moment sans chercher absolument à vous montrer plus bougon que vous ne l'êtes !

Elle lui serra la main avec un sourire taquin et il se surprit à y répondre.

Ce pique-nique serait sans aucun doute une véritable corvée. Mais il avait hâte d'y être…

Le lendemain, il faisait un temps merveilleux lorsque Jenny arriva au ranch Casali. Aller à ce pique-nique était une très mauvaise idée. Elle fréquentait déjà bien trop cet Evan Rafferty. Pourtant, elle avait été incapable de trouver une excuse pour décliner l'invitation d'Allison. Pire encore, elle était impatiente d'arriver.

Elle devenait folle…

Brian Perkins sortit du manège au moment où elle descendait de voiture. Cela faisait neuf mois qu'ils ne s'étaient pas vus, et il lui adressa un sourire sexy en redressant son chapeau. Avec son mètre quatre-vingt-dix, ses épaules larges et son teint bronzé, il était toujours diablement beau !

— Salut, beauté ! Ça fait plaisir de te revoir.

Elle s'attendait à un pincement douloureux au cœur, mais rien ne se produisit. Elle était simplement contente de revoir un vieil ami.

— Salut, cow-boy. Comment ça va ?

Il la serra dans ses bras et elle se retrouva plaquée contre l'acier de son torse musclé.

— Tu m'as manqué, dit-il en l'embrassant sur les deux joues.

— C'est gentil.

— Tu me détestes toujours ? demanda-t-il en la relâchant.

— Tu ne tournes pas autour du pot, toi, fit-elle en riant. Ne t'inquiète pas, Perkins, je me suis remise de notre aventure il y a longtemps.

Ils avaient eu une liaison deux ans plus tôt, lorsqu'elle était venue passer l'été chez Allison, et leur relation avait été assez intense. A l'époque, Brian, qui venait de divorcer, souhaitait consacrer du temps à ses enfants adolescents, alors que de son côté, elle voulait fonder une famille. Des aspirations bien contradictoires qui n'avaient pas tardé à les opposer. Avec le recul, elle avait compris que la beauté virile et la séduction innée du beau cow-boy avaient réveillé ses fantasmes et lui avaient fait perdre la tête. Son cœur avait suivi le mouvement, et leur rupture l'avait fait souffrir. En réalité, ils étaient trop différents pour tomber réellement amoureux l'un de l'autre…

Il lui fit un clin d'œil qui, autrefois, l'aurait fait craquer, et qui aujourd'hui la fit juste sourire.

— Alors je suis si facile que ça à oublier ? dit-il.

— J'ai l'impression que je l'ai été moi aussi, non ?

— Jamais de la vie. Nous n'étions pas faits l'un pour l'autre, c'est tout. Mais je tiens beaucoup à toi et je n'ai jamais voulu te faire du mal. Un jour, un type bien gagnera le gros lot, Jenny !

Un cri enfantin la fit se retourner. Gracie courait dans leur direction, suivie par Evan.

— Bonjour ma belle, dit-elle en prenant la fillette dans ses bras. Comment vas-tu ? Bonjour, Evan. Brian Perkins, voici Evan Rafferty et sa fille Gracie. Brian est l'assistant d'Alex pour l'élevage de bétail.

Les deux hommes échangèrent une poignée de main sans un sourire.

— Belle journée pour une promenade, dit Brian.

— Oui, répondit Evan.

Ils se toisèrent du regard sans ajouter un mot. Quelle mouche les avait donc piqués ?

— Brian et Alex élèvent aussi des chevaux, dit-elle.

Evan acquiesça sans desserrer les dents.

Heureusement, les Casali les rejoignirent et leur arrivée brisa la glace.

— Bonjour tout le monde, dit Allison.

— Papa, voici Gracie Rafferty, dit Cherry en prenant la main de sa camarade.

— Bonjour, monsieur Casali, dit Gracie. Merci de m'avoir invitée aujourd'hui.

— C'est un plaisir, répondit Alex en lui serrant la main. Les amies de Cherry sont toujours les bienvenues chez nous. Jenny, comment vas-tu ? On ne te voit pas assez souvent chez nous. Bonjour Evan. Ça me fait plaisir de vous voir.

— Bonjour, Alex, répondit ce dernier. Merci de nous avoir invités. Ma fille ne parle que de ça depuis hier.

Il jeta un regard en biais vers Jenny et Brian. Ces deux-là semblaient bien proches un instant plus tôt. Et alors ? En quoi cela le concernait-il ?

Alex entraîna le groupe vers le manège où se trouvaient leurs chevaux déjà sellés. Evan et Jenny fermaient la marche.

— Votre petit ami nous accompagne ? demanda-t-il.

— Sans doute pas, répondit-elle sans lui accorder un regard.

Il jura intérieurement. Que Jenny Collins ait un amant ne le regardait pas et il devait cesser de penser à elle. Cette journée était consacrée à sa fille et à personne d'autre !

5

— Voici Cannelle, dit Cherry en montrant une petite jument baie. C'est la mienne. Et voilà Speckles, que tu vas monter.

— Oh ! elle est très belle, dit Gracie.

Evan savait que sa fille n'avait rien d'une écuyère aguerrie et il tourna un regard interrogateur vers Brian.

— C'est une jument très douce, dit celui-ci. Je l'ai dressée en personne. Je vous ai sellé Diego. Il peut être rapide, et il a de l'endurance.

Il désigna un grand mâle à la robe noire.

— L'avez-vous dressé lui aussi ?

Il avait été incapable de cacher le sarcasme de sa voix, et il vit Brian tressaillir presque imperceptiblement.

— En réalité, c'est moi qui ai dompté pratiquement tous les chevaux de l'écurie. Et puisque vous semblez vous poser des questions, ajouta-t-il assez bas pour ne pas être entendu des autres, Jenny et moi sommes sortis ensemble il y a quelque temps. Nous sommes toujours amis, et je tiens à elle. Si une brute lui fait du mal, cela me mettra très en colère. Sa famille a déjà fait assez de dégâts…

Le sous-entendu était très clair et Evan acquiesça.

— Dommage pour vous que vous ayez raté votre chance.

Brian le regarda droit dans les yeux quelques longues secondes sans sourciller, puis il s'éloigna pour aider les autres. Evan soupira. Qu'est-ce qui lui prenait de se comporter en macho jaloux avec cet inconnu ? Comme si Jenny jouait le moindre rôle dans sa vie amoureuse !

— Je perds complètement l'esprit, murmura-t-il en vérifiant les sangles.

Des éclats de rire le tirèrent de sa morosité. Relevant le nez, il vit Jenny déjà en selle qui se tournait vers lui, superbe avec l'auréole dorée de ses cheveux qui brillaient au soleil.

— Allez, dépêchez-vous, Rafferty ! Nous n'allons pas passer la matinée ici !

Il se rendit compte que tout le monde l'attendait et monta à son tour.

— En avant ! dit-il.

— On va bien s'amuser, papa, dit Gracie.

Sa fille n'avait pas été aussi heureuse depuis des années, et cette constatation lui serra le cœur. Il se tourna vers Jenny. Peut-être qu'il avait besoin de son aide, finalement...

Ils arrivèrent à la rivière vingt minutes plus tard. Les chênes formaient un dais de verdure au-dessus de l'eau, et les flots rebondissaient sur de gros rochers lisses dans un joyeux bruit de cascade. Jenny mit pied à terre. Le cadre était ravissant. L'endroit idéal pour un pique-nique.

Allison étendit une couverture sur l'herbe et Alex ouvrit les deux gros sacs de toile qu'il avait apportés sur son cheval.

— Je me demande ce que Tilda nous aura préparé pour déjeuner, dit-il.

L'employée de maison du ranch Casali avait emballé de nombreuses victuailles dans des boîtes en plastique étanches. La première contenait d'exquis sandwichs au poulet et aux crudités. Les fillettes affamées en prirent chacune un, et allèrent s'asseoir sur un rocher pour manger en bavardant. Les adultes restèrent sur la couverture et firent honneur au festin préparé par Tilda.

Ils mangèrent tranquillement en discutant, les rires des

filles ponctuaient leur conversation à intervalles réguliers. C'était vraiment un moment très agréable.

Lorsque le repas fut fini, Cherry et Gracie s'éloignèrent pour aller jouer. Jenny étouffa un bâillement et jeta un œil à Evan. Il semblait toujours aussi tendu. Que pouvait-elle faire pour l'aider à se relaxer ?

— Allison et moi allons marcher un peu pour digérer, dit Alex en se levant. Vous surveillez les filles ?

— Bien sûr, répondit Jenny.

Elle leur aurait bien demandé de rester, mais sous quel prétexte ? D'ailleurs, quelque chose lui disait qu'ils ne la laissaient pas seule avec Evan sans quelques arrière-pensées. Soudain, elle ne sut plus de quoi parler avec lui.

— Heu… vous ne trouvez pas que c'est un bel endroit ?

— Oui, dit-il sans se dérider. Tout est beau ici. Les Casali ont un magnifique ranch. Evidemment, c'est plus facile de travailler dur quand on est deux à partager les objectifs.

Pensait-il à Megan ? Bien sûr. Ils avaient été mariés et devaient s'aimer à la folie…

— C'est terrible de reprendre seul la route quand on a perdu celle avec qui on a partagé ses rêves, dit-elle doucement.

— Parfois, on ne partage pas tant de rêves que ça, répondit-il d'un air énigmatique. Votre liaison avec Perkins était une histoire sérieuse ?

— Brian ? demanda-t-elle, déconcertée par le brusque changement de sujet. Non, pas vraiment. Cela s'est arrêté quand je suis retournée en ville pour reprendre mon travail.

— Votre travail de professeur de lettres…

— Oui. Dans un collègue de San Antonio.

— Ce n'était pas mon cours préféré, dit-il sur le ton de la confidence. Mais si vous aviez été mon professeur, j'aurais sans doute fait davantage d'efforts.

Sa voix grave et intense la fit frissonner et elle détourna les yeux.

— Que s'est-il passé pour que vous quittiez votre collège et que vous reveniez ici ? demanda-t-il.

Elle n'avait pas honte des raisons qui l'avaient motivée et elle lui raconta l'histoire de Luis.

— Cela ne m'étonne pas que votre élève soit passé avant votre carrière dans l'ordre de vos priorités, dit-il quand elle eut terminé.

— C'est mon travail, répondit-elle en haussant les épaules. Il faut bien que quelqu'un soit de leur côté.

— Et vous, qui est de votre côté, Jenny Collins ? demanda-t-il en lui prenant la main.

Ce contact la fit frémir et elle eut du mal à garder l'esprit clair.

— Eh bien… mes amis. Allison, par exemple.

— Vous n'avez jamais eu quelqu'un de spécial, en dehors de Perkins ?

— On ne peut pas dire que vous brilliez par votre subtilité, dit-elle avec un petit rire gêné.

— Je n'ai jamais été très doué pour les discours, admit-il en souriant.

Elle le contempla avec méfiance. Il devait au contraire savoir se montrer très persuasif lorsqu'il le souhaitait. Et elle n'aurait pas été mécontente qu'il le souhaite, même si le jeu était décidément trop dangereux.

— Etes-vous en train de flirter avec moi ? lui demanda-t-elle.

— Je fais juste la conversation.

Le retour des fillettes les interrompit et ils se redressèrent en s'écartant l'un de l'autre. Gracie tomba sur la couverture devant son père.

— Papa, Cherry me propose de passer la nuit chez elle. Nous n'avons pas école demain, et ses parents ont dit que ce n'était pas un problème si tu es d'accord. Dis oui, s'il te plaît !

Elle le fixa de ses grands yeux suppliants et Jenny vit qu'il luttait pour ne pas refuser.

— Tu es certaine que cela ne dérange pas ses parents ?

— Absolument, dit Allison en les rejoignant. Les filles ont la même taille et Cherry pourra lui prêter des vêtements de rechange. Je pourrais la ramener chez vous demain matin.

Les deux fillettes se tournèrent vers lui et attendirent sa réponse avec un silence lourd d'espoir .

— D'accord, tu peux passer la nuit chez Cherry, dit-il enfin.

Gracie lui sauta au cou et l'embrassa fougueusement sur la joue.

— Oh ! merci papa ! C'est super !

L'heure du retour était arrivée. Ils remballèrent les restes de leur pique-nique dans les sacs, et les rechargèrent sur le cheval d'Alex.

Celui-ci s'approcha d'Evan et lui adressa un sourire plein de complicité.

— C'est la première fois la plus difficile, lui dit-il tout bas. Nous voulons tous protéger nos petites filles, et tout ce qu'elles désirent est de devenir indépendantes. Ce n'est pas un secret que vous et Gracie avez vécu des épreuves pénibles. C'est bien de la laisser progressivement voler de ses propres ailes.

— Elle change très vite, répondit Evan. Je ne sais pas toujours comment répondre à ses demandes.

— Les femmes…, dit Alex. On a du mal parfois à les comprendre, mais il faut bien dire que sans elles, la vie serait beaucoup moins intéressante.

Evan ne pouvait détacher les yeux de Jenny qui aidait les enfants à rassembler leurs affaires. Sentant sans doute son regard, elle se retourna et lui adressa un sourire qui le réchauffa jusqu'au plus profond de son être. Il détourna la tête avec difficulté et surprit Alex qui l'observait.

— Jenny est une chic fille avec un cœur en or, dit-il. Je n'aimerais pas la voir encore souffrir.

— Je n'ai aucune intention de la faire souffrir, répondit Evan.

Et pour cela, il y avait une technique imparable : rester le plus possible loin d'elle. Il se promit mentalement de suivre ce programme à la lettre.

Plus tard ce soir-là, Evan s'installa sur un tabouret du Rory's Bar où travaillait son père. Peut-être à cause de l'absence de sa fille, il n'avait pas réussi à rester tranquillement chez lui après la journée passée avec les Casali. Il avait eu envie de sortir, ce qui ne lui était pas arrivé depuis bien longtemps.

— Je te sers une autre bière ? lui demanda son père qui s'activait derrière le bar.

— Non, merci.

— Tu devrais venir ici plus souvent.

— Traîner dans les bars n'a jamais été trop mon style, lui répondit-il. Et d'habitude, je dois m'occuper de Gracie.

— Et tu t'es marié très jeune, et elle est née tout de suite après.

La naissance était effectivement arrivée sept mois après les noces. Evan se rappelait encore le retour de Megan de l'université, jeune diplômée pleine de projets d'avenir. Lui travaillait au ranch Merrick pour gagner un peu d'argent. Ils étaient sortis quelque temps ensemble, et Megan était tombée enceinte. Il l'avait épousée par devoir, et ils avaient emménagé dans les communs du ranch de ses beaux-parents.

— Tu vois, rencontrer des gens ne m'a jamais apporté que des ennuis, dit-il.

— Tu as grandi depuis cette époque, répondit son père qui avait suivi le cheminement de sa pensée. De toute façon, tu ne peux pas regretter d'avoir une fille aussi adorable.

— Je regrette beaucoup de choses mais certainement pas d'avoir Gracie. Je sais que je ne suis pas doué pour lui manifester mon affection, mais je l'aime plus que tout au monde.

— Et moi, je n'aime pas dire du mal des morts, mais Megan ne t'a pas aidé à établir un lien affectif avec la petite.

Evan avala une gorgée de sa bière. Il n'avait pas envie de ruminer le passé. Il avait pourtant essayé de se rapprocher de son épouse, sans grand résultat. S'ils avaient été fous amoureux au moment de leur mariage, peut-être auraient-ils réussi à établir les bases d'une véritable relation de couple entre eux ? Et à devenir à parts égales parents de leur fille ? Il avait fait tout son possible, mais Megan ne s'était pas montrée très réceptive…

— Peut-être que si la situation avait été différente…

— On ne peut pas refaire le passé, dit Sean, inutile d'y revenir. Préoccupe-toi plutôt de l'avenir et essaye de rencontrer quelqu'un d'autre.

— Je dois avant tout me concentrer sur ma fille.

— L'un n'empêche pas l'autre, et si tu tombais amoureux d'une chic fille, cela pourrait aider Gracie. Tu n'as que trente-trois ans, Evan. C'est normal que tu aies envie d'avoir une relation amoureuse.

— N'a-t-on pas eu cette conversation quand j'avais treize ans ?

Sean éclata de rire.

— Tu ne m'as pas beaucoup écouté à l'époque non plus. Ne renonce pas à ta vie amoureuse, mon garçon. C'est mon conseil.

— Pourquoi ne l'as-tu pas suivi lorsque maman nous a quittés ?

— Je suppose que je n'avais pas le temps, ou alors l'opportunité ne s'est jamais présentée. On dirait que tu as plus de chance que moi, dit-il en regardant vers la porte avec un grand sourire.

Evan se tourna et découvrit Jenny. Il ne voulait pas la voir là. Il ne voulait pas que son cœur batte soudain plus vite, ni que son estomac se noue simplement en la regardant ! Pourtant, cela lui arrivait chaque fois qu'ils se rencontraient…

Et ce n'était pas bon signe pour lui.

Quittant ses vêtements de la journée pour enfiler un T-shirt et un jean, Jenny se trouvait stupide. Elle voulait juste un sandwich et quelques frites, se répétait-elle en passant une paire de sandales. Que le pick-up d'Evan Rafferty soit garé devant le Rory's Bar & Grill n'avait aucun rapport avec sa décision d'y aller.

Ce fut pourtant d'une main fébrile qu'elle en poussa la porte. A l'intérieur, un bar en forme de L occupait la partie droite de l'établissement. Sur la gauche, des banquettes en épis formaient des petits box où les clients pouvaient dîner plus tranquillement. C'était un endroit agréable, tout de bois, avec un éclairage chaleureux qui lui donnait une atmosphère confortable.

— Bonsoir, dit-elle un peu essoufflée.

Evan était beau comme un dieu avec sa chemise de coton et son jean propre. Lui aussi avait pris une douche, à en juger par ses cheveux blonds encore humides.

— Jenny, dit-il avec un signe de la tête.

— Bonsoir, Sean.

— Bonsoir Jenny. Vous êtes belle à croquer ce soir ! Vous avez enfin décidé de venir tester notre cuisine ?

— Oui, j'ai entendu dire le plus grand bien de votre sandwich barbecue.

— C'est le meilleur, dit Sean. Que voulez-vous d'autre ?

— Une assiette de frites. Vous pouvez m'emballer tout ça pour que je l'emporte ?

— Vous n'allez pas dîner toute seule chez vous, dit-il, outré. Evan allait dîner lui aussi. Allez tous les deux vous installer dans un box, je vous sers dès que c'est prêt. Que voulez-vous boire ?

— Eh bien… la même chose qu'Evan.

En réalité, elle n'était pas très sûre que ce soit une bonne idée, et Evan parut comprendre son dilemme.

— Nous ferions mieux de faire ce qu'il dit, dit-il en baissant la voix. On ne pourra pas sortir d'ici avant d'avoir dîné.

— Je ne veux pas m'imposer. Ne vous sentez pas obligé de rester avec moi…

— M'avez-vous entendu me plaindre ?

Il lui fit signe de le suivre et la conduisit jusqu'à une banquette où elle prit place. Il s'installa en face et ils restèrent quelques secondes sans savoir quoi dire.

— Alors c'est comme ça que vous passez votre soirée libre ? demanda-t-elle.

— Que voulez-vous dire ? Vous pensez que je suis là pour flirter ? Désolé de vous décevoir, mais je préfère passer un moment tranquille à boire un verre et bavarder avec mon père.

— C'est triste d'être célibataire, n'est-ce pas ? dit-elle avec une grimace.

— Vu d'où je suis, pas si triste que ça, répondit-il.

Son sourire en coin la fit délicieusement frémir.

— Vous dites ça à toutes vos conquêtes ?

— Vous me confondez avec Matt. Je sors très peu.

— Votre épouse vous manque toujours…

Il balaya son observation d'un geste de la main et secoua la tête.

— Je me préoccupe surtout de ma fille. Nous n'avons jamais été très proches. Elle s'entendait mieux avec sa mère.

— Vous faites pourtant des efforts, dit-elle en jouant avec son verre. Vous la laissez assister à ma classe.

— Et vous m'avez convaincu de la laisser organiser une soirée pyjama. Je n'arrive pas encore à comprendre comment vous avez réussi ! Merci en tout cas d'accepter de m'aider.

Il hésita un instant et reprit la parole :

— Il y a autre chose que je voulais vous dire. Je n'avais pas à me mêler de votre histoire avec Perkins. Excusez-moi.

— Excuses acceptées, répondit-elle en souriant. Et pour être tout à fait honnête, cette liaison n'a été sérieuse que dans mon esprit. Brian est un chic type ; pourtant, je crois que j'ai été plus amoureuse de l'amour que de lui !

Il hocha la tête avec une expression mélancolique, comme… comme s'il regrettait quelque chose. Mais quoi ? Se pouvait-il que sa relation avec Megan n'ait pas été aussi idéale que tout le monde le disait ?

Avant qu'il ait pu répondre, Sean les rejoignit avec deux assiettes et les déposa sur leur table. Il les abandonna aussitôt pour retourner derrière son comptoir et elle attrapa son sandwich avec gourmandise.

— Mmh ! Cela sent rudement bon !

— Mon père ne raconte pas d'histoires quand il affirme que ce sont les meilleurs sandwichs barbecue du coin, répondit-il.

Il l'observa mordre à pleines dents dans le sandwich. Un peu de sauce lui coula sur le menton et il attrapa sa serviette.

— Vous avez de la sauce, là…

Elle s'immobilisa pendant qu'il lui essuyait le menton. Pendant quelques secondes, leurs regards se croisèrent sans pouvoir se détacher.

— Bon sang, dit-il enfin d'une voix sourde. Mangez avant qu'on se retrouve vraiment dans les ennuis jusqu'au cou…

Vingt minutes plus tard, elle repoussait son assiette à moitié terminée avec un soupir de satisfaction.

— Je suis repue ! Je ne pourrais plus rien avaler d'autre. Je me demande comment vous avez fait pour terminer le vôtre.

— J'avais plus faim que je ne le croyais, répondit-il.

Et il n'avait pas seulement faim de nourriture. La direction que prenaient ses pensées le mit mal à l'aise.

— Je m'en veux de mettre un terme à cette soirée, dit-il,

mais je me lève tôt demain matin. Je dois aider mon frère avec le bétail.

— A mon avis, le lundi devrait être un jour de congé, dit-elle en reposant sa serviette. D'un autre côté, même si c'était le cas, je me lèverais quand même très tôt. J'aime trop le petit jour.

— Je suis comme vous.

Il se leva et déposa quelques billets sur la table. Quand elle fit mine de sortir son portefeuille, il l'arrêta d'un geste.

— Non, c'est pour moi.

— Pourquoi voulez-vous m'inviter ?

— Parce que cela me fait plaisir.

— Je ne veux pas que vous vous y sentiez obligé, dit-elle, insistant.

— Si c'était le cas, je vous aurais laissée emporter votre dîner chez vous. C'était plus agréable de partager ce repas, non ?

— Tout à fait.

— Maintenant, je vais vous raccompagner chez vous.

Elle ouvrait la bouche pour protester mais il fit un geste de la main pour lui indiquer que cela ne servirait à rien, et elle se contenta d'acquiescer avec un soupir théâtral.

Ils sortirent du Rory's Bar et traversèrent la rue plongée dans l'obscurité jusqu'à la porte arrière de la boutique de patchwork.

— J'ai passé une soirée agréable, dit-elle en sortant ses clés. Merci, Rafferty.

— J'aime mieux quand vous m'appelez Evan, répondit-il.

Il savait que c'était une mauvaise idée mais fut incapable d'y résister : il la prit dans ses bras et la serra contre lui.

— Dites mon prénom, Jenny…

— Evan ? murmura-t-elle d'une voix étranglée.

Leurs bouches se rencontrèrent et il oublia absolument tout le reste. Il n'y avait plus que le corps de Jenny pressé contre le sien, son parfum de savon et de fleurs sauvages, et ce baiser enflammé qu'ils échangeaient avec passion. Quand elle laissa échapper un petit gémissement de plaisir, il sentit qu'il allait perdre totalement le contrôle de la situation et redressa la tête.

— Ce n'était peut-être pas une bonne idée, murmura-t-elle en passant les bras autour de son cou.

— Pourtant, c'est diablement bon, répondit-il avant de l'embrasser de nouveau.

6

Il n'était pas tout à fait 9 heures le lendemain matin quand Jenny descendit de son appartement. Millie était déjà dans la boutique, et, à sa grande surprise, plusieurs autres femmes aussi, toutes assises autour de la table près de la fenêtre.

— Venez, que je vous présente nos premières adeptes du coin des couturières, dit Millie. Vous connaissez déjà Beth Staley, et voici Louisa Merrick et Liz Parker. Et elles seront bientôt beaucoup plus nombreuses.

— Bonjour mesdames, dit Jenny, toute contente. Je suis vraiment heureuse que vous soyez là !

— Pourtant, attendez-vous à un certain nombre de drames, fit Millie. Cela arrive toujours quand on réunit des femmes.

— Nous ne sommes là que pour faire notre patchwork, protesta Louisa Merrick. Mon mari est élu du Texas, j'ai assez de drames avec lui !

Les autres rirent de bon cœur. Toutes connaissaient le sénateur Merrick et sa réputation d'homme impulsif.

— Vous devez avoir une vie passionnante, dit Jenny.

— Oh ! je préférerais avoir une maison remplie de petits-enfants, mais mon fils Sloan est un peu lent à se caser. Vous disiez que vous étiez célibataire ?

Jenny pria en silence pour que ses clientes ne se mettent pas en tête de la caser, et Beth dut l'entendre car elle leva un sourcil réprobateur.

— Pour l'instant, ton fils est plus intéressé par son élevage de chevaux que par la vie de famille, dit-elle. Et Jenny, elle, est occupée… par sa classe d'initiation au patchwork.

— Il s'intéressera à la vie de famille quand il rencontrera la femme idéale, répondit Louisa.

— De toute façon, dit Jenny, je repartirai à San Antonio à la rentrée pour reprendre mon poste de professeur.

Cette précision souleva un concert de protestations, puis Beth se mit à parler de sa petite-fille Kasey et Jenny cessa d'être le sujet de leurs spéculations. Qu'auraient-elles dit si elles avaient su qu'Evan l'avait embrassée à en perdre haleine la veille au soir ?

Un sourire passa sur ses lèvres. Il embrassait divinement bien, mais elle était assez sage pour ne pas attendre grand-chose de ce baiser. Ses caresses lui avaient mis le feu à la peau, c'était sûr, mais il n'était pas du tout l'homme qu'il lui fallait !

En se le répétant une bonne centaine de fois, peut-être commencerait-elle à y croire…

Le lendemain matin, elle se réveilla à 6 h 55 et décida de se lever sans attendre son réveil. Sa première pensée alla vers Evan. Deux jours s'étaient écoulés depuis qu'ils s'étaient embrassés et il ne lui avait donné aucune nouvelle…

Elle sortit de sa chambre, le cœur lourd. La cuisine ouverte donnait dans la pièce principale du petit appartement aménagé sous les combles. Elle prépara un thé et alla s'installer sur son canapé avec son mug fumant.

Elle devait cesser de penser à lui tout le temps. Evan Rafferty n'était pas l'homme qui lui convenait ! Elle n'était pas prête à se lancer dans une relation avec lui, et lui non plus. Il n'avait pas fait le deuil de son épouse et il élevait seul sa fille. Penser à Gracie la fit sourire. Quelle adorable enfant ! Elle aurait adoré avoir une fille comme elle.

— Tu rêves encore, Jennifer…

Elle avala une gorgée de thé.

Combien de fois sa mère ne lui avait-elle pas dit ces mots ? Marsha Collins-Newsome, elle, n'avait évidemment rien d'une rêveuse. C'était une femme très réaliste. Lorsqu'elle s'était retrouvée seule avec une enfant, elle avait mis le grappin sur le premier homme susceptible de lui offrir une vie confortable : Carl Newsome, un veuf avec trois fils. Carl junior, Mike et Todd. Ces trois garçons, plus âgés que Jenny, avaient toujours été gâtés et ils avaient complètement gâché son enfance. Le plus jeune, Todd, était le pire. Avec un véritable sadisme, il avait fait de sa vie un véritable enfer. Lorsqu'il ne la malmenait pas, il s'arrangeait pour la faire punir. Même adulte, il avait continué à l'utiliser comme souffre-douleur. Elle avait été bien contente quand on l'avait enfin envoyé en prison.

Un sentiment d'oppression lui serra la poitrine, comme chaque fois que ces souvenirs lui revenaient à la mémoire, et elle se secoua pour penser à autre chose. Les Rafferty formaient une famille aimante et chaleureuse, bien différente de la sienne. Dommage qu'Evan ait eu lui aussi un trop lourd fardeau à porter. Ils ne pouvaient pas être heureux ensemble.

Elle devait rentrer à San Antonio. Sa seule vraie passion dans la vie était l'enseignement, et elle devait y retourner. Rien ne pourrait l'en empêcher.

Pas même le trop sexy Evan Rafferty.

Jenny finissait d'emballer les achats d'une cliente lorsque la clochette de la boutique retentit. C'était Evan. Le cœur de Jenny bondit dans sa poitrine, ce qui la mit de mauvaise humeur. Pourquoi la faisait-il réagir ainsi ?

Il ôta son chapeau et traversa la boutique.

— Jenny…

— Rafferty…

Il se pencha vers la seconde pièce en entendant les bavardages du Club des couturières et se pencha en avant.

— Est-ce qu'on peut parler ?

Elle fut prise de panique. Mon Dieu ! Pourvu qu'il ne s'excuse pas de l'avoir embrassée !

— Je suis assez occupée pour le moment…

— Quand aurez-vous une minute ?

Millie se matérialisa brusquement près du comptoir.

— Je surveille la boutique un moment, dit-elle avec un grand sourire. Allez donc dans le bureau.

— Merci, dit-il.

Sans ajouter un mot, il contourna le comptoir, prit Jenny par le bras et l'entraîna vers l'arrière de la boutique. Elle retint son souffle. Il venait de refermer la porte du bureau derrière eux. La pièce, déjà petite, lui parut soudain minuscule.

— Que se passe-t-il ? demanda-t-elle en balbutiant.

— J'ai besoin de savoir si vous voulez toujours chaperonner la soirée pyjama de Gracie.

— Ah, c'est ça ! dit-elle, le cœur soudain léger. Oui, bien sûr, je l'ai promis à votre fille. Pourquoi ? Avez-vous changé d'avis ?

— Non, mais j'avais peur que ce soit votre cas après l'autre soir.

Enfin elle comprit : il était mal à l'aise. Cela l'aida à retrouver son assurance.

— Remettez-vous, Rafferty ! Ce n'était qu'un baiser !

Un baiser qui l'avait laissée pantelante de désir, mais il n'était pas censé le savoir !

Il fit un pas de plus vers elle, et elle eut soudain des difficultés à respirer normalement. Puis il se mit à sourire. C'était de la triche !

— Je suis content que vous le preniez comme cela, parce que les invitations ont été lancées pour vendredi soir.

— Quelles invitations ? demanda-t-elle d'une voix étranglée.

— Pour la soirée pyjama.

Il parlait de la fête de sa fille, elle en avait bien conscience, mais l'image d'eux deux en pyjama dans son grand lit lui traversa l'esprit. Elle eut soudain très chaud.

— Entendu, dit-elle en s'éclaircissant la gorge. A quelle heure ?

— 19 heures. Peut-être pourriez-vous venir un peu plus tôt ? Ne soyez pas étonnée si Matt et mon père organisent quelques surprises.

— Ça leur ressemble bien, dit-elle en retrouvant le sourire.

— Tout ce que je demande, c'est de survivre à cette nuit, dit-il avec un sourire contrit.

— Courage, Rafferty. Ça n'est que le début.

— Oui, et c'est bien ce qui m'inquiète !

Le vendredi soir arriva enfin, ainsi qu'une demi-douzaine de fillettes surexcitées. Bientôt, le premier étage de la maison des Rafferty résonna de cris stridents et de cavalcades.

— Que le ciel nous protège, dit Sean en levant les yeux vers le plafond. Quel sabbat infernal se déroule donc là-haut ?

— Je l'ignore, répondit Evan. J'espère seulement que la maison sera toujours debout demain matin. Bien sûr, Jenny les surveille. A moins qu'elles l'aient ficelée à une chaise et enfermée dans un placard…

— C'est le genre de chose que toi et ton frère auriez pu faire, répondit Sean en riant. Si cela arrive, tu pourras toujours te précipiter pour la sauver.

Et lui, qui le sauverait ? En apprenant que Jenny serait là, les copines de Gracie avaient été encore plus contentes de venir. Cela lui semblait très étrange d'être sous le même toit qu'elle, mais il était le seul. Tout le monde paraissait trouver ça normal. Et elle-même semblait avoir sa place dans cette maison. C'était peut-être ça le problème…

Les cris redoublèrent, et un roulement de tonnerre retentit dans l'escalier.

— Prépare-toi, elles arrivent, dit Sean en riant.

Trois petites blondes, deux brunes et une rousse entrèrent dans la cuisine. Elles avaient toutes le visage couvert de maquillage. Gracie grimpa fièrement sur un tabouret, aussitôt imitée par ses camarades.

— Papa, on s'amuse beaucoup !

— Je vois ça, répondit-il. Tu cherches un nouveau look ?

— On essaye la mode des années quatre-vingt. Tu sais, Madonna, Bon Jovi, ABBA…

Les autres fillettes esquissèrent quelques chorégraphies disco et partirent d'un fou rire général.

— Papa, tu savais que Jenny pouvait danser comme Michael Jackson ?

— Non, je n'en avais pas la moindre idée.

— Jenny est super-gentille, dit une de ses camarades.

— Oui, elle est super ! dit Cherry avec conviction. Elle va nous apprendre tous les tubes des années quatre-vingt !

Evan se tourna vers son père et lui jeta un regard catastrophé. Sean, qui cachait difficilement son amusement, reprit la parole :

— Que puis-je vous préparer pour dîner ? Des hamburgers ? Des glaces ? De la pizza ?

Les fillettes firent leur choix, puis, en attendant que leur dîner soit prêt, remontèrent comme une volée de moineaux au premier. La musique reprit de plus belle. Evan jeta un œil à la pendule et fut surpris de voir qu'il n'était que 21 heures. Dans moins de douze heures, tout serait rentré dans l'ordre et le calme régnerait de nouveau sur la maison…

Il était minuit et les filles ne montraient aucun signe de fatigue. Jenny commençait à être à court d'idées. Elles n'avaient plus envie de voir de vidéo, ni de manger. Peut-être le moment était-il venu de raconter des histoires de fantômes ?

Elle les fit s'asseoir en rond au milieu de la chambre. Elle commençait un récit qu'elle avait adoré enfant lorsqu'il y eut un choc contre la vitre. La peur les fit toutes sursauter.

— Qu'est-ce que c'est ? demanda l'une d'elles d'une voix craintive.

Jenny ouvrit la fenêtre et se pencha dehors. Sean se tenait juste en dessous.

— Pardon de vous déranger, dit-il, mais qui voudrait venir faire griller des marshmallows autour d'un feu de camp ? Et raconter des histoires, évidemment.

— Moi ! Moi ! s'écrièrent les filles d'une seule voix.

Elles furent toutes debout en un instant.

— Nous descendons, dit Jenny à Sean.

— Bien. Amenez Evan. Il fait une petite sieste en attendant le prochain quart.

Après avoir enfilé des pulls sur leurs pyjamas, les enfants mirent leurs chaussures et rejoignirent Sean devant la maison. Jenny frappa à la porte d'Evan puis, n'obtenant pas de réponse, la poussa. Il était allongé sur son lit, tout habillé, et semblait incroyablement serein. Elle approcha et l'admira un instant en silence. Pourquoi n'avait-il jamais l'air aussi détendu lorsqu'il ne dormait pas ? Se reprenant, elle lui secoua doucement l'épaule.

— Hein ? fit-il en se redressant brusquement. Que se passe-t-il ?

— Rien pour l'instant, répondit-elle amusée. Nous sortons faire griller des marshmallows. Votre père m'a dit de vous réveiller.

Elle s'assit doucement sur le bord du matelas.

— Pardon, je tentais de récupérer quelques heures de sommeil, dit-il en se frottant les yeux.

Il lui passa le bras autour de la taille. Elle tenta de s'écarter, mais il ne la lâcha pas.

— Rafferty, je ne crois pas que ce soit une bonne idée.

— Vous avez bien raison, répondit-il en approchant toujours de sa bouche.

Quelqu'un cria son nom depuis le rez-de-chaussée et Jenny fit une nouvelle tentative pour se dégager, sans plus de résultat.

— Evan, je dois vraiment les rejoindre, dit-elle à voix basse. Les filles vont finir par venir me chercher.

Avec un soupir de regret, il la libéra enfin. Elle se leva d'un bond et sortit de la chambre. Elle croisa Gracie qui montait la chercher et s'efforça de ne pas trahir son agitation devant elle.

— Jenny ? Où étais-tu ? On te cherche partout.

— J'avais oublié quelque chose...

On pouvait le dire. Elle avait oublié ses résolutions et la plus élémentaire prudence ! Evan et sa fille étaient en train de gagner son cœur, et elle se laissait faire sans réagir.

Quand Evan sortit de la maison un moment plus tard, Jenny et les fillettes, assises en cercle autour d'un feu, écoutaient Sean leur raconter des histoires dans le jardin. Son père avait un véritable talent de conteur. En voyant le visage épanoui de Gracie, il lui fut reconnaissant d'avoir pris le petit groupe en charge pour quelque temps. Ses yeux passèrent ensuite à Jenny. Sans son aide, cette soirée n'aurait pas pu avoir lieu.

Il avait de plus en plus de mal à garder la tête froide devant elle. Ce qui était arrivé un instant plus tôt dans sa chambre le laissait incrédule. Il l'avait pratiquement embrassée ! Ce genre de comportement ressemblait davantage à Matt...

Justement, son frère rejoignit le groupe et s'installa près de la jeune femme. Il ne semblait avoir aucun mal à lui parler et à flirter avec elle. Et tant que lui-même ne se déciderait pas à franchir l'étape officielle du rendez-vous en amoureux, il n'avait aucun droit de demander à Matt de la laisser en paix.

La question était de savoir s'il était prêt à faire le pas. Et il ne savait comment y répondre.

7

Une semaine s'était écoulée depuis la soirée pyjama de Gracie, et Jenny faisait son possible pour ne pas penser tout le temps à Evan. Le problème, c'était qu'il hantait désormais aussi ses rêves…

Heureusement, elle avait son travail. Sa classe d'initiation se passait à merveille, sauf pour Gracie qui se démenait avec le couvre-lit trop complexe de sa mère. Même Jenny n'avait pas le niveau nécessaire pour l'aider et devait faire appel à Allison.

Elles décidèrent de lui en parler et la prirent à part à la fin d'une classe.

— Nous sommes inquiètes pour toi, dit Jenny. Je crois que ton couvre-lit est beaucoup plus difficile que tu ne le pensais, je me trompe ?

— Ça va, répondit la fillette d'un air triste.

— Pourtant, pour quelqu'un de ton âge, ce n'est pas facile. Allison et moi avons une suggestion à te faire : pourquoi ne pas le laisser de côté quelque temps et travailler sur un modèle plus facile. Ainsi, dans quelques années, tu auras assez d'expérience pour le reprendre et le finir sans difficulté.

— Mais j'ai promis à ma maman, dit Gracie, les larmes aux yeux.

— Je sais, mon cœur, reprit Jenny d'une voix douce, mais ta maman ne s'attendait pas à ce que tu le finisses tout de suite. Elle savait que c'était un modèle trop complexe pour quelqu'un d'inexpérimenté. D'ailleurs, si elle a choisi le motif des anneaux entrelacés, c'était pour qu'il soit prêt lorsque tu te marieras, tu ne crois pas ? As-tu l'intention de te marier prochainement ?

La remarque fit rire Gracie.

— Non, bien sûr !

— Alors tu as encore le temps.

— Oui, tu as peut-être raison. Mais tu m'aideras ?

Comment répondre à cela ?

— Eh bien… Je te promets de faire tout mon possible. De toute façon, si tu continues de venir travailler avec Allison, tu seras bientôt capable de le terminer toute seule.

— D'ailleurs nous avons une idée qui vous permettrait de travailler toutes ensemble, dit Allison. Viens, Gracie, nous allons en parler au groupe.

Elle courut rejoindre ses camarades, et Allison et Jenny la suivirent à distance.

— Elle l'a mieux pris que je ne le craignais, dit Jenny à voix basse.

— En réalité, je crois même que ça l'a soulagée, répondit Allison.

Elles se joignirent au groupe et Jenny claqua dans les mains pour obtenir le silence.

— Les enfants, il est l'heure de nous quitter, dit-elle, mais avant ça, j'aimerais vous parler d'une idée que nous avons eue. Tout d'abord, je tiens à vous dire que je suis très fière du travail que vous avez accompli en seulement quelques semaines. Est-ce que vous vous êtes bien amusées lors de nos classes ?

Les fillettes crièrent « oui ! » avant même la fin de la phrase et Jenny sentit son cœur se gonfler de joie.

— Alors si vous êtes contentes, nous pourrions passer à une autre étape. Lorsque la classe a commencé, nous avons proposé à chacune de réaliser son propre patchwork. Le projet est très ambitieux et pourrait prendre très longtemps, surtout avec votre travail scolaire. Alors nous avons eu une autre idée. Vous pourriez réaliser chacune un carré. Lorsque vous aurez terminé, on les rassemblera pour faire un grand couvre-lit. Qu'en dites-vous ?

Elle n'obtint pas d'autre réponse qu'un profond silence, aussi poursuivit-elle :

— Nous pourrions réaliser un patchwork qui raconte l'histoire de notre ville, l'histoire des générations d'avant vous. Vous êtes l'avenir de Kerry Springs, mais vous ne devez pas oublier d'où vous venez. Je sais que beaucoup d'entre vous utilisent des morceaux de tissus venant de leur famille. C'est une très bonne idée. Nous pourrions broder sur chaque morceau le nom de son ou sa propriétaire, pour se souvenir de la personne à qui il appartenait.

Lily Perry, qui, en bonne directrice d'école, connaissait toutes les petites filles, prit la relève.

— Ce que Jenny essaye de vous expliquer, c'est que votre patchwork matérialiserait l'histoire de notre ville. La fête des fondateurs arrive en juillet. Ecrire l'histoire de tous les gens dont vous aurez utilisé les tissus, ne serait-ce pas un merveilleux moyen de la célébrer ?

Jenny vit les fillettes commencer à réfléchir, et chuchoter entre elles.

— Evidemment, reprit Lily, ce n'est pas du tout un travail scolaire. C'est pour vous seules. Les histoires que vous aurez rédigées seront publiées dans le journal local, et le couvre-lit exposé dans la vitrine de cette boutique, afin que tout le monde puisse admirer votre travail. Qu'en dites-vous ?

Les fillettes poussèrent un cri d'enthousiasme. La directrice de l'école les calma d'un geste de la main.

— Je suis très heureuse que vous réagissiez ainsi. Il nous reste trois mois pour mener ce projet à bien, nous n'avons donc pas un moment à perdre. Vous devrez continuer de travailler ici, et il faudra aussi interroger vos parents et vos grands-parents pour qu'ils vous racontent des histoires sur la ville. Bonne chance à vous toutes !

Depuis le seuil de la porte, Evan observa Jenny bavarder avec chacune de ses petites élèves et les aider à ranger leur ouvrage. Les filles l'adoraient, c'était une évidence. Elle avait avec les enfants une aisance qu'il lui enviait.

Lui n'avait jamais été doué pour les rapports humains. En dehors de sa famille, il avait du mal à établir le contact avec les autres et préférait être seul. Megan n'avait pas fait grand-chose pour l'aider. Elle avait déjà son groupe d'amis, diverses activités dans la ville, et ne l'y avait jamais associé.

Pourtant, s'il appréciait la solitude de ses vignes, il découvrait depuis peu que cela ne lui suffisait plus. Surtout quand il pensait à Jenny Collins…

Gracie se précipita vers lui et le ramena vers l'intérieur de la boutique.

— Papa, devine quoi ? On va fabriquer un grand patchwork toutes ensemble et on va écrire des textes sur nos familles. Je dois trouver des vieux tissus de grand-père et rédiger un texte sur son enfance en Irlande, et sur Matt et toi.

Jenny, Allison et Cherry arrivèrent à leur tour. Il leur jeta un regard interrogateur.

— Gracie, pourquoi ne viens-tu pas manger une glace avec nous ? dit Allison. Pendant ce temps, ton père pourra discuter avec Jenny de votre nouveau projet.

— Papa, je peux ?

Il sortit quelques dollars de sa poche et les lui tendit. Allison et les deux filles quittèrent la boutique et Jenny lui fit signe de la suivre dans la direction opposée. Elle le conduisit jusqu'à son petit appartement au premier étage.

— Vous aviez raison, dit-elle sans préambule. Gracie est trop jeune pour terminer le patchwork complexe de sa mère.

— Ah, je vous l'avais bien dit !

— C'est vrai, mais ce que vous ne compreniez pas, c'est qu'elle a besoin de se sentir indépendante. Elle devait se confronter à ce travail pour admettre qu'il dépasse ses capacités. Apparemment, l'obstination est un trait de famille chez les Rafferty…

— Vous me trouvez obstiné ? C'est pourtant vous qui n'avez pas voulu entendre raison !

— Le résultat a été positif. Ne voyez-vous pas combien elle a changé en si peu de temps ?

Il acquiesça. Le nier aurait été d'une mauvaise foi flagrante !

— Effectivement, je ne l'ai pas vue aussi joyeuse depuis la maladie de sa mère. Même si ne pas terminer son patchwork va sans doute beaucoup la décevoir.

— Oh ! elle le terminera, répondit-elle en secouant la tête. Il faut juste attendre un peu. Mais elle a obtenu ce qu'elle désirait par-dessus tout : votre attention.

— J'ai toujours été attentionné avec ma fille, répondit-il, sur la défensive.

— Bien sûr, mais vous lui permettez enfin de devenir autonome, d'avoir une existence sociale en dehors de votre cercle familial, et d'apprendre à voler de ses propres ailes. Cette classe l'aide beaucoup.

Il baissa la tête. S'était-il montré égoïste sans s'en rendre compte ?

— Je voudrai toujours la protéger, quel que soit son âge, dit-il plus bas.

— Je sais, et elle en aura toujours besoin, tout comme de votre amour.

Il se détourna avec pudeur.

— Je l'aime tendrement depuis le jour de sa naissance. Je ne veux pas qu'elle en doute jamais. Il y a des jours où ma fille est la seule raison qui me pousse à me lever et aller travailler. Des jours où elle est ma seule raison de vivre.

Jenny acquiesça, résistant à l'envie de le prendre dans ses bras pour le réconforter. Il n'était pas un de ses élèves et elle ne devait pas trop s'impliquer dans son histoire. Ou en tout cas pas davantage…

— Vous l'avez aidée à surmonter la disparition de sa mère, et elle voudrait vous aider à son tour. Gracie sait que vous traversez des moments difficiles.

— Vous semblez en savoir long sur ma fille.

— Le fait que je sois une inconnue l'a sans doute encouragée à se confier à moi…

— Vous inspirez la confiance aux enfants. Merci de passer autant de temps avec ma fille, Jenny.

Leurs regards se croisèrent et ils restèrent silencieux quelques secondes, sachant sans rien dire qu'ils pensaient tous les deux à ce qui s'était passé dans la chambre d'Evan.

— Justement, dit-elle enfin, cela pose d'autres problèmes. Les choses ont changé entre nous, Rafferty, et je ne suis pas sûre qu'on puisse faire marche arrière. Pourtant, je ne crois pas que vous soyez prêt à continuer non plus.

— Continuer à quoi ? A vous embrasser ? Oh si, je suis prêt ! Et si vous êtes honnête avec vous-même, Jenny, vous devez admettre que vous en avez envie vous aussi.

— Cela ne veut pas dire qu'on doive le faire, répondit-elle.

— Vous avez raison, dit-il. Je dois consacrer toute mon énergie à diriger mon ranch et m'occuper de ma fille. Mais c'est à vous que je pense au cœur de la nuit, c'est vous que j'ai envie de serrer dans mes bras et d'embrasser.

— Oh ! Rafferty, dit-elle en levant les yeux au ciel, pourquoi me faites-vous cela ? Nous allons dans deux directions opposées. Il faudrait être fou pour commencer une histoire ensemble.

— Sans doute, ce serait complètement fou…

Dans le feu de la discussion, ils s'étaient approchés lentement l'un de l'autre sans paraître le remarquer, et elle eut soudain le souffle court.

— Pour une fois nous sommes d'accord, dit-elle. Nous

avons partagé un baiser. Pas de quoi en faire toute une histoire.

Pas de quoi en faire une histoire ? Alors ses rêves fous, ses accès de sensualité, cette tendre attirance ne comptaient pas ? Il n'était pas du tout d'accord !

Quelqu'un frappa à la porte et la voix de Millie résonna de l'autre côté.

— Jenny ? Téléphone pour vous.

— Pouvez-vous prendre un message ? demanda Jenny.

— Il dit que c'est important. C'est un certain Todd Newsome.

Il la vit brutalement pâlir. Toute la chaleur de son visage disparut, remplacée par une angoisse indicible.

— Je dois y aller…

— Que se passe-t-il, Jenny ?

— Rien, rien…

Elle se détourna et sortit de l'appartement. Il la suivit, intrigué. Quel mystère se cachait dans son passé ?

— Vous devriez vous consacrer à votre fille, Evan, dit-elle en bas de l'escalier. Je partirai dans quelques mois pour reprendre mon poste. Ce sera la fin de notre histoire.

Elle attrapa le téléphone et lui tourna le dos pour répondre. Ce geste de rejet lui fit mal. Il n'était pas prêt à la quitter. Quelque chose en lui l'en empêchait.

Jenny avait prié le ciel de ne plus jamais entendre la voix de Todd. Apparemment, son vœu n'avait pas été entendu.

— Que veux-tu, Todd ? dit-elle sans préambule.

— Est-ce une manière de saluer ton frère, petite sœur ?

— Tu n'es pas mon frère, et je te croyais en prison.

— On m'a laissé sortir pour bonne conduite.

— Alors va au diable et ne reviens plus jamais me déranger.

— Oh ! sœurette ! Que dirait maman si elle t'entendait ?

— Pourquoi ne l'appelles-tu pas pour le lui demander ? répondit-elle. Je dois retourner à mon travail à présent.

— J'aimerais en faire autant, mais je n'en ai pas. Peut-être pourrais-tu me recommander auprès de tes riches amis ?

Comment savait-il ? Sa mère, évidemment. Elle avait sans doute évoqué son amitié avec les Casali dans une de ses lettres.

— C'est hors de question. Jamais je ne demanderais rien à personne pour toi. Tu n'as qu'à t'adresser à ton contrôleur judiciaire.

— Je n'ai pas très envie de me retrouver plongeur dans un restaurant.

— Et pourquoi pas ? C'est un travail honnête.

— Je suis sûr que tu peux me trouver quelque chose de mieux.

— Non. Je te l'ai déjà dit il y a des années, je ne veux plus jamais entendre parler de toi.

Elle sentait déjà les griffes glaciales de la panique se refermer sur son cœur. Todd avait toujours été particulièrement manipulateur, et il avait pris, même après son départ de la maison de sa mère, un plaisir pervers à la tourmenter. C'était pour cette raison qu'elle avait accepté de témoigner contre lui lors de son procès. Pour qu'on l'enferme et qu'il ne revienne plus la harceler.

— Ce n'est pas gentil, dit-il d'une voix dure qui la fit frissonner d'angoisse. Tu as une dette envers moi et tu es mon ticket préféré vers un avenir meilleur. On doit s'entraider entre membres d'une même famille, non ?

— Tu n'es pas ma famille, alors fiche-moi la paix. Je ne t'aiderai pas.

Elle raccrocha d'une main tremblante. Même un simple appel de lui parvenait à la mettre dans cet état de profonde nervosité. Mais cette fois, c'était fini. Elle ne se laisserait plus faire !

Elle se retourna et découvrit Evan qui la contemplait avec curiosité.

— Tout va bien ?

— Oui, merci.

Heureusement, Allison rentra juste à ce moment avec Cherry et Gracie, ce qui mit un terme à leur tête-à-tête.

— Papa, rentrons. Je dois trouver des tissus pour notre projet.

— Il te reste une semaine avant la prochaine classe, dit-il.

— Mais les autres filles auront leur mère pour les aider. Et grand-père prépare des spaghettis et il a dit qu'on devait amener Jenny pour dîner et acheter du pain en rentrant. S'il te plaît, papa !

Il capitula devant ses yeux suppliants. Il lui cédait de plus en plus souvent ces derniers temps, cela allait devenir une habitude ! Il se tourna vers Jenny et fit un geste d'impuissance.

— Je crois que nous sommes dépassés par le nombre. Voulez-vous venir dîner chez nous ce soir ?

C'était une très mauvaise idée. Pourtant, le regard implorant de Gracie eut le même effet sur elle que sur son père.

— Bien sûr, ça me ferait très plaisir, dit-elle sans en croire sa propre voix.

8

Une heure plus tard, Jenny se retrouvait dans le pick-up d'Evan qui roulait vers le ranch. Quelle folie avait pu la pousser à accepter son invitation ? Elle était lâche, tout simplement. Elle ne voulait pas recevoir d'autres appels de Todd.

L'indiscrétion de sa mère, qui pensait sans doute que son beau-fils avait changé, la mettait dans une situation compliquée. Car en ce qui la concernait, elle avait la conviction qu'il était resté le même. Son appel confirmait cette opinion… Quoi qu'il en soit, elle ne voulait plus le voir et ne voulait plus qu'il lui crée des ennuis, à elle ou à ses amis. Avec un peu d'espoir, il aurait compris le message et ne tenterait pas de la joindre de nouveau…

— Jenny ?

Son nom la fit sortir de sa rêverie et elle se retourna vers Gracie.

— Oui, ma chérie ?

— Toutes les autres filles trouvent que j'ai de la chance de t'avoir chez moi ce soir.

— Il faut bien que quelqu'un t'aide pour ton projet, lui répondit-elle, touchée.

— Papa, tu pourras me donner une de tes chemises ? Celle que maman préférait ?

Il fronça les sourcils. Megan avait aimé une de ses chemises ? Elle ne le lui avait jamais dit.

— Bien sûr. Il faudra juste que tu me dises laquelle.

— Celle avec des rayures bleues. Je voudrais utiliser un tissu que maman aimait.

— Entendu, prends-la si tu veux.

Ils arrivèrent au ranch où les attendait un bon repas concocté par Sean. Un moment plus tard, ils étaient attablés devant un gigantesque plat de spaghettis bolognaise absolument succulent auquel tous firent honneur. Les rires fusaient d'un bout à l'autre de la table et la bonne humeur régnait dans la maison. Lorsqu'ils eurent terminé de dîner, chacun mit la main à la pâte pour débarrasser. Jenny aimait voir Evan et sa fille ensemble. Ils semblaient partager une complicité qu'elle ne se souvenait pas leur avoir connue auparavant.

Sean confirma son intuition lorsqu'ils se retrouvèrent tous les deux dans la salle à manger. Par la porte de la cuisine, il lui désigna le père et la fille qui plaisantaient ensemble. Evan lavait les casseroles que Gracie essuyait au fur et à mesure.

— C'est à vous que nous devons de les voir ainsi, ma petite, lui dit-il à voix basse. Votre arrivée dans cette maison les a rapprochés, c'est un véritable miracle.

— Ça serait arrivé tôt ou tard, répondit-elle modestement.

— Pas sûr…

Il poussa un soupir et parut hésiter une seconde.

— Cela aurait dû se produire il y a bien longtemps, dit-il. C'est dommage que Megan et mon fils n'aient pas été réellement amoureux quand ils se sont mariés, les choses se seraient mieux passées pour la petite.

Interloquée, elle le contempla avec des yeux écarquillés.

— Mais… je croyais que…

— Evan n'aimerait sans doute pas que je vous en parle, mais Megan et lui se sont mariés parce qu'ils allaient avoir un enfant. Ma belle-fille n'a jamais facilité ses relations avec Gracie, pour dire le moins.

— J'ignorais complètement tout cela. Evan ne m'avait jamais rien dit qui puisse me laisser imaginer que…

— Evan ne dit pas grand-chose, dit Sean en haussant les épaules. Sa mère nous a quittés quand il était petit, et il en a beaucoup souffert. Je crois que c'est à cause de ça qu'il est si renfermé.

— Nous avons tous peur de souffrir, répondit-elle tout bas.

Puis elle prit un ton plus enjoué.

— Mais nous devrions finir de ranger. Je vais passer un petit moment avec Gracie avant qu'elle n'aille au lit et je rentrerai chez moi.

Deux heures plus tard, elle était sur le siège passager du pick-up d'Evan, la main dans la sienne. Arrivé à destination, il se gara dans l'allée derrière la boutique et arrêta le moteur.

— Je dois vous dire que je n'avais pas passé une aussi bonne soirée depuis longtemps, dit-il sur un ton un peu embarrassé. Et Gracie… Disons que depuis que vous êtes entrée dans sa vie, j'ai l'impression de la voir éclore sous mes yeux.

— Elle est heureuse que vous lui accordiez votre attention.

— Et vous, Jenny ? Voudriez-vous que je vous accorde davantage d'attention ? Je vous pose la question car moi, j'aimerais avoir un peu plus de la vôtre.

Elle tenta confusément de retirer sa main, qu'il garda cependant enfermée dans la sienne.

— Je croyais que nous avions décidé de ne pas nous aventurer sur ce terrain-là, dit-elle.

— Je n'arrive pas à m'en empêcher, répondit-il en se penchant pour l'embrasser.

A son tour, elle fut incapable de résister à cette étreinte, à la chaleur de son corps viril qui l'enveloppait en une caresse intensément sensuelle, et elle répondit à son baiser.

Le désir l'embrasa comme un feu de paille. Evan glissa la main dans ses cheveux pour l'embrasser avec une fougue redoublée, et elle laissa échapper un gémissement voluptueux tout en l'enlaçant plus étroitement. Ce qui lui restait de bon sens avait beau lui dire que c'était une déplorable initiative, son corps refusait de l'écouter. Finalement, dans un ultime sursaut de volonté, elle trouva la force de s'écarter et de le repousser.

— Evan, nous devons arrêter ! Vous savez comme moi que c'est une très mauvaise idée.

— Je m'en moque, répondit-il. J'ai envie de toi, Jenny. Peu importe le reste.

— Ne dis pas cela, murmura-t-elle. Je t'en prie. Tu dois rentrer chez toi. Gracie a besoin de toi.

— Ma fille dort. Et j'ai le droit d'avoir une vie moi aussi.

Il l'attira contre lui, lui caressant tendrement le dos, et elle enfouit la tête au creux de son cou.

Blottie contre lui, elle était la tentation incarnée, et il avait toutes les peines du monde à lui résister. Ses caresses se firent de nouveau plus sensuelles. Il pencha la tête vers elle et déposa de petits baisers sur son front et ses tempes.

Soudain, un mouvement à l'extérieur attira son regard. Il s'immobilisa.

— Il y a quelqu'un dans ta boutique, dit-il à voix basse. J'ai vu une lumière passer devant une fenêtre. Et maintenant que mes yeux sont habitués à l'obscurité, je crois que la porte est entrouverte.

Il la repoussa doucement et descendit du véhicule.

— Appelle le shérif tout de suite, dit-il avant de refermer sa portière.

— Non ! Evan, tu ne dois pas entrer !

D'un signe, sans qu'un son franchisse ses lèvres, il lui redemanda de téléphoner pour réclamer de l'aide.

Puis il disparut à l'intérieur de la boutique.

Elle fouilla frénétiquement dans son sac à main et composa le numéro de la police.

— Bureau du shérif, j'écoute ? fit une voix d'homme.

— Quelqu'un vient de s'introduire dans ma boutique

The Blind Stitch, dans la grand-rue, lui dit-elle. Envoyez quelqu'un rapidement, par pitié.

— Etes-vous à l'intérieur, madame ?

— Non, dans l'allée derrière le bâtiment, mais mon ami est rentré.

— Restez où vous êtes. Une voiture de patrouille est déjà en route. Attendez son arrivée sans bouger, madame.

Elle allait raccrocher quand elle vit la porte s'ouvrir et une ombre apparaître. Quelqu'un, vêtu de noir, se mit à courir dans l'allée.

— Un homme vient de sortir ! cria-t-elle dans le combiné. Il se dirige vers Maple Avenue.

— Entendu, madame. Je préviens notre agent.

Elle scruta les ténèbres dans l'espoir de voir Evan apparaître, mais en vain. Etait-il blessé ? A cette idée, la terreur la submergea. Elle laissa son téléphone tomber sur la banquette et se précipita à l'intérieur.

— Evan ? cria-t-elle. Evan, réponds-moi !

L'intérieur était plongé dans la plus complète obscurité. Il y eut un gémissement et un juron. Quel soulagement, il était vivant !

Elle alluma la lumière et le chercha dans la boutique. Au loin, une sirène retentissait. Soudain, Evan sortit de derrière le comptoir, une main sur la tête.

— Oh ! Evan, comment vas-tu ? demanda-t-elle en se précipitant vers lui. Es-tu blessé ?

— Je ne crois pas. Il m'a assommé avec quelque chose de lourd. J'ai l'impression que mon crâne va éclater.

La peur de Jenny se mua soudain en indignation et en colère. Ses yeux se remplirent de larmes.

— Bon sang, Evan, tu n'aurais jamais dû entrer seul ! Tu aurais pu te faire tuer !

— Je t'en prie, ne crie pas, j'ai déjà eu mon compte pour ce soir.

— Oh ! mon pauvre chéri, dit-elle en le prenant dans ses bras. Laisse-moi voir ta tête…

— Police !

La voix les fit sursauter et ils découvrirent le shérif Chuck Reynolds qui entrait par la porte arrière, son revolver à la main. Il baissa son arme en les reconnaissant.

— Evan, Jenny… Vous allez bien ?

— Non, Evan est blessé, pouvez-vous appeler une ambulance ?

— C'est inutile, ça ira, dit Evan.

Un second policier entra derrière Chuck et inspecta rapidement la boutique. La caisse avait été fracturée, mais Millie l'avait vidée après la fermeture du magasin. L'agent disparut dans l'escalier menant au premier, et en redescendit un instant plus tard.

— L'appartement du dessus a été saccagé, dit-il.

Ils se précipitèrent au premier, et Jenny fit un effort pour retenir ses larmes en découvrant le spectacle désolant qui l'attendait. Toute la vaisselle était brisée, les coussins du canapé avaient été éventrés, les meubles renversés. L'inconnu s'en était même pris à son lit, déchirant ses draps, lacérant son matelas et ses oreillers. Tous ses vêtements avaient été jetés hors de la penderie et de la commode et gisaient en vrac par terre, certains déchirés.

— Combien de temps avez-vous été absente de l'appartement ? lui demanda Chuck.

— Depuis la fermeture. Je suis allée dîner chez les Rafferty.

Chuck hocha la tête, apparemment perplexe.

— Ça pourrait être l'œuvre d'un drogué cherchant un peu d'argent, même si ce genre de chose est plutôt rare par chez nous.

Apercevant quelque chose par terre, Jenny ramassa la petite boîte à bijoux couverte de soie qu'elle possédait depuis son enfance. Le couvercle en avait été arraché.

— Il m'a pris le collier en or qu'Allison et Alex m'ont offert pour mon anniversaire, dit-elle la gorge nouée. Il y avait un petit saphir en pendentif.

— Il vous manque autre chose ?

— Quelques bijoux… Et trois cents dollars en liquide, dit-elle en vérifiant dans un tiroir de sa commode. Qui pourrait faire une chose pareille ?

Elle s'immobilisa brusquement, comme si une idée venait de frapper son esprit. Son regard croisa celui d'Evan, et elle détourna précipitamment la tête.

— Je… je dois prévenir Allison, dit-elle en sortant de la pièce.

Evan se tourna vers Chuck, qu'il connaissait bien. Ils étaient allés ensemble à l'école.

— Que penses-tu de tout ça, vieux ?

— Eh bien… Que quelqu'un avait besoin d'argent de manière urgente. Mais mon instinct me dit que cela ressemble à une vengeance personnelle. Sinon, pourquoi l'intrus se serait acharné dans l'appartement sans rien toucher en bas ? Sais-tu si Jenny a des ennemis, Evan ?

9

Deux heures plus tard, Jenny était dans la salle d'attente des urgences où elle avait fini par convaincre Evan d'aller se faire examiner. Il était 23 heures passées, elle était épuisée et encore très ébranlée par les événements de la soirée.

Todd pouvait-il être l'auteur du cambriolage et de ce vandalisme gratuit ? Son contrôleur judiciaire l'avait-il laissé quitter San Antonio ?

Evidemment, il connaissait son adresse. Et qu'elle n'ait pas voulu l'aider était une bonne raison pour la cambrioler. Dans le passé, il avait toujours très mal pris ses refus d'exécuter ses ordres. Quand il désirait quelque chose, il trouvait toujours le moyen de l'obtenir. Toute sa vie, il s'était comporté en manipulateur brutal et sans scrupules.

Les affreux souvenirs de son enfance la firent frissonner. Intuitivement, elle sut qu'il avait un rapport avec ce cambriolage. Et si c'était vraiment lui, elle ne pouvait plus rester sans attirer une pluie d'ennuis sur ses amis.

— Jenny Collins ? demanda une infirmière en entrant dans la salle. Vous pouvez venir à présent. Le médecin va vous recevoir.

Elle la conduisit jusqu'à la salle d'examen. Dans un recoin fermé par des rideaux, Evan était assis sur une table d'examen. Torse nu. Elle s'efforça de ne pas le dévorer des yeux et échoua lamentablement. Il avait un torse magnifique, sans un gramme de graisse, et des bras musculeux…

— Le docteur dit que j'ai eu de la chance, fit-il. Il paraît que je vais survivre.

Un homme aux cheveux grisonnants tira à son tour le rideau et les rejoignit.

— Bonsoir, je m'appelle Charles Michaels, mais ici tout le monde m'appelle doc Charlie. J'ai été le médecin traitant de ce garçon et de son frère depuis le début de ma carrière. Apparemment, les années ne lui ont toujours pas appris à éviter les ennuis !

— Bonsoir, docteur. Je m'appelle Jenny Collins. Je suis la gérante de la boutique de patchwork où Evan a été blessé. Tout est ma faute.

— Tu n'y es pour rien, répondit Evan en protestant. Je suis content d'avoir été là pour t'aider.

— Te précipiter à l'intérieur sans attendre la police pour jouer les héros n'était pas très malin, dit-elle.

— J'aime bien cette petite, dit le médecin en adressant un clin d'œil à son patient. Elle a du répondant !

— Je peux y aller maintenant, doc Charlie ?

— Oui, vas-y. Souviens-toi seulement que tu as une petite commotion, alors ne prends rien de plus fort que de l'ibuprofène et repose-toi demain. As-tu quelqu'un qui puisse te raccompagner chez toi ?

— Oui, moi, répondit Jenny.

— Tu as de la chance, mon garçon, dit doc Charlie avec un sourire malicieux. Bien, puisque tu es entre de bonnes mains, je vais aller m'occuper de patients qui ont vraiment besoin de moi.

Il tourna les talons et les laissa. Evan se leva et enfila sa chemise. Sa migraine avait beau être infernale, il était content que Jenny soit saine et sauve. Il n'osait même pas imaginer ce qui aurait pu lui arriver si elle avait été seule dans son appartement…

— Je vais passer te déposer chez toi, dit-elle, mais pourrais-je t'emprunter ta voiture pour rentrer ?

— Il n'est pas question que tu passes la nuit chez toi. Ce n'est pas sûr.

Elle allait protester quand il la prit par les épaules.

— Ecoute, le type qui m'a assommé ce soir n'est pas un mariole. Ça pourrait être un dangereux drogué. Tu vas rester au ranch, un point c'est tout. D'ailleurs, ton appartement est une scène de crime et l'enquête n'est pas finie.

— J'irai chez Allison.

— En attendant doc Charlie, j'ai appelé mon père pour lui raconter ce qui se passait. Il nous attend. Il t'a préparé la chambre d'amis. Je ne vois pas l'intérêt de déranger les Casali à cette heure alors que tu peux dormir chez nous !

En réalité, il aimait bien l'avoir chez lui. Il avait de vrais sentiments à son égard, même s'il n'était pas sûr de vouloir se lancer dans une nouvelle relation amoureuse…

Aussi ne lui laissa-t-il pas l'occasion de protester davantage et lui prit-il le bras pour sortir de l'hôpital.

Ils traversaient le parking quand Allison téléphona pour prendre des nouvelles. Alex était en déplacement, et elle promit à Jenny que, dès son retour, ils remettraient l'appartement en état et installeraient de nouvelles serrures.

— Veux-tu venir passer la nuit chez nous ? demanda-t-elle.

— Merci, mais je dois faire l'infirmière pour Evan, répondit Jenny en rougissant. Il a une légère commotion. Il doit être surveillé.

— Oh ! dans ce cas, je ne te dérange pas plus longtemps, fit Allison amusée. La boutique sera fermée demain, reste chez les Rafferty et repose-toi.

— Mais je dois remettre de l'ordre !

— N'y pense même pas. En revanche, si vous êtes en forme, venez tous les deux dîner à la maison demain. Alex sera rentré. Amenez Gracie avec vous.

Elles échangèrent encore quelques mots puis raccrochèrent. Jenny s'installa derrière le volant en dépit des protestations d'Evan et ils prirent le chemin du ranch Rafferty.

Quand ils y arrivèrent vingt minutes plus tard, Sean les attendait dans la cuisine. Il couvrit son fils d'un regard soucieux avant de lui ouvrir les bras et de le serrer contre son cœur.

— C'est bon, papa, je ne suis pas mort ! dit Evan en riant.

Jenny fut la seconde à recevoir l'accolade.

— Dieu merci, vous n'avez rien, dit Sean les yeux humides.

— C'est Evan qui a pris tous les risques, répondit-elle. Vous devriez lui apprendre à ne pas se précipiter au-devant du danger sans réfléchir !

— Ça ne servirait pas à grand-chose, les Rafferty sont têtus comme des mules, répondit-il en souriant. Allez, Evan, montre la chambre d'amis à cette jeune femme et aide-la à s'installer. Je serai ici si vous avez besoin de quelque chose.

Il embrassa Jenny sur les deux joues et les poussa vers la porte.

Ils montèrent tous deux au premier, comme un couple se retirant pour la nuit. L'idée traversa l'esprit de Jenny, qui la chassa bien vite. Sur le palier, Evan la fit entrer dans une pièce qui servait de bureau, avec un canapé-lit ouvert.

— Voilà, dit-il. Si le lit ne te convient pas, je peux te laisser le mien.

— Oh non, je ne peux pas dormir dans ton lit. Enfin, se reprit-elle en rougissant, tu ne tiendrais pas dans celui-ci.

— Je ferais un effort… si tu y étais aussi.

Il l'attira dans ses bras et embrassa ses lèvres. Elle tenta vainement de résister. C'était si bon de se retrouver dans ses bras ! Abandonnant la lutte, elle l'enlaça et répondit à son baiser. Au bout d'un instant, il laissa échapper un gémissement de frustration et s'écarta.

— Arrête de me torturer, dit-il tout bas.

— C'est toi qui as commencé, Rafferty, répondit-elle, reprenant son souffle avec difficulté.

— Et tu abuses d'un homme blessé.

— Tu ferais mieux d'aller te coucher. Allez, file, dit-elle en essayant de ne pas répondre à son sourire plein de sous-entendus. Avant de partir, aurais-tu un vieux pyjama pour moi ?

— Je n'en porte plus depuis mes huit ans. Un T-shirt te suffirait-il ?

Elle acquiesça, trop troublée par l'image d'Evan dormant nu dans son lit pour pouvoir répondre. Il sortit de la pièce et revint une minute plus tard avec un T-shirt propre et une brosse à dents neuve.

— Un caleçon, dit-il.

— Pardon ?

— Je porte un caleçon au lit. Je ne voulais pas que la question t'empêche de t'endormir.

Elle détestait qu'il lise si facilement dans ses pensées ! Elle lui donna un coup de T-shirt en riant.

— Bonne nuit, Evan. A demain.

Le matin suivant, le soleil se levait à peine quand Jenny décida de se lever. Elle avait peu dormi, et s'était relevée à 2 heures pour voir comment allait Evan. La découvrant dans sa chambre, il l'avait prévenue qu'il avait l'intention de dormir et qu'elle ferait mieux de le laisser, sinon il risquait fort de leur trouver un autre moyen de passer le temps. Elle ne se l'était pas fait dire deux fois et avait aussitôt décampé !

Il avait beau être terriblement attirant, elle ne se sentait pas prête. Enfin, si, elle l'était, mais le souvenir de son échec sentimental avec Brian l'empêchait de franchir le pas. Sans compter les nouvelles complications que le retour de Todd entraînait dans sa vie.

Et puis Evan avait son ranch, ses projets de cave viticole, et l'éducation de sa fille. Alors que sa propre carrière d'enseignante la ramènerait bientôt à San Antonio. Cela faisait beaucoup d'obstacles à une relation amoureuse, même si elle savait d'ores et déjà qu'il lui serait bien difficile de les quitter, lui et Gracie.

Elle se leva et prit une douche rapide avant de s'habiller. Dans l'escalier, une bonne odeur de café et de bacon grillé vint lui chatouiller les narines. Sean et Matt se trouvaient déjà dans la cuisine et bavardaient à voix basse.

— Bonjour ! dit-elle en entrant dans la pièce.

— Bonjour ma belle, vous êtes bien matinale, répondit Sean avec un grand sourire. Vous arrivez juste à temps pour ma première tournée de pancakes.

— Bonjour Jenny, dit Matt. Vous voir dès le matin va embellir toute ma journée.

— Arrête, petit frère, ton boniment ne marchera pas avec une fille raisonnable comme Jenny.

Evan venait d'entrer et marchait droit sur elle comme pour l'embrasser. Puis il s'arrêta brusquement. Elle comprit à sa mine un peu embarrassée que c'était effectivement ce qu'il avait eu l'intention de faire avant de se reprendre.

— Comment as-tu dormi ? demanda-t-il.

— Très bien et toi ? Tu te sens comment ?

— Bien mieux. Ma migraine a disparu.

— Tant mieux. Il doit m'aider à vacciner les bêtes aujourd'hui, dit Matt en se tournant vers Jenny.

— Combien avez-vous d'animaux à vacciner ?

— Soixante.

— Je peux vous aider ?

Les trois hommes la contemplèrent avec stupéfaction.

— Vous plaisantez ? demanda Matt.

— Non. Mon beau-père avait un ranch, et, fille ou garçon, on devait tous l'aider. J'ai juste besoin d'un chapeau et d'une paire de gants.

Matt tomba à genoux dans une posture théâtrale.

— Oh ! Jenny, astre de mes jours, voulez-vous m'épouser ?

— Je vais y réfléchir, répondit-elle en riant.

Evan, lui, ne riait pas du tout.

— Pouvez-vous attendre d'avoir fini le petit déjeuner pour faire les clowns ? dit Sean. Tout est en train de refroidir.

Ils prirent place à table et il leur servit une grande tasse d'un café au parfum puissant. Gracie arriva alors, encore tout ensommeillée. En découvrant leur invitée, elle se précipita vers elle.

— Oh ! Jenny ! Que fais-tu ici ?

— J'ai dormi dans votre chambre d'amis, dit-elle. Quelqu'un a cambriolé la boutique et mon appartement hier soir. Comme la porte était cassée, ton père m'a proposé de dormir chez vous.

— Je suis super-contente ! dit Gracie en l'embrassant. Vas-tu rester longtemps ?

— Juste la journée. La boutique est fermée aujourd'hui et je vais aider Matt et ton papa à vacciner les bêtes.

— Je peux ne pas aller à l'école pour vous aider, moi aussi ? demanda Gracie à son père.

— Non, ma chérie, je suis désolé, répondit-il amusé. Mais si tu termines tes devoirs assez tôt, tu pourras venir dîner chez les Casali avec nous ce soir.

Gracie se jeta à son cou pour l'embrasser.

— Je les finirai tôt, c'est promis. Merci, papa !

— Je t'aiderai si tu veux, lui promit Jenny.

Avec un sourire qui lui allait d'une oreille à l'autre, Gracie prit place et attaqua son petit déjeuner avec un appétit féroce. En la voyant si heureuse, son père resta pensif. Il n'avait pas été présent pour elle, et n'avait pas pu profiter de tels moments très souvent. Bien sûr il en était responsable, mais Megan n'avait jamais rien fait pour l'associer à leur vie de famille. Au fond, il se demandait si elle ne l'avait pas volontairement repoussé afin de garder Gracie pour elle toute seule.

C'était probable. Mais il ne s'était pas battu non plus pour conquérir sa place dans le cœur de sa fille. Alors, maintenant que l'occasion se présentait, il ne devait pas la laisser passer.

Il se tourna vers Jenny. Peut-être pouvait-il même envisager de reconstruire une nouvelle vie de famille ?

Une heure plus tard, ils accompagnaient Gracie sur la route où le bus scolaire passa la chercher. Après lui avoir promis qu'elle serait là à son retour, Jenny l'embrassa et la regarda partir avec les autres enfants. Lorsque le bus disparut à l'horizon, Evan la prit dans ses bras et déposa un baiser sur ses lèvres.

— Voilà comment je voulais te dire bonjour depuis ce matin, dit-il sur le ton de la confidence, mais je voulais le faire sans témoins.

— Délicate attention, Rafferty ! Rentrons à présent.

Il la retint par le bras alors qu'elle s'éloignait déjà sur le chemin du ranch.

— Tu as hâte de travailler avec nous, ou tu ne veux pas rester seule avec moi ?

— J'aimerais que nous allions plus doucement, admit-elle. N'oublie pas que je pars dans quelques mois.

— Est-ce une décision irrévocable ?

Elle acquiesça, refoulant l'espoir que quelque chose de plus important la retienne. Il hocha la tête et lui passa le bras autour des épaules. Ils remontèrent le chemin sans rien dire et arrivèrent à la grange, où Matt les attendait.

— J'ai trouvé le chapeau et les gants que vous réclamiez, dit-il.

Elle ramena ses cheveux derrière ses oreilles et posa le Stetson de paille sur sa tête, puis elle enfila les épais gants de cuir. Matt avait déjà sellé leurs chevaux, qui les attendaient attachés à la barrière du manège. Tout en bavardant gaiement, il l'escorta jusqu'à une belle jument.

— Voici Molly. Elle est douce mais costaude.

Jenny mit le pied à l'étrier et se hissa sur la selle, soudain excitée par la journée qui l'attendait. Il y avait bien longtemps qu'elle n'avait pas travaillé dans un ranch…

— Les étriers sont à la bonne hauteur ? lui demanda Evan.

— Parfait, oui.

Il fit faire demi-tour à son cheval, se pencha vers elle, l'attrapa par le cou et déposa un baiser sur ses lèvres. Jenny savait qu'il agissait ainsi en partie pour signifier à son frère de garder ses distances, mais cela lui était bien égal. Evan avait le don d'éveiller son désir rien qu'en la regardant ; alors quand il l'embrassait… !

— Bien, dit-il, redressant enfin la tête. Allons travailler à présent !

10

Il leur fallut près de trois heures pour rassembler le troupeau, séparer les mères de leurs veaux, et faire entrer ceux-ci dans deux enclos. Jenny descendit alors de cheval. Il y avait des années qu'elle n'était pas restée aussi longtemps sur une selle, et chacun des muscles de ses jambes le lui rappelait. De plus, elle était couverte de poussière de la tête aux pieds. Au moins, son expérience passée lui avait permis de jouer son rôle sans se ridiculiser. Elle avait accompli sa part du travail.

Les veaux attendaient maintenant dans leur enclos. Matt les envoyait à la queue leu leu dans un couloir de planches pour les vacciner, après quoi ils se retrouvaient dans le second enclos. Le travail avançait vite. Au moment où le dernier animal quittait l'enclos, un véhicule arriva et Allison en descendit.

— Salut ! lui cria Jenny, la rejoignant en s'essuyant le front du revers de sa manche. Que fais-tu ici ?

— Je t'ai apporté des vêtements de rechange, répondit Allison en agitant un sac en plastique.

— Merci, c'est gentil. J'ai complètement oublié d'en prendre hier soir.

— Sans doute parce que tu avais autre chose en tête, répondit Allison en regardant Evan.

Son jean moulait ses jambes musclées et ses hanches étroites, et il portait une chemise de coton marine qui accentuait son hâle et le bleu de ses yeux. Lui et Matt étaient vraiment de très beaux hommes, mais seul Evan faisait flageoler les genoux de Jenny. Elle eut un frisson de plaisir au souvenir de leurs baisers.

— Et moi qui m'inquiétais pour toi, dit Allison qui ne l'avait pas quittée des yeux. Apparemment tu es entre de bonnes mains.

— Je ne suis entre les mains de personne, dit Jenny en rougissant. Je travaille !

Allison lui adressa un sourire gentiment moqueur au moment où les deux frères les rejoignaient.

— Bonjour, Evan, dit-elle. Je pensais que vous étiez supposé vous reposer aujourd'hui.

— Je me sens en pleine forme, répondit-il en repoussant son chapeau sur l'arrière de sa tête. Le shérif a-t-il une piste ?

— Alex l'a appelé tout à l'heure. Pour l'instant, il n'a trouvé aucune empreinte dans l'appartement. Il continue de chercher. Nous aurons peut-être des nouvelles en fin de journée. En attendant, avez-vous toujours besoin de Jenny ou puis-je vous l'emprunter ?

— Le plus dur est fait, répondit Evan. Nous pouvons nous débrouiller sans elle maintenant.

— Dans ce cas, nous allons descendre à la maison pour tenir compagnie à Sean, dit Jenny. A plus tard.

Elles remontèrent dans le pick-up d'Allison et se dirigèrent vers le ranch Rafferty tout en bavardant.

— Dire que je m'inquiétais pour toi alors que tu avais les deux fils Rafferty pour te tenir compagnie, dit Allison en riant.

— Je ne faisais que les aider à vacciner le bétail, protesta Jenny.

— Oh ! pas à moi ! Ils sont vraiment beaux. Matt est un dragueur adorable, alors qu'Evan est un homme sérieux. Il ne te lâche pas des yeux.

— Ecoute, n'en parlons plus, répondit Jenny soudain triste. Tu sais que je rentre à San Antonio dans quelques mois.

— Il n'y a aucun moyen de te convaincre de rester ? Je sais qu'on en a déjà parlé, mais si tu continues d'enseigner au Blind Stitch avec ta classe d'initiation…

— Ce n'est pas la même chose. Je suis professeur de lettres, pas de couture. Je ne connais presque rien au patchwork.

— Mais les enfants t'adorent, c'est tout ce qui compte. Tout le monde t'apprécie, tu gères une boutique rentable, tu as ton groupe d'élèves, et même ton club de couture…

— J'aime cette vie, sans aucun doute, mais ma vocation, c'est l'enseignement.

— Je suis sûre que tu changerais d'avis si un certain vigneron te demandait de rester à Kerry Springs.

Allison avait raison. Il ne lui faudrait pas grand-chose pour tomber totalement amoureuse d'Evan Rafferty et passer le reste de son existence avec lui.

— Je ne veux plus tout quitter pour un homme. Regarde ce qui s'est passé avec Brian.

— Peux-tu me dire que tu étais amoureuse de Brian ?

— Non, mais je l'ignorais à l'époque, et comment être certaine que je ne me trompe pas de nouveau ? Peut-être qu'Evan n'est pas du tout l'homme qu'il me faut. Je ne me sens pas prête à courir le risque une nouvelle fois.

— Dis-moi juste une chose : penses-tu que tu pourrais l'aimer ? Vraiment l'aimer ?

— Oui, et c'est bien le problème. Voilà pourquoi je dois partir avant qu'il ne soit trop tard.

A 16 heures, les jeunes veaux tous marqués et rendus à leurs mères, Evan et Matt redescendirent au ranch. Pendant qu'ils se lavaient, Gracie termina ses devoirs avec l'aide de Jenny. Puis, vers 18 heures, ils grimpèrent tous les trois dans son pick-up et prirent la direction du ranch Casali.

Evan appréciait de plus en plus cette vie familiale. Plus ils passaient de temps tous les trois, plus il s'étonnait de voir avec quelle facilité Jenny s'était fondue dans leur binôme père-fille. Mais était-il prêt à officialiser cet arrangement ?

La vérité, c'était qu'il l'ignorait. Tout ce qu'il savait, c'était qu'il n'avait jamais autant désiré une femme avant elle. Jamais sa relation avec Megan n'avait été aussi intense. Ils s'entendaient bien, certes, mais sans cette complicité joueuse qui existait entre Jenny et lui.

Ils arrivèrent au ranch des Casali, et quittèrent la route pour remonter la longue allée bordée de barrières blanches qui traversait des hectares de prairie. Ils débouchèrent dans une vaste cour rectangulaire autour de laquelle s'alignaient deux immenses granges, l'étable et l'écurie, la maison des ouvriers agricoles et les différents enclos pour les animaux. Sur la droite, au milieu d'un magnifique jardin, se dressait une grande maison d'habitation à deux étages de bois peint en blanc, avec des moulures laquées noires.

En entendant leur voiture, Cherry sortit de la maison et se précipita à leur rencontre. Allison la suivit, tenant ses jumeaux par la main. Quand ils découvrirent Jenny, les petits se mirent à battre des mains.

— Enny ! Enny ! faisaient-ils à l'unisson.

— Venez m'embrasser, mes chéris, répondit-elle en s'agenouillant pour les serrer dans ses bras. Evan, voici Will et Rose.

Ils le contemplèrent tous deux avec méfiance sans lâcher Jenny. Evan, un peu intimidé, se mit à genoux pour être à leur hauteur.

— Les enfants, voici mon ami Evan, dit Jenny. C'est le papa de Gracie.

— Acie ! dit Rose.

— Oui, Gracie, répondit Evan. C'est ma fille.

Rose lui fit un sourire. Il était adopté.

— Bonsoir, Allison, dit-il en se levant. Alex n'est pas encore rentré ?

— Si, il est arrivé il y a deux heures, répondit-elle. Il est à l'écurie, il arrive tout de suite. Ah, justement le voilà.

Alex les rejoignait effectivement, et, après les salutations d'usage, ils entrèrent tous à l'intérieur. Tilda fit dîner les enfants en premier, puis Cherry monta jouer dans sa chambre avec Gracie pendant qu'Allison et Jenny couchaient les jumeaux, laissant Alex et Evan seuls dans le salon.

— Dès que le shérif a terminé ce qu'il avait à faire dans la boutique, j'ai appelé un serrurier pour changer toutes les serrures, dit Alex. J'ai également fait poser un nouveau verrou de sécurité sur la porte qui monte à l'appartement. J'aurais dû m'en soucier avant que Jenny y emménage, mais jamais je n'aurais imaginé qu'une chose pareille puisse arriver.

— Chuck n'a toujours aucune piste ?

— Non, il n'a trouvé aucune empreinte digitale à part celles de Jenny au premier. Quant à la boutique, avec le monde qui y circule toute la journée… Espérons que cela ne se reproduira plus.

— Est-ce qu'il y a eu d'autres cambriolages en ville ?

— Chuck m'a dit que c'était le premier. Et le dernier, j'espère !

Allison et Jenny rentrèrent à ce moment-là dans le salon, et Allison se laissa lourdement tomber sur le canapé.

— Je suis épuisée ! Tes jumeaux m'ont exténuée aujourd'hui.

— Ah, maintenant ce sont les miens, dit Alex en riant.

— Entendu, je te propose un marché : tu leur donnes leur bain demain, et tu pourras dire que ce sont les miens.

L'amour réciproque qu'ils se portaient sautait aux yeux et l'échange chaleureux fit rire Evan de bon cœur. Jamais il n'avait partagé une telle complicité avec Megan, et il se demanda brusquement s'il parviendrait à le faire avec Jenny…

Tilda, en annonçant que le dîner était prêt, mit un terme

à ses interrogations, et ils passèrent à table. Le repas, succulent, fut animé, puis ils prirent le café sous la véranda. Après avoir bavardé un bon moment, Evan estima qu'il était l'heure de s'en aller.

— Merci pour cette excellente soirée, dit-il en se levant. Je vais chercher ma fille et nous rentrerons.

Il monta au premier prévenir Gracie qu'ils s'en allaient. En redescendant, il vit Jenny debout devant la porte arrière de la maison. Elle bavardait avec quelqu'un. Intrigué, il approcha et découvrit Brian.

— Ah, Jenny, tu es là ? dit-il en les rejoignant. Salut, Perkins.

— Rafferty, comment ça va ?

— Pas mal, merci.

Dans un geste possessif, il passa un bras autour des épaules de Jenny, ce que Brian remarqua évidemment.

— Tant mieux, répondit-il. Jenny, si tu as besoin de quoi que ce soit, tu sais que tu peux compter sur moi.

— Ne vous inquiétez pas, nous avons la situation bien en main, répondit Evan.

Brian lui jeta un regard perçant et hocha légèrement la tête.

— Bon, très bien. Au revoir.

— Salut, Brian...

Ils le regardèrent s'éloigner, puis Jenny se tourna vers Evan et lui jeta un œil furibond.

— Ne recommence plus jamais ça !

— De quoi parles-tu ?

— Ne fais pas l'innocent, Evan Rafferty ! Tu t'es arrangé pour que Brian imagine qu'il y a quelque chose entre nous.

— Et alors ? Si j'avais envie qu'il y ait quelque chose entre nous ?

Elle écarquilla les yeux.

— Dans ce cas, je te serais reconnaissante de me faire part de tes sentiments *avant* !

Elle tourna les talons et disparut à l'intérieur de la maison.

Il la suivit et il découvrit Gracie au pied de l'escalier. A en juger par son visage, elle avait tout entendu…

— Papa, est-ce que Jenny est fâchée contre toi ? demanda-t-elle.

— Un peu, avoua-t-il. J'ai fait quelque chose qui ne lui a pas plu.

— Alors il faut lui présenter tes excuses.

Un sourire passa sur ses lèvres et il embrassa sa fille.

— J'y compte bien, ma chérie ! Et je vais même faire bien davantage.

Lorsqu'ils furent rentrés au ranch Rafferty, Jenny aida Gracie à se mettre au lit et s'arrangea pour rester hors du chemin d'Evan. Celui-ci ne fut pas dupe de son jeu et décida d'y mettre un terme. Il frappa à la porte de la chambre de sa fille et entra dans la pièce. La bonne entente qui régnait entre Jenny et Gracie le rendait un peu envieux. Jenny termina de lire son histoire à Gracie, puis l'embrassa avec affection et sortit sans lui jeter un regard.

Evan embrassa sa fille à son tour. Il allait sortir lorsque celle-ci le rappela.

— Papa ? N'oublie pas ta promesse…

— Ne t'inquiète pas, mon cœur. Tout va s'arranger.

Quand il referma la porte, Jenny, qui n'avait pu s'empêcher de s'attarder dans le couloir, lui jeta un regard interrogateur.

— Gracie m'a fait promettre que je te présenterais mes excuses pour ce qui est arrivé tout à l'heure, dit-il en répondant à sa question muette. Je sais que je me suis comporté comme un imbécile, mais mon seul but est de te protéger. Perkins t'a déjà fait souffrir.

— Je suis une grande fille, Rafferty, et je peux me débrouiller sans ton aide.

— Et si j'ai envie de te protéger quand même ? demanda-t-il, insistant, en lui prenant la main. Pourquoi ne dors-tu pas ici ce soir ? Je te raccompagnerai demain matin.

— Merci, mais je devrai affronter la situation tôt ou tard. Je dois rentrer chez moi.

— Entendu, si tu y tiens vraiment. Mais je veux inspecter la boutique et l'appartement de fond en comble avant de t'y laisser.

— Ça serait gentil, dit-elle en lui souriant enfin. Allons-y, cow-boy !

Lorsqu'ils arrivèrent à la boutique, Jenny contempla avec surprise les portes blindées et le nouveau système d'alarme sophistiqué. Ils visitèrent le rez-de-chaussée sans rien trouver d'anormal, puis montèrent au premier. Toute trace de l'effraction avait disparu. Les meubles avaient été remplacés et il y avait même une télévision neuve.

— C'est encore plus joli qu'avant, dit-elle, impressionnée. Je savais qu'Allison et Alex avaient l'habitude d'agir vite, mais là, ils m'ont bluffée !

— Je suis désolé que tes effets personnels aient été volés, lui dit Evan.

— Il ne s'agissait que d'objets, répondit-elle en haussant les épaules.

— En tout cas, je remercie le ciel que tu n'aies pas été seule ici ce soir-là. Tu n'es pas seule maintenant non plus, Jenny. Je veux être là pour toi.

Elle aurait voulu le croire, mais, dans sa vie, de nombreuses personnes l'avaient abandonnée. Son père, qui les avait quittées quand elle était toute petite ; sa mère, qui lui avait préféré ses beaux-fils…

— Dis-moi ce que tu ressens, Jenny, dit-il en la prenant dans ses bras. Dis-moi ce que je peux faire pour toi.

Un profond sentiment de solitude et de détresse la submergea et elle cligna des paupières pour chasser ses larmes. Il était si prévenant, si doux, si gentil ! Elle ne put résister à l'envie de se serrer contre lui. Quand il l'enlaça, l'enclos chaud et protecteur de ses bras musclés lui donna l'impression d'une barrière qu'aucun danger ne pourrait jamais franchir. Elle se sentait bien avec lui, mieux qu'elle ne l'avait jamais été.

Aussi, lorsqu'il baissa la tête pour l'embrasser, elle ne résista pas un instant. Au contraire, elle passa les bras autour de son cou pour mieux répondre à ses baisers, tandis que les mains d'Evan lui caressaient le dos et les épaules, la secouant de frissons délicieux.

— J'ai envie de toi, Jenny, murmura-t-il.

— Moi aussi, Evan. Ne me quitte pas...

— Je suis là, ma chérie. Je resterai aussi longtemps que tu le voudras.

Pour toujours !

Elle résista à l'envie de prononcer ces mots fatidiques, et la bouche d'Evan, se posant sur la sienne, l'empêcha de les formuler. A la place, elle le lui exprima avec des baisers encore plus brûlants, encore plus passionnés. Elle voulait se fondre en lui, être absorbée par sa force, sa chaleur, ne faire plus qu'un avec lui.

Il eut un gémissement rauque et redressa la tête.

— J'ai envie de te faire l'amour, Jenny. Jamais je n'ai autant désiré une femme, je te le jure. Jamais !

— Moi aussi je te veux, Evan, dit-elle entre deux baisers.

Sans la lâcher, tout en continuant de la caresser, il commençait à lui ôter ses vêtements. Elle en fit autant pour lui. Bientôt leurs chemises se retrouvèrent sur le tapis. Quand leurs peaux se touchèrent, un violent frisson la secoua. Il était grand et fort, mais il avait la peau incroyablement douce. Elle caressa ses pectoraux d'acier couverts d'un duvet doux comme la soie.

— Tu es tellement beau ! dit-elle d'une voix brisée par l'émotion.

Il eut un nouveau gémissement étranglé et reprit possession de sa bouche. Puis ils basculèrent sur le lit et le reste de leurs vêtements se retrouva vite par terre. En sentant le corps nu et tellement viril contre le sien, elle songea soudain qu'elle serait volontiers restée ainsi pour l'éternité.

Et c'était justement le problème. Elle n'avait pas l'éternité…

11

Jenny se réveilla aux premières lueurs de l'aube et fut surprise de trouver le lit vide. L'odeur d'Evan flottait encore dans ses draps et le souvenir de leur fabuleuse nuit d'amour la fit sourire. Il n'était pas très bavard, mais il savait montrer par les actes la passion qu'il éprouvait !

Il apparut soudain, vêtu de son jean et de ses bottes, sa chemise ouverte dévoilant son torse magnifique. Il était vraiment très sexy !

— Je ne voulais pas te réveiller, dit-il.

— Je me lève toujours tôt, répondit-elle en se rendant soudain compte de sa nudité. Tu es réveillé depuis longtemps ?

— Non. J'ai fait du café.

Il entra dans la chambre et lui tendit un mug de bon café bien chaud. Soudain pudique, elle tira le drap sur sa poitrine en s'asseyant. La scène lui donnait une impression étrange, comme s'ils étaient étrangers l'un à l'autre…

— Evan, quelque chose ne va pas ?

— Non, c'est juste que… je n'ai pas l'habitude.

— Moi non plus.

— Veux-tu que je parte ?

— Non, je voudrais que tu restes, dit-elle en lui prenant la main. Mais seulement si tu en as envie.

— J'aimerais rester, mais il faut que je rentre, répondit-il. Gracie s'étonnerait de ne pas me voir.

— Tu as raison, dit-elle d'un air déçu. La situation est difficile à expliquer à une fillette de huit ans.

Se sentant plus que jamais vulnérable, elle se leva et passa dans la salle d'eau pour prendre son peignoir. A en juger par la mine embarrassée d'Evan, la nuit qu'ils venaient de partager n'avait pas la même signification pour eux deux. Elle espérait une relation solide, mais il souhaitait apparemment quelque chose de plus souple…

Passant dans la cuisine, elle sortit une bouteille de jus d'orange du réfrigérateur et s'en servait un verre quand il la rejoignit.

— Jenny ?

— Oui, dit-elle en évitant son regard.

Il lui prit le visage entre ses mains si douces et si fortes, et la força à regarder ses yeux incroyablement bleus.

— Ma chérie, cette nuit a été… spéciale.

— Pour moi aussi.

L'attirant contre lui, il l'embrassa à pleine bouche. Aussitôt, le sang de Jenny se mit à bouillir dans ses veines. Il aurait été si facile de tomber amoureuse d'un homme comme lui !

Mais c'était trop tard, elle était déjà amoureuse.

Redressant la tête, il la contempla un long moment en silence.

— Il faut vraiment que j'y aille, dit-il enfin. Je t'appelle plus tard.

Elle acquiesça et ils descendirent jusqu'au rez-de-chaussée. Lorsqu'il sortit, elle ralluma le système d'alarme et caressa ses lèvres gonflées par leurs baisers. Comment pouvait-elle espérer une véritable histoire d'amour avec lui ? Son optimisme lui jouait-il encore un tour à sa façon ? Ou bien Evan était-il vraiment l'homme de sa vie ?

Evan fit le trajet de retour au ranch dans un état second. Après cette nuit, il ne pourrait plus contenir ses sentiments à l'égard de Jenny. Ces heures d'intense passion avaient fait sauter les verrous de son cœur. Il était désormais sans défense. Mais accepterait-elle de renoncer à sa carrière d'enseignante à San Antonio pour venir vivre avec lui dans une petite ville rurale comme Kerry Springs ? Comment savoir ? Pourtant, son instinct lui disait que la réponse à ces questions allait vite devenir cruciale.

Quand il entra dans la maison par la porte arrière, sa famille était déjà installée à la table du petit déjeuner.

— As-tu réussi à réparer la fuite d'eau dans la grange ? lui demanda son père.

Ainsi Sean lui avait trouvé une excuse pour son absence matinale ? Il eut l'étrange impression d'être de nouveau un adolescent.

— Oui, ce n'était qu'un joint à changer, dit-il en se penchant pour embrasser sa fille. Bonjour mon cœur, tu as bien dormi ?

— Bonjour papa. Tu piques !

— C'est parce que je n'ai pas eu le temps de me raser à cause de cette fuite d'eau, répondit-il en se servant du café.

— Tu es toujours d'accord pour m'aider à faire monter les veaux dans la bétaillère ? lui demanda Matt.

— Oui, bien sûr, je te l'ai dit hier.

— Certes, mais c'était… avant que la conduite d'eau se mette à fuir.

— Cela ne fait aucune différence. Gracie, tu devrais te dépêcher, le bus ne va pas tarder.

Elle attrapa sa tartine et sortit de table pour aller chercher son cartable, les laissant seuls. Un silence tomba sur la cuisine. Son père et son frère prétendaient que tout était normal, mais il sentait que ce n'était qu'une façade.

— Bon, allez-y, dites-moi ce que vous avez sur le cœur !

— Que te dire, répondit son père en haussant les épaules. Tu es un grand garçon. Jenny est une fille formidable. Jouer avec ses sentiments ne serait pas correct, elle mérite bien mieux.

— Et toi, qu'as-tu à dire ? demanda Evan en se tournant vers Matt.

— Ça ne me regarde pas mais… J'ai vu comment elle te regarde. Elle est folle de toi. Si tout ça n'est qu'un jeu, alors arrête tout de suite avant qu'elle ne souffre. Je t'attends dehors.

Sur ces mots, il se leva, déposa son assiette sale dans l'évier et sortit de la cuisine. Un peu surpris, Evan se tourna vers son père.

— Il ne manque pas d'air de me parler ainsi, lui qui papillonne sans arrêt d'une femme à l'autre !

— Aucune d'entre elles n'est Jenny Collins, répondit Sean d'un ton sévère.

Comme la boutique avait été fermée la veille, Jenny eut beaucoup de travail ce matin-là. Toutes ses clientes voulaient savoir ce qui était arrivé et ce fut un défilé sans fin.

Abandonnant finalement le magasin à Millie, elle fit une pause dans le coin des couturières. Beth Staley, Liz Parker et Louisa Merrick, les piliers de son club, s'y trouvaient en compagnie de Lisa et de Caitlin, deux jeunes mères de Kerry Springs.

— N'avez-vous pas peur de rester seule ici désormais ? demanda Beth.

— Pas vraiment, répondit Jenny en rougissant. Le mari d'Allison a installé un nouveau système de sécurité très performant, et le shérif patrouille régulièrement par ici.

— Je vis seule moi aussi, reprit Beth, et l'idée qu'il y ait en ville quelqu'un qui s'en prend aux femmes me donne la chair de poule.

— Le shérif pense que le cambrioleur espérait juste

trouver de l'argent. Il n'a pas emporté un gros butin, Millie passe tout déposer à la banque chaque soir.

— Mais il est entré dans votre appartement, dit Lisa. On m'a dit qu'il avait tout saccagé.

— Avec ces nouveaux verrous et le système de sécurité, cela n'arrivera plus, répondit Jenny pour se rassurer.

La vérité, c'était qu'elle se serait sentie bien mieux si l'intrus avait été arrêté par la police. Millie les rejoignit alors, le téléphone à la main.

— Jenny, un appel pour vous.

— Excusez-moi, dit-elle en se levant et en prenant le combiné. Jenny Collins, j'écoute ?

— Salut petite sœur.

La voix de Todd la secoua d'un horrible frisson.

— Je t'ai dit de ne plus me téléphoner !

— Depuis quand me dis-tu ce que je dois faire ? répondit-il.

— Je ne te veux aucun mal mais fiche-moi la paix !

— Allons, Jenny, on est de la même famille. Je ne te demande qu'un petit service. Si tu me recommandes auprès de tes amis, je te laisserai tranquille.

— Jamais de la vie, Todd.

— Quelle honte, petite sœur ! Au fait, j'ai entendu dire que tu avais été cambriolée l'autre soir ? fit-il d'une voix doucereuse. Et qu'on avait mis ton appartement à sac ?

Comment pouvait-il le savoir ? Il n'y avait qu'une réponse. Il était en ville et…

— C'était toi !

— Allons, Jenny, tu m'accuses encore sans preuves, exactement comme autrefois ! Evidemment, si j'avais un emploi, j'aurais un salaire. Dans le cas contraire, je pourrais être tenté de reprendre mes vieilles habitudes. Et ce serait entièrement ta faute. Penses-y.

— Fiche-moi la paix !

Elle raccrocha et se rendit compte qu'elle tremblait des pieds à la tête. C'était Todd ! Il était entré dans son appartement, avait touché ses affaires, volé son argent… Et que pouvait-elle faire ? Rien du tout. Il avait raison, elle n'avait aucune preuve. Elle savait juste qu'il était capable de bien pire que de fracturer une porte et de saccager un appartement. Elle ne pouvait pas le laisser faire du mal à ses amis, à ceux qu'elle aimait. Il n'y avait plus aucun doute sur la décision qui s'imposait désormais.

— Jenny, tout va bien ?

Millie la regardait d'un air inquiet. Non, elle ne pouvait pas le laisser nuire à tous ces gens.

— Ça ira mieux bientôt, murmura-t-elle.

Après ce coup de téléphone, Jenny n'eut plus une seconde de tranquillité de la journée. En fin d'après-midi, un livreur apporta un ravissant bouquet à la boutique.

— Que c'est joli, dit Millie. Pour qui est-il ?

— Pour Jenny Collins, répondit-il.

Jenny fut très surprise. Qui pouvait bien lui envoyer des fleurs ? Elle donna un pourboire au jeune homme et prit la carte agrafée au papier cristal.

« Je pense à toi. Veux-tu dîner avec moi ce soir ? Evan. »

Sa poitrine se contracta et elle fourra la carte dans sa poche.

— Qui vous les envoie ? demanda Millie.

— Evan Rafferty. J'ai aidé sa fille avec son projet de patchwork.

Elle se détourna et prétexta les comptes de la journée à mettre en ordre pour s'isoler dans le bureau. En réalité, ses yeux étaient pleins de larmes. Pourquoi Evan se montrait-il si gentil ? Pourquoi fallait-il qu'elle soit tombée amoureuse de lui ? Et surtout pourquoi maintenant, au moment où elle devait tout abandonner ?

Elle décrocha le téléphone et appela le rectorat de San

Antonio. Son projet n'avait jamais été de s'installer définitivement à Kerry Springs, et pourtant l'idée d'en partir lui brisait le cœur. Malheureusement, c'était la seule solution pour assurer la tranquillité, voire la sécurité de ses amis…

Son appel terminé, elle raccrocha et vit entrer le shérif, accompagné d'Alex.

— Bonjour, dit Chuck en ôtant son chapeau. Comment cela s'est-il passé hier soir ?

— Très bien, répondit-elle en détournant le regard. Je doute que quiconque puisse entrer ici par effraction désormais.

— Je l'espère bien, dit Alex. Tu sais que si quelqu'un essaye de forcer la porte, tu as un bouton d'appel d'urgence relié directement au bureau du shérif.

Elle acquiesça.

— Le cambrioleur a sans doute quitté la ville depuis longtemps.

— Je l'espère, reprit Alex. Si tu ne te sens pas tranquille ici, tu peux toujours venir habiter chez nous.

Son cœur se serra. Les Casali étaient vraiment des amis précieux. Une raison supplémentaire pour attirer Todd loin d'eux.

— Merci, Alex, tout ira bien.

— Tiens, au fait, ton frère est passé au ranch.

— Quoi ? dit-elle, s'étranglant à moitié.

— Todd Newsome est passé voir si nous cherchions du personnel, répondit Alex. Il t'a citée comme référence.

Elle eut du mal à reprendre son souffle. Tout cela n'était qu'un mauvais rêve !

— Vraiment ? Je ne sais pas pourquoi il a utilisé mon nom. Nous ne nous sommes jamais entendus…

Alex la scruta du regard un instant avant de hocher la tête.

— C'est tout ce que j'avais besoin de savoir.

Ils firent la conversation encore un moment, puis les deux hommes la saluèrent et repartirent, la laissant dans un état de profonde agitation. Désormais, son départ était inévitable. Peu importait l'affection qu'elle portait à ses amis, leur sécurité passait avant tout. Todd ne la laisserait jamais tranquille, pas tant qu'il espérerait pouvoir tirer quelque chose de ses relations. Il ne cesserait jamais d'être malfaisant.

Elle avait discuté avec la principale de son ancien collège. L'année scolaire ne reprenait pas avant trois mois, à la fin août, mais on lui avait proposé un poste d'été pour un stage de rattrapage qui commençait dès la semaine suivante. Plus vite elle quitterait Kerry Springs, mieux ce serait.

Sauf pour elle…

Evan avait essayé de joindre Jenny tout l'après-midi et il tombait toujours sur son répondeur. Finalement, il apprit qu'elle avait téléphoné au ranch et prévenu Sean qu'elle ne pourrait pas dîner avec lui ce soir-là.

Son instinct lui dit aussitôt que quelque chose n'allait pas. Il décida d'en avoir le cœur net et de passer la voir. En arrivant dans l'allée à l'arrière de la boutique, il la découvrit en train de charger sa voiture de cartons et de boîtes…

Descendant de voiture, il l'appela. En entendant son prénom, elle sursauta. Lorsqu'elle lui fit face, son visage avait la même expression qu'un enfant pris la main dans le sac.

— Evan ? Tu n'as pas eu mon message ?

— Si. Et toi, tu as eu mes fleurs ?

— Oh ! oui, elles sont ravissantes, merci. Je dois rentrer immédiatement à San Antonio…

— Un problème de famille ?

— Non, j'ai eu une proposition pour un travail d'été dans mon ancien collège.

Il la regarda, suspicieux, et convaincu qu'elle ne lui disait pas tout.

— J'ai dû partir tôt ce matin car il fallait que je rentre chez moi, dit-il. Tu as compris pourquoi, n'est-ce pas ?

— Oui, bien sûr, répondit-elle en évitant son regard. Cela m'a sans doute permis de comprendre que tout allait trop vite entre nous, surtout vis-à-vis de ta fille. Je crois que je ne suis pas prête à entamer une nouvelle relation sentimentale.

Il sentit la panique le gagner. Il ne voulait pas la perdre !

— Bon, admettons que nous ayons brûlé les étapes. On peut reprendre en prenant davantage notre temps…

— Je suis désolée, Evan… Je t'avais prévenu que je comptais retourner à mon travail de professeur.

— Cela n'explique pas pourquoi tu t'enfuis comme une voleuse, dit-il en protestant. Et tu m'avais dit ne reprendre ton poste qu'à la rentrée…

— On m'a proposé ce travail pour l'été, et c'est peut-être mieux ainsi.

Elle referma son coffre et rebroussa chemin vers la boutique. Il la suivit.

— Mieux pour toi, peut-être, mais pas pour moi, insista-t-il. Et Gracie ? Parle-moi, Jenny. Quelle est la vraie raison de ton départ ? C'est très précipité.

— Je n'ai rien à dire de plus, Evan. Tu es un homme merveilleux, mais il n'a jamais été question que je reste ici. Mon départ a simplement lieu plus tôt que prévu.

— Je croyais qu'il se passait quelque chose entre nous. Apparemment, je me trompais.

Son cœur battait à tout rompre. Il refusait de croire ce qui était en train de se produire. En la voyant ravaler ses larmes, son espoir se ranima.

— Mes élèves ont besoin de moi, Evan, dit-elle d'une voix suppliante. Et j'aime mon métier, tu le sais.

— Est-ce que cela ferait la moindre différence si je te demandais de rester ?

En dépit de la larme qui roulait maintenant sur sa joue, elle secoua la tête.

— Oh ! Evan, c'est impossible. C'est mieux ainsi. Je suis désolée.

Il eut un désagréable sentiment de déjà-vu. Il ne lui suffisait pas. Il ne lui apportait pas assez pour la faire rester. Peut-être n'était-il vraiment pas fait pour les relations amoureuses ?

— Il n'y a pas de quoi être désolée, dit-il. On éprouve des sentiments ou pas. Au moins, nous avons découvert la vérité avant de nous engager plus loin. Bonne chance, Jenny. Adieu.

12

— Jenny s'en va ? Pour toujours ?

Evan venait d'annoncer la nouvelle à sa fille qui rentrait de l'école, et Gracie le contemplait avec une expression proche du désespoir.

— Elle rentre à San Antonio, dit-il.

— Mais ce n'est pas possible ! Elle m'aide pour mon patchwork…

— Nous trouverons une solution, mon cœur. Peut-être qu'une autre dame du groupe pourra te donner un coup de main.

— Je ne veux personne d'autre !

Elle fondit en larmes et tomba dans ses bras ouverts. Il la serra contre lui en essayant d'apaiser ses sanglots. Il ne l'avait jamais vue pleurer ainsi. A la mort de Megan, elle s'était enfermée dans sa chambre et n'avait pas voulu le laisser entrer. C'était la première fois qu'elle partageait un chagrin avec lui, et il aurait tout donné pour la soulager.

— Ça ira, ma chérie, dit-il d'une voix douce en lui caressant les cheveux. Je suis là. Je serai toujours là pour toi.

— Est-ce que c'est toi qui l'as fait partir ? demanda-t-elle en s'écartant pour le regarder droit dans les yeux. Je sais qu'elle voulait rester avec nous. Jenny n'a pas de famille, personne qui l'aime autant que nous. Qui va prendre soin d'elle ?

— J'aurais voulu qu'elle reste, mais elle m'a expliqué

qu'elle voulait retourner travailler dans son collège. Son métier lui plaît beaucoup.

Cela lui importait-il de savoir que son départ les désespérait ? Comment pouvait-elle quitter ceux qui l'aimaient le plus ?

Ils remontèrent en silence le chemin du ranch, ruminant leur chagrin chacun de leur côté. Ils retrouvèrent Sean dans la cuisine.

— Bonjour, leur dit-il.

— Bonjour, grand-père.

— Ma chérie, je t'ai préparé ton goûter préféré…

Gracie contempla l'assiette de fruits et de biscuits, et secoua la tête.

— Non merci. Je crois que je vais monter dans ma chambre faire mes devoirs.

Elle sortit de la pièce, laissant les deux adultes décontenancés.

— On dirait qu'elle n'a pas très bien pris la nouvelle, dit Sean.

— Non, ça lui a brisé le cœur.

— Et toi, ce départ t'a-t-il aussi brisé le cœur ?

Evan détourna la tête. Sa pudeur lui interdisait de confier ses sentiments à son père.

— Quelle importance ? répondit-il. Jenny est partie et je ne peux rien y faire.

— Peut-être n'as-tu pas essayé assez fort ?

— Si, j'ai tenté de la retenir ! Je lui ai dit que je voulais construire quelque chose avec elle ; j'ai même mis Gracie en avant. Rien ne l'a fait changer d'avis.

— Je n'arrive pas à le croire, répondit Sean. J'ai vu sa manière de te regarder. Elle tient à toi, mon garçon. Il doit y avoir quelque chose d'autre.

— Son travail…

— Non, répéta Sean après une seconde de réflexion. Je n'y crois pas non plus. Jenny n'est pas le genre de femme à quitter un homme dont elle a été si proche. De plus, il est possible d'enseigner ici aussi.

Evan se remémora leur nuit d'amour, tout ce qu'ils avaient partagé. Cela ne pouvait pas se limiter à une incroyable entente physique, il y avait forcément davantage que cela. Et il devait en avoir le cœur net.

— Je vais appeler Allison, dit-il en attrapant le téléphone.

Ce fut Alex qui décrocha.

— Pardon de vous déranger, dit Evan, mais j'ai besoin de savoir pourquoi Jenny s'en va.

— Elle est passée cet après-midi nous informer de son départ, et j'ai tout essayé pour la retenir, mais sans résultat. J'ignore la véritable raison qui la pousse à rentrer à San Antonio. Allison et les enfants sont très attristés.

— Je suis sûr que quelque chose d'autre motive ce départ précipité, insista Evan. Vous n'avez aucune idée ?

— Eh bien… je me demande si cela n'a pas un rapport avec son beau-frère. Todd Newsome est passé au ranch l'autre jour pour demander un travail, et il s'est recommandé de Jenny.

— Vous l'avez embauché ?

— Non. Jenny ne m'a pas poussé à le faire lorsque je lui en ai parlé. Et quand j'ai interrogé le shérif, j'ai appris qu'il venait d'être libéré de prison.

Le puzzle commença à prendre forme dans l'esprit d'Evan.

— De prison ? Qu'avait-il fait ?

— Trafic de drogue. Il a été libéré plus tôt pour bonne conduite.

— Il a téléphoné à Jenny la semaine dernière, elle ne paraissait pas contente du tout de l'entendre.

— Bon sang, dit Alex, je suis presque sûr qu'il a quelque chose à voir avec le cambriolage. Et j'ai appris qu'il y en avait eu un autre hier soir. Chez Harley, le prêteur sur gages.

— Vous croyez que Newsome y est mêlé ?

— Je trouve étrange que tout ça commence juste quand

ce type débarque chez nous. Et maintenant, Jenny quitte précipitamment la ville. Peut-être tente-t-elle de nous protéger de cette fripouille.

— Oui, cela explique tout. Alex, je crois qu'il est temps que nous y mettions bon ordre ! dit Evan avec détermination.

L'après-midi suivant, Jenny annonça son départ à Millie et aux dames de son cercle de couture. Ses bagages étaient faits, il ne lui restait qu'à transporter sa valise dans sa voiture. Elle n'avait nulle part où aller à San Antonio et n'avait aucune intention de retourner chez sa mère et son beau-père. Pour sa propre sécurité, elle tenait à éviter Todd autant que possible…

La porte de la boutique s'ouvrit avec le tintement de clochette familier, et elle vit entrer Gracie, qui portait son sac sur le dos. Elle avait l'air de quelqu'un qui vient de perdre sa meilleure amie. Jenny sentit son cœur s'alourdir dans sa poitrine, mais elle afficha un sourire tendu.

— Bonjour ma chérie. Est-ce que ton père sait que tu es ici ?

Gracie haussa les épaules sans répondre.

— Oh ! ma puce, tu sais que tu ne dois pas venir ici sans le prévenir !

— Mais je devais t'empêcher de t'en aller, dit Gracie en commençant à pleurer. Je t'en supplie, Jenny, ne nous laisse pas !

Les yeux piquants de larmes contenues, Jenny s'agenouilla pour la prendre dans ses bras et la serrer contre son cœur. Elle aimait tant cette enfant ! Et son père également…

— Mon cœur, je t'en prie, ne pleure pas. J'aimerais rester, mais je ne peux pas faire autrement.

— Pourquoi ne veux-tu pas épouser mon papa et devenir ma maman ?

La question innocente la prit par surprise et elle l'embrassa tendrement. Rien n'aurait pu lui faire plus plaisir mais… Evan ne lui avait jamais demandé sa main !

— Gracie, c'est la chose la plus gentille que tu pouvais me dire.

— Si tu lui demandais, papa t'épouserait tout de suite. Il était très triste avant que tu arrives, et maintenant, chaque fois que tu es là, il est heureux comme avant. Demande-lui, Jenny, s'il te plaît !

— Je vais lui parler, c'est promis, répondit-elle pour calmer ses sanglots. D'ailleurs, je vais l'appeler maintenant.

Elle passa derrière le comptoir et appela le portable d'Evan, qui répondit à la seconde sonnerie.

— Evan ? C'est Jenny. Je voulais juste te dire que Gracie est à la boutique. Je crois qu'elle a raté le bus scolaire.

— Je suis en ville, j'arrive dans cinq minutes.

Jenny raccrocha et se retourna. Quelqu'un bavardait avec Gracie. L'homme lui semblait familier, et il lui fallut quelques secondes pour le reconnaître. Il était plus mince et plus musclé, des tatouages couvraient ses bras et il portait les cheveux plus courts, mais c'était bien Todd Newsome !

Une vague de panique la submergea. Pourquoi discutait-il avec Gracie ? Leur conversation semblait innocente, mais elle le connaissait assez bien pour savoir qu'il lui envoyait un message.

— Gracie, j'ai prévenu ton père, il va venir te chercher. Maintenant, viens t'installer dans le bureau et fais tes devoirs, d'accord ?

— Voyons, petite sœur, on commençait juste à lier connaissance, dit Todd de sa voix mielleuse.

— Gracie, fais ce que je te dis.

Gracie lui obéit, et Jenny fit face à son visiteur.

— Todd, je t'ai dit que je ne voulais pas te voir ici.

— Mais on ne peut pas toujours obtenir ce qu'on veut, répondit-il. Tu t'es arrangée pour que je ne trouve pas de travail chez les Casali, alors je dois bien obtenir une compensation.

Il lui saisit le bras avant de déclarer :

— Tu as une dette envers moi. Surtout après m'avoir envoyé en prison.

— Ce n'est pas moi qui t'ai envoyé en prison, c'est ce que tu as fait, dit-elle. Et cela ne t'a pas servi de leçon. Je sais que tu as vandalisé mon appartement et la boutique, et je suis sûre que tu es responsable du cambriolage de chez Harley.

Il avait beau lui faire mal au bras, elle refusa de le montrer. Il secoua la tête avec un sourire de mauvais augure.

— Je t'avais prévenue de ne plus répandre de calomnies sur moi. A ta place, je ferais très attention désormais. Du reste, j'ai quand même trouvé un emploi, et un bon.

— Comment ? Ici ?

— Oui, à Kerry Springs. Quelle gentille petite ville, n'est-ce pas ? Pleine d'opportunités intéressantes. Et en plus tu y habites, fit-il en hochant la tête.

Son expression vicieuse lui glaça le sang. Elle ne pouvait pas le laisser s'installer en ville !

— Pas pour longtemps, dit-elle. Je m'en vais dans quelques jours. Tu devrais en faire autant.

— On dirait que tu as peur de me laisser ici avec tes amis, petite sœur. Tu as raison, dit-il en jetant un regard vers Gracie dans le bureau. Des choses désagréables pourraient arriver.

La clochette de la porte d'entrée retentit et il la lâcha enfin. Elle dut s'appuyer au comptoir pour ne pas tomber. Il venait de menacer Gracie ! Elle fut incroyablement soulagée en découvrant que le nouvel arrivé n'était autre qu'Evan.

— Jenny ? dit-il en la rejoignant. Il y a un problème ?

— Je suis juste passé dire bonjour à ma petite sœur. Je m'appelle Todd Newsome, répondit-il en lui tendant la main.

Evan la lui serra en lui jetant un regard perçant.

— Evan Rafferty.

— J'aimerais rester, sœurette, mais je dois aller travailler. A bientôt, Rafferty.

— Vous pouvez y compter…

Ces paroles de menace voilée l'immobilisèrent un bref instant, puis il sortit de la boutique. Evan le suivit dehors et le vit monter dans un vieux break. Il nota le numéro d'immatriculation et appela le ranch Casali. Quand Alex décrocha, il lui raconta la rencontre qu'il venait de faire. Alex lui suggéra d'aller trouver le shérif.

Evan raccrocha et rentra dans la boutique.

— Ce n'est pas pour ton travail que tu t'en vas, mais à cause de lui, n'est-ce pas ? dit-il sans préambule.

Sa manière de rougir répondit pour elle. Il ne la laissa même pas parler.

— Inutile de rien dire, tu nous expliqueras tout ça quand Alex et Chuck seront là. Où est Gracie ?

— Derrière.

— Est-ce que Newsome a proféré des menaces contre toi ou contre ma fille ?

Cette fois, ce fut sa pâleur qui répondit à sa place. Il proféra un juron entre ses dents et se promit de mettre rapidement cet homme malfaisant hors d'état de nuire.

Pendant la demi-heure qui suivit, ils installèrent Gracie dans l'appartement du premier, où elle commença ses devoirs. Jenny, très agitée, essayait de s'occuper avec la comptabilité de la boutique. Elle n'avait presque rien dit à Evan depuis le départ de Newsome, et en voyant cette femme silencieuse, au visage tendu, il avait du mal à se rappeler la Jenny pleine de vie et de passion à qui il avait fait l'amour…

Elle était sans doute fâchée qu'il prenne la situation en main, mais il n'avait pas l'intention de la perdre. Plus maintenant qu'il savait les raisons de son départ !

— Vous serez en sécurité quand j'aurai quitté la ville, dit-elle soudain.

— Jenny, tu n'as pas à fuir devant ce voyou !

— Ecoute, Evan, je ne veux pas que tu te retrouves impliqué dans mes problèmes.

— Notre problème, c'est Newsome, pas toi, lui répondit-il. Tu es sa victime.

— Je sais, dit-elle en soupirant, mais il se tire toujours d'affaire. Déjà enfant, il arrivait toujours à me faire porter le chapeau pour ses fautes. Crois-moi, j'ai raison d'avoir peur de lui : c'est un être cruel et méchant. J'étais tellement soulagée quand il a été envoyé en prison ! Mais il est de retour, et je ne le laisserai pas vous faire du mal, ni à toi, ni à Gracie.

— Et toi, qui s'occupera de toi ?

— Je me débrouillerai. Pour l'instant, je veux juste qu'il vous laisse en paix. Et pour ça, je dois partir au plus vite.

Leur conversation fut interrompue par l'arrivée d'Alex et d'Allison qui entrèrent, accompagnés du shérif Chuck Reynolds, par la porte arrière de la boutique. Une fois la boutique fermée, la conversation put commencer sans témoins.

— Jenny, dit Alex, tu aurais dû nous prévenir tout de suite quand ton beau-frère t'a menacée.

Honteuse, elle secoua la tête.

— Je vous jure que je ne savais pas qu'il était le cambrioleur avant-hier. Je suis désolée qu'il ait fait autant de dégâts ici, et qu'il t'ait blessé, Evan.

— Tu ne vas quand même pas t'excuser pour cette ordure, répondit ce dernier, indigné. Si tu avais été seule…

Il ne termina pas sa phrase et se mit à faire les cent pas, apparemment trop bouleversé pour continuer. Son agitation la tétanisa. Il devait la détester maintenant !

— Nous devons trouver une preuve de sa culpabilité, dit Alex.

— Todd est trop malin pour se laisser prendre, répondit-elle. De toute façon, si je rentre à San Antonio, il vous laissera pour me suivre.

— Et il s'attaquera à quelqu'un d'autre, dit le shérif. J'ai appris d'autres choses sur lui. Il a trouvé un emploi au Roadhouse Club. Je ne sais pas si vous connaissez la réputation de cet endroit, mais ce nom revient souvent dans des affaires de prostitution et de trafic de drogue. Les fédéraux ont ouvert une enquête sur cet établissement, c'est comme cela que j'ai appris que Newsome y avait été engagé comme plongeur et videur. Apparemment, cet emploi satisfait son officier de probation, mais les fédéraux pensent qu'il vient de se lancer dans l'escroquerie aux cartes de crédit. Quoi qu'il en soit, je vous demande à tous de garder le secret sur cette enquête. Nous allons assurer votre surveillance, Jenny. Je ne pense pas que vous autres couriez le moindre danger, Newsome semble trop occupé avec son nouveau trafic.

— Mais vous ne pouvez pas l'arrêter pour cela ? demanda Allison.

— Une fois que le FBI est sur le coup, nous devons suivre leurs ordres. Cette fois-ci, votre beau-frère fréquente du gros gibier. Les fédéraux veulent mettre la main sur le patron du Roadhouse Club, Cesar Sanchez, aussi ont-ils choisi d'attendre. Nous ne pouvons rien faire contre Newsome pour l'instant.

— Oh ! je suis désolée, dit Jenny au bord des larmes. Je n'ai jamais voulu vous mettre en danger, vous et vos familles.

— Et toi, Jenny ? rétorqua Allison, fâchée. Tu es comme un membre de notre famille toi aussi, et c'est toi qui es la plus menacée.

— Voilà pourquoi je dois partir. Si je m'en vais, il n'aura aucune raison de vous faire du mal ; il partira…

— J'en doute, dit Chuck. Il vient de se lancer dans un trafic juteux et il n'arrêtera pas si vite. J'espère que nous pourrons le renvoyer bientôt en prison.

— Comment puis-je vous aider ? demanda Jenny en ravalant ses larmes.

— En restant ici sous notre protection, répondit-il. S'il fait le moindre faux pas, nous pourrons le coffrer.

Elle aurait tout donné pour être enfin débarrassée de Todd.

Elle jeta un regard vers Evan, mais il était trop tard. Elle avait certainement perdu la chose la plus importante de sa vie. L'amour de l'homme qu'elle aimait…

13

Evan n'avait aucune intention de laisser Jenny seule dans son appartement, que cela lui plaise ou non. Ils devaient agir normalement pour ne pas éveiller la méfiance de Newsome, mais il ne la quitterait pas. Quoi qu'elle en dise. Et d'ailleurs, pourquoi ne pas laisser croire à ce voyou qu'ils avaient une liaison ? Cela le tiendrait peut-être à distance…

Quand tout le monde quitta la boutique, il demanda aux Casali de raccompagner sa fille chez lui, puis il ferma la porte blindée et brancha le système de sécurité avant de monter au premier étage.

— Je t'ai dit que je ne voulais pas que tu te mêles de mes problèmes, Evan ! dit Jenny. Tu dois penser à Gracie.

— Je pense à ma fille, justement. Je ne veux pas qu'un vaurien comme Newsome menace des innocents, et c'est pour cela qu'il doit être arrêté. Que t'a-t-il donc fait pour que tu le craignes tant ?

— Je n'ai pas envie d'en parler, répondit-elle en détournant la tête. C'est du passé.

— Plus maintenant. Est-ce que… t'a-t-il touchée ? reprit-il en serrant les poings. Je le tuerai s'il a touché un seul de tes cheveux !

— Non, ce n'était pas ça, répondit-elle. Il me bousculait, oui, mais j'ai vite appris à l'éviter. Il pratiquait plutôt la torture morale. Les menaces, les jouets cassés, les mensonges pour me faire punir à sa place quand il volait de l'argent ou autre chose…

— Mais pourquoi ta mère ne t'a-t-elle pas protégée ? Tu es sa fille, bon sang !

— Elle faisait son possible, mais son premier souci était de ne pas provoquer de disputes avec son mari. Au fond, j'étais l'empêcheuse de tourner en rond, celle par qui les histoires arrivaient sans cesse, et elle a fini par m'en vouloir.

— C'est indigne. Comment peut-on traiter son enfant ainsi ?

Il semblait bouleversé et la prit dans ses bras pour la réconforter. Elle se laissa faire, trop faible pour résister à une si douce étreinte. C'était si bon de pouvoir s'appuyer sur quelqu'un, même un court instant…

— Quand le lycée m'a octroyé une bourse, j'ai enfin pu quitter la maison, en me jurant de ne plus jamais y remettre les pieds, dit-elle.

— On va te débarrasser de ce Newsome, lui promit-il sans la lâcher. Je te le jure.

Ce serment la ranima et lui rappela leur torride nuit d'amour. Quand il la serrait ainsi contre lui, il avait le pouvoir de lui faire oublier tout le reste, de lui donner l'impression d'être la femme la plus séduisante, la plus féminine et la plus importante du monde.

Et la plus aimée…

Son bon sens la ramena à la réalité. Elle ne pouvait se bercer de ces beaux rêves ! Todd finirait peut-être par se laisser prendre la main dans le sac, mais il pouvait aussi s'en sortir. Et s'il restait à Kerry Springs, à la harceler et à chercher des noises à ses amis, elle n'aurait d'autre choix que de partir pour de bon. En laissant l'homme qu'elle aimait et une fillette qu'elle adorait. Il n'y avait pas d'alternative.

— Parlons d'autre chose, dit-elle en se dégageant à

grand-peine de son étreinte. J'espère que tu laisseras Gracie continuer à assister à la classe d'initiation…

— Je doute qu'elle veuille y venir si tu n'es plus là.

— Elle a très envie de terminer le patchwork de sa mère, dit-elle. Je t'en prie, ne la laisse pas abandonner ce projet.

Il la contempla avec émotion. Depuis quand quelqu'un avait-il pris autant à cœur les intérêts de sa fille ? Il aimait voir Jenny si soucieuse de tout le monde ; c'était la preuve manifeste de son bon cœur et de sa générosité.

Comment pourrait-il jamais la laisser repartir seule vers la grande ville ?

— Tu sais, dit-il en baissant la tête, Megan et moi n'étions pas un couple parfait, loin de là. Peut-être m'y suis-je mal pris, mais Megan et moi n'avons jamais été amoureux. Nous nous sommes mariés et nous sommes restés ensemble pour Gracie. Quand je t'ai rencontrée, je me suis rendu compte de la solitude dans laquelle j'avais vécu toutes ces années. J'ai tenté de résister à mes sentiments, sans aucun succès. Je tiens à toi, Jenny, et mes efforts n'y ont rien changé. Et je crois que tu tiens à moi également…

Il la vit cligner des paupières pour cacher les larmes qui lui montaient aux yeux, et elle détourna la tête.

— Non, Rafferty, quelle drôle d'idée ! Pourquoi tiendrais-je à toi ? Tu n'es ni beau ni séduisant. Quant à ta fille… elle n'a rien de spécial non plus. Je dois quand même dire que Megan était folle.

Quand il lui sourit, elle perdit la partie. Un sourire éclaira son beau visage.

— Te rends-tu compte que tu m'appelles Rafferty chaque fois que tu veux remettre un peu de distance entre nous ?

— Non, je t'appelle Rafferty pour que tu ouvres tes oreilles : combien de fois faudra-t-il te répéter que je peux prendre soin de moi toute seule ?

— Essayons de voir si ça marche avec toi, Collins,

répondit-il, amusé. Que ça te convienne ou pas, je ne te laisserai pas seule. J'ai besoin de toi, alors cesse de vouloir te débarrasser de moi.

Sur ces mots, il la prit dans ses bras et l'embrassa sur la bouche. Elle l'enlaça et répondit à son baiser.

Etait-ce le signe qu'elle acceptait enfin de rester ?

Le lendemain matin, Jenny se réveilla dans un appartement vide. Cela lui fit de la peine. Evan ne lui avait-il pas promis de ne pas la laisser seule ? Elle marcha jusqu'à la cuisine et vit qu'il avait préparé du café qui l'attendait au chaud dans la cafetière. Le geste la toucha. Il y avait également un petit mot à côté.

« Jenny,

» Tu dormais et je n'ai pas voulu te réveiller. Je suis rentré pour voir Gracie avant qu'elle parte à l'école. J'ai prévenu le shérif pour qu'il surveille la boutique. Je reviens dès que possible.

» Evan. »

Son cœur rata un ou deux battements. Pourquoi ne cessait-il de ranimer ses espoirs d'un avenir heureux avec lui ? La nuit précédente, ils avaient de nouveau fait l'amour, et elle s'était endormie dans ses bras en se disant que c'était là qu'elle souhaitait dormir toutes les nuits qu'il lui restait à vivre…

Prise d'une inspiration soudaine, elle décrocha son téléphone. Elle demanda à son collège de San Antonio de prévenir la principale qu'il ne lui était finalement pas possible d'assurer les cours d'été mais qu'elle reviendrait comme prévu à la rentrée.

Ce n'était certes que reculer pour mieux sauter, mais en raccrochant elle se sentait légère comme un pinson, pour la première fois depuis que Todd était revenu dans sa vie !

Deux jours plus tard, le samedi, Jenny s'occupait de sa classe d'initiation en agissant comme si tout était normal. Elle avait finalement réussi à convaincre Evan qu'il ne pouvait pas délaisser son ranch et sa famille pour l'escorter vingt-quatre heures sur vingt-quatre. Il avait beaucoup discuté avant de se laisser convaincre. Le fait qu'Alex ait engagé un vigile qui passait la journée dans la ruelle derrière la boutique avait eu du reste plus de poids que ses arguments.

— Jenny ?

— Oui ma puce ? dit-elle en se penchant vers Gracie.

— Que penses-tu de mon travail ?

— C'est superbe, dit-elle en examinant le carré de la fillette. Tu as fait beaucoup de progrès, je suis impressionnée.

— Je me suis entraînée à la maison, répondit fièrement Gracie. Papa m'a sorti la machine à coudre de maman.

— Ça se voit. Bravo, ma chérie.

3 heures sonnèrent, et ses petites élèves se mirent à ranger leurs affaires, aidées par les bénévoles.

— Vous pouvez être fière de votre classe, dit Lily Perry qui faisait partie de ces dernières. C'est un vrai succès.

— Venant de vous, le compliment me touche beaucoup, répondit Jenny en souriant. Les bénévoles comme vous et votre mère y sont pour beaucoup.

— Vous avez un vrai don avec les enfants. J'aimerais avoir des gens comme vous dans mon école. Il y a un poste libre l'an prochain au cours élémentaire, ça vous intéresserait ?

Jenny la contempla avec stupeur.

— Vous plaisantez ?

— Pas du tout. Si vous êtes d'accord, le poste est à vous. Passez donc me voir à l'école, qu'on en discute.

Lily la salua et quitta la boutique avec sa fille. Jenny maudit mentalement Todd une nouvelle fois. Elle avait envie de mener cette vie, dans cette ville si agréable ! Elle voulait continuer à fréquenter ces gens si gentils, à travailler dans cette boutique, à animer sa classe d'initiation… Et à reprendre son travail d'enseignante à l'école.

Le souvenir d'Evan et de leurs nuits d'amour lui revint à la mémoire et fit battre son cœur plus vite. Oui, elle voulait une vie tout entière auprès de lui ! Aurait-elle le courage de saisir ce rêve avant qu'il ne s'évanouisse ?

A 17 heures, Jenny s'apprêtait à fermer la boutique pour le week-end. Mais au moment de verrouiller la porte d'entrée, elle vit une silhouette sombre apparaître derrière la vitre. Sans lui laisser le temps de réagir, Todd la poussa et entra dans le magasin.

— Sors d'ici ! cria-t-elle.

Il l'ignora et ferma la porte à double tour.

— Je partirai quand j'en aurai envie, dit-il en lui saisissant le bras. Nous devons d'abord discuter un peu.

— Nous n'avons rien à nous dire !

— C'est moi qui en déciderai…

Refusant de se laisser malmener, elle se débattit. Après tout, il y avait un vigile dans l'allée, qui viendrait sans doute bientôt vérifier si tout allait bien… Mais Todd lui remonta le bras dans le dos.

— Arrête, tu me fais mal, cria-t-elle.

— Ça sera pire si tu ne fais pas ce que je te demande. Ton petit ami et son frère me suivent partout. Ils viennent au bar tous les soirs. Dis-leur de me laisser tranquille, sans quoi c'est mon patron qui se chargera de m'en débarrasser. Définitivement, cette fois.

Evan et Matt allaient au Roadhouse Club ? Dans quel but ? Se rendaient-ils compte du danger qu'ils couraient ?

— C'est ta faute si tu t'es attiré des ennuis en cambriolant la boutique.

— Tu n'avais qu'à m'aider, c'est toi la responsable. De toute façon, tes riches amis ont tout remplacé…

— Et le prêteur sur gages ? Tu crois qu'il peut se permettre cette perte ?

— Tant pis pour lui. Maintenant j'ai besoin que tu m'aides à quitter la ville. Où est la recette du jour ?

Il relâcha un peu sa prise pour essayer d'ouvrir la caisse, sans résultat.

— Il n'y a plus d'argent ici. Tout a déjà été déposé à la banque, dit-elle.

— Je ne te crois pas ! Donne-moi cet argent, ou tu vas le regretter.

Il lui tordit le bras jusqu'à lui arracher un cri de douleur. Elle finit par abandonner la partie.

— D'accord, je vais te donner l'argent. Laisse-moi le prendre…

Il la relâcha juste assez pour lui permettre d'attraper son sac rangé sous le comptoir. C'est là qu'elle aperçut le bouton d'appel d'urgence installé par Alex. Elle le pressa en attrapant la grande enveloppe de banque rangée avec ses papiers.

— Tiens, dit-elle en la lançant sur le comptoir. Maintenant va-t'en et ne remets plus les pieds ici. Je ne veux plus jamais te voir, ni toi ni tes maudits frères !

Il l'attrapa par les cheveux et la poussa violemment contre la table.

— Sale garce, dit-il avec colère, tu crois que tu peux me parler ainsi ? Tu t'es toujours crue supérieure à moi, mais je vais t'apprendre à me respecter !

Quand elle le vit lever sa main libre pour la frapper, Jenny fut submergée par une rage folle. Il l'avait maltraitée toute son enfance, avait fait de sa vie un enfer, et il continuait ! Il avait même réussi à la convaincre de fuir ce havre de paix, de fuir l'homme qu'elle aimait. Soudain, c'en fut trop. Des années d'humiliation la galvanisèrent. Sans réfléchir, elle lui donna de toutes ses forces un coup de genou entre les jambes. Il poussa un cri de douleur et la lâcha. Elle se précipita de l'autre côté du comptoir.

— Maintenant sors d'ici, lui cria-t-elle. Tout de suite !

— Tu ne vas pas t'en tirer comme ça, dit-il, blême de rage.

Il s'élança à sa poursuite et elle courut vers la porte arrière du magasin. Il la rattrapa et la jeta contre la table de coupe. Le premier choc l'étourdit. Il en profita pour lui saisir la nuque et lui cogner violemment la tête contre la table. A moitié assommée, elle se sentit perdre conscience. Sa main se posa sur la paire de ciseaux à couper le tissu, et, sans réfléchir, dans un dernier geste d'autodéfense, elle en donna un coup à son agresseur avec l'énergie du désespoir. Todd poussa un hurlement, et tout devint totalement noir...

14

Evan se gara dans l'allée derrière la boutique. Il était impatient de raconter à Jenny sa dernière conversation avec Alex. Celui-ci souhaitait se lancer dans la production de vin, et il avait proposé qu'ils s'associent. C'était l'occasion idéale de réaliser son rêve, et il avait hâte d'en discuter avec elle. Plus important encore, il voulait lui parler de ses sentiments, lui dire qu'il l'aimait, lui demander de faire sa vie avec lui… Car, en parlant avec Alex, il s'était rendu compte qu'envisager son avenir sans elle lui était devenu tout simplement impensable. Il avait besoin d'elle au quotidien, et sur le long terme…

Il descendit de voiture et aperçut le vigile dans son véhicule. Il s'approcha pour le saluer.

— Jenny travaille encore ? demanda-t-il.

— Pour autant que je sache, oui.

La radio se mit alors à grésiller et il attrapa le micro accroché à son tableau de bord.

— Ici Regan, j'écoute…

— Code 7 dans votre secteur, dit le standardiste. Je répète, code 7. Les renforts sont en route.

— Qu'est-ce que cela veut dire ? demanda Evan en tentant de rester calme.

— Le bouton d'alerte a été poussé.

Evan se précipita vers la porte, qu'il trouva verrouillée. Il sortit le trousseau que Jenny lui avait confié et finit par l'ouvrir. Ils entrèrent ensemble dans la boutique et découvrirent Newsome penché au-dessus de Jenny, qui était à moitié allongée sur la table de coupe. Il avait le poing levé. Avant que les deux hommes aient eu le temps d'intervenir, il s'affala sur la jeune femme.

Evan l'attrapa par sa chemise et le tira en arrière. C'est alors qu'il vit le sang. Il y en avait partout. Todd poussa un gémissement et s'écroula sur le sol. Evan crut défaillir lui aussi en examinant Jenny à la recherche d'une blessure. Il n'en vit aucune. D'ailleurs elle semblait respirer normalement.

— Oh ! mon Dieu, Jenny, je suis désolé, dit-il. Reviens à toi, ma chérie. Réveille-toi, je t'en supplie !

Elle finit par remuer la tête, puis rouvrit les paupières avec un gémissement. Son visage commençait à gonfler.

— Evan…

— Je suis là, mon amour, dit-il en la prenant dans ses bras. Je suis là et je ne te quitterai jamais, autant t'y habituer tout de suite.

Evan, incapable de se calmer avant d'avoir eu des nouvelles de Jenny, arpentait en tous sens la salle d'attente de l'hôpital. En entendant la porte s'ouvrir, il pivota sur ses talons et vit Allison et Alex entrer en trombe.

— Comment va-t-elle ?

— Je n'en sais rien, ça fait une heure que j'attends, répondit-il. Heureusement que Newsome est à l'hôpital lui aussi, sinon je l'y enverrais de mes propres mains !

— Laissez la justice se charger de lui, dit Allison en lui posant la main sur le bras. Je suis vraiment fière de Jenny ! Elle s'est défendue comme une tigresse contre ce fou furieux.

— Cela aurait été inutile si je ne l'avais pas laissée seule.

— Vous ne pouviez pas rester avec elle tout le temps, dit Allison. Elle ne l'aurait pas supporté. Et nous savons tous combien elle peut être têtue.

Avant qu'il puisse répondre, Sean, Matt et Gracie entrèrent à leur tour. Sa fille portait un bouquet de fleurs.

— Papa, Jenny ne va pas mourir, n'est-ce pas ? lui demanda-t-elle.

Il vit l'angoisse dans ses grands yeux et il la prit dans ses bras pour la réconforter. La pauvre petite revivait sans doute les pires moments de la maladie de sa mère. Cette fois, il saurait trouver les mots pour lui parler !

— Non, mon bébé, elle était consciente en arrivant ici. Les médecins veulent juste l'examiner pour s'assurer qu'il n'y a rien de grave. Je suis juste impatient de la voir.

— Est-ce qu'ils ont mis le méchant monsieur en prison ?

— Pas encore ; pour l'instant, on soigne la blessure que Jenny lui a faite en se défendant. Mais dès que ce sera terminé, il y retournera pour un bon moment !

Les auxiliaires médicaux qui avaient transporté Todd Newsome avaient déclaré que sa plaie était profonde mais ne présentait pas de véritable danger.

Le groupe se tut brusquement quand le médecin entra dans la salle.

— Evan Rafferty ? demanda-t-il.

— C'est moi. Comment va Jenny ?

— Bien, répondit l'homme. Le scanner montre qu'il n'y a aucune lésion. Elle a une commotion légère et des hématomes au visage qui seront encore plus impressionnants demain, mais en dehors de ça, il n'y a rien de sérieux.

A l'unisson, ils laissèrent échapper un soupir de soulagement.

— Puis-je la voir ? demanda Evan.

— Je regrette, mais elle a déclaré ne vouloir voir personne.

— Juste une minute…

— Désolé. Je crois qu'elle ne veut pas qu'on la voie ainsi.

— Je me fiche de son apparence, je veux juste l'embrasser et m'assurer qu'elle va bien.

Allison approcha et le prit par le bras.

— Evan, Jenny vient de passer un mauvais moment, elle doit se reposer. Docteur, passe-t-elle la nuit à l'hôpital ?

— Oui. Comme il n'y a pas de famille pour s'occuper d'elle, nous préférons la garder en observation jusqu'à demain.

Evan eut beaucoup de mal à contenir son impatience. Il avait soudain peur de ne jamais pouvoir exprimer ses sentiments à Jenny.

— Vous vous trompez, dit-il. Sa famille, c'est nous !

Le troisième jour, Evan décida qu'il avait été assez patient. Il n'avait cessé d'appeler Jenny, qui ne répondait jamais à son téléphone. Aussi avait-il pris la décision de la voir en face à face, quoi qu'il arrive. Il ne savait pas du tout où la trouver, aussi se dirigea-t-il vers le ranch Casali, avec l'intuition qu'Alex et Allison pourraient l'aider.

— Tu n'es pas obligé de m'accompagner, dit-il à Matt, assis sur le siège du passager.

— Tu plaisantes ? Quand elle t'enverra promener, je veux être là pour lui demander de m'épouser !

Gracie passa la tête entre les deux sièges.

— Nous voulons tous voir Jenny. Tu ne dois pas la laisser partir, papa. Tu dois la convaincre de rester et de devenir ma nouvelle maman.

— Je vais faire tout mon possible, je te le promets, répondit-il.

— Nous allons tous faire tout notre possible, fit Sean sur la banquette arrière.

— C'est exactement ce dont elle a besoin, grommela Evan. Voir le clan Rafferty au grand complet lui tomber dessus !

— Tout à fait, répondit son père. Jenny a besoin d'être entourée par nous tous, sa vraie famille.

— Tu aimes Jenny, n'est-ce pas, papa ?

Le cœur d'Evan se contracta dans sa poitrine.

— Oh ! oui, ma chérie, je l'aime, murmura-t-il en lui faisant un clin d'œil dans le rétroviseur.

Il se gara derrière la maison des Casali et grimpait les marches de la véranda lorsque Alex sortit de la cuisine.

— Ecoutez, Alex, je sais qu'Allison et vous êtes des amis proches de Jenny et que votre loyauté lui est acquise, mais si je dois fouiller chaque centimètre carré de ce ranch pour la trouver, je vous jure que je le ferai !

— Enfin, dit Alex en riant, il était grand temps que vous veniez, Evan !

Les contusions de Jenny la faisaient encore un peu souffrir, mais son état physique était de nouveau normal. Quant à son moral… c'était une autre histoire.

Quand on l'avait laissée partir de l'hôpital, elle avait trouvé refuge dans un des bungalows du ranch Casali, qui lui assurait toute la solitude et la tranquillité qu'elle désirait. Ce qui ne lui servait à rien : tout le monde lui manquait terriblement.

Le bon côté de la situation, c'était que Todd ne viendrait plus la tourmenter. En venant prendre sa déposition, le shérif lui avait raconté que le FBI avait finalement fait une descente au Roadhouse Club et démasqué le trafic de fausses cartes de crédit. Todd, impliqué jusqu'au cou, allait payer cher ses malversations. Comme il était récidiviste, la justice allait se montrer implacable, lui avait assuré le shérif, d'autant que les fédéraux avaient trouvé des preuves l'impliquant non seulement dans le cambriolage de sa boutique et de celle du prêteur sur gages, mais aussi dans plusieurs autres plus anciens restés inexpliqués. Cette fois, il croupirait derrière les barreaux un bon bout de temps.

Mais ses amis lui pardonneraient-ils de les avoir mis en danger en attirant ce malfaiteur en ville ? Et pourrait-elle oublier la honte du comportement de Todd ? Ces questions l'avaient décidée à quitter Kerry Springs pour de bon. Ses amis lui manqueraient terriblement. Surtout les Rafferty. Et Evan en particulier. Nul doute qu'il tournerait vite la page et trouverait une autre femme avec qui refaire sa vie…

Quelqu'un frappa à sa porte et l'espoir se ranima dans son cœur. Etait-ce lui ?

Elle ouvrit et découvrit Allison.

— Combien de temps vas-tu te cacher ici ? lui demanda-t-elle en entrant dans le coquet petit bungalow.

— Tu veux que je m'en aille ?

— J'ai l'impression que tu comptais partir de toute façon, répondit Allison en découvrant la valise posée sur le lit.

— C'est mieux pour tout le monde. Evan n'a pas besoin de moi, il a sa fille, et ce nouveau projet de cave viticole avec Alex.

— Quelque chose me dit que tout ça est très secondaire dans son esprit en ce moment. Ne proteste pas, dit-elle, j'ai vu comment il se comporte avec toi. Cet homme est fou amoureux de toi, Jenny, quand vas-tu l'admettre ?

Les yeux pleins de larmes, elle secoua la tête.

— J'ai tout gâché. Il vaut mieux que je disparaisse. Une fois le procès de Todd terminé, je pourrai penser à mon avenir.

— Des mots, tout ça, répondit Allison. La vérité, et tu le sais, c'est que sans lui, ton avenir ne sera qu'une longue suite de journées et de nuits solitaires. Tu passeras à la maison pour dire au revoir aux enfants avant ton départ ?

Jenny acquiesça et Allison l'embrassa avec affection avant de ressortir du bungalow. Une fois seule, elle essuya ses larmes. Si elle attendait encore, il lui serait impossible de partir. Elle referma donc sa valise et la fit rouler vers la porte. En ouvrant celle-ci, elle se retrouva nez à nez avec l'homme qu'elle tentait d'éviter à tout prix.

— Evan, dit-elle.

Sa haute stature, ses beaux traits virils, et ses yeux

bleus perçants la transportèrent de bonheur, et il lui fallut détourner les yeux pour recouvrer son calme.

— Tu te sauvais sans dire au revoir ? Alors, Collins, tu n'as pas plus de cran que ça ?

Elle voulut protester et en fut incapable. Il avait raison, elle manquait totalement de cran !

— Je suis désolée, Evan, j'ai pensé que ce serait mieux de t'envoyer un mot. Après tout ce qui est arrivé, je me suis dit que ce serait plus facile pour nous deux.

— Tu parles du minable qui t'a agressée ? Ou de ce qui est arrivé entre nous deux ? De ces nuits où nous avons fait l'amour ? De ces heures où je t'ai ouvert mon âme et mon cœur ? Je pensais que cela avait de la valeur à tes yeux…

— Bien sûr, répondit-elle les yeux pleins de larmes. Je chérirai ces instants jusqu'à mon dernier souffle.

— Alors pour l'amour du ciel, pourrais-tu m'expliquer pourquoi tu t'en vas ?

Elle ouvrit la bouche, chercha une réponse et n'en trouva aucune. Brutalement, les sentiments qui lui remplissaient le cœur furent trop lourds pour être cachés plus longtemps.

— Parce que je t'aime, Rafferty, et que je ne veux pas que toute la laideur de mon ancienne vie vienne te tacher, toi ou ta famille. Je ne veux pas qu'un jour tu me reproches d'avoir amené Todd à Kerry Springs. Voilà, tu es content à présent ?

Un sourire se dessina lentement sur les lèvres d'Evan, qui la prit dans ses bras.

— Peux-tu répéter la première phrase, s'il te plaît ?

— Je t'aime, Rafferty…

— Moi aussi je t'aime, Jenny Collins !

Et il embrassa ses lèvres, lui exprimant ainsi son amour bien mieux qu'avec un millier de mots. Incapable de lui résister ou de refouler ses sentiments, elle l'enlaça et se laissa emporter par la vague de bonheur qui la submergeait. Evan l'aimait ! C'était le plus beau des rêves !

Cette pensée lui fit reposer les pieds sur terre. Un beau rêve, certes, mais qui ne changeait pas la réalité.

— Non, Evan, dit-elle en le repoussant, tu dois penser à ta famille. Tout n'est pas terminé avec Todd. Je vais devoir témoigner contre lui lors de son procès, et tout va ressortir. Les histoires sordides de notre enfance, les invectives de ma mère, toute cette laideur…

— Ma chérie, tu imagines que ma famille n'a jamais surmonté d'épreuves similaires ? Ma mère nous a abandonnés autrefois pour partir avec un autre homme ; j'ai dû épouser Megan après l'avoir mise enceinte…

— C'est pire, dit-elle, butée. Todd a commis des cambriolages dans cette ville.

— Et il paiera pour ça, pas toi. Tu n'as rien à te reprocher, Jenny. Et tu es débarrassée de lui. Ne le laisse plus te faire du mal. Cette fois, tu n'es plus seule. Je suis là. Tous les Rafferty sont là. La famille se serre les coudes en cas de coup dur. Regarde…

Il se tourna et lui montra Sean, Matt et Gracie qui attendaient au loin devant leur voiture, près de la maison principale. Ils lui firent des signes de la main et elle leur répondit en souriant.

— Evan, il faut leur dire de venir !

— Pas tout de suite. Je dois d'abord te convaincre de rester ici et de m'épouser. Si tu refuses, Matt a l'intention de tenter sa chance lui aussi, dit-il en souriant.

Il lui demandait de l'épouser ? Incapable de contrôler ses émotions, elle fut prise d'un rire nerveux, qui s'interrompit lorsque les larmes débordèrent de ses yeux. Il les essuya tendrement en scrutant son visage avec anxiété.

— Pardonne-moi, Jenny, je t'ai bouleversée. Il est trop tôt, j'aurais dû le comprendre. Nous pouvons attendre que tu sois sûre de toi.

— Oh ! Evan, tu veux vraiment m'épouser ?

— Je t'aime, Jenny. C'est quand j'ai cru te perdre que je

me suis rendu compte à quel point tu m'étais indispensable. Quand je t'ai trouvée dans la boutique couverte de sang… Cela a été si horrible que je ne veux même plus y penser. Alors oui, je veux que tu deviennes ma femme et que nous vivions le reste de notre vie ensemble. J'ai besoin de toi, ma chérie. Et Gracie aussi. Elle t'adore et ne cesse de me harceler pour que je te demande de devenir sa nouvelle maman. Du reste, tu lui as promis de l'aider à finir son patchwork, dit-il avec un petit sourire. Et nous aurons des enfants tous les deux. Autant que tu voudras…

Des enfants avec Evan ? Elle était transportée de bonheur. Le rêve devenait de plus en plus fabuleux.

— Mon chéri, je t'adore, toi et toute ta famille ! Oui, Evan Rafferty, j'accepte de devenir ton épouse !

Et dans un élan d'amour, elle se jeta à son cou et l'embrassa avec passion. L'avenir, si sombre encore un moment plus tôt, venait de s'éclaircir comme un ciel d'orage après la pluie. Un soleil radieux les éclairait des chauds rayons de l'amour.

Au loin, en la voyant sauter au cou d'Evan et l'embrasser à pleine bouche, sa nouvelle famille se mit à crier de joie.

LINDA GOODNIGHT

Le bonheur d'être maman

Traduction française de
ALEXIS VINCENT

HARLEQUIN

Titre original :
WINNING THE SINGLE MUM'S HEART

Ce roman a déjà été publié en 2017

1

Natalie Thompson se sentait au bord de la syncope.

Bon sang ! Ce n'était vraiment pas le moment ! Elle n'avait pas envie d'offrir à tous ces gens le spectacle navrant de l'artiste pâtissière en train de piquer du nez dans un énorme gâteau de mariage à cinq étages…

— Pas maintenant ! murmura-t-elle entre ses dents. Encore une minute.

Prenant une profonde inspiration, elle se concentra sur la décoration de son gâteau. Le brouhaha des invités qui commençaient à remplir la salle la pressait de finir, mais ses doigts tremblaient légèrement alors qu'elle mettait la dernière touche à son glaçage.

Pourquoi n'avait-elle pas pris un instant pour manger quelque chose ? Des taches noires dansaient déjà devant ses yeux, signe qu'il ne lui restait plus que quelques minutes avant de perdre connaissance. L'activité fébrile de cette journée, si importante pour Wedding Belles, avait brûlé jusqu'au dernier gramme de sucre disponible dans son organisme. A présent, son taux d'insuline montait et avait besoin d'être compensé par un repas.

Le diabète dont elle souffrait depuis l'âge de sept ans ne se laissait jamais oublier. Le pire, c'est qu'il y avait une montagne de sucre sous ses yeux, mais elle ne pouvait toucher à l'œuvre qu'elle avait mis plusieurs jours à créer et qui approchait maintenant de la perfection.

La perfection… c'était ce que Wedding Belles promettait à ses clients. L'agence organisait des réceptions de mariage qui se voulaient les plus réussies, les plus parfaites que l'on puisse imaginer, et ce gâteau devait être le couronnement de la cérémonie. C'est de lui que les invités se souviendraient, devant lui que les mariés allaient être photographiés. Il devait être magnifique.

Et il l'était, décida Nat en hochant la tête. On lui avait commandé une décoration hivernale, en accord avec la saison. Son glaçage d'un blanc éclatant étincelait comme de la neige fraîchement tombée, et il était rehaussé de touches bleu glacier et argent en harmonie avec la décoration de la table sur laquelle il trônait, dont s'était occupée sa collègue et amie Serena.

— Natalie, ça va ? Tu as l'air bizarre, remarqua Regina O'Ryan, la photographe de l'agence.

— Un problème d'insuline, rien de grave. Les mariés arrivent, tiens-toi prête.

Regina, qui connaissait ses problèmes de diabète, tourna la tête vers l'entrée de la salle de réception et vérifia son appareil photo.

— Tu as raison, je dois travailler. Va vite manger quelque chose. Maintenant !

C'était exactement ce que Natalie avait l'intention de faire. Elle aurait adoré goûter une part de son superbe gâteau, si seulement ce type de sucre lui avait été autorisé ! Paradoxalement, alors qu'elle gagnait sa vie en créant des pâtisseries magnifiques, les médecins lui interdisaient d'en manger…

Elle jeta un œil vers le buffet où se trouvait une pyramide de fruits. Elle pourrait en prendre un sans détruire le bel ordonnancement du traiteur. Les genoux en coton, chaque pas lui coûtant un effort, elle prit cette direction.

Si la baby-sitter des jumelles ne l'avait pas laissée tomber à la dernière minute, elle aurait eu le temps de faire un repas normal. Au lieu de cela, il lui avait fallu habiller ses filles et les conduire au centre aéré et, du coup, faire l'impasse sur son déjeuner.

La table se rapprochait comme dans un film au ralenti, couverte de fruits mûrs et appétissants. Des grappes de raisin pourpres, gorgées de jus et de sucre, semblaient n'attendre qu'elle. Alors qu'elle tendait la main pour en saisir une, une voix masculine résonna dans son dos.

— Natalie !

Sursautant comme une enfant prise en faute, elle tourna vivement la tête et la pièce se mit à tanguer. Comme elle vacillait, un bras solide l'attrapa par la taille.

— Eh ! Ça va ? Es-tu donc si surprise de me voir ?

Surprise ? De quoi parlait-il ? Elle leva la tête vers l'inconnu dont émanait le parfum d'une eau de toilette de luxe. Il était grand, mais comme Natalie était plutôt petite tout le monde lui semblait grand, en dehors de ses filles…

— Natalie ? répéta-t-il.

Sa voix lui rappelait vaguement quelqu'un, mais son esprit refusait de fonctionner et menaçait même de fermer boutique.

— Fruit…, murmura-t-elle en fermant les yeux. Diabète…

Sans une seconde d'hésitation, l'inconnu la fit s'asseoir sur une chaise et lui glissa un morceau de melon juteux et savoureux entre les lèvres.

En d'autres circonstances, Natalie aurait apprécié qu'un homme prévenant prenne soin d'elle. Quoique…

Elle s'était juré de ne plus jamais dépendre de personne, surtout pas d'un homme qui prétendrait la prendre entièrement en charge. Non que Justin ne l'aimait pas, au contraire. Il l'aimait trop, sans doute, à tel point qu'elle avait fini par compter sur lui pour tout.

La tristesse lui serra le cœur malgré son état comateux.

— J'avais oublié que tu étais diabétique, dit son sauveur en lui donnant un autre morceau de melon.

Il avait oublié ? Mais qui était cet homme ? Elle aurait voulu le regarder, mais ses yeux refusaient de s'ouvrir, aussi se contenta-t-elle de mâcher et d'avaler le fruit, soulagée qu'il soit là pour l'aider.

Le brouhaha de la réception s'intensifiait et la musique avait commencé. Un peu trop fort, songea Natalie. Si elle devait se remarier un jour, la musique serait plus douce et sentimentale, en tout cas au début de la réception. Mais il n'y avait aucune chance pour que cela arrive. Le prince charmant était venu, il l'avait épousée, et il était mort.

— Natalie, encore un morceau…

Comme un petit oiseau, elle ouvrit la bouche pour recevoir la becquée. Son rythme cardiaque commençait à ralentir et ses pensées devenaient plus claires. Le fructose agissait.

Elle ouvrit les yeux et cilla. Un regard brun magnifique était posé sur elle. Le visage lui était familier. Vêtu d'un costume sombre, large d'épaules, l'homme était agenouillé à ses pieds, une assiette de fruits à la main.

Natalie étouffa une exclamation.

— Cooper ! Que fais-tu ici ? C'est vraiment toi ?

Cooper Sullivan lui décocha alors le sourire éclatant qui avait fait défaillir tant de ses camarades d'université.

— C'était moi la dernière fois que je me suis regardé dans un miroir, répondit-il, amusé.

— Mais tu es en Californie !

— Vraiment ?

Natalie se mit à rire. Son esprit se remettait à fonctionner, mais le démarrage était un peu lent…

— Pas maintenant, évidemment !

— Eh bien, j'assiste au mariage d'un collègue. Un ami à toi, peut-être ?

— Oh non ! s'exclama-t-elle en se reprenant tout à fait. Je suis là pour mon travail, et je devrais être partie. La fée pâtissière a fini son ouvrage et doit disparaître.

Cooper leva un sourcil interloqué.

— La fée pâtissière ?

— Oui, je dessine et réalise des gâteaux pour une agence de mariage, les Wedding Belles.

Elle lui indiqua du menton sa création qui trônait en bonne place et Cooper hocha la tête, comprenant enfin.

— Je me sens mieux, maintenant, reprit-elle. Je ne devrais pas sauter de repas, même s'il m'est parfois difficile de faire autrement.

— Tu es sûre que ça va ? Tu es encore aussi blanche que la robe de la mariée. Justin est-il au courant de ces malaises ?

Une vague de chagrin envahit Natalie à l'évocation de son mari. Cooper Sullivan avait été le meilleur ami de Justin au lycée et à la faculté de médecine, mais les deux hommes s'étaient perdus de vue à la fin de leurs études. En fait, après le mariage de Justin et de Natalie. Elle ne l'avait pas revu depuis plus de dix ans…

Ravalant sa tristesse, elle lui prit la main. Comment se pouvait-il qu'il n'ait pas été informé de la mort de son ancien camarade ? Le milieu médical était pourtant petit…

— Oh ! Cooper… Justin est mort.

— Mort ? s'exclama-t-il. Mais comment ? Quand ? Oh ! non !

— Il y a deux ans. Un accident de moto.

— Mon Dieu…, murmura-t-il en passant la main dans ses cheveux. Nat, je suis désolé. J'ignorais complètement… Mais toi, tu vas bien ? Pourquoi ne m'as-tu pas prévenu ?

Elle ne lui fit pas remarquer que c'était lui qui avait cessé de donner de ses nouvelles, disparaissant sans laisser d'adresse peu après être parti pour travailler dans ce prestigieux hôpital de Los Angeles.

— Les filles et moi, nous allons bien, merci. Ça a été très dur de perdre Justin, évidemment, mais nous nous en sortons.

— Les filles ?

— Bien sûr, tu l'ignorais aussi… Nous avons deux filles, Rose et Lily. Des jumelles. Elles ont huit ans.

— Des jumelles ? répéta-t-il avec un sourire triste. Ce vieux Justin a eu des jumelles… J'aimerais les connaître.

— Et toi, que deviens-tu ? demanda Natalie, ignorant la perche qu'il lui tendait. Pourquoi es-tu de retour à Boston après tant d'années ?

— J'en avais assez du soleil et du beau temps, répliqua-t-il avec son éclatant sourire. J'avais envie de retrouver le Massachusetts, sa neige, son froid et ses bourrasques.

— Tu es servi ! Sérieusement, tu es juste venu assister à ce mariage ou tu rends visite à ta famille ?

— Non, je ne suis pas en visite, même si ma famille habite toujours Cambridge. Je suis revenu m'installer ici définitivement.

— Tes parents doivent être heureux que tu reviennes. Où vas-tu travailler ?

A la mention de ses parents, Cooper avait perdu sa belle assurance pendant une fraction de seconde. Pourquoi ? se demanda Natalie. Un problème familial, peut-être ? Les Sullivan étaient depuis toujours parmi les familles qui comptaient à Boston, elle ne l'ignorait pas.

— J'ai rejoint le service de chirurgie cardiaque à l'hôpital des enfants.

— Toutes mes félicitations. C'est le meilleur hôpital pédiatrique du pays, et il paraît que le service de chirurgie est l'un des meilleurs du monde…

Il se contenta de hocher la tête modestement. Cette nouvelle n'étonnait pas vraiment Natalie. Cooper avait toujours été le meilleur étudiant de la faculté de médecine, ce qui rendait fou Justin, qui occupait toujours la deuxième place.

En réalité, Cooper était la personne la plus brillante qu'elle ait jamais rencontrée. Il semblait devoir exceller en tout, dès lors qu'il s'y intéressait, comme s'il avait le gène de la réussite dans son ADN. Son seul problème était son comportement. Cooper s'attendait à gagner, toujours. Il était si intimement persuadé d'y parvenir qu'il ne se décourageait jamais avant d'avoir obtenu ce qu'il voulait. Et cette attitude le caractérisait aussi bien dans sa vie professionnelle qu'amoureuse…

Il l'avait courtisée naguère, lorsqu'elle était étudiante et qu'elle les avait rencontrés, Justin et lui, mais elle avait vite compris que son cœur la portait davantage vers Justin. De toute manière, Cooper flirtait avec elle surtout pour prouver à son copain qu'il avait plus de succès avec les filles !

A l'époque, Natalie s'était même demandé s'il était jamais sorti avec une femme par affection. Elle avait l'impression qu'il ne voyait en ses conquêtes que des trophées à afficher. Justin, lui, l'avait aimée. Sincèrement aimée…

A sa manière irresponsable, sans doute, mais du fond du cœur.

Les invités remplissaient maintenant la grande salle de réception, et cette agitation chassa ses pensées nostalgiques. Belle Mackenzie, la directrice de Wedding Belles et donc la patronne de Natalie, évoluait avec grâce et élégance au milieu de la foule. Grande, blonde et très sophistiquée, dotée du fameux charme des femmes de Louisiane, elle avait de surcroît un cœur d'or. Sa personnalité très attachante était l'une des raisons du succès de Wedding Belles.

Elle avait également un sens de l'observation aigu et surveillait tous les détails de la réception, donnant de temps à autre un ordre dans son téléphone. Le fait que sa pâtissière soit installée en compagnie d'un beau brun ne lui avait certainement pas échappé.

— Il faut que j'y aille, dit Natalie en se relevant.

— Accorde-moi d'abord une danse, répondit Cooper.

— Je ne suis pas une invitée !

— Moi si, répliqua-t-il.

Sans lui laisser le temps de protester davantage, il la prit par la main et l'entraîna vers la piste de danse. L'espace d'un instant, Natalie laissa libre cours à sa mauvaise humeur. Il était si arrogant qu'il ne pouvait même pas imaginer qu'une femme n'ait pas envie de danser avec lui !

Son agacement ne dura cependant guère. Après tout, Cooper était un garçon charmant et il avait été le meilleur ami de Justin. Sans compter qu'il venait de la tirer d'un mauvais pas. Sa réaction rapide l'avait sans doute empêchée d'avoir un malaise et de perturber un mariage qui se déroulait à la perfection. Le moins qu'elle puisse faire était de lui accorder une danse pour l'en remercier.

D'ailleurs elle adorait virevolter au son de la musique. Au temps de leurs études, Justin lui promettait toujours qu'il l'emmènerait danser lorsqu'il aurait terminé son internat, puis les années avaient passé sans qu'il tienne cette promesse. Cette même procrastination lui avait aussi fait repousser toujours à plus tard la souscription d'une assurance vie. Sa veuve et ses filles en payaient maintenant les conséquences.

En revanche, il ne remettait jamais une dépense au lendemain ! Prétextant que tout le monde vivait à crédit et qu'il gagnerait bientôt confortablement sa vie, il utilisait ses cartes sans hésiter et ne se refusait rien. Aussi, non seulement Natalie vivait-elle sans autre revenu que celui de son travail, mais il lui fallait en plus rembourser une montagne de dettes.

— Je suis vraiment content de t'avoir rencontrée aujourd'hui, dit Cooper avec un sourire radieux.

Lorsqu'il souriait, il était encore plus beau, songea Natalie en sentant son cœur s'emballer. De plus, il dansait très bien ! Enlacés, ils semblaient voler au milieu de la salle de bal. Cela faisait très longtemps que Natalie n'avait pas dansé, et après quelques secondes d'adaptation ses jambes s'étaient vite déliées. La joue posée sur l'épaule de son cavalier, elle se laissait emporter par le rythme de la musique.

Lorsque le morceau s'interrompit, elle tenta de se dégager, mais Cooper ne la lâcha pas.

— Non, ne pars pas déjà, protesta-t-il. Il y a si longtemps que nous ne nous sommes vus !

— Je suis supposée travailler.

— Ton gâteau est prêt, tu n'as plus rien à faire…

Belle Mackenzie, qui bavardait avec la mère du marié dans un coin de la salle, leva discrètement son verre de vin dans sa direction avec un petit sourire. La curiosité qu'exprimait son regard ne laissait aucun doute sur l'interrogatoire qu'elle ferait subir à Natalie à la première occasion au sujet de ce bel inconnu ! Belle était une incorrigible romantique. Ce penchant expliquait sans doute pourquoi son entreprise organisait les plus magnifiques mariages de la Nouvelle-Angleterre…

Natalie l'aimait beaucoup. A la mort de Justin, Belle avait été comme une mère de substitution, compréhensive et pleine de compassion. Natalie travaillait pour Wedding Belles depuis quelques années déjà, mais il avait fallu ce drame pour qu'elle découvre la personnalité vraiment exceptionnelle de sa patronne.

Le petit clin d'œil d'encouragement de celle-ci balaya ses dernières hésitations. Cooper avait raison. Après avoir soulevé un murmure d'admiration, son magnifique gâteau venait d'être livré à l'appétit des invités. A en juger par la vitesse à laquelle son volume diminuait, elle pouvait compter une nouvelle réussite gastronomique à son actif !

La main de Cooper prit la sienne pendant qu'il lui passait de nouveau le bras autour de la taille. A en juger par la fermeté de son torse, il ne semblait pas avoir pris un gramme de graisse depuis leurs années de jeunesse. Et il était encore plus beau qu'à l'époque…

Si Natalie en avait douté, les regards admiratifs que toutes les femmes de l'assemblée dardaient dans leur direction le lui auraient rappelé.

— Parle-moi de ton nouveau poste, dit-elle.

— Ça m'ennuie, répondit-il, amusé. Parle-moi plutôt du tien.

— Je doute qu'il y ait quoi que ce soit d'ennuyeux dans ton travail, protesta-t-elle.

— Je suis médecin, tu le sais déjà. De mon côté, j'ignore tout de la vie que tu mènes.

— Une vie très ordinaire, assura-t-elle en haussant les épaules. Je travaille, j'élève mes deux filles, je joue au poker tous les vendredis soir avec mes collègues… C'est une vie très rangée !

— Et tu fais des gâteaux.

— Des tonnes !

— C'est paradoxal pour une diabétique d'être pâtissière, non ?

— Je suis la fée des gâteaux, le corrigea-t-elle. C'est ainsi que mes filles m'appellent.

— Ça te va très bien, dit-il en riant. Tu les prépares avec ta baguette magique ?

— Seulement pour l'anniversaire des filles.

Cooper rit de plus belle, et Natalie se sentit transportée par ce rire mélodieux et grave, si terriblement viril et excitant. Le feu lui monta aux joues. Depuis quand ne s'était-elle pas sentie aussi féminine et attirante ?

L'émotion lui fit rater un pas.

— Oh ! pardon…

— Ce n'est rien. De toute façon, tu devrais te reposer un peu après ton déséquilibre d'insuline. Je n'aurais pas dû te faire danser.

Craignant peut-être qu'elle ne se sauve, Cooper l'accompagna jusqu'à une table sans lui lâcher le bras.

— Tu veux boire quelque chose ? proposa-t-il.

— Un grand verre d'eau serait le bienvenu, avoua-t-elle en s'installant sur une chaise.

— Un verre d'eau pour la femme la plus sexy de cette réception, récapitula-t-il.

Natalie rougit de plus belle et essaya de rire pour cacher son trouble. Cooper s'éloigna et revint peu après avec deux verres.

— Je voulais goûter ton gâteau, mais il n'en reste déjà plus une miette, fit-il remarquer. Tu dois vraiment être une fée !

Natalie allait répondre lorsqu'un téléphone portable sonna. Cooper fouilla dans sa poche.

— Excuse-moi, dit-il avant de prendre la communication. Dr Sullivan, j'écoute.

Son expression enjouée et séductrice disparut, remplacée par un air grave et concentré.

— Appelez le Dr Francis et demandez-lui de venir, poursuivit-il. Je vous rejoins dans vingt minutes.

— Un patient ? demanda-t-elle alors qu'il rempochait son téléphone.

— Oui. Je suis désolé de devoir mettre un terme à nos retrouvailles. J'ai été très heureux de te revoir, Natalie.

— Moi aussi, J'espère que tout se passera bien avec ton malade.

— Appelle-moi, ajouta-t-il.

Il lui tendit sa carte de visite puis disparut dans la foule.

Natalie resta une seconde perplexe, examinant la carte qu'elle tenait.

Appeler le seul homme susceptible de la faire revenir sur sa décision de ne plus avoir de relation sentimentale ? Mettre en péril le fragile équilibre qu'elle avait réussi à rétablir dans sa vie ?

Sûrement pas !

2

— Magnifique intervention, docteur Sullivan.

— Merci, Genevieve. C'était un plaisir de travailler avec vous.

Cooper s'assit sur une chaise dans le vestiaire des chirurgiens et ôta ses chaussons stériles. Il les jeta dans la poubelle et fit un signe de tête à sa collègue, une belle brune qui appartenait comme lui à l'équipe de chirurgie cardiaque pédiatrique.

Genevieve Pennington, déjà changée et sur le point de s'en aller, s'immobilisa sur le pas de la porte et se retourna vers lui, son sac en crocodile coincé sous le bras.

— Nous allons prendre un verre au country club. Voulez-vous vous joindre à nous ?

Cooper se demanda si l'invitation était purement professionnelle ou plus personnelle. Depuis qu'il avait rejoint l'équipe, ce n'était pas la première fois que le Dr Pennington lui faisait des avances voilées. Ils avaient beaucoup de points communs, sans doute, mais il ne pensait pas qu'une aventure avec une collègue soit une bonne idée.

Peu importait, d'ailleurs. Il était fatigué et se sentait un peu déprimé.

— C'est gentil à vous, mais une autre fois, peut-être.

— Comme vous voudrez, répondit-elle, apparemment déçue. A demain.

— A demain.

Une fois seul, Cooper s'étira en soupirant. Il n'avait pas vraiment envie de rentrer chez lui. Chez lui… un bel appartement dans East Cambridge, bien décoré. Vide et sans vie.

Il envisagea un instant d'aller voir ses parents, mais l'idée de rencontrer son père le refroidit aussitôt. Il ne se sentait pas la force d'affronter la réprobation paternelle ce soir. Oh, bien sûr, son père n'avait jamais fait de réflexion directe ; il savait manifester son dédain d'une manière plus subtile. Chez les Sullivan, on occupait les plus hautes fonctions publiques depuis des générations… Son fils n'avait pas suivi la voie qu'il espérait. Il n'était pas allé à Harvard et avait préféré la médecine à la politique.

Cooper n'était jamais parvenu à le convaincre que l'on pouvait servir son pays autrement qu'en devenant député. Pour Randall Sullivan, les enfants étaient l'affaire des femmes. Il n'avait jamais compris que son fils passait son temps à leur sauver la vie et non à leur faire des câlins. A ses yeux, ce travail était indigne d'un Sullivan.

Cooper fit jouer les muscles de ses épaules endoloris par cinq heures d'intervention chirurgicale. Il venait de passer l'après-midi à réparer une malformation de valve cardiaque chez un enfant de quatre ans. Sans cette opération, il serait mort avant d'avoir atteint l'adolescence. Grâce à lui, ce petit garçon deviendrait un homme et, plus tard, il ferait peut-être sauter ses petits-enfants sur ses genoux.

Voilà ce que Cooper attendait de l'existence. C'était pour remporter de telles victoires contre la mort qu'il se battait.

Malgré tout, sa vie lui semblait vide…

Il avait cru qu'en revenant à Boston ses relations avec ses parents s'amélioreraient et qu'il n'éprouverait plus ce besoin épuisant de faire toujours mieux. En fait, c'était exactement l'inverse qui se produisait.

Dans quelques années, s'il continuait à travailler dur et à se concentrer sur sa carrière, il finirait sans doute professeur de chirurgie pédiatrique. Peut-être, alors, éprouverait-il ce sentiment de satisfaction qui continuait de lui échapper.

Il finit de se changer et regagna son bureau. Le courrier du jour avait été déposé sur sa table de travail par la réceptionniste et il jeta un coup d'œil aux enveloppes. Deux d'entre elles retinrent son attention. Après avoir décacheté la première et lu la lettre qu'elle contenait, il poussa une exclamation étouffée. Sa déprime passagère oubliée, il s'assit dans son fauteuil et ouvrit l'autre.

— Oui !

Il se retint de sauter de joie. Quelques mois plus tôt, il avait soumis à deux magazines médicaux une étude qu'il avait menée concernant une technique qu'il avait mise au point pour protéger le cerveau encore très fragile des nouveau-nés lors de pontages cardio-pulmonaires. La technique était désormais au point, et les résultats très encourageants. Et il venait de recevoir non pas une, mais deux lettres lui demandant de publier ses recherches. A la fois dans l'*American Journal of Medicine* et dans le *British Lancet*, deux des plus prestigieuses revues médicales au monde !

Il éprouva le besoin de partager la nouvelle avec quelqu'un. Attrapant son téléphone, il composa le numéro de son père. Le sénateur Sullivan allait être fier de son fils !

— Cooper ? fit la voix forte de Randall Sullivan. C'est toi ?

— Oui, père. Comment allez-vous, toi et mère ?

— Très bien, mais très occupés.

— Je ne te retiendrai pas longtemps, je voulais juste t'annoncer une nouvelle.

— Attends une seconde, j'ai un autre appel. Le gouverneur Bryson cherche à me joindre…

Il y eut un déclic, puis le silence. Cooper contempla les deux lettres en attendant. Un autre déclic se fit enfin entendre, suivi par la voix de son père.

— Toujours là ?

— Oui, père.

— Parfait. J'allais te téléphoner pour te prévenir : Cameron a décidé de se présenter aux prochaines législatives. Le parti pense qu'il a de bonnes chances de réussir. Il est jeune, présente bien, et a du charisme…

Un physique avantageux et de la séduction. Etaient-ce là les seules choses qui comptaient pour faire de la politique ? se demanda Cooper en réprimant son agacement. Et la probité ? Le talent de gestionnaire ? La capacité à envisager l'avenir ? Tout cela ne servait-il donc à rien pour prendre en main les destinées d'un pays ?

Il fit un effort pour chasser son irritation et songea à son cadet. Cameron avait décidé depuis longtemps de suivre le chemin que la famille Sullivan avait choisi pour lui, et avait commencé à faire son droit en lorgnant du côté de la politique. C'était lui le bon fils, maintenant.

Le fait que son frère entre en politique aurait dû soulager Cooper. A présent qu'il avait un fils qui suivait ses traces, son père devrait relâcher la pression qu'il faisait peser sur lui. En réalité, il ne se faisait pas beaucoup d'illusions sur sa tranquillité à venir. Le sénateur Randall Sullivan rêvait de créer une dynastie politique rivale des Kennedy. Que son fils aîné refuse de coopérer resterait certainement une épine dans son pied.

— Cam est encore jeune, fit-il observer. J'espère qu'il sait bien ce qu'il veut.

— Jack Kennedy était dans le bureau ovale à quarante-trois ans, protesta son père. Un homme doit avancer ses pions lorsque la situation le permet. C'est le secret de la politique. Si tu avais accepté d'entrer dans la course, tu serais déjà au Congrès.

La réprobation était donc toujours bien là, implacable Némésis.

— Père…

— C'était ton destin, l'interrompit ce dernier. Ce que ta mère et moi voulions pour toi. Les Sullivan font tous carrière en politique. C'est notre responsabilité de prendre en main les affaires de la communauté. Il n'est pas trop tard pour que tu te jettes dans l'arène, et je sais que le parti te soutiendrait. Deux frères Sullivan en joute aux élections la même année, ce serait un formidable coup de publicité.

— Je suis médecin, père.

Et les deux lettres posées devant lui prouvaient qu'il était de surcroît un excellent chirurgien. Il savait cependant par expérience que cet argument ne pesait pas bien lourd aux yeux du sénateur Sullivan.

— Un bon expert en communication pourrait utiliser ça, fit remarquer son père. Le bon docteur qui entre en politique pour guérir les maux de la société, quelque chose dans ce genre… Qu'en dis-tu ?

— Rien, père. Je ne crois pas que…

— Ne refuse pas maintenant, l'interrompit le sénateur. Penses-y d'abord. C'est tout ce que je te demande.

Discuter ne servirait à rien, songea Cooper, son bel enthousiasme retombé.

— Je suis désolé…, dit-il.

Désolé de décevoir ses parents. Désolé de ne pouvoir répondre aux attentes et aux espoirs de son père. Désolé de ne pas être à la hauteur…

Un silence à couper au couteau s'installa sur la ligne. Finalement, le sénateur s'éclaircit la voix, d'une manière qui exprimait sa profonde désapprobation.

— Nous organisons une soirée de collecte de fonds pour ton frère le 13 de ce mois, reprit-il. J'espère que tu trouveras un moment pour y assister malgré ton emploi du temps surchargé.

— J'y serai, déclara Cooper. Dis à Cam qu'il peut compter sur moi si je peux l'aider d'une manière ou d'une autre.

— Entendu, je le lui dirai. Alors, tu avais quelque chose à m'annoncer ?

Cooper regarda ses lettres, qu'il avait à moitié froissées sans s'en rendre compte. A quoi bon ?

— Non, rien d'important…

— Très bien. Excuse-moi, mais j'ai un rendez-vous, à présent. Le sénateur Steiner croit qu'il va m'arracher mon vote pour son stupide projet de budget. Je pourrai peut-être marchander ma voix contre son aide dans la campagne de Cameron, ajouta-t-il avec un rire cynique. Viens donc dîner dimanche, ça fera plaisir à ta mère.

— D'accord.

Cooper raccrocha, totalement déprimé. Pourquoi était-il impuissant à s'imposer devant son père ? Pourquoi sortait-il toujours de ces conversations avec un indescriptible sentiment de culpabilité ?

Ce serait différent s'il parvenait à être nommé professeur de chirurgie pédiatrique ! Son père serait impressionné que son fils soit le patron de l'équipe médicale et non un simple membre. D'après lui, un Sullivan ne pouvait être un collaborateur parmi d'autres. Il devait être le chef. Ou alors il n'était qu'un raté.

Dans un mouvement de colère mêlée de frustration, Cooper froissa ses lettres et les jeta à la poubelle. Les deux boules de papier tombèrent dans le panier.

— Deux points ! murmura-t-il en souriant amèrement.

Cela lui rappela son vieux copain Justin Thompson. Ils avaient dû jeter des millions de feuilles de papier durant leurs études, et ils avaient parié sur chacune d'elles. Que n'aurait-il donné pour retrouver Justin ! Les lettres du *Lancet* et de l'*American Journal of Medecine* l'auraient rendu vert de jalousie, mais il aurait été sincèrement heureux pour son ami. C'était ce qui faisait la magie de leur relation : un esprit de compétition féroce, doublé d'un profond respect et d'une véritable affection. Cette émulation les avait stimulés durant toutes leurs études, mais jamais elle ne les avait empêchés d'être incroyablement complices…

Et maintenant Justin était mort. Cooper avait du mal à assimiler la nouvelle. Ils s'étaient perdus de vue depuis longtemps, certes, mais il avait toujours cru qu'ils se retrouveraient un jour, et que leur amitié reprendrait comme s'ils ne s'étaient jamais quittés.

Il avait eu tort. Justin s'était tué dans un accident, et il n'en avait rien su… Les remords lui pinçaient le cœur. Dépité par le mariage de son meilleur ami, il avait vite cessé de lui donner des nouvelles après son départ pour la Californie. Puis le temps avait passé. Il se promettait parfois de le rappeler, mais sa carrière l'accaparait entièrement. Des mois, des années s'étaient ainsi écoulés…

Désormais, il était trop tard. Justin n'était plus là. Il avait perdu celui qui avait peut-être été son seul véritable ami.

Un terrible sentiment de solitude l'envahit, renforcé par le passage dans le couloir de deux jeunes internes qui riaient et plaisantaient. Comme lui et Justin autrefois.

Cette complicité lui manquait. Avec qui pouvait-il rire ainsi, à présent ?

De plus en plus déprimé, il enfila sa veste et sortit de son bureau.

Justin avait laissé une veuve derrière lui. Il n'avait pas reconnu Natalie tout de suite, à ce mariage. En l'apercevant, en train de mettre la dernière touche à cet énorme et somptueux gâteau, il avait d'abord admiré sa silhouette mince et souple, ses gestes précis et gracieux. Puis elle avait un peu tourné la tête, exposant son profil.

Cela avait été un choc. Dix ans plus tôt, Natalie était une jeune fille ravissante. Elle était devenue une femme superbe !

Lorsqu'ils avaient dansé ensemble, il avait même éprouvé une bouffée de désir en sentant ses formes voluptueuses serrées contre lui. Et elle semblait si fragile, si menue entre ses bras, qu'il avait senti un profond instinct protecteur s'éveiller à son égard.

Etait-ce vraiment convenable d'avoir de tels sentiments

pour la veuve de son meilleur ami ? Cooper n'en était pas sûr. Pourtant, il ne pouvait s'empêcher de se remémorer le contact quasiment érotique des lèvres de Natalie sur ses doigts lorsqu'il lui avait donné ces morceaux de melon à manger. Le simple fait d'y penser lui donnait des frissons !

Il se secoua pour chasser ces pensées inconvenantes. Un homme honorable ne devait avoir qu'une seule pensée dans une telle situation : protéger la veuve de son défunt camarade. Comme un véritable ami. Comme un frère.

Certainement pas comme un irresponsable qui n'avait qu'une idée en tête ! Il n'était plus le jeune étudiant aux sens en ébullition d'autrefois.

A l'époque, Justin et lui avaient tous deux craqué pour cette blonde sexy, et c'était Justin qui avait gagné son amour. C'était parfait ainsi, car pour lui Nat n'avait été qu'une toquade. Justin était un garçon plus traditionnel. Il voulait se marier, avoir des enfants, tout en menant une belle carrière. Il pensait pouvoir tout obtenir.

Cooper, pour sa part, avait la certitude qu'il fallait faire des choix. Il avait toujours eu la conviction qu'on ne pouvait pas rencontrer le succès en se dispersant. La mort de Justin lui prouvait malheureusement qu'il avait eu raison.

Natalie avait toujours les mêmes adorables taches de rousseur sur les joues et le nez.

Agacé, il fronça les sourcils. D'où lui venait cette pensée saugrenue ?

« Elle a aussi deux petites filles, et tu ferais mieux d'y songer, se rappela-t-il. Comment s'en sort-elle ? N'ont-elles besoin de rien ? J'espère que Justin a fait le nécessaire pour protéger sa famille… »

Au fait, pourquoi Natalie ne l'avait-elle pas encore rappelé ? Machinalement, il sortit son téléphone de sa poche et secoua la tête, perplexe. Il n'avait pas son numéro.

Un sourire passa alors sur ses lèvres. Il n'était pas le fils du sénateur Randall Sullivan pour rien !

— Lily, descends de là ! Tu vas tomber.

Natalie leva les yeux au ciel. Sa fille prétendait apprendre à marcher sur une corde en s'entraînant sur le dossier du canapé ! Où les enfants trouvaient-ils toutes ces idées farfelues ? Le téléphone toujours coincé entre l'épaule et le menton, elle ajouta le sucre glace dans le bol de son vieux robot.

— Ecoute, Regina, il faut que je te laisse. Je n'ai pas fini mon glaçage, et Lily a décidé de devenir artiste de cirque.

— Rappelle-moi plus tard. J'ai hâte d'en savoir plus sur ce magnifique médecin ! s'exclama son amie.

— Regina ! Cooper n'est qu'un vieux copain de fac qui a reconnu les symptômes de mon hypoglycémie, voilà tout ! Je me demande pourquoi je t'ai parlé de lui…

Heureusement, elle n'avait pas mentionné les rêves absurdes qui la hantaient toutes les nuits depuis le mariage Craggin ! Leur simple souvenir suffit à la faire rougir d'embarras…

Regina ne parut pas convaincue et ne raccrocha qu'après lui avoir fait promettre de la tenir au courant de la suite de cette histoire. Natalie mit son robot en marche pour mélanger les ingrédients du glaçage, puis se retourna pour sortir un gâteau du four.

Sa maison était petite, la cuisine, la salle à manger et le salon ne formant qu'un seul espace, occupé principalement par le comptoir et ses ustensiles de cuisine. L'avantage était qu'elle pouvait ainsi surveiller ses filles tout en travaillant.

Sans doute attirée par l'odeur appétissante, Lily descendit du canapé et la rejoignit derrière le plan de travail, ce qui lui inspira comme toujours une bouffée d'amour, chaude et réconfortante.

— Rose ne veut pas jouer avec moi, marmonna la fillette d'un ton boudeur.

— Tu lui as demandé, mon cœur ?

— Oui. Elle dit que Puppy ne m'aime pas aujourd'hui et que je ne peux même pas entrer dans notre chambre.

— Rose ! cria Natalie.

Rose s'était inventé un compagnon canin, Puppy, qui n'aimait pas grand monde en dehors de Rose elle-même. Chaque fois qu'elle était de mauvaise humeur, elle affirmait que Puppy mordrait tous ceux qui l'approchaient.

Rose entra dans le séjour, coiffée d'une casquette de base-ball et chaussée de pantoufles figurant deux énormes grenouilles vert pomme.

— Est-ce qu'on va acheter un sapin de Noël ? demanda-t-elle. Ashley en a déjà un, avec au moins dix cadeaux dessous.

— Si tu continues à te montrer désagréable avec ta sœur, le Père Noël ne t'apportera rien du tout, répondit Natalie. Tu n'auras pas besoin d'un sapin, dans ce cas !

La fillette leva les yeux au ciel.

— Maman ! Le Père Noël n'existe pas !

— Si, je l'ai vu ! rétorqua Lily.

— C'était papa. De toute façon, il ne vient plus depuis que papa est mort.

Une brusque douleur déchira le cœur de Natalie. Justin s'était déguisé en Père Noël tous les ans, après la naissance de leurs jumelles. Il aimait tant entendre leurs cris de joie lorsqu'elles se réveillaient et le découvraient devant le sapin ! Comment Rose pouvait-elle s'en souvenir ?

Emue jusqu'aux larmes, elle s'agenouilla devant ses filles et les prit dans ses bras.

— Le Père Noël est venu l'an dernier ; simplement, vous ne l'avez pas vu.

— Ce n'est plus la peine de faire semblant, maman, déclara Rose. C'est toi et grand-mère qui aviez fait les cadeaux. Je le sais bien : le Père Noël apportait toujours des gros paquets.

— En tout cas, nous avons toujours Noël, assura Natalie.

— Ce n'est pas juste une affaire de cadeaux ! protesta Lily. N'est-ce pas, maman ?

— Non, ma chérie. Noël n'est pas une simple histoire

de cadeaux. C'est surtout le bonheur d'être ensemble et de penser à ceux qui ont moins de chance que nous. D'ailleurs, cela me fait penser que nous devons préparer des gâteaux pour le refuge des sans-abri.

— On pourra t'aider ? demanda Lily.

La question prit Natalie par surprise. Ses deux filles dans sa cuisine ?

— Cela demande réflexion, répondit-elle.

— Nous ferons très attention, insista Rose. Nous ne soufflerons pas dans la farine comme l'autre fois, et nous ne mettrons pas les doigts sur le glaçage.

— Et nous ne lécherons pas les cuillères, assura Lily.

— Non, nous ne sommes plus des bébés maintenant !

Touchée par la détermination et l'énergie de ses filles, Natalie ne put s'empêcher de sourire. Elle savait mieux que personne à quel point il pouvait être frustrant de n'avoir le droit de rien faire. Justin avait toujours refusé qu'elle prenne un emploi à cause de son diabète. Avec son caractère d'adorable macho protecteur, il lui avait volé son indépendance. C'était tout juste s'il l'autorisait à faire quelques gâteaux pour Wedding Belles. Si cela lui avait donné l'impression d'être aimée et choyée au début, elle s'était retrouvée d'autant plus démunie lorsqu'il était mort…

— Je crois que vous avez raison, dit-elle. Vous pourrez m'aider, si vous me promettez de ne toucher à aucune des pâtisseries que je fais pour le travail. D'accord ?

— Promis ! s'écrièrent les fillettes à l'unisson.

Elles se jetèrent dans les bras de leur mère en la couvrant de bisous, la faisant basculer sur le tapis, et toutes trois se retrouvèrent par terre, en proie à un fou rire irrépressible.

La minuterie du four mit un terme à cette joyeuse mêlée et Natalie se releva. De nouveau amies, ses filles filèrent dans leur chambre, la laissant travailler. Elle avait préparé plusieurs garnitures différentes pour une séance de dégustation avec ses collègues le lundi suivant, et il y avait également une commande pour un baptême. Deux génoises cuisaient dans son vieux four, un bol de pâte attendait sur le plan de travail, et il restait aussi le déjeuner à préparer. Pourquoi n'y avait-il que vingt-quatre heures dans une journée ?

Elle refermait le lave-vaisselle du pied tout en ajoutant du colorant alimentaire à un bol de glaçage lorsque la sonnette de la porte d'entrée tinta. Natalie sursauta et renversa du colorant rouge sur son tablier.

— Je vais ouvrir, maman, annonça Rose.

— N'ouvre pas la porte sans..., commença Natalie.

Trop tard. Un courant d'air glacé balaya le rez-de-chaussée.

— Rose ! s'écria-t-elle, furieuse.

Combien de fois devrait-elle lui répéter de toujours regarder qui sonnait avant d'ouvrir ? Elle contournait le comptoir chargé d'ustensiles et de pâtisseries lorsque la fillette se rappela ses instructions. Elle tenta de refermer, mais une main gantée apparut et bloqua la porte. Toutes les séries policières que Natalie avait vues à la télévision passèrent en une seconde dans son esprit. Une main d'homme dans un gant de cuir noir. Pas d'empreintes digitales...

Se précipitant pour s'interposer entre l'intrus et sa fille, elle se prit les pieds dans la corbeille à linge, se cogna la hanche contre le plan de travail et, complètement déséquilibrée, partit en avant. Un bras la rattrapa fermement pour l'empêcher de tomber.

— Ça devient une habitude, commenta une voix masculine.

Natalie releva la tête et découvrit Cooper. Il allait finir par la prendre pour une totale incapable ! songea-t-elle avec agacement.

— Rose Isabella, referme cette porte et va dans ta chambre ! ordonna-t-elle sèchement.

Rose prit un air de princesse outragée et quitta la pièce sans un mot, la laissant seule avec Cooper.

Que faisait-il là, d'ailleurs ? se demanda Natalie.

— Cooper ! Quelle surprise ! dit-elle en serrant les dents.

— J'aurais sans doute dû téléphoner avant de passer.

— Peut-être.

— Je peux partir, si tu veux.

— Bien sûr que non, ne sois pas ridicule… Enlève ton manteau et assieds-toi.

Après tout, ce n'était pas sa faute si elle ne parvenait plus à contrôler les battements de son cœur et s'il la surprenait au mauvais moment. Elle frotta vigoureusement sa hanche endolorie.

— Tu vas avoir un bel hématome, fit-il remarquer. Tu veux que je t'examine ?

Natalie lui jeta un regard réprobateur.

— D'accord, reprit-il en souriant. Tu devrais peut-être mettre de la glace, dans ce cas.

— Je n'ai pas la patience.

— Tu es toujours aussi active qu'autrefois ?

— Plus encore. J'ai deux filles, maintenant !

Cooper se mit à rire et Natalie se détendit un peu. Le revoir lui rappelait beaucoup de vieux souvenirs, et tous n'étaient pas mauvais. En fait, la plupart étaient même assez agréables ! C'était ça le problème, du reste. En sa présence, elle avait l'impression de redevenir la jeune étudiante rieuse et insouciante d'autrefois.

Or, ce n'était pas le moment.

— Comment as-tu trouvé mon adresse ? s'enquit-elle.

— J'ai téléphoné à ta patronne.

— Belle ne donnerait jamais d'informations personnelles me concernant à un inconnu !

— Tu oublies qu'elle nous a vus ensemble au mariage Craggin.

— Oh…

Belle et son incurable romantisme ! Elle savait que Natalie n'avait pas fréquenté d'homme depuis la mort de Justin, et la voir danser avec Cooper lui avait apparemment donné des idées.

— Ne t'inquiète pas, je lui ai dit que nous étions de vieux amis, reprit-il. Nous le sommes toujours, n'est-ce pas ?

— Bien sûr ! s'exclama Natalie. Et je suis contente de te revoir. C'est juste que… je ne m'y attendais pas.

Son manque d'hospitalité la rendit brusquement honteuse. En effet, elle était heureuse de le revoir. Ce qui la perturbait, c'était cette réaction incontrôlable qu'il provoquait chez elle. Lors de la réception Craggin, elle l'avait attribuée à son hypoglycémie, même si cette étrange fébrilité avait perduré après le retour à la normale de sa glycémie.

Aujourd'hui, elle ne se trouvait aucune excuse. Il devait pourtant forcément y avoir une raison. Sans quoi cela aurait signifié que le charme de Cooper ne la laissait pas indifférente, ce qui était exclu.

Une odeur de caramel la ramena à des réalités plus matérielles.

— Excuse-moi une minute, Cooper, je dois surveiller la cuisson de mes gâteaux.

Il la suivit de l'autre côté du comptoir, et sa présence fit paraître l'espace encore plus restreint. Natalie s'efforça de l'ignorer, mais ce n'était pas facile. Il était le premier homme à mettre les pieds dans sa cuisine.

— Je ne veux pas t'interrompre dans ton travail, dit-il. Je suis juste venu pour… Mais tu saignes !

— Moi ?

Surprise, elle leva les yeux et vit son tablier.

— Docteur, ce n'est pas du sang, reprit-elle en attrapant un torchon. Regarde, c'est du colorant.

— Dieu soit loué ! Je commençais à me demander comment tu pouvais survivre toute seule !

Cooper plaisantait, mais c'était exactement le genre de remarque que Justin aurait pu faire, et ça la crispa. Pourquoi la prenaient-ils pour une pauvre créature fragile, vulnérable et incapable de se débrouiller sans aide ?

— Tu veux un café ? demanda-t-elle.

— S'il est prêt, avec plaisir.

— J'ai toujours du café au chaud les froides journées d'hiver, précisa-t-elle en lui en servant une tasse.

— Merci. Tu as l'air bien équipée…

Pour se donner une contenance, Natalie attrapa le bol de glaçage et se remit au travail.

— Ne m'en veux pas, dit-elle, mais j'ai un gâteau à terminer. Mon client passe le chercher à 18 heures.

— Je peux t'aider ?

L'idée d'avoir le chirurgien pédiatrique Cooper Sullivan lui donnant un coup de main la fit rire.

— Tu peux goûter des garnitures pour moi, si tu veux.

— Tu en as plusieurs ?

— Six ou huit, je ne sais pas encore, avoua Natalie. Ça dépendra de mon inspiration. Mon amie Julie se marie bientôt, et nous prévoyons une grande fête pour laquelle je veux créer une recette spéciale. Essaye ça, reprit-elle en lui tendant une cuillère. Ce n'est pas trop sucré ? Il y a assez de vanille ?

Cooper prit la cuillère et goûta la crème parfumée. Il ferma les yeux une seconde, et un sourire radieux se peignit sur son beau visage. Natalie sentit sa température grimper de quelques degrés. Il était trop beau, trop sexy… et beaucoup trop près !

— C'est divin ! s'exclama-t-il. Qui que soit cette Julie, elle va adorer !

Il ne s'agissait que d'une garniture, quelque chose qu'elle faisait tous les jours, mais le compliment lui alla droit au cœur.

— Maintenant, essaye celui-ci, s'il te plaît.

— Tu sais ce qui serait encore meilleur ? déclara-t-il au quatrième test.

— Quoi donc ? De l'écorce d'orange ? Un zeste de citron ?

— Non, du gâteau. Tu devrais mettre un petit morceau de gâteau avec ces garnitures et me faire essayer de nouveau.

Je suis sûr que ça me permettrait d'avoir un avis beaucoup plus intéressant !

Son air gourmand et ses yeux pétillants la firent éclater de rire. Les séances de dégustation étaient bien plus drôles avec lui qu'avec ses collègues ! Finalement, elle n'avait aucune raison de se sentir mal à l'aise avec lui. Cooper était un vieux copain qui goûtait ses créations dans sa cuisine. Pourquoi se méfier de lui ?

— Dans ce cas, voilà du gâteau, annonça-t-elle d'un ton théâtral.

Elle ouvrit le réfrigérateur et en sortit une boîte remplie de morceaux de génoise de la taille d'un petit four.

— Je viens de les préparer pour la séance de test de mes collègues, expliqua-t-elle. J'en fais toujours plus que nécessaire.

— Je me demande comment elles peuvent rester aussi minces si tu les gaves avec tout ça, fit-il remarquer en se léchant les babines.

— Je ne veux pas te faire prendre de poids, répondit-elle en lui retirant la boîte. Tu me le reprocherais…

— Non, non ! protesta-t-il en piochant à pleine main dans la génoise. Je ne parlais que de tes collègues. Pour ma part, je peux manger autant que je veux sans grossir !

Sans cesser de plaisanter, Cooper continua de déguster les morceaux de gâteau garnis de crème au fur et à mesure qu'elle les lui présentait.

— C'est quand même paradoxal de voir une pâtissière qui ne peut pas manger de sucre, remarqua-t-il. Pourquoi ne pas avoir choisi un autre travail ?

— C'est une longue histoire.

— J'ai tout mon temps.

— Tu n'as pas de patients, aujourd'hui ? Je croyais que les chirurgiens travaillaient nuit et jour…

— Seulement ceux qui ne travaillent qu'à l'hôpital. Les

médecins qui ont une clientèle privée ont un peu de temps pour eux…

Cette remarque la laissa pensive et sa bonne humeur s'évanouit. Justin n'avait jamais atteint ce stade, n'avait jamais eu du temps libre pour sa famille. Il travaillait comme un fou, et prenait sur son temps de repos pour faire de la moto, jouer au golf ou aller faire de la voile. Il se considérait comme chanceux s'il pouvait dormir quatre ou cinq heures par nuit…

D'ailleurs, il avait à peine fermé l'œil depuis trois jours lorsqu'il avait brûlé ce stop…

— Quand Justin est mort, expliqua Natalie, j'ai dû trouver un moyen de gagner ma vie et d'élever mes filles. Je vendais déjà des gâteaux, mais en amateur, et j'ai donc continué d'une manière plus professionnelle.

— Tu n'as jamais fini tes études ?

— Non…

A son grand regret, elle avait abandonné l'université après avoir épousé Justin, pour travailler et gagner un peu d'argent. Puis elle était tombée enceinte. Son diabète était alors devenu incontrôlable et l'obstétricien lui avait ordonné de rester allongée pendant la moitié de sa grossesse pour ne pas perdre ses bébés. Justin avait eu si peur qu'il lui avait défendu ensuite de retravailler. Et, avec ses jumelles, elle avait largement de quoi s'occuper à la maison…

— Mais quand les filles sont entrées à la maternelle, j'ai convaincu Justin de me laisser suivre un cours de pâtisserie.

— Tu l'as convaincu ? répéta Cooper, étonné.

— Oui, il était d'accord pour que j'aie un hobby, mais il s'inquiétait pour ma santé. Il craignait que mon diabète ne m'empêche de soutenir cet effort. Il avait bien tort…

Cooper l'examina un instant sans rien dire avant de reprendre la parole.

— Ça a été dur, n'est-ce pas ?

— Parfois, oui, avoua-t-elle en détournant le regard.

— Et son assurance ?

— Il n'en avait pas.

— Pardon ?

— Il disait sans cesse qu'il allait souscrire un contrat, sans jamais le faire. J'ai retrouvé le formulaire sur son bureau après sa mort. Il ne l'avait pas envoyé…

— Quelle négligence !

— C'est ce que je me suis répété des millions de fois depuis deux ans, admit Natalie en soupirant. Mais cela ne sert à rien.

— Je suis désolé, Nat, dit Cooper en lui prenant la main. Justin était un type bien. Jamais il n'aurait fait quelque chose qui puisse te nuire. Il était fou de toi.

— Fou est bien le mot qui convient, murmura-t-elle.

Elle refoula à grand-peine les larmes qui lui piquaient les yeux. Il y avait longtemps qu'elle avait dépassé le stade du chagrin insurmontable, et désormais, quand ses pensées revenaient à Justin, elle était juste furieuse qu'il l'ait abandonnée avec leurs deux filles.

Ils restèrent immobiles l'un en face de l'autre, à se contempler sans rien dire. Puis Cooper avança doucement sans la quitter des yeux. Le cœur de Natalie se mit à battre follement. Que faisait-il ? Pourquoi approchait-il ainsi, avec cette lueur étrange au fond des yeux ? Allait-il la serrer dans ses bras ? La réconforter ? L'embrasser ?

Avant qu'elle ait pu le découvrir, un grognement animal résonna juste à côté d'eux.

3

Ce son bizarre fit sursauter Cooper qui se retourna brusquement. Il découvrit alors une fillette à la mine hostile, aux dents enserrées dans un appareil dentaire, qui le fixait d'un air féroce.

— Rose ! s'exclama Natalie.

L'enfant s'arrêta de grogner, mais ses yeux continuèrent de jeter des éclairs vindicatifs.

— Puppy va le mordre ! s'écria-t-elle.

— Puppy va retourner sur-le-champ dans ta chambre, puisqu'il ne sait pas se tenir correctement ! Le Dr Sullivan est notre invité et ni toi ni Puppy n'allez le mordre ! Présente-lui des excuses.

La fillette croisa les bras d'un air buté et sa mère se pencha pour la regarder bien en face.

— Maintenant, Rose !

Le ton sans réplique de Natalie la fit capituler.

— Je suis désolée, docteur Sullivan. Puppy ne vous mordra pas. Il est juste de mauvaise humeur, aujourd'hui.

— Est-il toujours de si mauvaise humeur ? s'enquit Cooper.

— Presque toujours, admit l'enfant en baissant la tête vers son chien imaginaire. Ça suffit, Puppy. Ce n'est pas un assassin comme tu le croyais, c'est un docteur.

Pourquoi un assassin ? Cooper jeta un regard perplexe à Natalie.

— J'ai interdit à mes filles d'ouvrir la porte sans vérifier d'abord qui sonnait, expliqua celle-ci.

— Ah ! je comprends…

— Avec Rose, tu t'avances peut-être, répondit-elle avec fatalisme.

A ce moment, le sosie de Rose entra à son tour. Bien qu'elle n'ait pas l'air menaçant et qu'elle ne grogne pas, il se tourna de nouveau vers Natalie.

— Dois-je me préparer à une nouvelle attaque de chien méchant ?

— Puppy ne m'aime pas non plus, déclara la nouvelle venue d'un air dégoûté. Je préférerais qu'on ait un vrai chien qui ne morde personne…

— Cooper, je te présente mes jumelles, Rose et Lily. Les filles, voici le Dr Cooper Sullivan.

— Etes-vous le nouveau fiancé de maman ? demanda Rose d'un air peu commode.

La question prit Cooper au dépourvu. Le nouveau fiancé ? Il avait bien des liaisons épisodiques, mais jamais rien de stable et de sérieux. Il n'avait pas de temps pour ça.

— Rose, s'écria Natalie, veux-tu te tenir correctement ? Cooper est un vieil ami. Nous étions à l'université ensemble.

Lily, apparemment la plus sociable des deux sœurs, avança d'un pas.

— Je suis contente de vous rencontrer, dit-elle comme une petite femme du monde. Connaissiez-vous mon père aussi ?

— Oui, très bien. Nous avons fait nos études de médecine ensemble. C'était mon meilleur ami.

Cette nouvelle adoucit quelque peu Rose, qui afficha un visage plus aimable.

— Je m'appelle Rose, et voici Lily. Nous sommes jumelles.

— Ça doit être amusant d'avoir une jumelle, non ?

— Pas toujours, marmonna Rose en haussant les épaules.

— Je suis sûr que vous arrivez à vous faire passer l'une pour l'autre.

Rose jeta un regard sévère à sa sœur qui ouvrait déjà la bouche pour répondre. Cooper réprima un sourire. Cette petite devait sans doute diriger sa sœur comme un véritable tyran !

— Elles se ressemblent beaucoup, mais ont des caractères très différents, expliqua Natalie.

— Je vois ça, oui.

— Et pour répondre à ta question, oui, elles se font parfois passer l'une pour l'autre pour faire enrager leur entourage, moi y compris.

— On ne doit pas s'ennuyer en leur compagnie, fit-il remarquer.

— Pas une seconde, tu peux me croire !

Un sourire fier éclaira le visage de Natalie alors qu'elle contemplait ses filles. L'amour qu'elle leur portait était aussi visible que les taches de rousseur sur son adorable nez retroussé.

Cooper se surprit une fois encore à l'examiner. Natalie était absolument ravissante, avec ses cheveux blonds retenus en chignon par deux baguettes chinoises, avec quelques mèches retombant d'une manière sensuelle autour de son visage. Son vieux pull et son tablier de cuisine ne parvenaient pas à cacher ses formes voluptueuses. En fait, elle était incroyablement sexy. D'ailleurs, une minute plus tôt, il avait été à deux doigts de l'embrasser et l'arrivée des jumelles n'avait pas fait disparaître cette envie…

Il se réprimanda mentalement. Il n'était pas là pour la séduire !

L'une des fillettes lui prit la main.

— Vous êtes docteur comme mon papa ?

— Oui, répondit Natalie, mais c'est un médecin différent. Il soigne le cœur des bébés.

— Oh ! pouvez-vous réparer ma poupée ? Elle a perdu une jambe.

— Le cœur, pas les jambes ! intervint Rose. Tu ne sais pas faire la différence ?

Lily paraissait si déçue que Cooper vola à sa rescousse.

— Cœur ou jambes, c'est la même chose pour moi. Je vais essayer de la réparer, si tu veux bien me l'apporter.

— Elle dort dans son landau, je vais la chercher.

Lily fila à toutes jambes. Rose fit un geste de la main en direction de son chien invisible et suivit sa sœur.

— Barbie a livré bataille contre Puppy, expliqua Natalie.

— Qui a gagné ?

— Pas Barbie… Mais les représailles ont été sévères !

Lily revint sans sa sœur, portant sa poupée unijambiste. Cooper examina le jouet avec grand sérieux.

— Je vais avoir besoin d'une bonne infirmière pour me seconder, annonça-t-il.

— Je peux vous aider ! proposa Lily avec enthousiasme. Je suis une bonne infirmière, n'est-ce pas, maman ?

— C'est exact, confirma Natalie.

— Eh bien, infirmière Lily, une jambe démembrée présente des problèmes intéressants. Tu vois cette articulation, ici ? La hanche fonctionne un peu de cette manière. L'os de la jambe, qui s'appelle le fémur, vient s'emboîter dedans comme la jambe de Barbie.

Lily se pencha pour observer ce qu'il lui montrait, et il sentit son cœur se serrer en voyant sa mine concentrée. Cette fillette était vraiment adorable.

— Je pense que nous allons avoir besoin de colle, reprit-il. Peut-être que ta maman en a ?

— J'ai du glaçage royal, ça marchera aussi bien, annonça Natalie.

— Va pour le glaçage royal. Infirmière Lily, pouvez-vous aller en chercher un peu pour notre patiente ?

— Tout de suite, docteur, répondit l'enfant en gloussant.

Elle prit la petite casserole que lui tendait sa mère, qui suivait toute la scène en souriant.

— Si vous voulez bien tenir la patiente, infirmière Lily, je vais appliquer le médicament, et ensuite nous pourrons nous lécher les doigts.

La fillette ravie tint la poupée comme Cooper le lui recommandait. Il trempa l'index dans le glaçage royal, une épaisse préparation sucrée, et l'appliqua sur le haut de la jambe avant de la replacer dans l'articulation. Le membre reprit sa place avec un bruit de ventouse.

— Voilà, je crois que nous avons réussi cette opération ! constata-t-il. Barbie va courir comme avant. Merci, infirmière Lily.

— Vous êtes le meilleur médecin du monde ! s'écria l'enfant. Je suis sûre que vous pourriez aussi nous aider à trouver un sapin de Noël parfait. Rose, regarde, le docteur Cooper a guéri ma poupée !

Elle prit son jouet et fila dans la chambre pour la montrer à sa sœur. Cooper se redressa. Natalie le contemplait toujours, le sourire aux lèvres.

— C'est vraiment très gentil à toi, dit-elle. Et c'était très amusant également. Merci pour Lily.

— Elle est adorable.

— Ce sont de bonnes petites. Un peu difficiles parfois, mais gentilles et très drôles.

Cooper la croyait sans peine. Il devinait également que la perte de leur père avait été un choc terrible. Son vieux copain avait dû être un très bon père. Quel dommage qu'il ait été aussi imprévoyant !

— Pourquoi m'a-t-elle parlé d'un sapin de Noël ? reprit-il.

— Oh ! elles me demandaient ce matin quand nous irions en chercher un. Je les emmènerai dès que j'aurai un moment.

— Vous en voulez un véritable ?

— Bien sûr ! s'exclama Natalie d'un air faussement indigné. Pas de sapin en plastique dans cette maison ! C'est une tradition chez nous d'aller en chercher un chez un pépiniériste, de le choisir sous la neige, de revenir frigorifiées et de nous réchauffer avec un chocolat chaud.

— C'est très traditionnel, en effet.

— J'adore les vieilles traditions, admit Natalie.

Cet aveu fit sourire Cooper. Il ignorait cet aspect de sa personnalité. Il ne s'intéressait guère à cela, autrefois. Du reste, il n'avait finalement jamais su grand-chose sur la véritable Natalie, sinon qu'elle était terriblement sexy lors des fêtes d'étudiants.

Elle se retourna vers son robot pour continuer son travail, mais l'appareil émit un bruit inquiétant quand elle appuya sur l'interrupteur.

— Que se passe-t-il avec ton robot ? s'enquit Cooper, étonné.

— Je ne sais pas. Il peut être capricieux parfois…

— Fais-moi voir.

Il se pencha vers l'appareil et l'examina d'un air sceptique. Le robot avait manifestement connu des jours meilleurs.

— Quel est votre diagnostic, docteur ? murmura-t-elle. Pourrez-vous sauver le patient ?

— Je crois qu'il t'en faudrait un neuf. Le moteur de celui-ci semble avoir chauffé.

— Tant qu'il fonctionne, ça m'est égal.

Elle le lui reprit et se mit à tripoter les boutons pour essayer de le remettre en marche. Cooper en profita pour examiner plus attentivement la cuisine. Tout était d'une propreté méticuleuse, mais on pouvait voir que l'abondance ne régnait pas. Les placards auraient eu besoin d'être changés, les ustensiles semblaient vieux et usés. Quant au séjour, de l'autre côté du comptoir, il était décoré de manière chaleureuse, mais visiblement avec des meubles d'occasion.

Si Natalie avait des difficultés financières, il était de son devoir de l'aider. Justin avait été son meilleur ami, et avait toujours répondu présent lorsque Cooper avait eu besoin de lui. Qu'aurait fait Justin si c'était lui qui était mort en laissant une veuve et deux fillettes ?

La réponse ne faisait aucun doute.

Il examina Natalie qui fourrait à présent une étrange mixture mauve dans un curieux sac en tissu.

— Natalie ?

— Oui ?

— Comment t'en sors-tu ? Je veux dire matériellement.

— Je m'en sors, dit-elle en haussant les épaules.

— Justin n'avait pas d'assurance vie…

— Je n'aurais pas dû te parler de ça, l'interrompit-elle.

— Si, tu as bien fait. Nous sommes de vieux amis. Même si nous ne nous sommes pas vus depuis longtemps, nous le sommes toujours, n'est-ce pas ?

— Bien sûr, marmonna-t-elle d'un air méfiant.

— Je veux t'aider, ainsi que les filles.

— Nous aider ? Comment ça ?

— Financièrement.

— Je n'ai pas besoin de ton aide financière, Cooper, répliqua-t-elle. Je me débrouille très bien toute seule.

— Je ne crois pas…

Elle jeta sa cuillère de bois dans l'évier et les baguettes qui tenaient la masse soyeuse de ses cheveux se mirent à frémir comme des antennes.

— Pardon ?

— Il est évident que tu as du mal à t'en sortir. Justin était mon ami ; tu es toi aussi mon amie. L'argent n'est pas un problème pour moi, tu le sais bien.

A voir son expression soudain farouche, il comprit qu'il avait touché un point sensible. Son sourire avait disparu et ses yeux bleus le fixaient désormais avec colère.

— Je vais être très claire, Cooper. Les filles et moi, nous nous en sortons très bien. Nous ne dépendons de personne et je subviens à nos besoins. Je sais que ta proposition est motivée par la gentillesse, mais n'en parlons plus.

— Si, parlons-en ! protesta-t-il. Vous avez besoin d'aide, et je me sens responsable de vous. Ne serait-ce que pour Justin.

— Non, Cooper ! Tu n'es en rien responsable de nous et je ne veux pas de ton aide. Merci de me l'avoir proposée, mais je ne veux plus en parler.

Elle refusait son aide ? Son regard qui s'était à présent radouci ne fit rien pour atténuer le choc. Il voulait juste faire quelque chose de bien, pour l'amour du ciel ! Justin en aurait fait autant, alors pourquoi refusait-elle ?

Comme si la conversation était vraiment close — ce qui n'était pas le cas, il se le promit — Natalie attrapa son sac en tissu plein de crème et se mit à dessiner des petites fleurs mauves sur le bord d'un gâteau.

Quel était son problème ? La plupart des femmes qu'il connaissait trouvaient son compte en banque très attirant. Alors pourquoi réagissait-elle comme s'il lui avait fait une proposition indécente ? Faisait-elle partie de ces femmes libérées qui refusaient tout ce qui pouvait venir d'un homme ?

Une idée beaucoup plus désagréable lui traversa soudain l'esprit.

Peut-être n'était-ce pas son argent qui la hérissait.

Peut-être était-ce lui !

Natalie ne savait pas si elle était plus irritée parce que Cooper lui avait proposé de l'argent ou parce qu'elle s'attendait à ce qu'il lui propose autre chose. Un dîner en amoureux, par exemple…

« Tu perds l'esprit ! se dit-elle. Tu croyais qu'il voulait t'embrasser, alors qu'il ne cherchait qu'un moyen de t'offrir une aide financière. Tu es vraiment trop bête ! »

C'était certes un geste gentil. Vraiment généreux, même, mais Natalie ne voulait pas inspirer la pitié.

Longtemps après son départ, elle continua de malmener ses ustensiles de cuisine. Ses filles allaient et venaient dans la maison, habituées à voir leur mère à ses fourneaux. Chaque fois que Natalie était contrariée, elle se mettait à faire des gâteaux et encore des gâteaux. Heureusement, sa colère se canalisait d'une manière productive.

Finalement, lorsque la dernière pâtisserie fut sortie du four, elle prépara une soupe de légumes pour le dîner, et monta dans sa chambre pour se détendre un peu et prendre une douche bien chaude.

Le beau visage de Justin lui souriait dans son cadre d'argent, sur la commode. Elle aurait voulu le gifler ! Certains jours, elle était encore terriblement furieuse contre lui. Comment avait-il pu se montrer assez inconscient pour la laisser dans cette situation ? C'était sa faute si Cooper avait manifesté cette sollicitude embarrassante.

Elle retourna le cadre pour ne plus subir son sourire charmeur et s'assit sur le lit, le cœur gros.

Depuis deux ans, elle avait traversé tous les stades du deuil, et s'en était plutôt bien sortie. Les émotions venaient et repartaient, en vagues douloureuses. Avec le temps, le chagrin se faisait moins vif, et elle avait fini par accepter l'idée que Justin ne reviendrait jamais. La vie ne lui avait pas laissé d'autre choix que d'avancer. Ses filles avaient besoin d'elle, et sa situation l'obligeait à travailler dur. Son travail l'avait même aidée à tourner la page.

Par moments, pourtant, des sentiments terribles lui revenaient brutalement, et tout particulièrement la colère. Il suffisait d'un tout petit rien pour la ranimer : une odeur, un bruit, un souvenir insignifiant… et une profonde amertume se répandait dans son âme comme un flot de bile. C'était plus facile d'être furieuse contre Justin que de songer à tout ce que sa mort leur avait ôté à tous. Il ne verrait jamais ses filles grandir et elle ne vieillirait pas à côté de lui. Les jumelles n'avaient plus de père…

— Comment un homme aussi intelligent a-t-il pu se montrer aussi stupide ? murmura-t-elle en retenant ses larmes.

Elle l'entendait presque répondre : « Ne t'inquiète pas, bébé, je m'occupe de tout »…

Il l'avait répété à satiété, mais sans jamais le faire.

Pas plus que ne le ferait Cooper Sullivan ou aucun autre homme. Plus jamais elle ne placerait son avenir, sa stabilité affective, son indépendance entre les mains de quiconque. La réalité, c'est qu'elle était seule. Seule avec deux enfants entièrement à sa charge, tant sur le plan affectif que matériel. La vie ne l'avait en rien préparée à cela. Elle avait dû apprendre seule à faire face à toutes les difficultés, et elle avait dû apprendre vite.

Non, plus jamais elle n'accepterait d'être dépendante d'un homme.

— Maman, est-ce que le Dr Cooper est parti ?

La petite voix la surprit, et elle battit des paupières pour sécher ses yeux humides. Ses filles avaient bien assez de soucis sans la voir pleurer par-dessus le marché.

— Oui, ma chérie, il est parti.

— Je l'aime bien, dit Lily en grimpant près d'elle sur le lit. Il a réparé ma poupée. Il est gentil.

La fillette la contemplait avec une expression indéchiffrable. Elle était la plus douce des deux sœurs, celle qui était dotée de la plus grande sensibilité, et faisait parfois preuve d'une compréhension au-dessus de son âge.

— Rose dit qu'il veut devenir ton fiancé, reprit-elle.

— Pardon ? fit Natalie en s'étranglant à moitié.

— Ce n'est pas un problème si tu l'aimes bien, maman. Je l'aime bien, moi aussi. Il peut devenir ton fiancé, si tu veux. Et ce serait bien d'avoir un papa de nouveau.

— Oh ! mon trésor ! s'exclama Natalie en retenant désespérément ses larmes. Nous n'avons pas besoin d'un papa !

Tout en prononçant ces paroles, elle sut qu'il s'agissait d'un mensonge. Ses filles avaient besoin d'un père.

Le problème, c'est qu'elle n'avait pas besoin d'un homme.

Et surtout pas de Cooper Sullivan !

4

Le vent glacé souleva le manteau de Cooper alors qu'il grimpait les marches de Wedding Belles. Il aimait bien les maisons anciennes de Boston et leur sobre élégance typiquement géorgienne, leur raide petit escalier aux rambardes de fer forgé et leurs hautes fenêtres. S'il n'avait pas été si pressé, il se serait arrêté pour contempler la façade de brique et de pierre, mais il avait sa consultation et une montagne de dossiers à lire.

Il n'arrivait pas à oublier le refus de Natalie. Cette femme obstinée avait refusé la main qu'il lui tendait et la solution pourtant simple qu'il offrait à ses difficultés. En essayant de l'aider, il n'avait réussi qu'à la mettre en colère et à l'embarrasser…

Au début, il ignorait pourquoi au juste il avait décidé de lui rendre visite. Une fois sur place, cependant, sa mission lui était vite apparue. Il devait l'aider en mémoire de Justin, qu'elle soit d'accord ou pas. Il avait suffisamment de problèmes avec sa conscience pour ne pas en plus culpabiliser en la laissant affronter seule les problèmes financiers causés par l'imprévoyance de son ami.

Encombré par le lourd paquet qu'il portait, il poussa la porte et pénétra dans un décor typiquement féminin. Tout y parlait de mariage, et il eut une pensée compatissante pour les pauvres hommes qui se voyaient entraîner dans un tel lieu.

La réception, dans les tons crème et or, était particulièrement luxueuse. Un magnifique arbre de Noël en occupait un coin, et un splendide bouquet de roses blanches trônait sur le comptoir. Tout était d'un goût parfait, sans la moindre fausse note.

Il toussota avec embarras. Aucun homme ne pouvait se sentir à l'aise dans un endroit qui semblait avoir été créé pour célébrer l'institution matrimoniale !

La ravissante rousse aux yeux verts installée derrière le comptoir l'observa avec curiosité.

— Puis-je vous aider, monsieur ?

— Oui, je souhaiterais savoir si Natalie est ici. Je n'ai pas réussi à la joindre par téléphone…

— Vous êtes un de ses amis ?

— Un très vieil ami, en effet. Je lui ai apporté ceci, ajouta-t-il en déposant son lourd sac sur le comptoir.

— Vous n'avez pas l'air d'un « très vieil » ami, protesta la jeune femme en riant. Installez-vous, je vais la prévenir. Elle est ici avec les autres pour une séance de dégustation.

Cooper prit place sur le canapé Louis XVI couvert de satin ivoire et se mit à sourire. Est-ce que Natalie faisait goûter ses gâteaux à tous les gens qu'elle rencontrait ?

La réceptionniste décrocha son téléphone. Une minute plus tard, une jolie brune portant un appareil photo autour du cou entra dans la pièce.

— Julie m'a dit que Natalie avait un visiteur, dit-elle en se dirigeant vers lui. Vous devez être Cooper.

— Nous sommes-nous déjà rencontrés ? demanda-t-il en se levant.

— Je suis Regina O'Ryan, une amie de Natalie. Je vous ai vus danser au mariage Craggin. Elle m'a parlé de vous.

Vraiment ?

— Ah, oui, un beau mariage… Vous êtes photographe ?

— Oui, c'est moi qui ai fait ces photos, précisa-t-elle en

montrant les clichés accrochés aux murs. Natalie m'a dit que vous l'avez sauvée d'une crise d'hypoglycémie.

— Il m'a fallu une minute pour comprendre ce qui lui arrivait. J'avais oublié qu'elle était diabétique.

— Ainsi, vous êtes médecin ?

— Oui, chirurgien pédiatrique, pour être précis, répondit Cooper. Le mari de Natalie et moi avons fait nos études ensemble.

— C'est très bien ! Et en quoi mon amie vous intéresse-t-elle ?

Cooper ne put s'empêcher de rire. Il aimait le style direct de cette jeune femme !

— Mon intérêt n'a rien d'inconvenant, protesta-t-il.

— Quel dommage ! répliqua Regina en riant. Oh ! pardon ! Oubliez ça…

— J'ai l'impression que vous êtes de très bonnes amies, toutes les deux. Je me trompe ?

— Pas du tout. Nat est un amour et je l'adore.

— Je la trouve admirable, renchérit-il. Ça ne doit pas être facile pour elle d'élever seule ses deux filles…

Regina l'observa plus sérieusement pendant une fraction de seconde avant de répondre.

— C'est une fille courageuse et intelligente. Elle surmontera ses difficultés.

Quelles difficultés ? Avant que Cooper puisse l'interroger davantage, un groupe de femmes poussa la porte d'entrée.

— Oh ! s'exclama Regina, excusez-moi. J'ai été contente de vous rencontrer, Cooper, mais j'ai une séance photo avec une future mariée et ses demoiselles d'honneur. Natalie ne va pas tarder.

Après avoir pris congé avec un sourire gracieux, elle se dirigea vers les nouvelles venues et disparut en leur compagnie.

Cooper se rassit sur le canapé. Cette brève conversation

avait confirmé son intuition. Natalie avait vraiment besoin de son aide.

Natalie sentit son cœur battre comme une grosse caisse en voyant Cooper, vêtu d'un élégant manteau, installé sur le canapé de la réception.

— Cooper ! Que diable fais-tu là ? s'exclama-t-elle.

Belle ne laissa pas à Cooper le temps de répondre.

— Oh ! Natalie, ma chérie, ce n'est vraiment pas une manière d'accueillir un soupirant !

Un soupirant ! Il fallait vraiment avoir le charme de Belle pour utiliser une telle expression sans sombrer dans le ridicule. Et surtout son inébranlable romantisme pour imaginer Cooper dans ce rôle.

La vérité, c'est qu'il la considérait comme une pauvre créature pitoyable qui avait besoin de son soutien financier. De toute évidence, il n'avait pas compris son refus. Elle ne voulait pas le froisser, mais avec les palpitations qu'il lui occasionnait elle allait devoir cesser de le voir.

— Excuse-moi, Cooper, se reprit-elle. Je suis juste surprise de te voir.

— Oh ! C'est donc Cooper ! s'exclama Serena.

La styliste de Wedding Belles le regarda plus attentivement. Avec sa beauté évanescente, elle n'aurait eu qu'à lever le petit doigt pour l'avoir à ses pieds. Natalie savait cependant que son amie filait le parfait amour avec son nouveau mari et cette idée la réconforta étrangement.

— Cooper, dit Natalie, je te présente mes collègues : Serena James, qui dessine les robes de Wedding Belles, et Callie, notre artiste en compositions florales. Tu as déjà rencontré Julie, et bien sûr Belle Mackenzie, notre patronne. Mes amies, voici le Dr Cooper Sullivan.

Natalie espérait que ses amies disparaîtraient sitôt les présentations faites… c'était mal les connaître ! Elles se bousculèrent presque pour lui serrer la main et lui faire la conversation, l'entourant comme un essaim d'abeilles bourdonnant autour d'un pot de miel.

Elle se demandait comment se sortir de cette situation lorsque Belle reprit la parole.

— Cooper, mon cher, pourquoi ne venez-vous pas dans la cuisine pour goûter les dernières créations de notre amie ? Son bavarois aux mangues est tout simplement divin.

— Cooper doit retourner à l'hôpital, intervint Natalie. N'est-ce pas, Cooper ?

— En effet, déclara heureusement celui-ci. Et je le regrette infiniment, croyez-le bien. Une autre fois, j'espère...

— Quand vous voulez, mon cher ! s'exclama Belle. Un homme aussi exquis que vous sera toujours le bienvenu chez nous !

Natalie leva les yeux au ciel. Belle était manifestement tombée sous le charme de Cooper et déployait pour lui toute sa séduction de femme du monde.

— Belle, n'as-tu pas rendez-vous avec Charlie ? demanda-t-elle.

Pour une fois, son amie resta sans savoir que répondre. Pas Serena, hélas !

— Nous venons juste de terminer, annonça-t-elle. Pourquoi ne demandes-tu pas à Cooper de te raccompagner chez toi ?

— Parce que je suis venue en voiture, répondit Natalie.

— Laisse-la donc ici, tu pourras prendre le bus demain matin, suggéra Callie.

— Ce n'est pas tous les jours qu'un homme aussi séduisant te propose de te raccompagner chez toi, renchérit Serena.

— Cooper ne me l'a pas proposé, lui fit observer Natalie. Il doit aller à l'hôpital, au cas où tu n'aurais pas suivi notre conversation, et j'habite exactement de l'autre côté de la ville.

— Natalie a raison, déclara Cooper. Je suis juste passé lui donner ceci.

Il fourra un énorme sac entre les mains de Natalie qui

faillit le lâcher à cause du poids. Qu'est-ce que cela pouvait bien être ?

— Non, Cooper, dit-elle en essayant de le lui rendre.

— Inutile de discuter ! ordonna-t-il, soudain sérieux. La maison ne reprend pas les articles vendus, et je ne saurais vraiment pas quoi en faire.

Embarrassée, Natalie n'insista pas. Comment refuser un cadeau sans être grossière ? Elle n'avait pas le choix.

— Merci, murmura-t-elle.

— Tu ne vas pas l'ouvrir ?

Ses amies l'entouraient déjà, trépignant toutes de curiosité. Même Audra les avait rejointes, et pourtant la comptable quittait rarement son bureau… Regina devait être la seule de la maison à travailler !

Réprimant un fou rire hystérique, Natalie posa le lourd sac sur le comptoir et en sortit un énorme carton.

— Oh ! mon Dieu ! s'exclama-t-elle. J'ai toujours rêvé d'en avoir un comme ça…

— C'est ce qu'on trouve de mieux, commenta Audra en sifflant d'admiration. Docteur, vous savez choisir un robot !

— C'est trop, Cooper, reprit Natalie. Je ne peux pas accepter.

— Bien sûr que si, protesta Audra. Tu en as besoin ! La semaine dernière, quand nous avons joué aux cartes chez toi, il a fallu attendre vingt minutes que ton vieux robot refroidisse avant que tu puisses faire la crème fouettée.

— Et nous avons failli mourir de faim, renchérit Serena. Cooper, vous nous sauvez la vie. Nous serons vos éternelles débitrices !

Ses amies se mirent à parler toutes en même temps pour louer un cadeau si bien choisi et, à la vérité, Natalie était ravie. Un robot tel que celui-là allait lui changer la vie.

Personne ne mentionna cependant une évidence criante : c'était le genre de cadeau que l'on faisait à sa grand-mère. Cela prouvait au moins que Cooper ne s'intéressait pas à elle en tant que femme. Il voulait simplement aider la pauvre veuve de son ami Justin.

Cela aurait dû la satisfaire.

— Je suis ravie, dit-elle enfin. Sincèrement ravie. Merci.

— Irons-nous chercher l'arbre ce soir ? demanda Cooper.

— L'arbre ? répéta-t-elle sans comprendre.

— Le sapin. De Noël. Sous la neige. Avant de boire un chocolat chaud. Ça ne te rappelle rien ? Je connais l'endroit idéal.

— Ah… Non merci, je ne peux pas aujourd'hui. J'ai trop de travail.

— Absurde ! protesta Belle. Nous n'avons plus rien à faire ici.

Natalie lui jeta un regard implorant, et Belle se mit à rire.

— Bon, les filles, venez ! ordonna-t-elle. Laissons Natalie seule un instant avec son bon ami.

— Il n'est pas mon…

Oh ! et à quoi bon ? se demanda Natalie, découragée. Elle se laissa tomber sur une élégante chaise tendue de brocart pendant que ses amies sortaient de la réception. Lorsqu'ils furent seuls, Cooper sourit.

— Je les aime bien.

— Moi aussi, mais excuse leur comportement. Travailler dans une entreprise qui organise des mariages finit par leur faire voir la vie en rose.

— Elles t'aiment beaucoup…

— Oui, je crois. Et je les aime moi aussi.

En réalité, sans ses amies, Natalie ignorait comment elle aurait traversé les deux dernières années. Toujours présentes, dans les bons comme dans les mauvais moments, elles l'avaient entourée comme une vraie famille. Et, si parfois elles se montraient indiscrètes, c'était par pure affection.

— Alors, vas-tu leur faire plaisir en venant avec moi choisir un arbre de Noël ? insista Cooper.

— Cooper, je te l'ai dit, je n'ai pas besoin de ta pitié !

— Je te laisserai m'offrir le chocolat chaud.

Natalie ne put s'empêcher de rire.

— Je suis sûre que non !

— Tu as raison, mais ça ne coûtait rien de le dire.

Il venait de toucher le point sensible sans même le savoir. Comme Justin, il voulait tout contrôler. Toutefois, à la différence de Justin, il ne l'aimait pas, et c'était tant mieux. Elle n'avait pas besoin de cette tension supplémentaire dans sa vie.

En revanche, elle avait besoin d'un sapin…

— On dit 6 heures ? reprit-il.

Les jumelles allaient être folles de bonheur. Et installer un sapin dans le salon sans autre aide que la leur n'avait rien de facile…

Natalie baissa les armes. Juste pour cette fois.

Pour la première fois depuis son retour à Boston, Cooper avait l'impression de faire œuvre utile.

« C'est l'exploit du siècle, lui fit observer son bon sens. Tu as réussi à convaincre Natalie d'aller chercher un sapin de Noël. Quel exploit ! La face du monde va en être changée, c'est certain. »

Sans doute pas. Pourtant, quelle femme adorable ! Têtue comme une mule, mais si séduisante ! Tout en roulant vers sa maison, Cooper se laissa aller à rêver aux charmes piquants de Natalie, au lieu de songer à son travail. Il devait participer à une conférence à New York dans deux semaines et à une autre à Zurich en janvier. Sa communication était prête, bien sûr, mais pour être le meilleur on devait toujours chercher de nouvelles sources, de nouvelles solutions. C'était pour cela que son métier lui plaisait tant.

« Je travaillerai en rentrant ce soir », se promit-il pour se dédouaner. Travailler tard ne lui avait jamais fait peur.

C'était pourtant ce qui avait tué Justin. Trop de travail,

trop de fatigue, et la volonté d'avoir une vie de famille en plus d'une carrière.

La vue des deux petites filles vêtues d'un manteau rouge qui l'attendaient sur le seuil de la maison de Natalie mit un terme à ses sombres pensées. Comment ne pas sourire en les voyant trépigner d'impatience ? Et en entendant leurs cris d'admiration à la vue de son lecteur de CD lorsqu'elles furent montées dans sa voiture ?

Natalie, qui portait un manteau bleu ciel et un gros bonnet de laine, s'installa sur le siège passager. Un savoureux parfum de cannelle et d'eau de fleur d'oranger remplit alors l'habitacle.

— Maman dit que vous nous emmenez chercher notre arbre de Noël, dit une des jumelles.

— Est-ce qu'on pourra en prendre un très grand ? demanda sa sœur. Celui d'Ashley touche le plafond.

— Lily ! Maman a dit qu'on ne devait rien demander et rester polies, reprit celle qui était donc Rose. Nous ne sommes pas malpolies, n'est-ce pas, Cooper ?

— Non, rassurez-vous, répondit-il en riant.

Sa voiture, si silencieuse et si vide un instant plus tôt, semblait désormais pleine de vie et d'animation. A sa grande surprise, il se prit à songer qu'il aimait ça !

— Les filles, attachez vos ceintures ! ordonna Natalie.

Les fillettes lui obéirent aussitôt.

— Je me demande comment j'ai pu te laisser me convaincre, reprit-elle en souriant à Cooper.

— Quoi ? Tu ne veux pas de sapin de Noël ?

— Tu sais bien ce que je veux dire…

En d'autres termes, c'était lui qui était indésirable, comprit Cooper. Tant mieux. Pas d'attachement, pas d'obligation. N'était-ce pas ce qu'il désirait ?

Il reprit la route dans les rues tranquilles de ce quartier résidentiel.

— J'aime bien votre voiture, fit remarquer une petite voix derrière eux. Le break de maman est vieux et il fait du bruit.

— J'ai une autre surprise pour vous, dit Cooper en mettant en marche le lecteur de DVD. Que diriez-vous de regarder un dessin animé ?

— Maman, regarde ! Il y a même un écran de DVD à l'arrière ! s'écria Rose.

— On peut regarder la télévision en voiture ! renchérit Lily. C'est super !

Les fillettes se turent dès le début du film, tout comme leur mère qui regardait dehors. Cooper laissa passer quelques minutes avant de reprendre la parole.

— A quoi penses-tu ?

— Je pense que tu viens de dépasser un marchand de sapins.

— Je vous emmène dans une sapinière. C'est en dehors de la ville, mais j'ai pensé que ça plairait davantage aux filles.

Elle n'insista pas et changea de conversation.

— Comment s'est passée ta consultation aujourd'hui ?

— Ma consultation ?

— Tu n'allais pas à l'hôpital après m'avoir embarrassée chez Wedding Belles ?

Cooper éclata de rire.

— Je ne voulais pas t'embarrasser.

— Mais tu aimes parvenir à tes fins.

— Comme tout le monde, non ?

— Je suppose, admit-elle.

— Pour répondre à ta question, ma consultation s'est plutôt bien déroulée. J'avais une petite patiente nouveau-née avec une permutation des gros vaisseaux. Nous l'avons opérée hier, mais elle n'est pas sortie d'affaire.

Natalie l'écouta attentivement sans poser de questions techniques. Elle s'était sans aucun doute familiarisée avec ces termes en discutant avec Justin.

— Comment réagissent les parents ? s'enquit-elle.

— Bien. Ils gardent confiance en leur petite fille.

— Et en toi.

— C'est vrai. Ils savent que la chirurgie cardiaque néonatale est ma spécialité.

— Attention à tes chevilles ! répliqua-t-elle en riant.

— Il y a une grande différence entre la confiance en soi et la vantardise, protesta-t-il. Si je n'avais pas confiance en moi, ce ne serait pas très bon pour mes patients.

Cooper ne mentait pas. Il n'avait jamais douté de lui au bloc opératoire. C'était comme si quelque chose de magique se produisait lorsqu'il se préparait pour une intervention. Le reste du monde disparaissait et toute son attention se concentrait sur le présent. A chaque opération, il donnait le maximum de lui-même. Il était très bon, parce qu'il n'avait pas d'autre choix.

Ils avaient quitté les faubourgs de Boston depuis un moment. Les maisons de banlieue laissèrent la place à l'obscurité de la campagne et aux exploitations agricoles.

— Alors, les filles, le film vous plaît ?

— Oh oui ! s'écria Lily.

— Regardez donc dehors. Vous voyez ces lumières ?

Sur leur droite, une allée ornée de guirlandes électriques multicolores s'enfonçait dans une véritable forêt d'immenses sapins. Les fillettes oublièrent instantanément leur dessin animé et collèrent le nez à la vitre pour admirer la débauche de décorations de Noël.

— Ou sommes-nous ? demanda Natalie, étonnée.

Cooper ne répondit pas et roula jusqu'au parking où il se gara. L'air glacé les saisit lorsqu'ils descendirent de voiture.

— Oh ! c'est formidable ! s'exclama Natalie en battant des mains. N'est-ce pas, les filles ?

Son plaisir rappela à Cooper la jeune fille qu'il avait connue autrefois à l'université, si spontanée et vive, et son cœur se gonfla de bonheur.

« Tu es là pour Justin, lui rappela sa conscience. Ne l'oublie pas ! »

Les enfants n'eurent pas le temps de répondre à leur mère. Elles venaient de découvrir le train miniature, peint en rouge, qui allait les emmener à travers la plantation de sapins jusqu'à la ferme. Leurs cris de joie résonnèrent dans la nuit noire.

— Maman, regarde ! On peut monter dans le train ? demanda Lily.

— On est là pour ça, répondit Cooper.

Les jumelles n'attendaient que ce signal pour y grimper. Leur bonheur et leurs rires auraient réjoui le cœur le plus sec, et il se félicita de les avoir amenées là. Un fermier, couvert d'une chaude parka et d'une casquette fourrée, les accueillit chaleureusement.

— Bonsoir ! Vous venez chercher un sapin ?

— Oui, monsieur, répondit Rose. On en veut un très grand, qui aille jusqu'au ciel.

— Je crois que je sais exactement celui qu'il vous faut, répondit-il en riant. Vous aimez les cookies au sucre candi ?

— Bien sûr, déclara Lily. Notre maman est la fée des gâteaux. Elle fait les meilleurs du monde.

— C'est bien vrai ?

— Oui ! assurèrent les deux enfants à l'unisson.

L'homme s'était installé aux commandes du petit train et il continua de leur faire la conversation pendant que le véhicule s'élançait dans le petit sentier déneigé.

Natalie et Cooper étaient assis juste derrière les filles. Les wagonnets étant tout petits, ils ne cessaient de se cogner l'un contre l'autre. Cooper appréciait au plus haut point le contact des courbes sensuelles de sa voisine contre lui, et il se déculpabilisa en songeant qu'ils n'avaient pas la place de garder leurs distances.

— C'est très amusant, lui murmura-t-elle. Les enfants passent un très bon moment.

— Et leur maman ? Elle s'amuse également ?

— Oui, beaucoup, admit-elle. Merci.

Le sourire qui éclairait son visage valait tous les remerciements du monde, et Cooper eut la curieuse impression que son cœur battait plus fort. Elle avait vraiment la bouche la plus appétissante de tout le Massachusetts !

Heureusement, l'arrêt du petit train mit un terme à cette troublante proximité. Les passagers en descendirent et ils se mirent à longer les rangs de sapins pour trouver l'arbre idéal. Cooper ne put s'empêcher de prendre la main de Natalie, sous prétexte de l'aider à marcher dans la neige.

Ses yeux semblaient plus brillants sous l'éclairage électrique, remarqua-t-il. Et, chaque fois que son rire cristallin retentissait, il sentait son estomac se nouer. Il comprit soudain qu'il avait toujours envie de l'embrasser…

— Cooper ? dit-elle. Quelque chose ne va pas ? Tu as l'air bizarre, tout à coup.

En effet, quelque chose n'allait pas, et cela ne s'arrangerait pas tant qu'il n'aurait pas eu son baiser ! Il approcha d'un pas sans la quitter des yeux. Le sourire de Natalie se figea alors qu'elle devinait ce qui se préparait au feu qui brûlait dans ses prunelles. Derrière eux, cachées par les sapins, les jumelles discutaient entre elles, mais leurs voix, étouffées par la neige, semblaient lointaines, irréelles.

— Cooper ? murmura Natalie.

Il ne répondit pas et l'attira vers lui. Elle n'essaya pas de résister lorsqu'il passa les bras autour de sa taille. Il la sentit se crisper légèrement sous son étreinte, puis elle se détendit sans le repousser. Il avait le cœur qui battait si fort qu'il se demanda si elle l'entendait…

— Il faut célébrer ça, chuchota-t-il.

— Célébrer quoi ? demanda-t-elle d'une voix étranglée.

— Notre amitié retrouvée.

Puis, sans se laisser le temps de changer d'avis, il pencha la tête et posa la bouche sur celle de Natalie.

5

— Maman !

En entendant la voix de sa fille, Natalie bondit en arrière et heurta les branches d'un sapin. Une avalanche de neige s'abattit sur sa tête. Déséquilibré par son mouvement brusque, Cooper faillit tomber lui aussi. Heureusement, il recouvra son équilibre et la retint avant qu'elle ne s'effondre complètement.

Le visage rouge de confusion, Natalie se remit d'aplomb et épousseta énergiquement son manteau pour se donner une contenance, tout en évitant soigneusement le regard de Cooper.

— Ça va ? lui demanda-t-il.

— Oui…

— Maman ?

Elle tourna la tête et vit Rose à quelques mètres, qui les observait d'un air perplexe.

— Qu'y a-t-il, ma chérie ?

— Que fais-tu ?

« J'embrasse un homme que je ferais mieux de fuir », songea-t-elle. A en juger par sa mine, Rose l'avait certainement déjà compris. Natalie eut soudain mauvaise conscience. Pourtant, elle n'avait rien fait de mal ! Elle était une veuve encore jeune, avec des désirs et des sentiments.

Le problème, c'est qu'elle les avait trop longtemps négligés.

— Je regardais cet arbre. Viens voir, il me semble parfait, répondit-elle.

— Je veux rentrer à la maison, répliqua Rose, hostile.

— Mais nous n'avons pas encore trouvé notre sapin ! protesta Natalie. Regarde donc celui-ci. Il n'est pas très grand, mais sa forme est parfaite.

La fillette approcha à contrecœur et jeta un coup d'œil distrait à l'arbre que sa mère lui indiquait avant de hocher la tête sans aucun enthousiasme.

— Va chercher ta sœur, on va lui demander son avis, insista Natalie.

— Non, je n'ai pas envie, marmonna Rose en regardant Cooper.

Il n'y avait aucun doute qu'elle avait vu quelque chose. Etait-ce si terrible pour une fillette de voir un homme embrasser sa mère ? se demanda Natalie, prise de remords. En tout cas, Rose contemplait désormais Cooper avec une expression de franche hostilité, ce qui ne paraissait pas l'émouvoir le moins du monde.

— Dans ce cas, allons tous la chercher, suggéra-t-il. Le sapin ne va pas se sauver.

— Lily, sors de là ! dit enfin Rose.

Les deux adultes entendirent un gloussement derrière eux et virent sortir Lily de derrière un pin Douglas. Super ! songea Natalie. Ainsi ses deux filles avaient été témoins de son moment de faiblesse !

— Maman, tu vas épouser Cooper ? demanda l'enfant.

— La ferme, Lily ! s'écria Rose, furieuse.

— Rose Isabella, je te défends de parler ainsi ! s'exclama Natalie. Pourquoi es-tu si désagréable ?

— Je ne veux pas que tu te maries.

Cooper s'agenouilla alors entre les deux fillettes.

— Votre maman et moi sommes des amis, leur expliqua-t-il de sa voix rassurante de médecin. Nous avons trop de travail tous les deux pour songer à nous marier.

— C'est vrai ? demanda Rose, l'air perplexe. Vous n'allez pas vous marier ?

— Absolument pas !

— Promis juré ?

— Tu es une rude négociatrice, dit-il en riant. Comptes-tu devenir avocate quand tu seras grande ?

— Peut-être. Ou docteur, comme mon papa. Il aidait les gens à guérir.

Lily, qui trouvait toutes ces explications sans intérêt, fut la première à donner des signes d'impatience.

— Venez, on a trouvé le sapin le plus beau du monde avec M. Fred. Il a dit qu'à côté celui d'Ashley ressemblerait à un pied de tomate !

Tout le monde se mit à rire et la tension se dissipa.

Pourtant, alors qu'ils partaient à la recherche de M. Fred, Cooper n'essaya pas de lui reprendre la main.

Natalie fut aussi soulagée que déçue.

— Il est énorme !

Le sapin embaumait la résine et semblait prendre tout l'espace disponible dans le salon de Natalie. Elle avait rechigné à acheter un arbre aussi grand, mais les filles et Cooper avaient été catégoriques : c'était le plus beau !

— Enormément magnifique, renchérit Cooper.

Il semblait très fier de lui, et il lui adressa un sourire assassin en finissant de caler le pied du sapin dans un seau de sable. Il avait été ainsi toute la soirée : drôle, charmant, sexy…

Très sexy, même, songea Natalie. Pour ne plus penser à ses palpitations d'adolescente énamourée, elle mit un disque de chants de Noël dans le lecteur et monta à l'étage chercher le carton de décorations de Noël.

Revenue dans le salon, elle déposa la boîte sur le canapé et l'ouvrit. Il n'y en avait pas assez pour orner un arbre aussi grand. Ses filles pourraient toujours en créer d'autres pour finir de le décorer, se dit-elle. Il ne serait sans doute pas aussi parfait que celui qui ornait la boutique de Wedding Belles, mais quelle importance ?

— Mes puces, pourquoi ne commencez-vous pas avec Cooper pendant que je prépare du pop-corn ?

— Avec du chocolat chaud ? demanda Rose. Et des cookies au sucre candi ?

— Vous en avez déjà mangé à la sapinière, lui fit remarquer sa mère.

— Je suis sûre que Cooper en voudrait encore, n'est-ce pas ?

— C'est ta maman qui décide, répliqua-t-il en riant.

Rose lui jeta un regard exaspéré, mais ne refusa pas lorsqu'il lui demanda de l'aider à installer la guirlande électrique. Réconfortée par leurs rires et leurs plaisanteries, Natalie passa derrière son comptoir.

Quelques minutes plus tard, elle posait un grand bol de pop-corn sur la table basse.

— C'est prêt !

Tout le monde s'installa sur le canapé pour manger en admirant l'arbre.

— Maman, dit Lily, savais-tu que Cooper chantait dans un chœur quand il était petit ?

— Non, je l'ignorais, admit sa mère.

— Et qu'il s'est cassé le bras quand il avait sept ans ? Je ne me suis jamais rien cassé, moi.

Pour la première fois, Natalie imagina Cooper petit garçon. Il devait être adorable, à l'époque. Il aurait de beaux enfants, un jour…

Mettant un point d'arrêt à ses pensées, elle poussa le saladier de pop-corn vers sa fille.

— Rose, tu n'en veux pas ?

— Non, mais Puppy en veut, lui.

— Ne commence pas avec Puppy, s'il te plaît !

Natalie avait remarqué la tendance de Puppy à se manifester lorsque Rose se préparait à être méchante.

— Mais il aime le pop-corn…

— Rose !

— Tu n'as jamais envisagé de prendre un vrai animal de compagnie ? demanda Cooper.

— Non, pas chez moi.

— Même pas un poisson ?

— Quelle relation un enfant peut-il construire avec un poisson ?

— Et avec un chien invisible ?

— Touché, admit Natalie en jetant un œil dans la boîte de décorations. Il ne reste plus qu'à placer l'étoile à la cime de l'arbre.

Les jumelles commencèrent à se chamailler pour savoir laquelle l'attacherait, et elles finirent par le faire ensemble, toutes deux dans les bras de Cooper. En voyant ce beau tableau, Natalie eut un moment d'émotion.

— Tout est prêt pour allumer les guirlandes électriques ? demanda-t-elle.

Les filles acquiescèrent avec enthousiasme et elle brancha les prises électriques. Le premier mouvement de joie passé, Rose contempla leur arbre d'un air critique.

— Il n'est pas très décoré.

— Nous pourrons préparer des biscuits de Noël et les suspendre aux branches, suggéra Natalie.

— Ce soir ?

— Demain. Maintenant, il est l'heure d'aller au lit.

— Oh ! maman, s'il te plaît ! s'exclamèrent les deux sœurs en chœur.

— Pas de protestations, répondit Natalie. Cooper, ressers-toi du café pendant que je fais couler le bain des filles. Je reviens tout de suite.

A son retour, elle le trouva à genoux devant le four.

— Qu'est-ce qui ne va pas avec ça ? demanda-t-il.

— Rien, pourquoi ?

— J'ai remarqué que tu as donné un grand coup à l'intérieur avant de mettre ta plaque de biscuits à cuire.

— Ah ! il a parfois besoin d'un encouragement pour se mettre à chauffer. Mais ne te fais pas d'idées ; je n'ai pas besoin d'un four neuf. Et je suis sérieuse, ajouta-t-elle en le voyant sourire. Mon four fonctionne, et je n'en aurai pas de nouveau tant que je ne pourrai pas le payer. C'est bien clair ?

— Quelle rabat-joie tu fais ! A quoi cela sert-il d'avoir de l'argent si on ne peut pas le dépenser ?

— Dépense-le avec quelqu'un d'autre.

— D'accord pour cette fois, dit-il en soupirant. Mais, si tu as besoin de quoi que ce soit, je veux que tu me le dises.

Plutôt que de repartir dans une discussion déjà close, Natalie leur resservit du café et l'invita à retourner s'asseoir dans le salon. Quelques minutes plus tard, les jumelles en pyjama vinrent les rejoindre pour faire un câlin à leur mère, qui les embrassa tendrement.

— Vous vous êtes bien brossé les dents ? s'enquit-elle.

Les fillettes hochèrent affirmativement la tête.

— Alors allons-y.

Cooper les suivit jusque dans la chambre des enfants et observa la décoration de la pièce, peinte en vieux rose, avec deux lits séparés par une étagère.

— J'aime beaucoup votre chambre, déclara-t-il.

— Nous aussi, répondit Rose. C'est maman qui l'a faite.

— Toute seule ? Je suis très impressionné !

Natalie avait créé deux dais avec des draps, pour faire de chaque lit une couche de princesse. Il remarqua la profusion de dentelles, de galons et de broderies, apparemment récupérés sur du linge ancien.

— C'est nous qui l'avons aidée à coudre les rideaux et les coussins, annonça Lily.

— Des gâteaux, de la couture, des petites filles modèles… Je ne te connaissais pas autant de talents, fit-il remarquer.

— Encore un compliment et j'aurai la tête trop grosse pour passer sous le dais, répondit Natalie en rougissant.

Uns fois couchées, les enfants insistèrent pour que ce soit Cooper qui leur lise les aventures de Rudolph le petit lapin. Voir ce brillant chirurgien lire un conte à ses deux petites filles émut profondément Natalie.

Après la troisième histoire, elle se pencha pour embrasser Rose.

— Il est l'heure de dormir, à présent.

— Encore une histoire, s'il te plaît ! supplièrent les jumelles.

— Un autre soir, répondit Cooper en refermant le livre. Votre maman a raison, il est tard maintenant.

— Demain ? demanda Lily.

— Cooper est très occupé, intervint Natalie en l'embrassant à son tour.

— Papa aussi était très occupé, fit remarquer Lily tristement.

Le cœur serré, Natalie les embrassa une dernière fois avant d'éteindre la lumière et de fermer la porte. Cooper la suivit jusqu'au séjour et attrapa son manteau sur le canapé.

— Il est temps que je parte moi aussi. Je travaille tôt, demain matin.

Eclairé uniquement par les guirlandes du sapin de Noël, le salon avait une atmosphère un peu mystérieuse et festive. Ils contemplèrent l'arbre une seconde en silence avant que Cooper ne reprenne la parole.

— Ce qu'il manque, c'est une pile de cadeaux au pied de ce sapin.

— Ne t'inquiète pas, les filles auront ce qu'il faut.

— Tu me laisseras leur faire un présent ?

— Seulement un petit. Je suis une mère très vieux jeu, et je ne veux pas qu'elles croient que le bonheur peut s'acheter.

— C'est très sage de ta part, et elles ont de la chance de t'avoir.

— Mes filles garderont un excellent souvenir de cette soirée grâce à toi. Merci.

— Et leur mère ? S'est-elle amusée elle aussi ?

— Oui, elle aussi, murmura Natalie.

Cooper alla jusqu'à la porte et sortit sur le perron. La neige ne tombait plus et un silence ouaté régnait dans la rue.

— Nous devrions passer d'autres soirées comme celle-ci, fit-il remarquer.

— Rien ne t'y oblige, Cooper.

Il la regarda d'un air énigmatique qui la troubla profondément.

— Tu devrais y aller, Cooper.

— Oui, répondit-il.

Il resta cependant immobile. Natalie se sentit soudain nerveuse. La situation lui rappelait la scène de la sapinière. Pourquoi Cooper l'avait-il embrassée ? Avait-il obéi à une impulsion subite, une réaction un peu macho pour se prouver qu'il ne la laissait pas indifférente, ou était-ce autre chose ?

Cooper lui caressa doucement la joue.

La porte d'entrée qu'elle avait tirée s'ouvrit alors et, en se retournant, Natalie découvrit Rose sur le seuil, son nounours dans les bras.

— Maman, j'ai soif !

Cooper fit un pas en arrière.

— Bonne nuit, Natalie.

Puis, sans ajouter un mot, il se dirigea vers sa voiture.

A 2 heures, accablé de sommeil, Cooper referma son ordinateur portable et se frotta les yeux. En dehors du doux bourdonnement du chauffage central, l'appartement était parfaitement silencieux. Il éteignit la lampe de sa table de travail, s'étira et passa dans le salon plongé dans l'obscurité.

Il tira les lourds doubles rideaux pour jeter un œil sur son voisinage cossu. Le quartier où il avait grandi ressemblait à celui-ci. Les anciennes familles de la Nouvelle-Angleterre, riches et influentes, s'y côtoyaient, vivant dans un luxe discret.

Il n'avait jamais imaginé vivre autrement jusqu'à ce que ces quelques heures passées avec Natalie et ses filles ne lui ouvrent les yeux sur un autre monde.

Un monde bien différent du sien ! La petite maison de Natalie était simple, mais bien plus chaleureuse que la somptueuse demeure de ses parents. Chez ces derniers, Noël était l'occasion de montrer à tous le statut social du clan Sullivan par le biais de réceptions et de dîners élégants. Chez eux, pas de soirées pop-corn passées à décorer le sapin. Celui-ci était toujours installé par un décorateur et couvert de coûteux ornements d'un goût parfait. Ni lui ni son frère n'avaient connu le bonheur simple dont il venait d'être le témoin avec Rose et Lily.

Comprendre ce qui avait manqué à son enfance lui avait procuré un plaisir doux-amer, et il n'aimait pas ce sentiment. Pas plus qu'il n'aimait l'attirance qu'il éprouvait pour Natalie.

Il n'aurait pas dû l'embrasser, décida-t-il. Cela ne pouvait que lui compliquer la vie. Pourtant, il ne rêvait que de recommencer car, dans la sapinière, il avait cru une seconde qu'elle était sur le point de lui répondre. Il ne devait cependant pas perdre de vue qu'elle n'était pas le genre de femme avec qui il pouvait avoir une simple liaison sans lendemain. Elle était la veuve de Justin, la mère des jumelles, et une femme bien trop troublante.

La décence autant que la prudence lui ordonnaient de la traiter avec plus de respect !

6

Trois jours plus tard, une camionnette s'arrêta en début de matinée devant la maison de Natalie pour lui livrer une cuisinière semi-professionnelle, qu'elle refusa. Lorsqu'elle essaya de joindre Cooper, elle eut le répondeur et laissa un message très concis : « Merci, mais non merci ! »

Son irritation n'avait pas disparu lorsqu'elle passa chez Wedding Belles, au milieu de l'après-midi. Elle raconta son aventure à ses amies Julie et Audra et Belle quitta son bureau, contigu à la réception, pour écouter la fin de son récit.

— Mais, ma chérie, s'exclama-t-elle, où est le problème ? Pourquoi refuses-tu avec autant de véhémence le cadeau d'un homme aussi beau et aussi riche ?

— Oh ! Belle ! protesta Natalie. Tu sais que je ne m'intéresserai jamais à un homme pour son argent. Ce serait plutôt l'inverse, en fait.

— L'inverse ? Pourquoi ? Il est aussi facile de tomber amoureuse d'un riche que d'un pauvre.

Callie arriva alors, tenant un gros bouquet de freesias blancs.

— Natalie est amoureuse ?

— Non, je ne suis pas amoureuse ! Et j'aimerais que vous cessiez de considérer qu'il suffit à Cooper d'être beau et riche pour que je craque pour lui.

— Vous ne trouvez pas qu'elle proteste avec un peu trop d'énergie ? demanda Callie aux autres.

Comme les trois amies hochaient la tête en riant, Natalie leva les yeux au ciel.

— J'ai beau vous adorer, vous me rendez folle ! Cooper Sullivan ne s'intéresse pas à moi.

— Dans ce cas, pourquoi a-t-il téléphoné trois fois hier ? remarqua Belle.

— Et envoyé un four ce matin ? ajouta Julie. Bien qu'à y réfléchir, ce soit un peu étrange, comme cadeau. Ça n'a rien de romantique…

— Au moins c'est utile, commenta Audra qui, en bonne comptable, gardait toujours les pieds sur terre.

— Je vous assure qu'il ne me fait pas la cour !

Pour ne pas apporter d'eau à leur moulin, Natalie ne mentionna pas le baiser échangé dans la sapinière. Pour Cooper, un baiser de ce genre était comme une goutte de pluie dans l'océan. Autrement dit, rien du tout… De son côté, le simple fait d'y penser lui donnait des palpitations !

— Est-ce pour cette raison que tu es si énervée ? demanda Belle. Parce qu'un homme beau comme un dieu t'offre des ustensiles de cuisine et non des bijoux ?

— Bien sûr que non ! se récria Natalie. Je ne veux ni bijoux ni ustensiles de cuisine. Ni de Cooper ni d'aucun autre homme ! Je suis assez grande pour m'acheter seule ce dont j'ai besoin.

— N'as-tu jamais envisagé que cet homme pouvait te trouver séduisante ? intervint Callie. Tu es tout sauf vilaine !

— Oh ! je t'en prie ! répliqua Natalie en levant les yeux au ciel. Je ne suis pas allée chez le coiffeur depuis deux ans, et par-dessus le marché j'ai deux petites filles !

— Il aime certainement les enfants, puisqu'il est chirurgien pédiatre, souligna Callie. Et, avec ces magnifiques cheveux, tu n'as qu'à te passer un coup de brosse pour être coiffée.

— Callie a raison, dit Julie. Pourquoi ne lui donnes-tu pas une chance ? Que risques-tu ?

Ce qu'elle risquait ? De souffrir ! Si elle laissait un

homme lui ravir son cœur, elle pouvait mettre une croix sur sa tranquillité !

— Je suis d'accord avec vous, renchérit Belle. Noël est le meilleur moment pour se montrer généreux, et cet homme est tout à fait dans l'esprit de la saison. Même s'il choisit ses cadeaux au rayon électroménager…

— Est-il aussi généreux que Charlie ? demanda Julie.

Les amies échangèrent un regard complice. Depuis quelques mois, Belle résistait aux avances empressées de Charles Wiley. Toutes savaient pourtant que, tôt ou tard, Belle finirait par déposer les armes.

— C'est différent, avec Charlie, répondit Belle avec un sourire mystérieux. Du reste, je l'ai laissé m'embrasser hier soir.

— Cet homme est amoureux fou de toi, déclara Callie. A mon avis, il ne se contentera pas d'un petit baiser.

Les jeunes femmes taquinèrent Belle un instant avant de redevenir plus sérieuses et d'évoquer les prochains mariages et leur planning de travail. Natalie était soulagée que l'attention générale se soit enfin détournée de Cooper. Elle ne savait pas trop comment réagir face à ses avances, et ses amies ne l'aidaient guère avec leurs boutades.

La sonnerie du téléphone les interrompit et elles baissèrent la voix alors que Julie décrochait.

— Wedding Belles, j'écoute.

Elle jeta un coup d'œil à Natalie et posa la main sur le micro du combiné.

— C'est lui, murmura-t-elle.

— Dis-lui que je ne suis pas là.

— Mais tu es là ! répliqua Julie.

Natalie laissa échapper un soupir théâtral et saisit le combiné.

— Bonjour, Cooper.

— Natalie, dit-il de sa sensuelle voix de baryton.

— Je l'ai renvoyée.

— Pas sûr…

Et il raccrocha, la laissant médusée. Qu'avait-il voulu dire ?

— Alors ? demanda Callie. Qu'a-t-il dit ?

— Je ne suis pas sûre d'avoir compris… Mais peu importe. Nous sommes là pour travailler, non ? Julie, j'ai réfléchi à de nouvelles décorations pour ton gâteau de mariage. Tu m'avais dit que tu voulais quelque chose de plus original, alors que penses-tu de mes dessins ?

Ce prochain mariage était leur projet commun. Ses collègues avaient décidé que ce serait leur cadeau à Julie et, depuis, chacune travaillait pour faire de cette cérémonie la plus parfaite du siècle.

Elle ouvrit son carnet de croquis et toutes se rassemblèrent autour du bureau pour examiner ses projets. Sa ruse avait fonctionné !

Callie prit un papier pour dessiner quelques compositions florales et des centres de table dans le même esprit, et la discussion reprit de plus belle.

Elles étaient en pleine discussion lorsqu'un homme vêtu d'un bleu de travail poussa la porte de la boutique.

— Bonjour. Y a-t-il parmi vous une Mme Thompson ?

— Oui, c'est moi, répondit Natalie.

— Voici votre facture, déclara l'homme.

— Mais je n'ai rien commandé ! dit-elle en lisant le papier.

— Ah ? Alors quelqu'un l'a fait pour vous.

— Je n'en veux pas ! protesta-t-elle. Reprenez-la !

— Sûrement pas, s'exclama le livreur. Mes gars et moi, on a passé des heures à l'installer dans votre minuscule cuisine. Il est hors de question que nous la remportions.

Puis, sans lui laisser le temps de réagir, il sortit de la boutique, la laissant stupéfaite.

— C'est trop fort ! marmonna-t-elle en relisant la facture. On n'a pas le droit d'entrer chez moi et d'installer une cuisinière sans mon autorisation. Je préviens la police !

— Natalie, sois raisonnable ! intervint Julie. Cet homme essaye juste de t'aider, tu ne peux pas porter plainte contre lui !

— Tu as besoin de ce four, renchérit Callie. Les derniers gâteaux que tu nous as fait goûter étaient un peu secs.

Natalie réprima un mouvement de surprise. Ses pâtisseries étaient son seul moyen de subsistance. Si son vieux four ne fonctionnait plus correctement, cela devenait une question de survie et non d'amour-propre !

Un soupir lui échappa. Il n'y avait qu'une solution : accepter cette cuisinière ultra-perfectionnée que Cooper lui offrait.

Ce qui ne l'empêcherait pas de lui dire vertement ce qu'elle pensait de sa manière de procéder !

— J'ai besoin de voir le Dr Sullivan, annonça Natalie à la réceptionniste du cabinet médical.

— Votre nom, je vous prie ?

— Natalie Thompson.

— Un instant, je vous prie.

La secrétaire disparut par la porte arrière. Natalie jeta un coup d'œil vers la salle d'attente, au décor étudié pour plaire aux petits patients du cabinet de pédiatrie. Elle croisa le regard de l'un d'entre eux, pâle et très frêle, qui faisait un jeu de construction sur une table basse, près d'une bouteille d'oxygène à laquelle le reliait un tube.

Ce spectacle lui serra le cœur et elle remercia le ciel d'avoir deux filles en parfaite santé.

— Natalie ! Quelle bonne surprise !

La voix de Cooper la fit sursauter et, en le découvrant si chic dans son costume sombre, elle sentit son estomac se nouer bizarrement. Comment allait-elle expliquer à cet homme si sûr de lui que son cadeau n'était pas le bienvenu ? En se montrant très ferme…

Elle commença par se redresser de toute sa hauteur.

— Cooper, il faut que je te parle.

Il y eut un petit rire dans la salle d'attente.

— Docteur, on dirait que vous avez des problèmes avec votre petite dame, remarqua un homme.

Natalie s'apprêtait à se tourner vers l'inconnu pour lui dire sans ambages qu'elle n'était la « petite dame » de personne lorsque Cooper la prit par le bras et l'entraîna vers son bureau, de l'autre côté du couloir.

Après avoir refermé la porte, il la poussa doucement vers un fauteuil.

— Alors, demanda-t-il, as-tu aimé mon cadeau ?

— Non ! Enfin, oui, mais…

— Tant mieux. Je savais que ça te ferait plaisir. Le vendeur m'a dit que c'était la meilleure cuisinière du marché.

— Cooper, là n'est pas la question. Je t'ai déjà demandé de ne rien m'acheter. C'est terriblement embarrassant !

— Je n'avais pas l'intention de t'embarrasser, dit-il en fronçant les sourcils. Mais ton vieux four ne fonctionnait pas bien. Justin t'aurait acheté cette cuisinière, lui aussi.

Justin ? Il l'avait fait en mémoire de Justin ? Natalie en resta coite.

Cela changeait tout. Maintenant, elle commençait à comprendre son attitude et son embarras ne fit que croître.

— Je ne pourrai jamais te rembourser une cuisinière de ce prix, et tu le sais, reprit-elle.

— Je n'ai pas l'habitude de me faire rembourser ce que j'offre ! protesta-t-il en riant. Considère que c'est ton cadeau de Noël. Ecoute, Natalie, je sais que tu travailles dur. Tu as un vrai don pour la pâtisserie, beaucoup d'imagination et de l'ambition. Pourquoi ne veux-tu pas laisser un vieil ami t'aider à développer ces précieuses qualités ?

Ces mots vinrent à bout de ses objections. Cooper avait remarqué son talent ? Justin, lui, avait éclaté de rire quand elle lui avait fait part de son projet. Jamais il n'avait pris au sérieux ce qu'il considérait comme un inoffensif passe-temps. C'était pourtant bien ce qui les faisait vivre, elle et ses filles, songea Natalie en ravalant une irritation rétrospective. Tout cela parce que lui, qui estimait avoir le seul « vrai » métier de la famille, n'avait pas eu le bon sens élémentaire de prendre une assurance vie.

Sans fausse honte, Natalie croyait en ses capacités. Elle y croyait chaque fois qu'elle passait déposer des chèques à la banque. Aussi les compliments de Cooper lui mirent-ils du baume au cœur.

— Bon, d'accord, j'accepte, finit-elle par dire, mais ne recommence plus jamais.

— Cela signifie-t-il que je peux ouvrir un compte épargne au nom des filles ?

Son sourire ravageur l'empêcha de se mettre en colère. Il était si sexy ! Sexy et horripilant…

— Cooper !

Puis, soudain, tout lui parut flou.

— Natalie ?

La voix de Cooper semblait venir de très loin.

— Natalie, as-tu déjeuné ? Tes mains tremblent.

Elle contempla ses mains qui effectivement tremblaient. Un début d'hypoglycémie… Elle se mit à fouiller dans son sac à main et en sortit un bonbon qu'elle déballa.

— Cela t'arrive souvent d'oublier de manger ?

— Non. Enfin, parfois, quand je suis très occupée ou distraite.

— Viens, reprit-il, allons déjeuner ensemble.

— Tu n'as pas de patients ?

— Même les médecins ont le droit de se nourrir environ une fois par semaine, répondit-il en souriant. C'est un privilège qui va avec notre position.

— Merci, mais c'est inutile. Je vais bien. J'achèterai un sandwich en sortant d'ici.

— Je ne pense pas que ce soit une bonne idée de te laisser traverser Boston en voiture dans ton état.

— Je suis adulte et tout à fait capable de décider moi-même de ce que je dois faire !

— C'était une invitation, Natalie, et non une requête du tribunal. Je m'inquiète pour toi, est-ce si terrible ?

Natalie ne sut que répondre. Son esprit d'indépendance était si exacerbé qu'il la poussait à se comporter de manière brutale. Devait-elle refuser de déjeuner avec un homme qui lui plaisait simplement parce qu'il venait de lui offrir une cuisinière ?

« Je suis encore plus névrosée que je ne le pensais », songea-t-elle avec un soupir de défaite.

— D'accord. Allons déjeuner.

— On dirait que tu viens d'accepter d'être fessée en place publique ! remarqua-t-il.

Le rire de Cooper était si communicatif que Natalie ne put s'empêcher de rire à son tour. Ce que le charme de cet homme pouvait être agaçant ! Elle aurait pu tomber amoureuse de lui rien que pour ça !

Son rire s'étrangla dans sa gorge à cette idée.

Elle n'allait tomber amoureuse de personne, et surtout pas de Cooper Sullivan, ce chirurgien arrogant et trop séduisant qui ne savait pas accepter un refus et que guidait un absurde sens du devoir à l'égard de son défunt ami.

Cela dit, elle pouvait malgré tout déjeuner avec lui…

7

— Ne vous inquiétez pas, elle s'en sortira bien.

Cooper adressa un sourire rassurant aux parents de la petite fille qu'on emmenait en salle d'opération. Ils jetèrent un regard angoissé au chariot sur lequel leur enfant dormait déjà.

L'infirmière en chef tapota l'épaule de la mère avec elle aussi un sourire rassurant.

— Votre enfant va être opérée par la meilleure équipe chirurgicale du pays, ne vous en faites pas. Tout se passera au mieux.

— Ça va être du gâteau ! leur promit Cooper en entrant dans le bloc opératoire.

L'expression lui fit penser à Natalie. Elle avait fini par se calmer, après l'épisode de la cuisinière. Ils avaient partagé un déjeuner agréable, qui avait été suivi par un autre déjeuner le lendemain. Depuis, ils se retrouvaient régulièrement en milieu de journée pour manger un morceau ensemble et bavarder de tout et de rien. Après cela, il reprenait son travail avec une énergie redoublée et attendait le rendez-vous suivant avec impatience. Jusqu'à présent, son emploi du temps l'avait empêché de l'inviter à dîner, mais cela faisait partie de ses projets.

— Docteur Sullivan ? Nous sommes prêts…

Sortant de sa rêverie, il s'aperçut que toute son équipe

l'observait avec curiosité. Il se secoua et avança vers la table d'opération.

Pendant les heures suivantes, il se concentra totalement sur sa tâche et ne pensa plus à Natalie. Tout se passait bien lorsque tout à coup un bip électronique résonna.

— La tension chute ! s'exclama l'anesthésiste.

Sans raison apparente, le cœur s'était arrêté. Cooper mit tout en œuvre pour sauver la fillette. Il utilisa toutes les techniques qu'il avait apprises, en inventa même quelques-unes dans l'urgence. Il ne pouvait pas laisser mourir une enfant de neuf ans sans se battre jusqu'au bout !

Finalement, après des minutes de lutte qui lui parurent durer des heures, une main se posa sur son bras.

— Docteur Sullivan, il est trop tard. C'est fini.

Soudain épuisé, Cooper laissa échapper un soupir et jeta un coup d'œil à la pendule.

— Heure du décès, 15 h 12.

Comme chaque fois qu'un patient mourait pendant une intervention, l'équipe termina son travail sans un mot. Les infirmières débranchèrent les appareils désormais inutiles, puis Cooper quitta la salle d'opération. Au vestiaire, il jeta ses gants tachés de sang dans la poubelle. Son échec lui pesait. Il était entré au bloc en se prenant pour un excellent chirurgien ; le destin venait de lui infliger une cuisante leçon de modestie.

Maintenant, il allait devoir annoncer la nouvelle aux parents.

Les bras chargés de paquets, Natalie referma sa porte d'un coup de pied. L'après-midi avait été parfait pour faire les magasins : ses filles assistaient à la fête d'anniversaire d'une de leurs camarades et resteraient dormir chez elle. Cela lui laisserait le temps d'emballer ses cadeaux et même, luxe suprême, de prendre un long bain brûlant.

Elle avait rangé les provisions et venait d'étaler les cadeaux sur la table quand on sonna. Son cœur bondit dans sa poitrine lorsqu'elle découvrit son visiteur.

— Cooper ? Bonjour ! Entre donc !

Son expression lui fit tout de suite comprendre que quelque chose n'allait pas. Disparus, son sourire conquérant et son regard pétillant. Il semblait totalement déprimé.

— Tu n'as pas l'air en forme…

— La journée a été mauvaise, avoua-t-il sans bouger. Je n'aurais peut-être pas dû venir… Je ne suis pas d'une très bonne compagnie.

— Entre, dit-elle en l'attirant à l'intérieur, et assieds-toi. J'allais faire du café, tu en voudras ?

— Avec plaisir.

— Tu as faim ?

— Merci, un café me suffira.

Pendant que le café passait, elle déposa devant lui une tasse et un bocal plein de biscuits.

— Que s'est-il passé ? demanda-t-elle.

D'une voix éteinte, il lui parla de la mort de cette petite fille. Une enfant qui aurait dû vivre et qui était morte entre ses mains, sur sa table d'opération…

La vie avec Justin avait appris à Natalie que les médecins s'efforçaient de se protéger contre les émotions excessives. Pour une raison inconnue, cette petite patiente avait franchi le bouclier protecteur que Cooper dressait entre lui et ses patients.

— Je n'arrive pas à comprendre ce qui est arrivé, termina-t-il. J'ai relu entièrement son dossier, les comptes rendus de consultations, absolument tout. Je n'ai rien trouvé qui explique son arrêt cardiaque. Elle n'aurait pas dû mourir.

— On ne peut pas toujours tout expliquer, Cooper. Il faut que tu apprennes à l'accepter. Tu as déjà perdu des patients avant, non ? Pourquoi est-ce différent avec cette fillette ?

— A cause de Rose et de Lily, avoua-t-il en détournant les yeux.

— Pardon ?

— Cette enfant était une petite blondinette avec une jolie frimousse, de grands yeux bleus et un sourire malicieux et plein de vie. Je l'aimais bien. Elle me faisait penser à Rose et Lily. Sa mort me donne l'impression d'avoir perdu une de tes filles.

— Oh ! Cooper ! Je suis désolée…

Natalie le prit dans ses bras pour le serrer contre son cœur et ils restèrent un bon moment ainsi, dans les bras l'un de l'autre. Peu importait son travail en retard, les gâteaux à cuire, les cadeaux à emballer. Ce soir, Cooper avait besoin de son soutien.

Elle était heureuse qu'il soit venu la trouver pour se confier. Leur longue conversation lui avait montré que Cooper était un homme sensible. Derrière la façade de médecin si sûr de lui se cachait un être plein de compassion, et c'était une découverte déconcertante. Un peu effrayante, aussi. Car plus elle apprenait à le connaître, plus elle le trouvait touchant.

Et cette tendance l'inquiétait beaucoup !

Ils se virent tous les jours, après cette soirée. Même si son bon sens disait à Natalie que c'était une mauvaise idée, il n'avait aucun pouvoir face au plaisir qu'elle éprouvait à courir à chacun de leurs rendez-vous.

Un soir où elle finissait de décorer un gâteau, le téléphone sonna.

— Vous pouvez décrocher ? cria-t-elle à ses filles.

La sonnerie s'arrêta et elle entendit la voix de Rose.

— Qui est-ce ? demanda-t-elle lorsque sa fille se tut.

— Personne, répondit Rose en la rejoignant.

— Une enquête par téléphone ?

— Oui. Je peux prendre un morceau du gâteau rouge ?

— Mange plutôt une pomme, si tu as faim.

Rose fit la grimace, mais accepta le fruit. Il y avait des pâtisseries partout dans la maison Thompson, mais leur accès était des plus réglementé. Natalie tenait à préserver ses filles des risques d'une alimentation trop riche, et leurs desserts se résumaient le plus souvent à un fruit.

— Maman ?

— Oui, ma chérie ?

— Non, rien…

Rose avait une expression qui attira son attention.

— Tout va bien, ma grande ?

— Est-ce que tu aimes toujours papa ?

Natalie termina la fleur qu'elle élaborait sur son glaçage et posa sa douille pour contempler sa fille. Comment une mère pouvait-elle expliquer à sa fille que la vie continuait ? Que tout l'amour du monde ne pourrait jamais ramener Justin ?

— Bien sûr, mon cœur. Nous aimerons toujours papa. Pourquoi me poses-tu cette question ?

— Parce que Lily veut que tu te maries avec Cooper pour que nous ayons un nouveau père.

Natalie sentit la tristesse lui étreindre le cœur. L'adulation de Lily pour Cooper était claire depuis le début. Elle avait envie qu'un autre homme remplace son père ; Rose, en revanche, protégeait la mémoire de Justin avec la férocité d'une lionne.

— Rien ne pourra jamais te prendre tes souvenirs de papa, reprit Natalie. C'était un bon père, il vous aimait et rien n'y changera jamais rien.

— Mais certains enfants ont un nouveau père, insista Rose.

— Oui, ça arrive.

— Je t'en prie ! s'exclama alors sa fille, les larmes aux yeux. Ne te marie pas avec Cooper !

— Cooper et moi sommes juste des amis.

— Je crois qu'il t'aime plus qu'une simple amie.

Que pouvait savoir une gamine de huit ans sur de tels

sujets ? Devinait-elle l'excitation qui donnait la chair de poule à sa mère dès qu'il approchait ou que résonnait son rire grave et sexy ?

Natalie l'attira dans ses bras et Rose s'y blottit en sanglotant.

— J'aime bien Cooper, expliqua-t-elle. Je l'ai connu autrefois, quand j'étais étudiante, et il était le meilleur ami de papa. Ce n'est pas un problème si tu l'aimes bien toi aussi. Papa l'aimait beaucoup, tu sais.

Rose poussa un soupir et ses larmes se calmèrent.

— Je ne l'aime pas du tout, répliqua-t-elle.

Sur ces mots définitifs, elle lâcha sa mère et courut se réfugier dans sa chambre.

Natalie se releva en soupirant. Pourquoi tout était-il tellement plus compliqué avec Rose qu'avec Lily ? Pendant que la seconde coiffait ses poupées et lisait gentiment, la première parlait à un pit-bull invisible et volait des morceaux de gâteau et de glaçage quand personne ne la regardait…

La minuterie du four retentit en même temps que la sonnette de la porte d'entrée. Natalie ouvrit le four. Même si l'insistance de Cooper l'avait rendue furieuse, elle devait admettre que cette cuisinière ultraperfectionnée était une petite merveille. Elle vérifia la cuisson de sa génoise au chocolat et programma quelques minutes supplémentaires à feu doux avant d'aller ouvrir la porte.

L'air inquiet, tout essoufflé et beau comme un astre, Cooper se tenait sur le seuil.

— Dieu merci, tu es là ! s'exclama-t-il. Tout va bien ?

— Oui, pourquoi ? demanda-t-elle sans comprendre.

— Une de tes filles m'a dit que tu n'étais pas à la maison. Ça m'a fichu une frousse d'enfer de les imaginer seules ici. J'ai pensé qu'il t'était arrivé quelque chose dans ton vieux break, comme une hypoglycémie.

— Je suis restée ici tout l'après-midi…

Un soupçon lui traversa soudain l'esprit.

— N'as-tu pas téléphoné il y a une vingtaine de minutes ? reprit-elle.

— Oui, quelque chose comme ça.

Le soupçon de Natalie se transforma en certitude. Elle ferma les yeux et s'ordonna de compter jusqu'à dix. A cinq, elle prit sa respiration.

— Rose Isabella ! cria-t-elle.

Rose entra dans le salon, vit Cooper, et son visage s'allongea d'un pied.

— Viens ici ! lui ordonna sa mère. Je crois que tu as des explications à me donner.

— Je ne savais pas que c'était lui, je te le promets.

— Rose, c'est faux et nous le savons toutes les deux. Dire des mensonges est très vilain et cela t'apportera toujours des problèmes. Ton attitude me chagrine beaucoup.

— Je suis désolée, Cooper, marmonna Rose.

Son visage n'exprimait cependant aucun regret et Cooper ne fut pas dupe. Il ne fit cependant aucun commentaire. Ravissante avec ses crayons qui retenaient ses longues mèches blondes, Natalie désigna la porte d'un doigt autoritaire.

— Va prendre ton bain et mets-toi au lit. Tu es privée de télévision pendant trois jours.

— Mais il y a tous les programmes de Noël cette semaine !

— Il fallait y penser avant de mentir.

— C'est pas juste ! s'écria Rose. Tu es méchante !

Furieuse, elle quitta le salon en trombe. Natalie se laissa tomber sur le canapé en soupirant.

— Je suis désolée, Cooper. Il y a des moments où je ne sais plus par quel bout la prendre…

— Tu t'en sors très bien, Nat. Tous les parents ont des difficultés avec leurs enfants à un moment ou à un autre.

— J'ai peur d'être effectivement à un moment difficile… Rose craint que tu n'essayes de prendre la place de Justin.

— Personne ne pourra remplacer Justin, protesta-t-il.

— C'est vrai. Il n'était pas parfait, bien sûr, juste humain. Il a commis des erreurs, comme tout le monde, mais c'était leur père.

— Vous formiez un couple merveilleux, tous les deux.

C'était en partie ce qui l'avait poussé à aller s'installer en Californie. A l'époque, il ne comprenait pas pourquoi cela l'agaçait tant de voir Justin et Natalie si heureux ensemble. Peut-être parce qu'il savait déjà, sans vouloir l'admettre, que son ami avait découvert que la carrière n'était pas la seule chose qui comptait dans la vie. Il n'avait jamais voulu en convenir jusque-là, mais depuis qu'il revoyait Natalie il avait conscience que quelque chose de fondamental manquait à son existence…

— Il croyait qu'il aurait le temps d'être un bon père plus tard, poursuivit Natalie. Il voulait gagner beaucoup d'argent, pour réaliser tous nos rêves, et il subissait une pression énorme à son travail. Je ne voulais pas en rajouter, mais parfois…

Cooper s'assit près d'elle sur le canapé. Il lui trouvait l'air fragile, ce soir.

— Parfois quoi ?

— Parfois, je voulais qu'il arrête de travailler si dur, qu'il passe plus de temps avec nous, qu'il soit le père dont Rose avait besoin. Au fond, je lui en veux, avoua-t-elle, les yeux pleins de larmes. Il a brûlé la chandelle par les deux bouts. Il voulait être le premier dans son travail tout en ayant une vie de famille, et il ne comprenait pas que c'était impossible. Il a trop travaillé, passé trop d'heures à étudier, en essayant de trouver du temps à consacrer à moi, à nos filles, à sa moto, à ses sorties en voilier…

Submergée par l'émotion, elle s'interrompit brusquement. Cooper l'attira contre lui et elle se blottit au creux de son épaule avec des sanglots étouffés. Il la berça doucement un long moment.

Quand ses pleurs s'arrêtèrent enfin, elle releva les yeux vers lui. Devant ce visage baigné de larmes, ces prunelles d'un bleu de porcelaine et ces longues mèches blondes en désordre, Cooper sentit un déclic au plus profond de lui. Elle était si fragile, si petite dans ses bras ! Sans réfléchir, il se mit à lui couvrir les joues de petits baisers.

— Cooper, murmura-t-elle.

— Oui ?

— Embrasse-moi…

Son cœur rata deux ou trois battements. Comment pouvait-il refuser une telle requête ?

Il sourit, et elle l'imita. Ce mélange enfantin de tristesse et de joie acheva de lui faire perdre l'esprit.

Doucement, il posa ses lèvres sur celles de Natalie.

Ce fut comme un envoûtement. Il eut l'impression de plonger dans un océan de douceur et de sensualité totalement inconnu. Natalie répondit à son baiser avec un gémissement étouffé et ils s'embrassèrent avec une tendresse mêlée de volupté terriblement érotique. Renversée contre le dossier du canapé, elle s'abandonnait complètement entre ses bras, lui ouvrant les portes d'un monde nouveau qu'il avait hâte d'explorer.

Aussi fut-il un peu étonné d'entendre soudain une alarme résonner du côté de la cuisine.

— Mon gâteau !

— Pardon ?

— J'ai un gâteau dans le four !

Natalie le repoussa en riant tout bas et tous deux se levèrent. C'est là qu'ils découvrirent qu'ils avaient un public.

Rose et Lily, les yeux comme des soucoupes, les observaient depuis la porte de leur chambre.

Natalie fut la première à recouvrer ses esprits. Elle fila dans la cuisine, ouvrit le four et fit beaucoup de bruit pour en sortir son gâteau, qui embauma aussitôt le séjour.

Cooper, lui, resta interdit, à se demander ce qu'il devait

dire à ces deux fillettes qui le scrutaient d'un air inquisiteur. La première était déconcertée. La seconde, qui paraissait furieuse, se précipita vers sa mère.

— Tu avais dit que tu ne te marierais pas ! cria-t-elle.

— Rose, nous discuterons de ça plus tard.

— Tu m'as dit qu'il ne fallait pas dire des mensonges, mais tu as menti toi aussi !

Cooper sentit le moment venu d'intervenir.

— Rose, tu ne dois pas parler ainsi à ta mère !

— Puppy va vous mordre, rétorqua la petite tigresse en lui faisant face. Vous feriez mieux de rentrer chez vous !

Cooper chercha le regard de Natalie, mais celle-ci l'évita. Rose était perturbée, certes, mais elle lui avait également manqué de respect. Pour lui, ce n'était pas excusable.

— Natalie ?

La femme qu'il embrassait passionnément une minute plus tôt ne lui répondit pas et fit mine d'être très occupée à démouler son gâteau. Il fut très déçu par cette attitude, ce qui le rendit plus grave.

— Peut-être vaut-il mieux que je te laisse régler ça toute seule, suggéra-t-il.

— Oui, peut-être, marmonna Natalie.

Ces mots lui firent mal.

Il prit son manteau posé sur le dossier d'une chaise et se dirigea vers la porte, où il attendit qu'elle dise quelque chose. Mais elle resta silencieuse.

— Tu as le droit de vivre toi aussi, dit-il alors.

Elle acquiesça en silence. La main sur la poignée, Cooper la contempla un long moment. Lily s'élança alors vers lui, les bras tendus.

— Moi, je vous aime beaucoup, Cooper. Vous êtes gentil !

Très ému, il se pencha pour l'embrasser avant de quitter la maison.

Dehors, il faisait nuit et un vent glacial soufflait. Il resta un instant immobile sur le perron. Une voiture descendit la rue, et un arbre craqua sous le poids de la neige. Au loin une porte claqua. A l'intérieur de la maison, il entendit la voix de Natalie qui parlait avec ses filles, mais ne réussit pas à comprendre ce qu'elle disait.

Que s'était-il donc passé pour que la soirée se termine ainsi ?

Pour la première fois depuis deux longues années, Natalie avait l'impression d'être davantage qu'un chef de famille. Elle se sentait femme !

Elle effleura du bout des doigts ses lèvres encore gonflées par les baisers de Cooper. S'il n'avait tenu qu'à elle, il aurait bien pu lui faire l'amour là, sur le canapé du salon…

Découvrir ses filles l'avait brutalement ramenée à la réalité. Jamais de toute sa vie elle n'avait eu à ce point honte ! Après le départ de Cooper, elle avait pendant une heure tenté de leur expliquer quelque chose que des enfants de cet âge ne pouvaient pas comprendre. Comment pouvaient-elles admettre que leur mère était également une femme, avec des émotions et des désirs humains ?

Pauvre Cooper ! Elle n'aurait pas dû le laisser partir ainsi, surtout après avoir pleuré sur son épaule. Il avait été si tendre et si compréhensif…

La maison était tranquille, désormais. Les jumelles dormaient, et les gâteaux refroidissaient sur leur grille. Natalie resta indécise un instant, puis décrocha son téléphone pour appeler le portable de Cooper.

Il répondit à la première sonnerie.

— Natalie ?

— Je suis désolée, dit-elle sans préambule. Je n'aurais pas dû agir ainsi. J'étais désemparée, je ne savais pas quoi faire.

— Je comprends.

— Vraiment ?

— J'essaie, en tout cas. Mais tu ne dois pas laisser Rose diriger ta vie, Nat.

— Tu as raison. Nous avons parlé, toutes les deux, et j'espère que ça suffira… Quoi qu'il en soit, je suis désolée de l'avoir laissée se comporter de cette manière. J'aurais dû me montrer plus ferme. Depuis la mort de Justin, elle est déboussolée et difficile. Elle adorait son père et sa disparition l'a affectée davantage que sa sœur.

— Je n'essaie pas de prendre la place de Justin, lui rappela Cooper.

— Je sais bien. Merci d'être un si bon confident, Cooper.

— Je ne suis que ça ? demanda-t-il.

Natalie se rappela leurs baisers et effleura de nouveau sa bouche.

— Tu connais déjà la réponse, murmura-t-elle. Que nous arrive-t-il, Cooper ?

— Je n'en sais rien, reconnut-il en soupirant. Tu veux qu'on continue pour voir de quoi il s'agit ?

— Je ne te l'aurais pas proposé, mais puisque l'idée vient de toi je suis partante, avoua-t-elle.

C'est le cœur bien plus léger qu'elle raccrocha un instant plus tard.

8

— Tu as couché avec lui ?

Penchée par-dessus la table de la salle à manger de Callie, Regina contemplait Natalie avec curiosité. Elles étaient toutes réunies pour leur soirée de poker rituelle du vendredi et, cette fois, c'est Callie qui recevait.

— Regina ! protesta Natalie en rougissant. Remets les pieds sur terre : j'ai deux petites filles ! Coucher avec un homme me demanderait toute une organisation…

— Je peux les inviter à passer la soirée et à dormir chez moi, si tu veux.

Natalie éclata de rire. Ses amies étaient décidément incorrigibles ! Adorables aussi.

— Merci, mais je préfère en savoir un peu plus sur ses intentions avant de passer à l'étape suivante. Ce n'est pas une simple liaison que je recherche. Pour la stabilité de ma famille, ce serait plutôt un mariage.

Le mot surprit tellement le petit groupe qu'un silence de quelques secondes tomba sur la tablée.

— Mes filles nous ont déjà surpris dans une situation compromettante que j'ai eu beaucoup de mal à leur expliquer, poursuivit-elle.

— Compromettante ? répéta Julie avec un sourire grivois.

— Nous nous embrassions sur le canapé, avoua Natalie.

— Que faisiez-vous sur le canapé ? demanda Callie en sortant de sa cuisine. Est-ce que tu as un amant ?

— Nous nous embrassions, répéta Natalie.

— C'est un bon début, remarqua Serena en riant. Puisqu'il en veut à ton corps, pourquoi n'es-tu pas avec lui ce soir au lieu de jouer aux cartes avec tes vieilles copines ?

— Rien ne dit qu'il a envie de passer tout son temps libre avec moi, protesta Natalie. De toute façon, il a ce soir une intervention d'urgence à l'hôpital.

— Je comprends ce que tu éprouves, dit Callie en leur servant un verre. Jared est parti pour un séminaire, ce week-end.

— Tu aurais dû nous le dire ! s'exclama Julie. Nous nous serions réunies chez moi et tu aurais pu l'accompagner.

Callie balaya l'idée d'un geste de la main.

— Non, je vous assure. J'aime bien lorsqu'il quitte la ville pour deux ou trois jours.

La nouvelle, venant d'une jeune mariée, laissa ses amies stupéfaites.

— Les filles, reprit Callie, quand Jared revient d'un voyage de deux jours, il est d'une humeur romantique irrésistible ! Personne au monde ne sait mieux que lui comment rattraper le temps perdu…

Pour conclure sa tirade, elle laissa échapper un soupir extatique qui fit éclater de rire ses invitées.

— Maintenant, jouons ! reprit-elle. Ce soir, je veux gagner tout ce que j'ai perdu la semaine dernière.

Audra distribua les cartes et chacune prit son jeu.

Elles jouaient depuis cinq minutes lorsque le téléphone de Natalie sonna. Celle-ci s'excusa avant de répondre.

— Désolée, les filles, déclara-t-elle en raccrochant. Je dois partir. Rose est en pleurs avec un gros mal de ventre.

— A mon avis, Rose n'était pas malade du tout. Ou alors, elle a miraculeusement guéri dès l'instant où je suis rentrée.

Assise face à Cooper dans un petit restaurant à quelques

pâtés de maisons de son cabinet, Natalie lui racontait sa soirée. Elle n'ajouta pas que Rose la croyait avec lui et que sa maladie mystérieuse lui semblait une ruse enfantine pour empêcher ce rendez-vous imaginaire…

— Que comptes-tu faire ? demanda-t-il.

— Je n'en sais rien. Rencontrer un psychologue, peut-être ? Elles en ont vu un après l'accident de Justin, mais ces quelques consultations n'ont peut-être pas suffi. J'avoue que je ne sais plus quoi faire.

— Veux-tu que je lui parle ?

— Je n'en sais rien…

— Tu ne peux pas rester sans réagir, Nat.

— Je le sais bien !

Elle avait répondu un peu trop sèchement, mais il touchait du doigt un point sensible. Comme toutes les mères dans sa situation, elle s'interrogeait beaucoup sur la meilleure attitude à adopter. Après un week-end entier de réflexion, elle n'avait toujours aucune réponse. Les punitions ne servaient visiblement à rien ; il lui fallait s'attaquer à la racine du problème, mais comment ?

— Tes gambas sont bonnes ? reprit-il.

— Exquises. C'est la meilleure chose que j'aie goûtée depuis longtemps.

— Tu es sûre ?

Son sourire coquin la fit rire et elle agita un index réprobateur sous son nez.

— Arrête !

— Pourquoi ? Cela te donnerait-il envie de m'embrasser de nouveau ?

— Oui.

Cet aveu plein de franchise le fit rire à son tour.

— Nous allons toujours à Frog Pound demain soir ? Je connais beaucoup de recoins où l'on peut se bécoter en paix.

— Tu es incorrigible !

— Je ne vois aucune raison de me corriger, répliqua-t-il. Je passerai vous chercher à 19 heures.

Natalie hocha la tête. Quelques jours plus tôt, il avait promis aux filles de les emmener patiner sur l'étang. Natalie adorait faire du patin à glace, même si cela ne lui était pas arrivé depuis une éternité. La tentation de patiner main dans la main avec Cooper avait été trop forte pour refuser une telle offre. Et si, par la même occasion, ils pouvaient échanger discrètement quelques baisers elle ne s'en plaindrait certainement pas !

Une odeur de feu de bois flottait dans l'air glacé alors que Cooper traversait le parc enneigé des Common avec Natalie et les jumelles. Ils se tenaient tous les quatre la main et marchaient avec des rires et des cris d'excitation, comme une vraie famille. Quel effet cela lui ferait-il si elles étaient vraiment sa famille ? se demanda-t-il. Si les jumelles étaient ses filles et Natalie son épouse ? Cette pensée lui traversait de plus en plus souvent l'esprit ces derniers temps.

Ils arrivèrent devant le stand de location de patins et les fillettes s'arrêtèrent de babiller. Natalie et lui avaient déjà les leurs, mais pas les jumelles, et il ajouta cet article à sa liste de cadeaux de Noël.

— Je crois que j'ai oublié comment on patine, déclara Rose avec une grimace.

— Nous t'aiderons, au début, dit-il. En fait, nous allons tous commencer à patiner en nous tenant par la main.

Les deux adultes les aidèrent à mettre leurs patins. De nombreux patineurs évoluaient sur le Frog Pound, pendant que des badauds moins courageux les observaient, confortablement installés dans le kiosque chauffé où les filles voudraient sans doute aller boire du chocolat chaud un peu plus tard. Les arbres qui entouraient le lac, ornés de guirlandes électriques, scintillaient dans la nuit tout comme les gratte-ciel de Boston que l'on voyait au-delà du parc public. C'était une soirée parfaite pour patiner et passer un bon moment avec des proches.

Car Cooper devait bien l'admettre, Natalie et ses filles faisaient maintenant partie de ses proches. Il ne savait pas encore très bien pourquoi, mais il ne pouvait nier le fait qu'il tenait beaucoup à elles trois.

Lorsque les lacets des patins des enfants furent noués, Natalie se leva et remit ses gants.

— Maintenant, on y va !

— Un pour tous et tous pour un ! renchérit Cooper.

Natalie prit la main de Lily, et il tendit la sienne à Rose. A sa grande surprise, elle la prit sans rechigner et s'appuya sur lui pour se lever du banc. Il sourit en la voyant contempler l'étendue glacée d'un air farouche. Lorsqu'elle relevait ainsi le menton, elle lui rappelait sa mère…

— Gardons les filles entre nous jusqu'à ce qu'elles se soient habituées à la glace, suggéra Natalie. Il n'y a pas trop de monde ; vous allez voir, on va bien s'amuser.

Ils avancèrent tous les quatre sur la glace. Les débuts furent un peu hésitants. Raide d'appréhension, Rose se cramponnait à la main de Cooper.

— Tu te débrouilles très bien, lui dit-il. Détends-toi et plie un peu plus les genoux.

Elle lui jeta un regard de défi du coin de l'œil et releva encore un peu le menton. Elle n'abandonnerait pas, il le savait. C'était une des choses qu'il admirait le plus chez cette enfant. Lorsqu'elle avait cette expression, il devinait que rien ne pourrait faire fléchir sa détermination.

Lily fut la première à se sentir à l'aise sur la glace.

— On pourrait aller plus vite, maman ?

— Rose n'est pas encore prête.

Lily essaya de lâcher la main de sa sœur, qui s'accrocha de plus belle à celle de Cooper.

— Partez devant toutes les deux, proposa-t-il. Rose et moi préférons patiner plus doucement, pour l'instant.

— Tu es sûr ? demanda Natalie, étonnée.

Cooper lui fit un rapide signe d'assentiment. Au fond, il trouvait amusant de courtiser la pugnace petite fille. Celle-ci, les yeux fixés droit devant elle, leur fit un geste de la main.

— Oui, partez devant !

Natalie et Lily ne se firent pas prier et s'élancèrent dans le flot des patineurs.

En sentant les petits doigts de Rose crispés dans sa main, Cooper se demanda pour la première fois si son agressivité n'était pas un effet de la peur. Peur de l'inconnu, peur du changement, peur de perdre quelqu'un qu'elle aimait.

Peut-être était-ce la raison de son hostilité à son égard. Peut-être craignait-elle de perdre sa mère, comme elle avait perdu son père. Il se promit d'y réfléchir.

Après un moment, comme elle ne tombait pas, Rose se détendit un peu et tourna la tête pour chercher sa mère et sa sœur dans la foule des patineurs. Celles-ci lui firent un signe de la main, auquel Cooper répondit.

Un groupe d'étudiants, croyant que le signe de Natalie leur était destiné, s'approchèrent d'elle et commencèrent à lui parler. Elle leur répondit en riant. Cooper éprouva brusquement une folle jalousie.

— Maman a beaucoup d'admirateurs, déclara alors Rose.

— Vraiment ?

Il observa les trois jeunes gens qui discutaient avec Natalie et se mit à rire.

— Rose, je crois que tu racontes des histoires !

— Non, c'est vrai, insista-t-elle. Ils s'embrassent tout le temps.

— Et ça te contrarie ?

La question la laissa perplexe une seconde.

— Je ne sais pas. C'est dégoûtant.

— Parle-moi de ton papa. Quel est ton meilleur souvenir de lui ?

— J'aimais bien quand il rentrait à la maison, dit-elle après une seconde de réflexion. Il n'était pas souvent là…

— Tu sais pourquoi, n'est-ce pas ?

— Oui, il était docteur.

— En effet, et il soignait beaucoup de gens. Mais il devait travailler très dur pour d'autres raisons également.

— Lesquelles ?

— Toi et Lily, répondit-il. Et ta mère. Il travaillait dur pour que vous ayez une vie confortable.

— Il me manque.

— A moi aussi, avoua Cooper, soudain ému.

Rose le contempla d'un air critique.

— Il est normal que ton père te manque, ajouta-t-il, mais cela ne t'empêche pas d'être mon amie.

Cette remarque la laissa songeuse un court instant.

— Parfois, reprit-elle, je n'arrive plus à me souvenir de lui. Maman doit nous montrer nos vidéos.

Cet aveu lui serra le cœur. Rose culpabilisait sûrement d'oublier son père, ce qui pouvait aussi expliquer son attitude hostile vis-à-vis de lui.

Elle patinait mieux, à présent. Leur conversation n'avait peut-être pas fait d'eux les meilleurs amis du monde, mais au moins elle paraissait à l'aise sur la glace.

— Maman vient par ici, annonça-t-elle. Il y a quelqu'un avec elle…

En effet, un couple plus âgé et d'allure distinguée accompagnait Natalie. Alors que le petit groupe se rapprochait, Cooper reconnut la patronne de Natalie, Belle Mackenzie, escortée par un inconnu à la mine avenante.

Natalie fut soupçonneuse dès qu'elle vit Belle et Charlie apparaître sur le lac gelé. Pourtant, l'aisance de sa patronne indiquait qu'elle n'en était pas à sa première leçon de patinage...

— Pourquoi ai-je l'intuition que vous n'êtes pas ici par hasard ? leur demanda-t-elle.

Belle éclata de rire en se serrant contre Charlie.

— Comment toi et Cooper pourrez-vous jamais passer un moment en tête à tête si tes amies ne s'en mêlent pas ? répliqua-t-elle. Charlie a été assez gentil pour m'emmener patiner ; n'est-ce pas judicieux ?

Le regard qu'ils échangèrent confirma à Natalie ce que les amies de Belle pensaient depuis quelques semaines : ces deux-là étaient en train de tomber amoureux l'un de l'autre !

Ils approchaient de Cooper et de Rose, aussi Natalie ne fit-elle aucun commentaire. A en juger par la mine de sa fille, la situation semblait s'améliorer entre eux. Peut-être y avait-il un espoir pour qu'elle finisse par l'accepter, après tout ?

— Regardez sur qui je suis tombée ! déclara-t-elle. Cooper, tu connais Belle ; et voici Charles Wiley.

Les hommes se serrèrent la main.

— C'est une soirée merveilleuse pour patiner, remarqua Cooper.

— Oui, répondit Belle en battant des cils avec coquetterie, mais je commence à être fatiguée.

— Le kiosque est l'endroit idéal pour se reposer. Nous pourrions tous y aller pour boire un chocolat chaud, suggéra Cooper.

— Non, non ! protesta Belle. Vous et Natalie venez juste de commencer. Mais je crois que ces deux petites ne refuseraient pas une boisson chaude et une pâtisserie, n'est-ce pas ?

— Qu'en dites-vous, les filles ? reprit Cooper.

La ruse était grosse. Natalie connaissait assez Belle pour la savoir capable de patiner une nuit entière sans la moindre fatigue. Cooper avait cependant sauté sur l'offre inespérée de rester seul avec elle, ce qui lui fit plaisir. Et les jumelles semblaient alléchées par cette invitation.

— Nous pouvons y aller, maman ? demanda Rose.

— Bien sûr, mes chéries ! répondit Natalie en riant.

Les jumelles ne se le firent pas dire deux fois et saisirent les mains des deux adultes pour s'éloigner vers le kiosque, laissant leur mère seule avec Cooper.

Ce dernier avait la mine d'un chat qui vient de découvrir un bol de crème fraîche.

— Quelle généreuse initiative ! s'exclama-t-il.

— Est-ce toi qui lui as demandé de faire ça ?

— Je n'aurais pas hésité si j'y avais pensé, admit-il en riant. Maintenant, que dirais-tu d'explorer les recoins sombres du lac pour échanger quelques baisers ?

— Tu es aussi fou que mes copines, répliqua Natalie en gloussant.

— J'adore tes amies !

Sans perdre son sourire, il se mit à tournoyer autour d'elle avec la grâce d'un champion de patinage artistique.

9

Les jours précédant Noël passèrent à toute vitesse dans une débauche de gâteaux à livrer pour des douzaines de réveillons et de mariages. Natalie trouva cependant le temps d'acheter les cadeaux qui lui manquaient pour ses filles, de faire les paquets, et de penser à Cooper.

Surtout de penser à Cooper ! Nuit et jour… Elle avait beau refuser d'analyser la situation, elle n'était pas assez naïve pour ne pas comprendre que quelque chose était en train de se produire. Elle ne savait simplement pas quoi.

Elle prépara aussi un gâteau de Noël traditionnel allemand pour l'équipe de Cooper, plusieurs bûches pour le refuge des sans-abri, et une montagne de sablés parfumés avec un décor de sucre coloré pour tous ses amis.

Le matin de Noël, elle était à la fois épuisée et incroyablement excitée.

Après sa douche, elle mesura son taux de glucose, se fit sa piqûre d'insuline et rangea son matériel. Sa glycémie était élevée à cause des délicieux petits-fours qu'elle avait dévorés la veille, lors de la fête organisée avec ses collègues. Elle allait devoir se montrer raisonnable pour la journée.

Elle pouvait presque entendre Justin la gronder, et regarda instinctivement sa photo posée sur la commode.

— Je suis une grande fille, murmura-t-elle. Je peux me débrouiller toute seule.

Le visage de Justin la contemplait avec toujours le même

petit sourire ironique qui disait qu'il n'en croyait pas un mot. Cette fois, Natalie n'éprouva ni rancœur ni chagrin. Après deux longues années de deuil, elle se sentait enfin capable de prendre sa destinée en main. Une grande fierté lui gonfla le cœur.

Quittant la chambre, elle passa dans le salon où les guirlandes lumineuses du sapin se reflétaient sur les papiers brillants des cadeaux entassés au pied de l'arbre.

Bien que prévenu qu'il ne devait pas en apporter d'autres, Cooper était arrivé la veille les bras chargés de paquets de toutes tailles. Il n'avait fait que rire à ses menaces de tout jeter par la fenêtre, affirmant qu'il ne s'agissait que d'un dédommagement pour le gâteau aux fruits rouges qu'elle avait accepté de confectionner pour sa famille. En fait, Natalie n'arrivait jamais à se fâcher vraiment contre lui. Il suffisait à Cooper de la regarder avec ce petit rire au fond des yeux pour la faire fondre.

Elle buvait son café, confortablement installée sur le canapé, lorsque ses filles sortirent de leur chambre.

— Joyeux Noël, maman ! crièrent-elles en lui sautant au cou.

Après les bisous et les câlins d'usage, les jumelles surexcitées se mirent à sautiller autour du sapin.

— Peut-on les ouvrir maintenant ?

— D'accord. Pour une fois, on attendra un peu pour le petit déjeuner.

Les papiers et les rubans remplirent bientôt la pièce tandis que Rose et Lily poussaient des cris de joie. Natalie les contemplait avec bonheur. La vie était si belle !

La sonnette de la porte d'entrée retentit, et la vie devint encore plus belle…

Cooper, vêtu d'un costume de Père Noël, se tenait sur le seuil. Evidemment, son déguisement ne trompa personne.

— Cooper ! s'exclama Lily.

— J'étais sûre que c'était toi ! renchérit Rose en abandonnant sa poupée.

— Je te croyais dans ta famille à Cambridge, fit remarquer Natalie en riant.

— Le Père Noël n'habite pas à Cambridge, protesta-t-il. Il vit au pôle Nord.

— Et tu es venu du pôle Nord avec ton traîneau ? s'enquit Lily.

— Non, j'ai dû l'abandonner pour un moyen de transport plus adapté à la ville, expliqua-t-il. Mais j'ai quand même réussi à apporter quelques petites choses pour vous.

Il se pencha pour ramasser un gros carton rempli de paquets qu'il avait posé à côté de la porte. Les cris de joie des jumelles se firent plus perçants encore, mais Natalie fronça les sourcils.

— Cooper ! Je t'avais dit de ne plus rien apporter.

— Cooper ? Qui est ce garçon ? s'exclama-t-il. Il m'a l'air d'être un type formidable en tout cas ; j'aimerais bien le rencontrer.

— Oh ! fit Natalie en abandonnant la partie. Entre donc avant que toute la maison ne soit transformée en glacière…

Son arrivée renforça la bonne humeur générale. Même Rose fut incapable de résister à son énergique interprétation du Père Noël, ou à ses contes à dormir debout sur son voyage depuis le pôle Nord.

En le voyant assis sur son canapé avec ses filles, Natalie fut soudain obligée d'affronter la vérité.

Elle était en train de tomber amoureuse de Cooper Sullivan !

Cette découverte renforça son indécision. Que faire ? Devait-elle céder à cette attirance ou bien s'enferrer dans ce qui la mènerait droit vers la dépression ? Il représentait tout ce qu'elle s'était promis de fuir. Un homme sûr de lui, prenant en charge tous les problèmes, dépensant sans compter, et la considérant comme incapable de se prendre en charge toute seule…

Pas tout à fait, la corrigea son bon sens. Cooper respectait son indépendance et admirait sa réussite professionnelle, alors que Justin considérait son activité avec un amusement paternaliste. Cela faisait une grosse différence !

Certes, mais ça ne réglait pas tous les problèmes pour autant. D'abord, il y avait Rose. Elle semblait parfaitement heureuse pour l'instant, ce qui était normal le matin de Noël, mais Natalie ne doutait pas que le fantomatique Puppy reviendrait tôt ou tard troubler cette paix idyllique.

Et il y avait Cooper lui-même. Il l'avait embrassée et il manifestait son désir d'une manière claire. Pourtant, jamais il ne lui avait parlé d'amour, jamais il n'avait mentionné le moindre désir de s'engager dans une relation stable. En revanche, il lui avait à plusieurs reprises parlé de son ambition de devenir professeur de chirurgie cardiaque pédiatrique, et des innombrables heures de travail que cela nécessitait. Il n'avait pas le temps de se consacrer à une famille…

Elle chassa résolument ces pensées de son esprit. A quoi bon gâcher une journée de Noël qui s'annonçait parfaite ?

Et, en effet, tout se déroula à merveille. Après avoir quitté son déguisement de Père Noël, Cooper partagea leur déjeuner, particulièrement savoureux. Ensuite les filles allèrent jouer dans leur chambre, les laissant tous deux dans le salon, installés l'un contre l'autre sur le canapé devant le plateau du café.

— Que fais-tu le soir de la Saint-Sylvestre ? lui demanda Cooper.

— En général, je reste à la maison et je regarde un film en pyjama. Mais cette année Regina et son mari organisent une grande soirée.

— Tu comptes y aller ?

— Je ne sais pas encore. Regina m'a dit que je pouvais venir accompagnée.

— Est-ce une invitation ? s'enquit-il avec un sourire.

— Eh bien, il se trouve qu'elle a justement mentionné ton nom…

— Je me répète, mais j'adore tes amies !

Soudain un peu nerveux, il sortit un sachet de velours de sa poche et le lui tendit.

— J'ai un petit cadeau pour toi.

— Je t'avais pourtant dit que je ne voulais pas d'autre cadeau ! protesta-t-elle, les joues roses de plaisir.

— Je t'en prie, ne gâche pas mon Noël. Prends-le.

Natalie obtempéra et sortit du sachet un long écrin de joaillier. Une exclamation lui échappa lorsqu'elle l'ouvrit.

— Mon Dieu ! Cooper !

Cooper avait guetté sa réaction avec inquiétude, mais en voyant son sourire il comprit que le diamant en pendentif lui plaisait.

— J'aimerais le voir à ton cou.

Il prit la chaîne en or et la lui passa autour du cou. Il en profita pour humer le parfum délicat de ses longs cheveux de soie et pour déposer un baiser juste derrière son oreille, ce qui la fit frissonner.

— Il te plaît ?

— Je l'adore ! C'est magnifique, Cooper. Tu n'aurais pas dû.

— Je voulais te faire plaisir.

Elle ne répondit rien et se contenta de caresser du bout des doigts le diamant qui scintillait comme une larme de rosée aux premières lueurs du soleil. Ils se contemplèrent un instant en silence, puis elle lui passa les bras autour du cou et l'embrassa.

Cooper sentit son cœur s'affoler dans sa poitrine alors qu'il la serrait contre lui. Elle n'avait pas refusé son cadeau ; peut-être était-ce le bon moment pour lui faire part de l'idée qui lui trottait dans la tête depuis un moment.

— J'ai pensé à quelque chose, Natalie…, dit-il en lui

prenant le visage entre les mains. Quelque chose qui serait parfait pour nous tous. J'aimerais que toi et tes filles veniez habiter chez moi.

— Comment ? s'exclama Natalie en sursautant.

Il la tenait toujours dans ses bras et il déposa un baiser sur le bout de son nez. Pourtant, il sentait qu'elle avait maintenant envie de se dégager de son étreinte.

— Réfléchis-y, reprit-il. Nous sommes attirés l'un par l'autre. Nous nous entendons très bien. Et ainsi tu n'aurais pas à subir les frais d'entretien d'une maison.

Et il pourrait s'occuper d'elle et des jumelles, veiller sur leur bien-être, les protéger… et, si Natalie acceptait de partager sa chambre, ce serait encore mieux !

Elle le regarda d'un air incrédule.

— Tu… tu me proposes de m'installer dans ton appartement ?

— Il y a toute la place nécessaire. Ce serait parfait !

— Parfait pour qui ?

— Pour toi et les filles, évidemment !

— Et toi ? Qu'obtiendrais-tu d'un tel arrangement ?

« Toi », faillit-il répondre. Il s'en abstint cependant car il savait sans le moindre doute qu'elle n'aurait pas apprécié.

— Eh bien, j'aurais quelqu'un qui m'attend quand je rentre du travail, quelqu'un avec qui je pourrais parler, expliqua-t-il.

— Et avec qui tu pourrais coucher.

— Ça, c'est toi qui décides.

— Vraiment ?

— Tu connais mon emploi du temps, les recherches et les études que je mène. Je m'absente souvent pour assister à des congrès de médecine…

— Aussi, je vivrais dans ton appartement, seule avec mes filles, pendant que tu poursuivrais ta brillante carrière ? Et de temps en temps tu reviendrais pour passer une bonne soirée, avant de repartir ?

Elle avait beau parler d'une voix calme et posée, Cooper avait un très mauvais pressentiment sur la direction que prenait la conversation.

— Ce n'est pas exactement ce que je te propose, objecta-t-il.

— Je connais les hommes comme toi, Cooper. Vous êtes tous beaucoup trop ambitieux pour vous astreindre aux obligations d'une vie de famille.

— C'est vrai que, pour l'instant, j'ai énormément de travail, convint-il. Mais dans quelques années je serai professeur et alors…

— Et alors tu chercheras à atteindre un poste encore plus élevé.

— Tu trouves que c'est mal ?

— Non, bien sûr que non ! Tu seras sans doute le meilleur professeur de chirurgie pédiatrique que ton hôpital ait jamais eu.

— C'est mon rêve. Et toi ? N'attends-tu pas autre chose de la vie que de préparer des gâteaux ?

Elle parut songeuse un instant et caressa de nouveau son pendentif.

— Je n'attends rien d'aussi grandiose que toi. Je souhaite que mon affaire progresse. Crois-le ou non, mais j'aime faire des pâtisseries. Je veux une vie tranquille avec ma famille. Peut-être, un jour, pourrai-je m'offrir une vieille maison avec un grand jardin pour que les enfants puissent y jouer, et une cuisine vaste et bien équipée pour travailler confortablement. Mes ambitions sont très simples, comme tu le vois.

Très simples, oui, Cooper devait l'admettre. Tellement simples qu'il ne comprenait pas très bien pour quelle raison elle n'espérait pas davantage.

Pourtant, ce rêve d'avenir paisible lui paraissait bien plus chaleureux et épanouissant que ses propres plans de carrière.

Et il se demanda brusquement pourquoi.

10

Natalie était aussi nerveuse qu'une débutante lors de son premier bal. Cela faisait si longtemps qu'elle n'avait pas assisté à un réveillon ! Après deux jours de recherches sur internet et une dépense de cinquante dollars, elle avait trouvé une robe du soir de seconde main superbe et qui lui allait comme un gant. Assise devant sa coiffeuse, elle attacha les boucles d'oreilles que Regina lui avait prêtées pour accompagner le collier de Cooper.

La pierre précieuse scintillait dans son décolleté. Cooper l'avait blessée le jour où il lui avait offert ce bijou, et il ne savait même pas pourquoi. Il n'avait pas la moindre idée des raisons qui avaient motivé son refus d'aller vivre chez lui, même après qu'elle lui avait expliqué se trouver très bien dans sa propre maison.

— Maman…

Rose entra dans sa chambre et s'appuya contre le dossier de sa chaise. Mère et fille se sourirent dans le miroir.

— Ma puce, ça va ? Shannon devrait arriver d'une minute à l'autre avec la pizza.

Shannon, la fille de leurs voisins, était la meilleure baby-sitter que l'on pouvait espérer, et les filles l'adoraient.

— J'ai mal au ventre, déclara Rose.

Natalie posa la main sur son front et secoua la tête.

— Tu n'as pas de fièvre. Tu as sans doute un peu faim.

— Non, je suis malade, maman. Tu ne devrais pas me laisser toute seule avec Shannon, elle ne saura pas me soigner.

Ainsi, c'était ça ?

— Cooper va bientôt arriver, reprit Natalie en l'embrassant. Je lui demanderai de t'ausculter pour être sûre que tu vas bien.

Rose ne parut pas enchantée par ce projet et sortit de la chambre pour aller s'avachir sur le canapé du salon.

— Je suis peut-être contagieuse, dit-elle bien fort. A cause de moi, Shannon va tomber malade aussi…

Juste à ce moment-là, Cooper sonna à la porte. Natalie alla lui ouvrir et resta sans voix en le découvrant. Vêtu d'un smoking noir et d'une chemise d'un blanc de neige, il était tout simplement à tomber à la renverse.

De son côté, il la contempla avec un regard brillant de convoitise.

— Tu es splendide !

— Merci. Tu n'es pas mal non plus, répondit-elle en rougissant de plaisir.

Sa robe lui allait très bien, elle le comprit en le voyant la déshabiller des yeux. Et, quand elle se retourna pour le faire entrer et qu'il découvrit le profond décolleté dans le dos, elle l'entendit retenir son souffle.

— Cooper !

Lily sortit de sa chambre comme une fusée et se précipita dans les bras de son idole. Sans s'inquiéter pour son élégant costume, Cooper la souleva dans ses bras, la faisant hurler de joie. Puis il la reposa par terre et sortit deux petits paquets de ses poches.

— Voici vos étrennes, dit-il. Mais il faut me promettre d'attendre demain pour les ouvrir !

Lily eut du mal à contenir son impatience, mais fit la promesse attendue avant d'ouvrir grande la bouche.

— Regarde, j'ai une dent qui bouge !

— En effet, répondit-il en s'agenouillant pour mieux voir.

Pendant qu'ils parlaient de la petite souris, Natalie sentit un profond bonheur lui gonfler le cœur. Cooper était bon pour elle et pour ses filles.

— Je suis malade, maman, intervint Rose. Ne pars pas !

Natalie soupira.

— Cooper, je voulais te demander de l'examiner avant que nous sortions, dit-elle. Elle dit avoir mal au ventre, mais n'a aucune fièvre. Je me demandais si…

Cooper hocha la tête pour montrer qu'il avait compris avant d'aller rejoindre Rose.

— Dis-moi où tu as mal, ma grande.

La fillette commença une litanie de plaintes qu'ils eurent beaucoup de mal à écouter sans rire. Finalement, Cooper prit un air très professionnel et hocha la tête.

— Je crois que tu as un mauvais cas de ronchonite.

— Ah ! s'écria Rose, ravie. Je t'avais dit que j'étais malade, maman !

— C'est grave, docteur ? demanda Natalie. Penses-tu qu'elle devrait aller se coucher tout de suite ? Sans regarder la télévision ni manger de pizza ?

— Oui, c'est très possible.

— Et sans jouer avec Shannon et Lily, bien sûr, puisque son état est très sérieux.

— Assurément, confirma Cooper.

Son enthousiasme oublié, Rose les examinait l'un et l'autre d'un air de plus en plus inquiet.

— Tu vas sortir quand même ? demanda-t-elle à sa mère.

Natalie hésita un instant. Et si Rose était vraiment malade ? Puis, comme Cooper lui faisait un signe de tête presque imperceptible pour la rassurer, elle confirma qu'ils sortiraient bien ensemble.

Lorsque Shannon arriva, elle prit soin de lui laisser son numéro de portable, puis ils quittèrent la maison sous le regard accusateur de Rose.

La soirée était magnifique. Regina avait tout organisé de main de maître. La salle réservée pour l'occasion était superbement décorée, un orchestre jouait du rock, et les invités, tous très élégants, passaient un très bon moment pendant que les serveurs proposaient coupes de champagne et petits-fours…

Natalie semblait pourtant préoccupée. Elle bavardait avec ses connaissances et souriait, mais Cooper la sentait inquiète.

— Tu veux la rappeler ? lui murmura-t-il à l'oreille.

— Comment ? Oh ! Non. Bien sûr que non.

— Alors pourquoi sembles-tu inquiète ?

— Je ne peux pas m'empêcher de penser que quelque chose a pu m'échapper au sujet de Rose et qu'il ne s'agit pas d'un simple caprice.

— Que penses-tu que cela puisse être ?

— Je n'en sais rien, avoua-t-elle en se détendant un peu. Mes angoisses maternelles, sans doute ?

Rose parvenait exactement à son but : gâcher la soirée de sa mère. Cooper était agacé de voir Natalie se laisser manipuler de la sorte par une gamine de cet âge.

Depuis la soirée de patinage au Frog Pound, l'invisible Puppy n'avait plus fait d'apparition menaçante et Rose ne semblait pas prendre mal sa présence dans leur maison. Les manigances de l'enfant ne reprenaient que lorsqu'ils sortaient seuls.

Natalie hocha la tête et une longue mèche blonde vint lui caresser la joue. Elle était plus belle que jamais. Avec cette robe qui révélait sa silhouette parfaite, sa démarche gracieuse et le sex-appeal qui se dégageait de toute sa personne, il ne rêvait que de la prendre dans ses bras.

Cette impulsion lui venait de plus en plus souvent. Il avait envie de la serrer contre lui, de l'écouter rire, de la rendre heureuse. Comme il regrettait qu'elle ait refusé de venir vivre chez lui ! Bien qu'il ait la conviction que beaucoup de ses problèmes auraient ainsi été réglés, il n'avait pas l'intention d'aborder le sujet de nouveau. Au lieu de cela, il s'efforçait de se faire pardonner de l'avoir froissée le jour de Noël. Du reste, il existait d'autres moyens de prendre soin d'elle…

— Tu préfères peut-être partir plus tôt et rentrer chez toi ? suggéra-t-il.

— Pas du tout ! protesta Natalie. Nous ne pouvons pas la laisser nous faire ça.

— C'est aussi ce que je crois, dit-il avec un sourire. Alors plus d'inquiétude, d'accord ? Nous sommes là pour nous amuser.

— Tout à fait d'accord, répondit-elle avec un sourire.

Regina les rejoignit à ce moment-là. Vêtue d'une somptueuse robe longue d'un rouge qui mettait en valeur sa beauté brune, et perchée sur de vertigineux talons aiguilles, leur hôtesse était particulièrement élégante.

— Pourquoi ne dansez-vous pas, vous deux ? leur demanda-t-elle. Vous vous ennuyez ?

— Bien au contraire ! assura Cooper. Votre soirée est très réussie.

— Ne te retourne pas tout de suite, intervint Natalie à voix basse, mais il y a un homme très séduisant qui ne te quitte pas des yeux et qui vient vers nous.

Le regard de Regina se fit plus brillant lorsque son mari les rejoignit.

— N'ai-je pas épousé l'homme le plus merveilleux du monde ? s'exclama-t-elle en riant. Maintenant allez danser, tous les deux. Mes devoirs d'hôtesse m'appellent.

Cooper ne se fit pas prier et entraîna Natalie sur la piste de danse. Pendant l'heure qui suivit, ils dansèrent ensemble, rirent beaucoup, et ne cessèrent de bavarder. Ils avaient beau se voir très souvent, ils avaient toujours quelque chose à se raconter. Elle était la première personne avec qui il se sentait aussi à l'aise et autant en confiance…

Une heure avant minuit et le feu d'artifice qui devait les

accueillir dans la nouvelle année, le téléphone portable de Natalie sonna. Après une brève conversation, elle referma l'appareil et soupira.

— Je suis désolée, il faut que je rentre.

— Que se passe-t-il ?

— La salle de bains est inondée. Quelqu'un a laissé le robinet ouvert.

Cooper devina aussitôt l'identité de la coupable.

Lorsqu'ils arrivèrent, Rose dormait paisiblement dans son lit.

— Je suis vraiment confuse, dit Shannon, très embarrassée. Je ne savais pas que les filles avaient laissé le robinet de la baignoire ouvert. J'aurais dû vérifier. Comme Rose m'avait proposé de tout ranger après son bain, j'ai pensé que c'était inutile.

— Vous n'avez pas entendu l'eau couler ? demanda Cooper.

— Non, pas avec la porte de la salle de bains fermée et la télévision. Je suis vraiment désolée…

— Ce n'est pas ta faute, Shannon, déclara Natalie. Rose, en revanche, va avoir affaire à moi.

— Elle ne l'a sûrement pas fait exprès…

— Je pense que si. Elle savait exactement ce qu'il fallait faire pour nous obliger à rentrer.

— Je vais nettoyer avec vous, proposa la jeune fille.

— C'est inutile, intervint Cooper, je vais aider Natalie. La salle de bains est trop petite pour nous trois de toute façon.

Il ôta sa veste de smoking pendant que Natalie raccompagnait Shannon à la porte en lui répétant de ne pas s'inquiéter. Lorsqu'elle revint, elle semblait vraiment furieuse.

— Cette fois, Rose ne va pas s'en tirer à si bon compte ! annonça-t-elle.

— J'espère que tu es sérieuse.

Sa remarque la froissa un quart de seconde, avant que sa

conscience lui fasse admettre que parfois elle se montrait effectivement trop tolérante avec sa fille.

— Tu as raison, admit-elle, je ne suis sûrement pas assez stricte. Mais c'est si difficile ! Elle est ma petite fille et la vie l'a déjà si cruellement meurtrie…

— Toi aussi. Ainsi que Lily. Et pourtant vous faites face.

— Rose a toujours été têtue, même bébé.

— Il n'y a rien de mal à avoir une forte volonté, à condition de la diriger dans la bonne direction.

— C'est vrai. Et faire déborder la baignoire pour gâcher le réveillon de sa mère n'est assurément pas la bonne direction.

Cooper déposa un petit baiser sur ses lèvres pour chasser sa contrariété, puis jeta un regard à sa montre.

— Nous avons encore une demi-heure avant l'an prochain. Ça nous laisse le temps d'éponger le sol et peut-être de célébrer à notre manière le nouvel an.

— Tu n'es pas obligé de rester. Je peux m'en sortir toute seule.

— Quoi ? Et renoncer à mes projets lascifs ?

Sa remarque fit rire Natalie.

— J'ai peur qu'il soit difficile d'être lascif dans une salle de bains inondée.

— Tu veux parier ?

Il lui adressa un sourire à damner une sainte et remonta ses manches de chemise sur ses avant-bras musclés. Il était si sexy ainsi, avec son col ouvert ! Natalie réprima un délicieux frisson.

Elle retira ses escarpins et alla chercher les serpillières.

— C'est bien la première fois que je fais le ménage en robe du soir !

— Il faut un début à tout. Passe-moi ce seau…

— Tu es sûr ?

La question arriva trop tard. Cooper avait déjà commencé à éponger le carrelage avec le savoir-faire d'un professionnel.

— Tu vois ? Aucun problème ! remarqua-t-il. Il suffit d'imaginer que c'est du sang.

— Cooper !

L'expression horrifiée de Natalie le fit rire.

— Pardon ! C'est une mauvaise blague de médecin.

Ils s'agenouillèrent et travaillèrent ensemble, se heurtant dans la pièce exiguë, ce qui servait de prétexte à Cooper pour l'embrasser chaque fois, sur le nez, dans le cou ou dans le dos. Natalie avait du mal à rester concentrée sur sa tâche.

Elle finissait d'éponger derrière le pied du lavabo lorsqu'un jet d'eau froide tomba sur son dos nu.

— Hé ! protesta-t-elle en se retournant. Attention, docteur !

De son poste dans l'embrasure de la porte, Cooper lui envoya une nouvelle giclée d'eau, une lueur malicieuse dans les yeux.

— Arrête-moi si tu peux, dit-il.

— C'est un défi que je ne peux ignorer, répliqua-t-elle en se relevant, éponge en main.

— Tant mieux, j'aime les femmes vindicatives !

C'était un jeu dangereux. Natalie n'était pas naïve au point d'ignorer que cette provocation n'était que le prélude à quelque chose de bien plus sérieux. Cela ne l'empêcha pas d'avancer vers lui avec son éponge gorgée d'eau. Cooper l'enlaça sans lui laisser le temps de l'asperger.

— Quel dommage ! s'exclama-t-il d'un air triomphant. Tu as perdu !

Pourtant, lorsque leurs lèvres se rencontrèrent, Natalie n'eut pas du tout l'impression d'être perdante.

— Tu sais que tu es une femme de ménage très sexy ? murmura-t-il entre deux baisers. Que dirais-tu si nous ouvrions la bouteille de champagne que j'ai rapportée de la soirée et que nous nous installions dans le salon ?

— C'est une bonne idée, convint-elle, le cœur battant.

— Prends garde à ne pas glisser sur le carrelage, sinon nous serons obligés de jouer au docteur…

Natalie posa son éponge sur le bord du lavabo en rougissant comme une adolescente. L'idée de jouer au docteur avec Cooper évoquait des images torrides qui lui donnaient la chair de poule.

Tout en se rinçant les mains, elle se surprit à se demander quel effet cela lui ferait de se réveiller au petit matin près de lui. De se bousculer avec lui dans cette petite salle de bains… De le regarder se raser…

Il lui passa alors le bras autour de la taille et la regarda dans le miroir.

— Nous formons un beau couple, tu ne trouves pas ?

Natalie eut du mal à avaler sa salive. En effet, ils allaient bien ensemble. Ses cheveux blonds et ceux, très bruns, de Cooper ; son teint pâle contre sa peau hâlée… Il était si masculin, si viril ! Son eau de toilette, un troublant mélange de musc et de poivre, l'enivrait littéralement et elle se laissa aller contre lui.

Il en profita pour déposer au creux de son cou un baiser qui lui fit l'impression d'une exquise décharge électrique. Il continua de l'embrasser en remontant vers son oreille, et Natalie ferma les yeux en gémissant doucement pendant que son sang se transformait en lave incandescente dans ses veines.

— Ouvre les yeux, murmura Cooper. Je veux que tu me voies…

Natalie lui obéit et fut frappée par le changement dans l'expression de Cooper.

Le chirurgien de bonne famille qui charmait le monde entier avec son sourire et son esprit brillant avait disparu. Devant elle se dressait un homme aux prises avec un puissant désir, un chevalier servant réclamant la dame de son cœur, exigeant de prendre possession de celle qui lui appartenait. Ses yeux noirs brillaient avec une intensité presque farouche.

Natalie se sentait en sécurité entre ses bras, même lorsqu'il la contemplait avec cet air possessif.

— Tu es la femme la plus belle, la plus sexy, la plus attirante que j'aie jamais rencontrée, lui dit-il.

Il parlait à voix basse, presque avec révérence. L'idée qu'il puisse être aussi ému qu'elle la troubla violemment. Quelque chose de merveilleux était en train de se produire, quelque chose qui la terrifiait et la subjuguait à la fois.

Etait-elle prête pour cela ?

La réponse lui vint à l'esprit en même temps que la question. Même si la manie qu'avait Cooper de vouloir toujours tout prendre en charge lui faisait peur, elle n'en était pas moins totalement amoureuse de lui.

— Je crois que nous sommes en train de vivre un moment important, reprit-il.

— Oui, je le pense aussi…

— Qu'allons-nous faire ?

— A quoi penses-tu ?

— Je crois que tu le sais déjà.

Oui, elle le savait, et elle en avait envie elle aussi. Pourtant, malgré la fièvre ardente qui la dévorait, Natalie savait qu'il lui serait impossible de céder à cet élan qui la poussait irrémédiablement vers lui. Comment le lui expliquer sans le blesser ? Ne risquait-elle pas de le perdre ? En dépit de son angoisse, elle sut qu'elle ne pouvait pas éluder davantage la question.

— J'ai envie de toi, Cooper, dit-elle d'une voix tremblante, mais pas ici et pas maintenant… Je ne suis pas le genre de femme à avoir une liaison, tu comprends ?

— Je savais que tu dirais ça, répondit-il en posant la joue contre sa tempe.

— Je tiens à toi, Cooper, vraiment.

— Alors reste avec moi, ma chérie. Tu sais que je prendrai soin de toi.

— C'est une proposition qui me fait un peu peur.

— L'amour fait toujours peur…

Le cœur de Natalie se mit à battre encore plus fort. Lui

disait-il à sa manière qu'il l'aimait ? Qu'il pourrait prendre suffisamment de distance par rapport à sa carrière pour lui accorder le temps et l'attention dont elle avait besoin ?

Sa vie prenait un tournant imprévu. Cela avait beau la remplir d'appréhension, Natalie savait qu'il lui serait impossible de résister à ce qui lui arrivait. Quoi qu'elle fasse, l'amour la retenait déjà dans ses filets.

Le lendemain, après avoir grondé et puni Rose jusqu'à la fin des vacances, Natalie eut une longue conversation avec ses deux filles.

— Nous aimerons toujours papa, leur dit-elle en les serrant contre elle. Il sera toujours dans notre cœur. Mais papa n'aurait pas voulu que nous restions seules comme nous l'avons été pendant deux ans. Il aurait voulu que quelqu'un s'occupe de nous comme lui l'a fait.

Ces derniers mots furent pénibles à prononcer. Comment renoncer ainsi à son indépendance ? Son instinct lui disait cependant que c'était un langage que ses filles pouvaient comprendre.

En l'entendant, Rose se rembrunit.

— Est-ce que tu vas te marier avec Cooper ?

— Pour l'instant, nous n'en avons pas parlé, répondit-elle en l'embrassant sur le nez. Nous voulons juste passer du temps ensemble et voir venir. Il vous aime beaucoup. Alors ne sois pas triste ou fâchée, je t'en prie. Tu veux bien essayer ? Pour moi…

Rose resta pensive quelques secondes avant d'acquiescer.

Natalie retint un soupir de soulagement. Finalement, leur situation avait encore une chance d'évoluer dans le bon sens…

C'est effectivement ce qui se passa pendant un moment. Les jours suivants furent un tourbillon joyeux, même s'ils ne parlaient jamais d'amour. Cooper semblait réticent à franchir ce dernier pas, mais Natalie avait décidé de se montrer patiente.

Si leur travail les occupait beaucoup, ils s'arrangeaient pour passer tout leur temps libre ensemble. Ils emmenèrent les jumelles au cinéma plusieurs fois, et demandèrent à Shannon de venir les garder quelques soirs afin de sortir seuls tous les deux.

Ces soirées étaient divines. Natalie avait l'impression d'être redevenue une jeune étudiante heureuse et insouciante. Pour la première fois depuis bien longtemps, elle avait le sentiment de ne plus être seule pour supporter ses responsabilités. C'était à la fois angoissant et grisant.

La veille de son départ pour sa conférence de Zurich, Cooper passa toute la journée avec elles, et ils décidèrent de faire un bonhomme de neige dans le jardinet de la maison.

Après avoir confisqué l'écharpe de Cooper, Rose s'en fit un turban et prit une pose amusante près de leur bonhomme de neige. Sa sœur l'imita en riant.

— Maman, prends-nous en photo ! cria-t-elle.

— Mais qui a volé mon écharpe ? s'écria Cooper en riant.

Il fonçait sur les fillettes lorsque Natalie prit le cliché. Les enfants poussèrent des hurlements de joie stridents et filèrent comme des moineaux. Les voir jouer avec Cooper la remplissait de bonheur et d'espoir.

— Vous m'avez fait rater ma photo ! s'exclama-t-elle en riant.

— C'est la faute de Cooper ! répondit Lily en lui envoyant une boule de neige en plein visage.

Celui-ci riposta, et une bataille de boules de neige en règle s'ensuivit, entremêlée de rires et de cris. Natalie s'amusait comme une folle. A un moment donné, elle dérapa et s'étala de tout son long dans l'épaisse couche de neige, ce qui renforça l'hilarité générale.

Cooper s'agenouilla près d'elle et la menaça d'une poignée de neige.

— Dis-moi que je vais te manquer pendant mon absence, dit-il avec un sourire diabolique.

— Ce n'est pas difficile ! Oui, tu vas beaucoup me manquer.

— C'est promis ?

— Hum hum, fit-elle. Et moi, je vais te manquer ?

— Ma chérie, tu ne peux pas savoir à quel point.

Incapable de résister, Natalie lui passa les bras autour du cou et l'attira pour l'embrasser.

Lorsque Cooper l'aida à se relever, elle se rendit compte que le jardin était devenu bien silencieux.

Lily avait profité de la trêve pour commencer un nouveau bonhomme de neige. Rose, en revanche, les observait d'un air incertain, comme si elle hésitait à se faire une opinion sur leur baiser.

— Vous êtes dégoûtants, tous les deux ! s'écria-t-elle enfin.

Là-dessus, elle courut se réfugier dans la maison. Cooper se tourna alors vers Natalie en fronçant les sourcils, ce qui la laissa complètement désarmée.

— Comptes-tu faire quelque chose ?

— Je ne sais plus comment réagir, avoua-t-elle.

Sa réponse ne parut pas le satisfaire et elle savait qu'il avait raison. Mais comment se comporter face à l'hostilité de Rose ?

— Je vais lui parler, reprit-elle.

— Tu as déjà essayé cette méthode…

— Mais qu'attends-tu que je fasse ? Que je la batte ? Je ne peux pas lui demander d'éprouver un sentiment qu'elle n'éprouve pas !

— Mais tu peux exiger d'elle un comportement respectueux, remarqua-t-il.

— Ce n'est pas une enfant méchante, Cooper. Elle éprouve toujours du chagrin pour son père…

— Et combien de temps vas-tu accepter d'être la martyre du deuil de ta fille ?

— C'est mon enfant, protesta Natalie. L'aider à surmonter ses difficultés est de mon devoir.

— Tu ne l'aides pas. Tu l'encourages à se comporter en fillette capricieuse. Imposer une certaine discipline à un enfant n'est jamais facile ni agréable, mais c'est nécessaire.

Leur bonne humeur oubliée, ils se regardaient maintenant comme deux adversaires. Au fond d'elle-même, Natalie savait que Cooper avait raison, mais son embarras et son désarroi l'empêchaient de l'admettre.

— Que sais-tu de l'éducation des enfants ? rétorqua-t-elle, sur la défensive.

— Assez pour savoir que je n'autoriserais jamais mon enfant à parler à un adulte comme Rose nous parle !

— Eh bien, je te rappelle que Rose n'est pas ta fille et que tu n'es pas son père.

Natalie regretta ses mots à la seconde où ils franchirent ses lèvres, mais il était trop tard. Le mal était fait. Cooper resta figé. Elle tenta de lui prendre le bras, mais il se dégagea.

— Je n'aurais pas dû dire ça, reprit-elle. Je te demande pardon.

— Non, c'est mieux ainsi. Comme ça, je sais exactement où nous en sommes sur ce point.

Avant qu'elle ait pu trouver que dire pour rattraper ses paroles blessantes, Cooper fit demi-tour et se dirigea vers sa voiture garée devant la maison. Natalie le regarda se mettre au volant et démarrer avec un terrible sentiment d'oppression.

En le voyant disparaître au coin de la rue, elle eut l'impression que l'amour désertait sa vie.

11

Cooper s'efforça de rouler doucement et de garder les idées claires. Natalie lui avait fait très mal. Ses mots l'avaient frappé comme un coup de couteau, et la blessure le faisait affreusement souffrir.

En dépit des rêves de vie heureuse et paisible de Natalie, il aurait dû comprendre que jamais elle ne le laisserait toucher à sa précieuse indépendance. C'était sa vie, ses enfants, la famille de Justin. Lui n'était qu'un outsider.

Pourtant, il aurait voulu que les filles le considèrent un peu comme leur second père. Malgré son caractère difficile, il aimait beaucoup Rose, qui pouvait être drôle et attachante, et dont la fidélité farouche à la mémoire de Justin lui plaisait. Quant à Lily, elle l'avait conquis dès le premier jour, lorsqu'elle lui avait donné sa poupée Barbie à réparer.

Les mots de Natalie ne cessaient de résonner à ses oreilles. « Tu n'es pas son père. Tu n'es pas son père… »

Or, il voulait le devenir. Il voulait assumer les responsabilités de Justin et prendre soin non seulement de Natalie, mais aussi de ses filles. Et cela n'avait rien à voir avec un quelconque esprit de compétition comme il avait pu le croire au début.

Parce qu'il aimait Natalie. Ne le comprenait-elle donc pas ?

Un rire amer lui tordit la bouche. Il l'aimait depuis des années, bien avant qu'ils ne se revoient par hasard. Dix ans plus tôt, elle lui avait préféré Justin et il avait fui plutôt que d'admettre son amour déçu. Malgré sa profonde amitié pour Justin, il n'avait pu s'empêcher de le détester de l'avoir conquise. Alors, plutôt que d'affronter ses sentiments, il s'était installé à l'autre bout du pays, immergé dans le travail, et avait cessé de communiquer avec son ami.

Très affecté par cette vérité qu'il refoulait depuis dix ans, Cooper se dirigea vers l'hôpital. Il lui restait encore beaucoup à faire avant de prendre son avion le lendemain.

En ce qui concernait Natalie, il trouverait un moyen élégant de sortir de sa vie. Pour ses filles, il passerait toujours en seconde position derrière Justin et, pour un Sullivan, la seconde position était inacceptable.

Sa carrière était en fait la seule chose stable dans sa vie. S'il avait été assez fou pour l'oublier pendant un moment, il devait maintenant se le rappeler.

Natalie ne voulait pas pleurer. Les yeux brûlants, elle mit les cinq kilos de chocolat à fondre au bain-marie et se força à songer au gâteau de mariage de Julie. Elle était furieuse, autant contre Cooper que contre elle-même. Comment avait-elle pu s'imaginer que leur histoire avait ses chances ?

— Maman ? demanda la petite voix de Lily. Est-ce que Cooper est fâché contre nous ?

— Non, ma chérie. Il est fâché contre moi.

— Alors il ne veut pas être notre nouveau papa ?

— Je ne pense pas, mon cœur.

Comment expliquer à une enfant ce qu'elle-même avait du mal à comprendre ?

Lily se mit à renifler et Natalie délaissa enfin son chocolat pour s'agenouiller près d'elle et la prendre dans ses bras.

— Ce n'est rien, ma chérie. Je suis triste moi aussi, mais ça passera. Nous étions heureuses avant de rencontrer Cooper, et nous serons heureuses de nouveau.

Quel beau mensonge ! Elles n'étaient pas vraiment

heureuses ; elles surmontaient les épreuves de la vie, tout au plus. Puis Cooper était arrivé, apportant avec lui les rires et la bonne humeur. Il lui avait permis de retrouver la sensation de sa féminité et la fantaisie qui avaient déserté son existence. Il lui avait rendu sa joie de vivre oubliée depuis deux ans…

— Vous vous êtes disputés à cause de Rose, dit Lily en la serrant de ses petits bras. Elle a été méchante. Elle dit que papa n'aurait pas voulu que Cooper le remplace, mais ce n'est pas vrai. Papa nous aimait, il aurait voulu qu'on soit heureuses. Quand Cooper était avec nous, nous étions de nouveau une famille.

Le cœur lourd, Natalie cajola sa fille en se demandant pourquoi la vie était si compliquée.

— Est-ce que Cooper restera notre ami ? reprit Lily.

— Bien sûr !

— Je peux lui téléphoner, alors ?

— Peut-être plus tard, répondit Natalie après une seconde d'hésitation. Pour le moment, aide-moi donc à faire le glaçage de mon nouveau gâteau. Je te laisserai choisir la couleur.

— Je n'ai pas envie…

— Moi si ! s'exclama Rose.

Celle-ci venait d'entrer dans la cuisine comme si rien n'était arrivé. Natalie eut du mal à en croire ses yeux. Sa fille semblait triomphante ! Cooper avait-il donc raison ? Son attitude encourageait-elle les manigances de Rose ?

— Il n'en est pas question, répliqua-t-elle en se relevant. Je suis très fâchée contre toi.

— Tant pis, rétorqua la fillette. Lily, tu viens jouer avec moi ?

Les deux enfants retournèrent dans leur chambre. Natalie se remit au travail.

Des heures plus tard, elle avait ruminé sans discontinuer, essuyé quelques larmes et confectionné une dizaine de gâteaux, sans que son moral se soit amélioré. Elle eut envie d'appeler Regina pour lui demander conseil, mais renonça en voyant l'heure.

Quand elle se surprit à discuter avec Puppy, elle s'aperçut que, dans certains cas, la « gâteau thérapie » ne fonctionnait pas.

Le matin suivant, après une nuit courte et agitée, elle se leva aussi fatiguée qu'en allant se coucher. Pour tout arranger, Rose était de mauvaise humeur. Or, Natalie n'avait aucune envie de supporter les caprices de sa fille.

— Lève-toi et habille-toi ! lui ordonna-t-elle. Et cesse de ronchonner.

— Je ne me sens pas bien, protesta Rose en commençant à pleurer.

— Je ne plaisante pas, répliqua sa mère. Je suis fatiguée et de mauvaise humeur moi aussi, alors tes pleurnicheries ne marcheront pas aujourd'hui.

— J'ai mal à la tête, insista Rose en pleurant de plus belle. Je peux avoir un verre d'eau ?

Fulminant tout bas, Natalie envoya Lily chercher un verre à sa sœur et sortit le thermomètre.

— Je te préviens que, si tu n'as pas de fièvre, ça va mal aller ! annonça-t-elle.

Rose n'avait pas de fièvre. Bien que la sachant rusée, Natalie préféra ne pas prendre de risques. Elle appela l'école pour prévenir que ses filles n'y viendraient pas de la journée, donna un antalgique à Rose et la laissa au lit.

A 10 heures, son état n'avait pas évolué. Comme Natalie avait rendez-vous chez Wedding Belles pour une séance de dégustation, elle fit monter ses enfants dans le break, chargea ses boîtes d'échantillons de gâteaux et prit la route. Il était difficile d'être une mère seule, et sa situation lui rappela Cooper, si fort, si serviable, sur qui on pouvait toujours compter…

— Tu as une mine affreuse, lui fit remarquer Julie lorsqu'elle arriva. Tu es malade ?

— Rose ne se sent pas bien…

— Qui est malade ? demanda Callie en les rejoignant.

— Rose, répondit Julie. Je crois qu'elle a besoin d'un biscuit et d'un verre de lait.

— J'y vais, proposa Callie. Que nous as-tu apporté, Natalie ?

— Un peu de tout, dit celle-ci d'une voix morne. Neuf gâteaux différents et un échantillon de mon nouveau cheesecake aux framboises.

Ses amies échangèrent un regard atterré.

— Quelque chose ne va pas ? demanda Julie.

— Eh bien, Cooper et moi…

Submergée par la tristesse, Natalie fut incapable de terminer. Callie fut la première à réagir.

— Venez, les filles, dit-elle à Lily et à Rose. Vous allez m'aider à décharger la voiture de votre mère pendant qu'elle discute avec tante Belle.

— Discuter de quoi ? demanda cette dernière en sortant de son bureau.

Un coup d'œil à Natalie lui suffit pour comprendre que quelque chose n'allait pas.

— D'accord. Callie, occupe-toi des enfants, et toi, ma chérie, viens vite dans mon bureau.

Une seconde plus tard, Natalie s'installait dans la pièce, joliment décorée comme un salon de style colonial.

— Alors, que se passe-t-il ? Ce garçon a-t-il besoin que j'aille lui frotter les oreilles ?

Malgré son chagrin, Natalie ne put s'empêcher de sourire devant cette sollicitude toute maternelle. Elle lui raconta toute l'histoire puis se mit à sangloter.

Belle l'avait écoutée sans l'interrompre.

— Pleure tout ton soûl, ma chérie, déclara-t-elle en lui

prenant la main. Ma mère disait toujours que les larmes aidaient à remettre ses idées en ordre.

— Je suis amoureuse de lui, Belle !

— Ça, je l'avais compris. Que comptes-tu faire à présent ?

— Rien… C'est lui qui est parti.

— Peut-être as-tu besoin de pleurer encore un peu, fit observer sa patronne.

— Je ne comprends pas ce que tu veux dire.

— N'as-tu jamais envisagé que Cooper puisse avoir raison ? Que tu es peut-être trop permissive avec Rose ?

— Mais elle a vécu des moments si difficiles ! Je ne peux pas l'accabler davantage !

— Toi et Lily avez vécu les mêmes épreuves, ma douce. Aimer Rose est une chose, la laisser mener ta vie en est une autre…

Cooper lui avait tenu exactement les mêmes propos, songea Natalie en essuyant ses larmes.

— Je ne sais pas, Belle… De toute façon, ça n'aurait jamais pu marcher entre Cooper et moi. Il est obsédé par sa carrière, comme Justin. Et il a cette idée machiste de vouloir prendre soin de moi. Je n'ai pas besoin de ça. Je ne veux pas dépendre de lui.

— Pourquoi est-ce si terrible ?

— Justin ne me laissait rien faire ! Il ne voulait pas que je travaille, ni même que je m'occupe des comptes de notre famille ! Après sa mort, j'ai découvert avec horreur le montant de nos dettes. Il pensait me protéger, alors qu'en réalité il m'a mise dans une situation intenable.

— Nous ne parlons pas de Justin, mais de Cooper, lui fit remarquer Belle.

Cela laissa Natalie muette.

— J'ai l'impression que tu fais porter à Cooper le poids des erreurs de Justin, poursuivit Belle. Ne lui prête pas des intentions qu'il n'a sans doute pas. Quant à Rose, je pense que tu devrais revoir sérieusement ton attitude à son égard.

Tu sais combien j'aime cette petite, mais je crains que tu ne la laisses ruiner toutes tes chances de refaire ta vie. Et ce n'est pas bon pour une enfant d'avoir un tel contrôle sur l'existence de sa mère. Tu dois prendre le temps de réfléchir à tout ça à tête reposée, ma chérie. Je suis sûre que tu y verras alors plus clair. Quant à moi, j'ai rendez-vous dans cinq minutes avec Madeline Westerling, la mère d'une fiancée hystérique.

Impressionnée par les sages paroles de Belle, Natalie quitta le bureau et passa dans la salle d'eau pour se rafraîchir le visage. En descendant au sous-sol pour installer ses échantillons de gâteaux et ses croquis de décoration dans la cuisine, elle croisa Lily dans l'escalier.

— Maman, Rose est malade.

Fronçant les sourcils, elle se précipita dans la cuisine et trouva Rose pliée en deux sur une chaise.

— J'ai mal au ventre ! gémit la fillette.

— Combien de gâteaux as-tu mangés ?

— Deux…

— Hum ! fit Lily. Elle en a mangé bien plus.

Natalie se détendit un peu. Il s'agissait sans doute d'une simple indigestion.

— Va t'allonger un instant à côté. Nous rentrerons à la maison aussitôt après la dégustation.

Elle n'avait pas terminé sa phrase que Rose devint verdâtre et se précipita vers les toilettes. Natalie la suivit et lui tint le front pendant qu'elle vomissait. Au lieu de récupérer une fois la crise passée, Rose devint complètement léthargique.

— Rose ! Rose, parle-moi !

La respiration bruyante, la fillette dodelinait de la tête, les yeux à moitié fermés. Avec une angoisse soudaine, Natalie comprit qu'il ne s'agissait pas d'une simple indigestion.

— Rose ! Réveille-toi, mon cœur. Que se passe-t-il ? Dis-moi où tu as mal. Rose !

L'enfant répondit par un gémissement. Quelque chose

n'allait pas du tout ! Si Cooper avait été là, il aurait su quoi faire, songea Natalie, affolée. Si seulement il n'avait pas été en route pour Zurich, elle aurait pu l'appeler. Il serait venu, en dépit de leur dispute, elle le savait…

Aussi pâle que sa sœur, Lily arriva sur le seuil des toilettes.

— Lily, va vite chercher Belle ou quelqu'un d'autre ! Nous devons emmener Rose à l'hôpital.

— Cooper va venir, annonça la fillette.

— Pardon ?

— Ne sois pas en colère contre moi, maman. J'avais peur, alors je lui ai téléphoné.

— Oh ! ma chérie, tu as bien fait ! s'exclama Natalie, soulagée. Maintenant, monte vite prévenir Belle.

Lily partit à toutes jambes pendant que Natalie prenait sa fille dans ses bras.

— Rose, ma puce, murmura-t-elle en embrassant son front moite.

Complètement indolente, sa fille n'eut aucune réaction. Natalie décida de la porter jusqu'à un canapé pour pouvoir l'étendre. Elle atteignait le haut de l'escalier lorsque Cooper arriva tout essoufflé.

— Que lui arrive-t-il ? demanda-t-il sans préambule.

Sans attendre sa réponse, il prit Rose dans ses bras et la porta jusqu'au bureau de Belle pour la coucher sur le divan, pendant que Natalie lui expliquait ses symptômes, sans oublier les plaintes du matin.

Cooper ausculta la fillette un instant puis se tourna vers Natalie.

— A-t-elle déjà subi un dépistage du diabète ?

En un éclair, elle comprit ce qui se passait et ouvrit des yeux effarés.

Toutes ces fois où Rose avait demandé un verre d'eau la nuit n'avaient pas été des prétextes pour se relever ! Ses brusques changements d'humeur, ses maux de ventre, ses pleurnicheries le matin, lorsqu'elle affirmait ne pas se sentir assez bien pour se rendre à l'école, tout cela n'avait rien à voir avec des caprices. C'était les symptômes du diabète qu'elle aurait dû reconnaître !

— Mon Dieu ! Comment ai-je pu ne rien voir venir ? s'exclama-t-elle.

— As-tu de l'insuline avec toi ?

Assaillie par un terrible sentiment d'épouvante et de culpabilité, Natalie secoua négativement la tête. Sa fille avait du diabète et elle, qui en souffrait depuis l'enfance, n'avait pas été capable d'en déceler les signes précurseurs ! Son enfant risquait de mourir à cause de son inattention !

— Il faut l'emmener à l'hôpital, dit Cooper. Tout de suite !

Plusieurs personnes attendaient dans la salle du service de soins intensifs où flottait une vague odeur d'antiseptique. Comme Natalie, toutes levaient des visages anxieux chaque fois qu'une infirmière ou un médecin passait.

Belle avait proposé de les accompagner, mais Natalie avait refusé, lui laissant cependant la garde de Lily. A présent, elle regrettait de ne pas avoir une de ses amies pour la soutenir. Cooper avait disparu avec Rose dès leur arrivée et elle détestait attendre seule. Cela lui rappelait cruellement le jour où elle avait appris la mort de Justin…

Lorsque l'attente devint trop pénible, elle se leva, se rendit au distributeur de confiseries et contempla le choix proposé d'un œil vide. Puis, se rappelant que dans la précipitation elle avait laissé son sac à main chez Wedding Belles, elle appuya le front contre la vitre et se mit à sangloter.

Une main se posa alors sur son épaule.

— Hé ! murmura Cooper.

Natalie se retourna et se blottit contre lui pour pleurer. C'était bon de ne pas être seule et d'avoir quelqu'un pour partager son angoisse !

— Viens t'asseoir, dit-il en l'attirant vers un canapé.

— Comment va-t-elle ?

— Le meilleur endocrinologue de Boston est en train de s'occuper d'elle. Mais tu sais qu'une acidocétose est un symptôme grave…

— Je sais, répondit-elle entre ses larmes. Promets-moi qu'elle s'en sortira bien…

— Nous avons des équipes formidables ici, ma chérie, et Rose est une battante.

— C'est vrai, admit-elle en reniflant. Pour une fois, c'est une bonne chose. Je n'arrive pas à croire que j'ai pu ignorer ces symptômes…

— Cela arrive, assura Cooper en lui caressant les cheveux. Ne culpabilise pas à cause de ça.

— Mais si jamais…

Natalie fut incapable de terminer sa phrase.

— N'y pense même pas ! ordonna-t-il. Pas une seule seconde !

Ils restèrent l'un contre l'autre à attendre. Natalie avait la certitude que, sans la présence de Cooper, elle se serait effondrée. Etre capable d'affronter les difficultés seule était une bonne chose. Avoir quelqu'un pour la soutenir, c'était encore mieux !

Après ce qui parut durer une éternité, un petit homme blond vêtu d'une blouse vint les rejoindre. Cooper fit les présentations, puis le Dr Parmeter leur résuma la situation.

Natalie tremblait en l'écoutant parler de pH sanguin, d'arythmie cardiaque, de corps cétoniques et des autres causes biologiques responsables du coma de sa fille. Sans tout saisir, elle en comprenait bien assez…

— Nous devons surveiller en premier lieu l'œdème cérébral, expliqua le Dr Parmeter. Les prochaines heures seront cruciales. Lorsque cette crise sera finie, son rétablissement ne sera plus qu'une question de jours. Ne vous inquiétez pas, madame, votre fille est entre de bonnes mains.

— Puis-je la voir ?

Le Dr Parmeter jeta un regard à Cooper.

— Pouvez-vous accompagner Mme Thompson ? Je crois qu'elle a besoin de vous.

Avait-il peur de la voir craquer ? se demanda Natalie. Elle ne s'y serait pas laissée aller, mais elle avait besoin de Cooper comme Rose avait besoin d'insuline. Et elle devait trouver un moyen de le lui dire.

Cooper l'aida à se lever et ils prirent la direction de la chambre.

— Ne sois pas impressionnée par les tubes, les fils électriques et les moniteurs, lui dit-il.

— Je ne suis pas hystérique, répondit-elle.

— Bien répondu !

Il lui adressa un sourire réconfortant, mais la tension de son visage montrait que lui aussi était ébranlé par la situation.

Sans lâcher son bras, Natalie entra dans la petite pièce remplie du bourdonnement des machines et des bips des moniteurs. Rose avait les yeux fermés et semblait sortie d'un film de science-fiction, couverte de tubes et de fils. Natalie avait les genoux qui tremblaient si fort que Cooper la prit par la taille et la serra contre lui.

Lorsqu'elle eut recouvré son calme, elle se pencha sur le lit pour embrasser son enfant.

— Je t'aime, ma chérie, murmura-t-elle. Tout ira bien. Cramponne-toi, Rose. Maman est là.

Cooper s'approcha à son tour. Sans rien dire, il prit la petite main de la fillette et l'embrassa doucement, avec tant de tendresse que Natalie en eut les larmes aux yeux.

Les cinq minutes réglementaires écoulées, ils regagnèrent la salle d'attente. Cooper passa toute la nuit avec elle, se relevant de temps en temps pour aller lui chercher un café ou quelque chose à manger, et lui faisant la conversation pour lui occuper l'esprit tandis qu'ils attendaient le réveil de Rose.

Et, pendant cette nuit longue et pénible, Natalie comprit à quel point elle s'était trompée. Elle avait eu tort à propos de Rose, d'elle-même et de sa prétendue indépendance, et surtout en ce qui concernait Cooper. Il était fort et serviable, et il l'aimait assez pour rester à ses côtés en un moment de crise, même après leur dispute.

— Cooper, merci d'être là avec moi. J'avais vraiment besoin de toi.

— C'est normal, dit-il en lui prenant la main.

— Je regrette ce que je t'ai dit.

— Non, tu avais raison. Je ne suis pas son père.

— Tu en ferais un très bon.

Il la contempla avec surprise.

— Même si le diabète de Rose explique en partie son comportement, poursuivit-elle, cela ne change pas le fait que je me suis trompée. J'ai besoin de toi, Cooper, et mes filles aussi. S'il te plaît, dis-moi que tu me pardonnes.

En le voyant secouer la tête avec gravité, Natalie crut que tout était irrémédiablement perdu.

— Dans un moment pareil, n'importe quel homme revoit ses priorités, répondit-il. J'ai passé toute ma vie à privilégier une ambition qui me semble désormais vide de sens. Quand j'ai reçu l'appel terrifié de Lily, mon cœur s'est arrêté de battre, le monde s'est figé. D'abord, j'ai cru que quelque chose t'était arrivé, et j'ai su que je mourrais si c'était le cas. Après, en voyant Rose inconsciente dans tes bras, j'ai été déchiré par l'angoisse. Mon métier me plaît et je suis un bon médecin, mais pour la première fois de ma vie j'ai pu sauver quelqu'un que j'aime. Car j'aime cette petite, Natalie.

— J'en suis sûre…

Il lui prit les mains et les observa un instant en silence.

— Tu sais que je t'aime, toi aussi ? reprit-il.

Ces mots firent couler un baume sur le cœur meurtri de Natalie dont les doigts se serrèrent autour de ceux de Cooper.

— Je t'aime, moi aussi, Cooper. Tu es le seul homme pour lequel j'accepterais d'abandonner de nouveau mon indépendance.

— Tu crois que c'est ce que je veux ?

— Ce n'est pas le cas ? Mon petit commerce de gâteaux ne t'embarrasse pas ?

— Ma chérie, répliqua-t-il avec un petit rire, je crois que nous avons beaucoup de choses à tirer au clair tous les deux ! Tout ce que je veux, c'est toi, telle que tu es. Avec tes gâteaux. Quoi que tu veuilles faire de ta vie, je te soutiendrai. Tout ce que je demande, c'est d'en faire partie.

Submergée par l'émotion, Natalie fut incapable de répondre.

— J'ai un aveu à te faire, ajouta Cooper. C'est à cause de toi que je suis parti en Californie. Je ne pouvais pas supporter que tu appartiennes à un autre homme. J'étais alors trop jeune et orgueilleux, trop ambitieux et trop plein d'idées préconçues pour l'admettre. Il a fallu que je te retrouve pour le comprendre. C'est pour ça que je suis encore célibataire ; parce que je t'aimais et que je t'aime toujours. Pas comme une victoire à remporter, mais comme la moitié qui m'a toujours manqué, mon âme sœur.

Natalie avait les yeux pleins de larmes de joie, de tendresse et de fatigue, ce qui ne s'arrangea pas lorsque Cooper mit un genou à terre.

— Mets un terme à mon errance, Natalie. Accepte de devenir ma femme.

— Oh oui ! dit-elle en tombant dans ses bras. Oui, mon amour ! Je t'aime tellement !

— Moi aussi je t'aime, ma petite fée des gâteaux !

Leurs lèvres se rencontrèrent alors dans un baiser plus délicieux que le gâteau le plus savoureux du monde, et Natalie était si heureuse qu'elle en oublia un bref instant tous ses soucis.

— J'y pense tout à coup ! s'exclama-t-elle en s'écartant de Cooper. Ne devrais-tu pas être à Zurich, à l'heure qu'il est ?

— Non, je dois être avec toi, la corrigea-t-il. Zurich peut attendre.

Ainsi, il avait renoncé à cette importante conférence juste pour elle ? Cela lui confirma soudain que Cooper l'aimait plus que sa carrière. Elle l'embrassait de nouveau lorsqu'une infirmière les interrompit par un toussotement discret.

— Docteur Cooper ? Madame Thompson ? Rose vient de se réveiller !

En milieu de matinée, Rose fut transférée du service de soins intensifs à une chambre particulière. Elle récupérait à une vitesse étonnante, ce qui permettait d'exclure tout risque de lésion.

Après trente-six heures de veille, Cooper était épuisé. Il n'avait pas avoué à Natalie qu'il n'avait pas pu dormir après leur dispute. Dans son cerveau embrumé, une certitude résonnait sans cesse comme un joyeux bruit de cloche. Natalie l'aimait et avait accepté de l'épouser !

Il savait maintenant ce que signifiait le succès. Ce n'était pas devenir professeur, ni même diriger l'hôpital ou entrer au Congrès. C'était aimer et être aimé en retour. Par la femme qui se tenait près de lui, au chevet de Rose, et dont le parfum l'enivrait.

— Cooper ?

— Oui, ma chérie ?

— Tu devrais aller te reposer.

— Je vais bien !

— Tu es en train de t'endormir ! protesta-t-elle avec un doux sourire.

— Non !

— Je t'aime…

— Moi aussi, mon cœur.

Il se redressa dans son fauteuil, où il s'endormait effectivement, et Natalie se pencha vers lui. Leurs bouches se rencontrèrent à mi-chemin pour un baiser doux comme le miel.

— Vous avez l'air en forme, tous les deux !

La voix de Regina les fit sursauter. Portant des ballons et un ours en peluche, elle se tenait à la porte avec Lily, qui avait passé la nuit chez elle. Natalie se redressa en rougissant.

— Regina, Lily ! Je suis contente de vous voir.

L'enfant se précipita dans les bras de sa mère pour l'embrasser.

— Ta sœur va bien, lui annonça Natalie. Elle dort, pour l'instant, mais elle va bientôt se réveiller.

Lily approcha du lit de sa sœur.

— Rose ?

— Maintenant, je vais devoir me faire des piqûres comme maman, annonça Rose en ouvrant un œil.

— C'est vrai, mon ange, confirma Natalie. Mais ne t'en fais pas, ce n'est rien du tout.

— Cooper m'a sauvé la vie, reprit Rose. C'est l'infirmière qui me l'a dit.

— Tu le détestes toujours ? murmura Lily en se penchant vers son oreille.

— Non, plus maintenant. Papa est venu, hier soir. Il m'a donné un médicament. Il n'a pas pu rester, mais il m'a dit de ne plus être triste, parce que Cooper est là et qu'il va prendre soin de nous et de maman.

Les adultes échangèrent un regard surpris pendant que les jumelles continuaient de bavarder.

— Un rêve ? chuchota Natalie.

Cooper haussa les épaules ; il avait déjà été témoin de choses étranges pendant sa carrière. Rêve ou pas, Rose croyait en tout cas que Justin avait donné sa bénédiction à leur union, et c'était peut-être vrai… Son meilleur ami était parti en laissant seules les trois personnes qu'il aimait le plus au monde, et maintenant elles étaient sous sa garde.

Avec un élan de gratitude, Cooper lui promit mentalement de ne jamais faillir à sa mission.

Épilogue

Même le vent froid qui balayait la ville ne pouvait gâcher le bonheur de Natalie. Elle se trouvait avec ses filles dans la voiture de Cooper qui les conduisait vers une destination mystérieuse qui excitait leur curiosité à toutes trois.

Les deux semaines précédentes avaient été merveilleuses. Rose, tout à fait remise, commençait à apprendre à vérifier et contrôler toute seule son taux de glucose. Bien que regrettant d'avoir transmis sa maladie à sa fille, Natalie était ravie de la voir redevenir l'enfant heureuse et adorable de naguère.

Cooper y contribuait en s'occupant beaucoup des jumelles, qui l'avaient à présent toutes deux accepté.

Radieuse, elle posa la main sur la cuisse de son chauffeur, qui lui adressa un sourire coquin.

— Attention, murmura-t-il. Tu risques d'allumer un feu que tu ne pourras pas éteindre !

— Ne me sous-estime donc pas, répliqua-t-elle avec un clin d'œil grivois.

Ils échangèrent un regard complice et se mirent à rire tout bas. Ils n'avaient pas encore fixé de date pour leur mariage à cause de leurs emplois du temps très chargés, mais tout indiquait que la cérémonie aurait lieu en juillet…

— Vas-tu enfin me dire où nous allons ? reprit-elle.

— Nous sommes presque arrivés…

Il tourna à gauche pour s'engager dans une petite rue

bordée de maisons victoriennes, et s'arrêta devant une ravissante demeure de deux étages.

— Qu'en penses-tu ?

— C'est superbe ! répondit-elle.

— Allons la visiter. Je crois que tu vas l'adorer. L'intérieur a été entièrement rénové en respectant l'architecture originale.

— Tu parles comme un agent immobilier !

Cooper éclata de rire et descendit de voiture, immédiatement suivi par les filles.

Une fois entrée, Natalie comprit son enthousiasme. C'était magnifique, exactement le genre de maison dont elle avait toujours rêvé. Les filles partirent immédiatement explorer les étages, les laissant seuls au rez-de-chaussée.

En découvrant la cuisine, elle laissa échapper un cri d'admiration. La vaste pièce comportait un équipement ultramoderne semi-professionnel. Il y avait deux fours énormes et même une étagère de boulanger pour faire refroidir les gâteaux ! Elle passa la main sur le long plan de travail en inox puis se tourna vers Cooper.

— Cooper, qu'as-tu fait ? Pourquoi sommes-nous ici ?

— Tu m'as dit que tu voulais une maison ancienne avec un jardin, une grande cuisine et plein d'espace pour les filles. Alors j'en ai acheté une.

Natalie en resta bouche bée.

— Elle te plaît ? demanda-t-il.

— Je l'adore ! Et je t'adore toi aussi !

Elle se jeta dans ses bras pour l'embrasser et il la serra contre lui un long moment.

— Tu es sûre qu'elle te plaît ? On peut la revendre, si tu préfères…

— N'y pense même pas ! Cette maison est parfaite, mon chéri.

— Tant mieux. Maintenant que nous avons un endroit où recevoir nos amis, nous allons pouvoir fixer la date de notre mariage. Mais avant j'ai quelque chose à te donner.

Il sortit une enveloppe de sa poche et la lui tendit. A l'intérieur se trouvait l'acte de propriété de la maison à leurs deux noms, ainsi qu'une police d'assurance vie que Cooper avait souscrite en la désignant comme bénéficiaire.

Les yeux de Natalie se remplirent de larmes.

— Peu importe ce que la vie nous réserve, lui dit-il. Toi et les filles êtes désormais à l'abri. Non que j'aie l'intention de disparaître avant très, très longtemps, mais je ne veux pas que tu t'inquiètes pour ça.

— Je ne sais que te dire. C'est trop… Je n'ai rien à t'offrir en échange.

— C'est là que tu te trompes, mon amour, répondit-il en lui caressant les cheveux. Je suis depuis toujours à la recherche de quelque chose d'insaisissable, et j'ai enfin compris que c'était toi qui me manquais pour être heureux. La réussite, ma carrière, mon poste de professeur n'étaient qu'une illusion. A présent, je suis comblé. Et ça vaut bien plus que tout ce que l'argent permet d'acheter.

Natalie se blottit contre lui et laissa échapper un profond soupir de contentement. Cooper lui aussi lui avait fait un don inestimable, bien plus précieux que la sécurité financière. Il lui avait offert la possibilité d'être femme de nouveau.

Elle n'aurait jamais cru possible d'être amoureuse de nouveau, de se sentir soutenue et aimée. Ici, dans cette magnifique maison, avec cet homme si tendre et si passionné, elle et ses filles allaient pouvoir commencer une nouvelle vie. Oui, elle était vraiment une femme comblée !

— On va acheter cette maison ? demanda Lily en entrant soudain dans la cuisine.

— C'est déjà fait, répondit Cooper.

— Super ! s'écria la fillette en sautant de joie. Rose ! Rose ! C'est notre nouvelle maison !

Rose entra à son tour, l'air terriblement excité.

— Maman, Cooper, venez voir !

Elle leur prit la main et les tira énergiquement vers la

porte qui donnait sur le jardin. Là, sur le perron, se trouvait un adorable setter irlandais qui les contemplait avec de grands yeux couleur caramel.

— Nous avons trouvé ce chien dans le jardin, expliqua-t-elle. Regardez comme il est mignon !

— Il s'appelle Chauncey, dit Cooper. Il appartient à un de mes amis qui vient de déménager et qui ne peut pas le garder. Il cherche un nouveau foyer…

— Oh ! On peut le garder ? s'enquit Rose avec un regard implorant.

— Je ne sais pas, répondit Cooper. C'est une grosse responsabilité. Qui va s'en occuper ?

— Moi ! s'exclama la petite fille en enlaçant le chien. J'ai déjà l'expérience avec Puppy !

Natalie éclata de rire. L'invisible chien méchant avait totalement disparu depuis l'hospitalisation de sa fille…

Chauncey lécha la joue de Rose avec enthousiasme.

— Regardez, il m'aime déjà ! reprit celle-ci. S'il vous plaît, on peut le garder ? S'il vous plaît !

— Un jardin comme celui-là a besoin d'un bon chien, intervint Lily.

Natalie se tourna vers Cooper qui lui adressa un sourire.

— Qu'en penses-tu ? dit-il.

— Je crois que tu viens de sceller ton sort. Maintenant, tu es bien obligé de m'épouser. J'ai la maison, le chien, la cuisine…

— Il ne te manque qu'un mari, termina-t-il à sa place.

— Non, il ne me manque que toi, mon amour.

Elle se hissa sur la pointe des pieds pour déposer un baiser sur ses lèvres. Alors que Cooper la prenait dans ses bras, Rose et Lily vinrent se serrer contre eux.

Ils formaient désormais une vraie famille.